À PROPOS DE L'AUTEUR

L'auteure à succès du *Sunday Times* Mhairi McFarlane est née en Écosse en 1976, et son prénom inutilement compliqué se prononce Vah-Ri. Après quelques tentatives dans le domaine du journalisme, elle a commencé à écrire des romans, et son premier livre, *Parce que c'était nous,* a été un succès immédiat. *Tu ne moublieras pas deux fois !* est son cinquième ouvrage. Elle vit à Nottingham avec un homme et un chat.

TU NE M'OUBLIERAS PAS DEUX FOIS !

MHAIRI McFARLANE

TU NE M'OUBLIERAS PAS DEUX FOIS !

ROMAN

Traduit de l'anglais (États-Unis) par
TYPHAINE DUCELLIER

Titre original :

DON'T YOU FORGET ABOUT ME

HARPERCOLLINS FRANCE
83-85, boulevard Vincent-Auriol, 75646 PARIS CEDEX 13.

www.harlequin.fr

ISBN 978-2-2804-1930-7 — ISSN 2271-0256

À ma nièce, Sylvie
Une petite super héroïne

L'amour est étrange, si réel dans le noir
Pense aux choses tendres que nous cultivions

Simple Minds

Prologue

École de Tapton, Sheffield, 2005

— Vous m'aimiez... Quel droit aviez-vous alors de m'abandonner ? Car... rien de ce que Dieu ou Satan aurait pu nous infliger ne nous aurait séparés. Vous, de votre plein gré, vous l'avez fait. Je ne vous ai pas brisé le cœur, c'est vous-même qui l'avez brisé ; et en le brisant vous avez brisé le mien.

David Marsden, mon camarade le plus agressif, releva la tête et s'essuya le menton avec sa manche. Il avait donné au roman gothique d'Emily Brontë la même émotion que s'il avait lu le menu de Pizza Hut. Quand vous étiez un ado de sexe masculin, c'était important de conserver un ton monocorde, afin d'éviter de la part d'autres ados de sexe masculin toute supputation relative à votre orientation sexuelle.

L'atmosphère dans la pièce était étouffante, chargée de cette chaleur sirupeuse typique du cœur de l'été, du genre qui vous donnait l'impression que vos vêtements étaient crasseux dès midi. Dans la boîte à savon des années 1960 qui faisait office de bâtiment, les fenêtres étaient relevées à moitié — l'air conditionné du pauvre —, et nous pouvions entendre les cris en provenance du terrain de sport de l'école.

— Merci, David, dit Mme Pemberton, tandis qu'il refermait son livre. Que pensez-vous que Heathcliff veuille dire dans ce passage ?

— Il est blasé, parce qu'il n'a pas chopé, lança Richard Hardy.

Tout le monde s'esclaffa, pas seulement parce que cela retardait toute réelle discussion académique, mais parce que celui qui faisait la blague était Richard Hardy.

Il y eut des marmonnements mais pas de véritable réponse. Il ne restait que six semaines avant les examens, et l'humeur était un mélange fébrile d'excitation à la pensée de la liberté imminente et de panique à l'idée de ce qui nous attendait. Les habitants torturés de ces pages commençaient à nous taper sur les nerfs. Ils ne pouvaient pas essayer d'avoir de vrais problèmes, comme nous ?

— « Quel droit aviez-vous alors de m'abandonner », c'est un peu glauque, non ? dis-je enfin, en voyant que personne d'autre n'allait briser le silence qui s'éternisait.

Mme Pemberton pouvait devenir irritable, lorsqu'il se prolongeait, et nous donner davantage de devoirs par la même occasion.

— Je veux dire : l'idée que Cathy devait rester avec lui, sans quoi elle *mérite* d'être malheureuse, c'est un peu... *pouah*.

— Intéressant. Alors, tu ne penses pas que les paroles de Heathcliff peuvent être justifiées par le fait qu'en niant ses sentiments elle a gâché leur vie à tous les deux ?

— Eh bien...

Je marquai une pause avant de reprendre :

— Son amour pour lui est comme les roches immuables dont il parle dans le texte, il est constant, mais ne lui procure aucun plaisir.

Je parlais à toute vitesse, à cause de l'hilarité que le mot « plaisir » allait provoquer à coup sûr.

— On n'a pas l'impression que ça aurait été très amusant. Tout tourne autour de son obligation envers lui.

— Peut-être que l'amour qu'ils partagent n'est pas

d'un romantisme conventionnel, mais qu'il est profond et fondamental.

— C'est une malade mentale, oui ! lança une voix masculine.

Je jetai un coup d'œil par-dessus mon épaule et vis Richard Hardy me faire un clin d'œil. Mon rythme cardiaque s'emballa.

Ma professeure avait la manie agaçante de me prendre au sérieux et de me forcer à réfléchir réellement. Une fois, elle m'avait retenue à la fin du cours et m'avait dit :

— Tu minimises ton intelligence pour avoir meilleure réputation parmi tes pairs. Un vaste monde t'attend au-delà de ces murs, Georgina Horspool, et les notes que tu obtiendras à tes examens te mèneront plus loin que leurs rires. Les jolis minois finissent par se rider, eux aussi, tu sais.

J'étais furieuse, après ça, du genre de fureur que vous réservez aux personnes qui vous accusent de quelque chose qui est absolument vrai. (La partie sur les jolis minois m'avait fait plaisir, néanmoins, même si je ne me trouvais pas jolie et que je ne vieillirais pas avant une éternité.)

Un murmure de bavardage se répandit dans la salle de classe. L'air était alourdi par l'absence totale d'intérêt que les élèves portaient aux *Hauts de Hurlevent*.

Sentant le manque d'attention galopant que suscitait le texte, Mme Pemberton lâcha la bombe qu'elle avait en réserve :

— J'ai décidé de vous changer de place. Je ne crois pas qu'être assis à côté de vos amis favorise votre capacité de concentration.

Elle se mit à passer d'un bureau à l'autre, faisant s'asseoir un élève à la place d'un autre, au milieu d'un concert de récriminations. Personnellement, maligne comme je l'étais, j'étais certaine de réussir à esquiver.

— Joanna, tu peux rester là où tu es. Georgina, tu viens au premier rang.

— Quoi ?! Pourquoi ?

Le premier rang était réservé aux élèves à problèmes, aux feignasses et aux parias. C'était profondément injuste.

Le plan de classe respectait des castes invisibles mais rigides : les bûcheurs et les bizarres devant. Les élèves moyennement appréciés comme Jo et moi qui travaillaient et voulaient de bonnes notes, au milieu. Au fond, les filles et les garçons super cool, comme Richard Hardy, Alexandra Caister, Daniel Horton et Katy Reed. La rumeur disait que Richard et Alexandra se voyaient plus ou moins, mais pas trop, parce qu'ils étaient cool.

— Allez ! Change de place.

— Non, mais, *madame* !

Je me levai en soupirant et balançai mes stylos dans ma trousse à une vitesse qui soulignait ma réticence.

— Je suis sûre que Lucas sera ravi de t'avoir pour voisine, reprit Mme Pemberton, en me montrant une place du doigt.

Cette remarque n'était absolument pas nécessaire, et elle ne manqua pas de déclencher une vague de ricanements.

Lucas McCarthy. Un inconnu, qui restait dans son coin, comme tout bon futur meurtrier qui se respecte. Pas de contagion sociale, mais pas la place que j'aurais choisie, si j'avais pu.

Il était mince, avec un menton pointu qui lui donnait un air légèrement sous-alimenté, et irlandais, comme le soulignaient ses cheveux courts en bataille d'un noir de jais et sa peau pâle. Certains petits farceurs l'appelaient Gerry Adams[1], mais jamais en face car, apparemment, son grand frère était une armoire à glace.

Lucas m'observait avec prudence, de ses yeux sombres et sérieux. La facilité avec laquelle je décelai son appréhension étonnée me déconcerta. Est-ce que j'allais afficher un tel

1. Homme politique nord-irlandais à la tête du parti politique catholique républicain et en faveur de l'indépendance de l'Irlande du Nord. (N.D.T.)

dégoût à son encontre qu'il en serait humilié ? Est-ce que ça allait être pénible ? Devait-il se tenir prêt ?

En voyant son inquiétude, je me vis soudain moi-même. Et je me sentis mal d'être le genre de personne dont il pouvait craindre une telle attitude.

— Navrée de t'imposer ma présence, dis-je en me laissant tomber sur ma chaise.

Je sentis la tension se dissiper d'un millimètre environ. (J'aimais utiliser un vocabulaire élaboré, mais d'une manière ironique et désinvolte, au cas où vous penseriez que j'essayais de me la raconter. Mme Pemberton avait bien compris mon petit numéro.)

— Voilà la question sur laquelle vous devez travailler en binôme jusqu'à la fin du cours : est-ce que *Les Hauts de Hurlevent* parle d'amour ? Et, si oui, de quel genre d'amour ? Nommez une personne responsable de la prise de notes. Nous discuterons de vos réponses communes vendredi.

Lucas et moi échangeâmes un sourire, mal à l'aise.

— C'est toi, l'intello, alors je ferais mieux d'écrire, déclara-t-il en notant la question sur une feuille de papier A4 à carreaux.

— Ah bon ? Merci.

Je souris à nouveau, d'un air encourageant, cette fois. Son visage s'illumina. Je fouillai ma mémoire à la recherche d'une info quelconque sur lui qui pourrait m'être utile. Il était arrivé au lycée seulement en première, ce qui expliquait en partie pourquoi il était en marge de tout.

Il portait toujours les mêmes T-shirts avec des images à moitié délavées dessus, des décalcomanies qui s'étaient fragmentées et fendillées à force d'être lavées, et trois morceaux de ficelle rouge et bleu en guise de bracelets. Je me rappelle que certains garçons le traitaient de romanichel à cause de ça. (Mais jamais en face, à cause du grand frère… L'armoire à glace, vous vous souvenez ?) Dans le foyer, il était souvent assis tout seul, à lire des magazines de musique, un pied chaussé d'une Dr. Martens en équilibre sur un genou.

— Je suis d'accord avec toi à propos de Heathcliff. Il ressemble plus à un loup-garou qu'à une personne, non ? dit-il.

Je me rendis compte que j'avais passé deux ans dans le même lycée que lui, dans les mêmes salles que lui, et que nous n'avions jamais eu une conversation avant. Il parlait doucement, avec une légère inflexion irlandaise. Je m'étais vaguement attendue à un accent local. Je ne lui avais jamais prêté la moindre attention.

— Grave ! On dirait un gros chien en colère.

Lucas me sourit et écrivit.

— Ça m'ennuie que Cathy doive endosser toute la responsabilité dans l'histoire, expliquai-je. Elle prend une mauvaise décision et tout va de travers sur des générations.

— En même temps, si elle prend la bonne décision, il n'y a pas vraiment de roman !

Je ris.

— C'est vrai. Ou alors ce serait juste *À la rencontre des Heathcliff*. Eh, attends ! Si son nom de famille c'est Heathcliff, c'est quoi, son prénom ?

— Je pense qu'il a juste un nom. Comme Morrissey.

— Ou alors, il s'appelle Heathcliff Heathcliff.

— Pas étonnant qu'il ait autant les nerfs !

Je ris encore. Puis je pris conscience d'une chose : Lucas n'était pas silencieux parce qu'il était ennuyeux. Mais parce qu'il observait et écoutait. Discuter avec lui, c'était comme ouvrir une boîte en bois toute simple et tomber sur un tas d'objets précieux. Est-ce qu'il était vraiment quelconque ? Je reconsidérai la situation.

— Ce n'est pas sa décision, néanmoins..., objecta-t-il avec hésitation, tâtant encore le terrain entre nous. Ce que je veux dire, c'est que c'est peut-être la faute de l'argent et de la classe, et pas la sienne. Elle pense qu'elle est trop bien pour lui, convaincue de ça par les Linton. Ils évoluent différemment après l'accident avec le chien. Peut-être qu'au fond c'est la faute du chien.

Il mâchouilla son stylo-bille en m'offrant un sourire réservé. Quelque chose avait changé. Tout avait changé. Je ne savais pas encore que de petits moments pouvaient être incroyablement grands.

— Dans ce cas, le roman parle de la façon dont l'amour est détruit par...

Je voulais l'impressionner.

— ... un environnement inhospitalier.

— Est-ce qu'il est vraiment détruit ? Elle le hante encore comme un fantôme des années plus tard. Je dirais que l'amour est toujours là, mais sous une forme différente.

— Une forme tordue, aigrie, désespérée, pleine de colère et de rancœur, où il ne peut plus la toucher ?

— C'est ça.

— On dirait mes parents.

J'avais rencontré un certain succès en racontant des blagues auparavant, mais c'était la première fois que j'étais aussi euphorique de voir quelqu'un éclater de rire. Je me rappelle avoir remarqué combien il avait les dents blanches, et avoir songé que je ne l'avais jamais vu avec la bouche suffisamment ouverte avant pour les apercevoir.

C'est comme ça que ça avait commencé, mais ça avait *commencé*-commencé avec cinq mots, trois cours plus tard.

Cinq mots écrits sur une feuille A4 à carreaux, à la fin d'essais partagés sur « le rôle du surnaturel ». Nous avions dû nous passer le classeur, prendre des notes et nous les échanger, avec la pression de vouloir nous impressionner mutuellement.

J'avais eu une seconde de confusion quand mes yeux

s'étaient posés sur la phrase, puis une sensation de chaleur avait envahi mon cou et mes bras.

J'adore ton rire. Bisous

C'était là, écrit au Bic bleu. Un bas de page inattendu. C'était si fortuit que j'avais failli passer à côté. Pourquoi ne pas m'avoir envoyé un texto ? (On s'était échangé nos numéros, au cas où des questions pressantes sur Brontë surgiraient.) À la réflexion, je savais pourquoi. Un message direct était sans équivoque. Ça, ça pouvait se nier, si nécessaire.

C'était donc réciproque, cette nouvelle obsession pour la compagnie de Lucas McCarthy. Je n'avais jamais eu ce genre d'étincelle avant, et certainement pas avec un homme dont la peau ressemblait à l'intérieur d'un coquillage.

J'étais passée d'une situation où je n'avais jamais remarqué Lucas au fait d'être consumée parce que je le remarquais sans cesse. Je développai la perception sensorielle d'un prédateur : à n'importe quel moment, j'étais capable de dire s'il était dans le foyer, sans même avoir besoin de poser les yeux sur lui.

Finalement, j'avais écrit à mon tour sur le classeur d'une main tremblante :

J'adore le tien aussi. Bisous

Je le retendis à Lucas à la fin du cours suivant. Nous échangeâmes des regards avant de nous détourner à nouveau. Lorsque le classeur fut de nouveau en ma possession, la page avait disparu.

Je ne savais pas ce que cela faisait de tomber amoureuse, ça ne m'était encore jamais arrivé. Je découvris qu'on le reconnaissait facilement, lorsque ça arrivait.

*
* *

Tous les prétextes étaient bons pour réviser en dehors des heures de cours, et la météo voulait que nous ayons l'excuse de nous retrouver dehors, dans les jardins botaniques.

Nous avions des rencards, et les fiches de révision éparpillées sur l'herbe nous fournissaient une raison bien visible de nous retrouver. Franchement, j'aurais pu embrasser Mme Pemberton.

Au début, on parlait sans arrêt, dévorant toutes les informations que l'autre communiquait. Sa vie à Dublin, nos familles, nos projets d'avenir, nos musiques, films, livres préférés. Ce garçon irlandais sombre, sérieux et laconique était une source de surprise perpétuelle. Il n'affichait rien, vous deviez tout découvrir par vous-même : son humour pince-sans-rire à la repartie rapide, la beauté qu'il aurait pu étaler ostensiblement rien qu'en marchant la tête haute, son intelligence acérée… Il était replié sur lui-même. Moi, en revanche, j'avais l'impression de n'avoir aucune retenue.

Lorsque je parlais, il se concentrait intensément sur moi. À travers sa fascination, je me voyais différemment. J'étais digne d'attention. Je n'avais pas besoin de me la jouer.

La troisième fois en cinq jours qu'on se retrouva, il se pencha pour me murmurer quelque chose à l'oreille à propos d'un groupe, pas loin, et je frissonnai. C'était une ruse, il n'avait pas besoin d'autant se rapprocher, et je sentis qu'on passait à la vitesse supérieure.

Tout en remettant les mèches de ma queue-de-cheval en place d'un geste hésitant, il demanda :

— Ce sont tes vrais cheveux ?

On éclata tous les deux de rire.

— Est-ce que c'est la vraie *couleur* ! La couleur ! C'est ce que je voulais dire. Mon Dieu…

Je riais tellement que j'en pleurais.

— Oui, cette perruque reproduit ma couleur naturelle, répondis-je en essuyant mes larmes. Beau travail de ma coloriste pour perruques, pas vrai ?

Rendu spontané et faible par le rire, Lucas dit :

— Ils sont magnifiques.

On déglutit tous les deux, on se dévisagea intensément, puis on se retrouva en train de s'embrasser.

Après ça, on commença à réviser tous les jours. Une fois les barrières tombées, grâce à ce baiser, nos sentiments se déversaient un peu plus chaque fois qu'on se voyait. On se murmurait des secrets, des craintes et des désirs, les familiarités risquées s'accumulaient. Il m'avait donné un surnom. Je ne m'étais jamais montrée ainsi auparavant. Je n'avais jamais osé.

Avant lui, mon corps avait été une source d'angoisses et de regrets : pas assez mince, poitrine trop grosse, cuisses qui se touchaient trop. À son contact, j'avais appris à m'aimer. Bien que nous soyons habillés, je ne pouvais passer à côté de l'effet dramatique que mon corps avait sur lui : la chaleur entre nous, les battements de son cœur, notre souffle rapide. Je me pressais contre lui pour sentir la bosse dans son jeans et je pensais : c'est à cause de moi. L'idée de nous retrouver à l'abri des regards pour frotter proprement nos pelvis l'un contre l'autre était presque trop excitante pour être envisagée.

Nous gardions le secret. Je ne sais pas vraiment pourquoi : à aucun moment nous ne l'avions décidé. C'était tacite, tout simplement.

Il y avait encore cette stigmatisation ridicule, à l'école, dès qu'une personne sortait avec une autre. Je ne me sentais pas capable d'affronter les cris et les applaudissements dans les couloirs, les coups de coude, les sourires, les questions sur ce qu'on avait fait et qui nous auraient conduits à rougir de honte. Je savais qu'on se moquerait de moi, bien plus qu'on se moquerait de lui. Pour les mecs, une nana de plus n'était qu'une nana de plus et, d'un seul coup, je deviendrais plus populaire, tandis que, pour Lucas, ce serait l'inverse. Les garçons croasseraient, railleraient, les filles diraient « beuuuurk ! ».

C'était bien plus facile d'attendre, parce que, bientôt, la captivité, l'école et ses règles cruelles seraient de l'histoire ancienne.

Dans les faits, il est exact de dire que la première personne de sexe masculin à avoir vu ma tenue pour la fête de fin d'année en fut abasourdie, et que sa mâchoire se décrocha. Malheureusement, c'était un gamin de huit ans, et une véritable petite raclure.

Quand je sortis dans la chaleur parfumée de ce début de soirée, pas sur mon trente et un, mais au moins sur mon trente-deux, le fils du voisin était en train de jouer avec le heurtoir pour qu'on le laisse entrer, en utilisant le bâton mâchouillé de la glace qu'il venait de manger. Sa bouche avait une couleur extraterrestre-framboise.

— Pourquoi est-ce que tu brilles autant ? demanda-t-il.

On aurait pu croire qu'il avait correctement interprété mon humeur, sauf qu'en réalité il parlait des soixante-huit produits de beauté dont je m'étais tartiné la figure.

— Dégage, Willard ! répliquai-je gaiement. Regarde dans quel état tu es.

— Je vois tes nénés ! ajouta-t-il, puis il se précipita à l'intérieur avant que j'aie pu l'attraper.

J'ajustai ma robe, tout en craignant que Willard (bien que n'étant pas stagiaire chez *Vogue*, comme l'attestait son pull Elmo) ait raison. Que ce soit trop. Elle était d'un rouge profond, avec un décolleté en cœur assez prononcé, et ma poitrine était du genre à s'affirmer. Mais j'avais été trop distraite pendant que je me préparais pour m'en préoccuper, car c'était la première fois de ma vie que je mettais des sous-vêtements en sachant que quelqu'un d'autre que moi me les retirerait. Cette pensée me donnait le vertige.

Lucas et moi nous étions fait une promesse. Comme nos sessions de pelotage tout habillés devenaient presque aussi frustrantes qu'elles étaient excitantes, j'avais suggéré qu'on reste dormir « en ville » après le bal de promo. J'avais proposé ça nonchalamment, comme si c'était une évidence. J'avais même essayé de faire comme si c'était quelque chose que j'avais déjà testé. Je ne savais pas si c'était le cas pour lui.

— Bien sûr, avait-il répondu avec un regard et un sourire qui m'avaient atteinte en plein cœur et en plein entrejambe.

J'étais si excitée que je flottais presque : je connaissais le jour précis où j'allais perdre ma virginité, et ce serait avec *lui*.

J'étais allée au Holiday Inn, plus tôt, ce jour-là. Je m'étais présentée à la réception, j'avais laissé quelques affaires, observé pensivement le lit double, puis j'étais rentrée à la maison et j'avais rappelé à mes parents indifférents que je passais la nuit chez Jo. Heureusement, ma sœur n'était pas là. Esther pouvait renifler mes bobards à des kilomètres !

La fête avait lieu dans un pub irlandais dans le centre-ville. Une salle de réception accueillait une table sur tréteaux couverte de nourriture beige et de l'alcool pas cher dans des poubelles en plastique remplies à ras bord de glaçons qui ne tarderaient pas à fondre et se transformer en marécage.

C'était étrange d'être là tous les deux, Lucas et moi, et de faire semblant d'être distants, alors que nous savions les instants d'intimité que nous allions partager. Je l'aperçus dans un coin de la pièce, vêtu d'une chemise en velours côtelé noire, en train de siroter une canette de bière blonde. On échangea un hochement de tête imperceptible.

Jusque-là, garder secrète notre complicité nous avait semblé pragmatique. Mais, ce soir, cela semblait anormal. Qu'est-ce qu'il y avait à cacher ? Est-ce que cela impliquait qu'on avait honte, qu'on en soit conscients ou non ? Aurait-il préféré qu'on se montre ? Était-ce une insulte qu'il avait acceptée de manière tacite ?

J'étais un peu angoissée, mais nous avions mis le cap et nous devions suivre la feuille de route. Je me dis que je lui en parlerais plus tard. *Plus tard.* J'arrivais à peine à croire que ça allait se produire ! J'en avais le tournis.

Je buvais du cidre au cassis, trop vite : je sentais mes inhibitions se dissoudre dans ses bulles acides.

Richard Hardy (ou plutôt Rick, comme je venais de l'apprendre) dit :

— T'es bonne.

Je frémis, murmurai un merci.

— On dirait une pute, mais dans le genre très chic et avec un cœur d'or. C'est ton « style », pas vrai ?

— Ha ha ha, m'exclamai-je, alors que tout le monde était plié de rire.

C'était de la déconne d'adultes, et j'avais de la chance d'être admise dans ce petit groupe.

Alors que la soirée défilait, j'avais l'impression d'être dans un cercle de rire et de lumière, au milieu de ceux qui avaient une auréole au-dessus de la tête, et je ne savais pas pourquoi je m'étais sous-estimée jusqu'à présent. Je veux dire : d'accord, j'étais ivre, mais soudain ça me semblait de la rigolade d'*être populaire.*

J'échangeai un regard curieux avec Jo. L'école était donc vraiment terminée ? Nous avions survécu ? Et nous finissions en beauté ?

— Eh, George !

Rick Hardy me fit signe d'approcher. Il m'appelait George, maintenant ? J'étais vraiment en train de casser la baraque. Il était appuyé contre un mur à côté d'une poubelle pleine de canettes, entouré de son troupeau habituel de lèche-bottes. La rumeur disait qu'il n'allait pas se prendre la tête à aller à l'université : son groupe de musique était en train « d'attirer l'attention de gros labels ».

— Je veux te montrer quelque chose.

— D'accord, répondis-je.

— Pas ici.

Il se décolla du mur dans un mouvement onduleux de star du rock naissante, et confia sa boisson à une admiratrice. Il me tendit la main, et je sentis de multiples paires d'yeux se tourner vers nous.

— Viens avec moi.

Sous le coup de la surprise, je posai mon verre en manquant de le renverser, mis la main dans la sienne, et le laissai me guider à travers la foule. Je penchais pour une nouvelle voiture ou un énorme pétard. Je pouvais m'adapter à l'un comme à l'autre.

Je jetai un coup d'œil en direction de Lucas, pour lui assurer que ce n'était rien, bien sûr. Il me répondit avec le même regard exactement que lorsque je m'étais assise à côté de lui la première fois.

« Tu vas me faire mal à quel point ? »

Chapitre 1

Aujourd'hui

— ... Et notre soupe du jour est une soupe carotte-tomate.

Je conclus avec une note guillerette dans la voix et un grand geste théâtral, que la soupe ne justifie absolument pas.

(« Ça existe, au moins, de la soupe carotte-tomate ? » ai-je demandé au chef-cuisinier Tony, alors qu'il plongeait une cuillère dans un chaudron qui bouillonnait et dégageait de fortes odeurs de légumes. « Maintenant, oui, Miss Roploplo. » Je doute franchement qu'il soit diplômé d'une grande école de cuisine. Encore moins d'une école de charme.)

La vérité, c'est que je donne une note d'élégance à ma performance dans mon propre intérêt, pas dans celui des clients. Je ne suis pas une simple serveuse, je suis une espionne venue d'un monde de mots, qui accumule de la matière première. Je m'observe depuis l'extérieur.

L'homme aux allures de cadre mécontent, accompagné de sa femme à l'air dépressif, scanne les options qu'offre That's Amore ! Le menu est décoré d'un clipart de la tour de Pise, avec une fourchette sur laquelle sont enroulés des vers de terre et un Pavarotti qui ressemble à Bigfoot en plein AVC.

Il a réservé au nom de M. Keith, ce qui m'a paru drôle, mais il y a une actrice qui s'appelle Penelope Keith, alors, ça n'a rien de drôle, dans le fond.

— Carotte et tomate ? Oh non. Non, je ne crois pas.

Moi non plus.

— Qu'est-ce que vous nous conseillez ?

Je déteste cette question. C'est une invitation au parjure. Tony m'a dit : « Essaye de fourguer les spaghettis *vongole*, les palourdes tirent un peu la tronche. »

Ce que je peux vous conseiller, c'est le turc à cinq minutes d'ici.

— Que diriez-vous de l'*arrabbiata* ?

— Est-ce que c'est épicé ? Je n'aime pas quand c'est épicé.

— Légèrement épicé. Personnellement, je trouve que c'est plutôt doux.

— Ce qui est doux pour vous ne l'est pas forcément pour moi, jeune fille !

Je grommelle tout bas :

— Pourquoi demander conseil, alors ?

— Pardon ?

Je souris, les dents serrées. Une aptitude capitale, le sourire aux dents serrées. Je m'accroupis légèrement, les mains sur les genoux, implorante.

— Dites-moi ce que vous aimez.

— Le risotto.

Alors, peut-être que vous pourriez choisir ça, ou est-ce que c'est moi qui réfléchis trop ?

— Mais c'est aux fruits de mer, grimace-t-il. C'est quoi, comme fruits de mer ?

C'est un Tupperware avec FRUITS DE MER inscrit dessus au marqueur, et dont le contenu ressemble à ce qu'ils vous vendent comme appât dans les magasins de pêche à la ligne.

— C'est un mélange. Des palourdes… des crevettes… des moules…

Je prends leur commande (des pâtes carbo), le cœur lourd. Cet homme a une tête de contributeur niveau 6 sur TripAdvisor, et cet endroit donne plein d'idées aux clients avertis, et aux non-avertis aussi.

Voici un florilège des avis actuellement les mieux notés sur That's Amore.

Cet endroit redéfinit la mauvaise cuisine. Le pain à l'ail donnait l'impression que quelqu'un avait réussi à parfumer du pain à la mauvaise haleine. Cela dit, il accompagnait parfaitement le pâté, qui avait un goût d'âne de bord de mer. Le vin blanc du patron n'était pas du vin, mais plutôt la sueur de Satan lui-même. Par la porte de la cuisine entrouverte, j'ai vu un chef cuistot, qui ressemblait à un Bee Gees mort, en train de se gratter les bijoux de famille, alors je suis parti avant qu'ils ne m'infligent le plat principal. Hélas, je ne saurai jamais si les médaillons de veau auraient réussi à inverser la tendance. La serveuse m'a assuré que ce n'étaient « que des produits locaux issus d'élevage en plein air », alors, il y a probablement une affichette pour un chat perdu dans les parages, si vous voyez ce que je veux dire.

Bon, j'avoue que j'étais raide défoncé lors de ma première et dernière visite dans cet enfer, mais qu'est-ce que c'est que des « crevettes de Neepsend[1] », b*rd*l ? On ne peut pourtant pas dire que cette ville soit connue pour son littoral ! Pour mon dernier repas dans le couloir de la mort, je commanderai le *pollo alla cacciatora* dans ce restaurant. Parce que ça aidera vraiment à faire passer la pilule de ce qui vient ensuite.

J'ai dit au propriétaire de That's Amore ! que c'était la pire bolognaise que j'aie goûtée de ma vie. On aurait dit de la viande hachée avec du ketchup. Il m'a répondu que c'était comme ça que sa *nonna* la préparait dans sa recette spéciale. J'ai rétorqué que, dans ce cas, sa *nonna* ne savait pas cuisiner. Il m'a accusé d'insulter sa famille ! Ce n'est pas pour me moquer, mais il avait l'air aussi italien que Boris Becker.

Amateurs de (vraie) cuisine italienne, passez votre chemin…

1. Banlieue de la ville de Sheffield. (N.D.T.)

Chapitre 2

— Quand est-ce que tu as su que tu voulais devenir serveuse ? me demande Callum, mon unique collègue en salle, tandis qu'il essaie de boire un Orangina à la manière d'un cow-boy, revissant le bouchon dans un geste viril.

Sa moustache est mal taillée, il a des auréoles de sueur sous les bras, et son seul passe-temps et/ou centre d'intérêt est la salle de sport, notamment un cours qui s'appelle « la mort des jambes ». Comme je redoute qu'il essaie de me draguer, j'emploie toujours un ton très grande sœur avec lui, pour le décourager.

— Hum… Je ne dirais pas que je voulais devenir serveuse.

— Oh. D'accord. Tu as quel âge, déjà ?

N'étant pas très futé du haut de ses vingt-deux ans, il ne se rend pas compte qu'on le voit venir à des kilomètres. Un jour, il m'a dit que le stepper était une machine géniale « même pour les gens avec cinq ou même huit kilos en trop, par rapport à leur poids idéal ».

— Trente ans.

Il marque un temps d'arrêt.

— Waouh !

— *Merci.*

— Non, je veux dire… tu n'as pas l'air aussi vieille. On croirait que tu as… vingt-huit, genre.

Je commence depuis quelque temps à sentir que je me rapproche de plus en plus du statut de grande dame alors qu'avant j'étais loin d'avoir le même âge que les personnes avec qui je travaillais dans l'industrie. Quand j'y pense, mon ventre se contracte et mon cœur devient aussi mou qu'un vieux ballon de foot. L'avenir est un endroit auquel j'essaie de ne pas penser.

Quand j'ai accepté le poste à That's Amore !, j'avais un mois de loyer de retard et j'avais trouvé l'établissement joliment rétro, avec ses bouteilles de chianti à la base entourée d'osier, qui faisaient office de bougeoirs, ses nappes à carreaux rouges et blancs, ses grappes de raisin en plastique le long du bar, et *Les Plus Belles Chansons d'amour italiennes : volume 1* dans les haut-parleurs.

— Pourquoi est-ce que tu ne trouves pas un vrai travail ? m'avait demandé ma mère.

Je lui avais expliqué pour la millionième fois que j'étais une écrivaine en devenir qui avait besoin de gagner de l'argent, et que, si je trouvais un vrai travail, alors ce serait fini, ce serait mon vrai travail pour toujours.

Quelque part au fond d'une armoire, j'ai mon album-souvenir de terminale. J'avais été élue personne la plus susceptible d'aller loin et personne la plus susceptible d'avoir une mention très bien. Je suis allée aussi loin que la trattoria la plus pourrie de Sheffield, et j'ai abandonné la fac au bout d'un semestre. À part ça, en plein dans le mille.

— Tu vas être une très vieille serveuse sans retraite, avait poursuivi ma mère.

Ma sœur, Esther, encourageante, comme à son habitude, avait ajouté :

— Dieu merci, personne dans mes connaissances ne va là-bas !

Joanna avait mis, elle aussi, son grain de sel :

— That's Amore !, ce n'est pas le restau où il y a eu un foyer de norovirus, l'an dernier ?

Pour avoir testé la « cuisine simple et rustique » du lieu, je me demande si le norovirus n'a pas été accusé à tort.

Maintenant, je pourrais exploser à coups de massue le CD qui tourne en boucle. J'ai envie que Dean Martin se prenne la lune en pleine tronche façon uppercut à la Mike Tyson.

Il s'avère que mon rôle est moins celui de serveuse que celui d'apologiste du terrorisme gastronomique. Je suis une mule qui transporte les marchandises de contrebande de la cuisine à la table, et qui joue les innocentes quand on l'interroge.

On m'avait convaincue qu'un déjeuner gratuit était un à-côté non négligeable, en plus de mon maigre salaire. Je n'ai pas tardé à découvrir que c'était aussi avantageux que d'avoir droit à un tour de toboggan gonflable, si votre avion s'écrasait.

En fait, ce qui me reste vraiment en travers de la gorge, c'est que, grâce à une combinaison de retraités confus, de masochistes, d'étudiants attirés par l'offre « deux pour le prix d'un » et de touristes, That's Amore ! fait des bénéfices.

Le propriétaire, un homme bougon que tout le monde connaît sous le nom de Beaky, revendique des origines italiennes « du côté de [sa] maman », en dépit d'un aspect et d'un accent cent pour-cent Sheffield. Il apparaît de temps en temps pour écluser la grappa et vider la caisse, heureux de laisser voguer la galère qui prend l'eau avec Tony comme patron *de facto*.

Tony, un très gros fumeur maigre et nerveux, avec une coupe mulet et des cheveux clairsemés, tolérable si vous savez comment le prendre… Autrement dit, si vous considérez tout ce qu'il dit comme parole d'évangile, ignorez son côté lubrique et vous rappelez que l'important c'est d'avoir un salaire.

Il n'y a pas trop de monde, ce soir. Après avoir fait grâce aux heureux clients de la lecture des plats du jour, je bois une gorgée d'eau et inspecte mon reflet fatigué dans l'acier inoxydable de la machine Gaggia.

Un cri retentit soudain à l'autre bout de la salle.

— S'il vous plaît ? S'il vous plaît !

Tandis que M. Keith me fait signe d'approcher, j'adopte une expression mi-neutre, mi-intéressée, même si je sais exactement ce qui est sur le point de me tomber dessus. Il attrape sa fourchette et la laisse tomber dans la gadoue couleur mortier décongelée et figée de ses pâtes carbonara.

— C'est immangeable !

— Je suis désolée. Qu'est-ce qui ne va pas ?

— Qu'est-ce qui va, vous voulez dire ? C'est tiédasse et ça a un goût de pied.

— Désirez-vous autre chose ?

— Non. J'ai choisi les pâtes carbonara parce que c'était le plat que j'avais envie de manger. Alors, c'est ce que je voudrais, mais mangeable, s'il vous plaît.

J'ouvre la bouche et je la referme, car je ne sais pas comment régler ce problème. À part en renvoyant Tony, en changeant de fournisseurs et en rasant That's Amore !

— Le plat est resté sur le côté pendant que vous prépariez le risotto de ma femme, c'est évident.

À sa place, je ne ferais pas de suppositions. D'autant que la réalité est bien pire.

— Voulez-vous que je demande au chef de refaire votre plat ?

— Oui, s'il vous plaît, répond-il en me tendant son assiette.

J'explique la situation à Tony. Ça ne semble jamais le contrarier que des clients disent que sa cuisine est dégueulasse. Dommage qu'il ne le prenne pas personnellement. Ça remonterait peut-être un peu le niveau.

Il attrape un sachet de copeaux de parmesan, en verse sur l'assiette, mélange et la met au micro-ondes pendant deux minutes. La sonnerie retentit, il ressort l'assiette.

— Compte jusqu'à cinquante avant de la lui apporter. Sa bouche pensera ce que lui dicte sa tête, dit-il en se tapotant le front.

Je ne peux pas m'empêcher de penser que, si c'était si

facile, That's Amore ! aurait une étoile au guide Michelin, au lieu d'une note moyenne d'une seule étoile sur TripAdvisor.

Je demanderais bien à Tony de préparer un autre plat en vitesse, mais le truc, c'est que… je sais qu'il sera aussi mauvais que celui-ci.

Mes épaules s'affaissent sous le poids de la gêne. Ma vie semble un exercice interminable dont le but est de me mettre les nerfs en pelote.

Après avoir attendu quelques instants en espérant faire illusion, je brandis les pâtes incriminées à travers les portes battantes.

— Voilà, monsieur.

Je lui offre à nouveau mon sourire serré à la Basil Fawlty, en posant son assiette devant lui.

— Toutes mes excuses.

L'homme fixe l'assiette, et je suis ravie de la distraction que m'offre un couple de personnes âgées qui se tiennent à l'entrée et ont besoin d'être accueillies et installées à une table.

Avec une fatalité aussi inévitable qu'écrasante, dès que j'ai fini, M. Keith me fait signe, une fois de plus.

Il faut que je parte. Il faut que je parte.

Allez, tiens le coup jusqu'à ce que tu aies payé le loyer de ce mois-ci. Et réservé cette semaine en Crète avec Robin, si tu arrives à le convaincre.

— C'est le même plat. C'est celui que j'ai renvoyé.

— Vraiment ?

Je mime la surprise, secouant la tête avec empathie.

— J'ai pourtant demandé au chef de le remplacer.

— C'est la même assiette.

Il montre du doigt un petit éclat dans la porcelaine à motif.

— C'était déjà là avant.

— Euh... peut-être qu'il a préparé de nouvelles pâtes et utilisé la même assiette ?

— Il a jeté les anciennes, il a lavé l'assiette, il l'a essuyée et il l'a réutilisée pour confectionner un nouveau plat ? Pourquoi n'utiliserait-il pas une assiette différente ? Vous êtes à court de vaisselle ?

Tout le restaurant écoute. Je n'ai rien à rétorquer.

— Soyons réalistes et pragmatiques. C'est le même plat, mais réchauffé.

— Je suis certaine que le chef en a préparé un autre.

— Vraiment ? Vous l'avez vu faire ?

Le client a peut-être toujours raison, sauf qu'à cet instant je le déteste.

— Non, mais... je suis sûre que c'est ce qu'il a fait.

— Amenez-le-moi !

— Quoi ?

— Amenez-moi le chef pour qu'il s'explique !

— Oh... il est très occupé en cuisine en ce moment.

— Je n'en doute pas, compte tenu de sa drôle de tendance à faire la vaisselle en même temps.

Je passe de sourire serré à rictus de Joker.

— Je vais attendre qu'il ait quelques minutes pour m'expliquer pourquoi on vient de me resservir la même bouillie infâme de seconde zone, et de me mentir sur le contenu de mon assiette.

« Bouillie infâme ». Joli ! C'est bien ma chance de tomber sur le genre de client hostile qui s'exprime bien.

Je retourne en cuisine et annonce à Tony :

— Il veut te parler. Le client des pâtes carbo. Il a compris que c'était le même plat, parce que c'était dans la même assiette.

Tony est occupé à faire cuire un filet de canard, qu'il retourne avec une pince. Enfin, quand je dis « canard »... Si une animalerie a été cambriolée récemment, ça pourrait tout aussi bien être du perroquet.

— Quoi ? Dis-lui d'aller se faire mettre ! Il se prend pour qui, Détective…

Il marque une pause, avant d'ajouter :

— Assiette ?

Dans une joute verbale entre Détective Assiette et Tony, je parierais sur le premier.

— C'est toi, le personnel en salle. À toi de gérer. Ce n'est pas mon domaine.

— Tu m'as donné le même plat ! Qu'est-ce que je suis supposée faire, quand le client s'en rend compte ?

— *Le charmer.* C'est ce que tu es censée être, pas vrai ? Charmante.

Il m'examine des pieds à la tête d'un air de défi.

C'est du Tony dans toute sa splendeur : une dose de passif-agressif, une dose de harcèlement sur le lieu de travail et une dose de sexisme lubrique, le tout contenu dans un seul ordre.

— Je ne peux pas lui dire que ses yeux ont un problème ! On aurait dû changer d'assiette.

— Il me fait chier, répond Tony en attrapant le torchon posé sur son épaule et en le jetant par terre. Et il fait chier mon canard, aussi. Bientôt, ce sera du charbon.

Se plaindre de l'effet sur la qualité de sa cuisine est d'une mauvaise foi tellement énorme qu'on doit voir son hypocrisie depuis l'ionosphère.

Il éteint la flamme sous la poêle et pousse les portes de la salle dans un grand geste dramatique.

— Qui me demande ?

Je doute que cette attitude pugilistique lui rende service.

Je le dépasse en rampant façon Gollum et le conduis jusqu'à la table de l'intéressé, tout en laissant échapper des bruits que j'espère diplomatiques et apaisants.

— Quel est le problème ? s'enquiert Tony d'une voix de stentor, les mains sur les hanches de son tablier de cuisine blanc pas si blanc.

— C'est ça, le problème, fait M. Keith en attrapant sa fourchette et en la laissant retomber d'un air dégoûté. Comment pouvez-vous penser que c'est acceptable ?

Tony le fixe, perplexe.

— Vous connaissez les ingrédients de la carbonara ? C'est une recette italienne traditionnelle.

— Des œufs et du parmesan, non ? Là, ça a le goût du Dairylea[1] qu'on aurait essoré dans le slip d'un catcheur.

— Oh ! désolé, j'ignorais que vous étiez critique gastronomique.

Sa dernière clope doit l'avoir sacrément défoncé, pour qu'il soit aussi impoli avec un client.

— Pas besoin d'être A. A. Gill[2] pour savoir que c'est immonde. Néanmoins, puisque vous en parlez, je suis effectivement ici ce soir pour faire votre critique pour *The Star*.

Tony, dont le teint est déjà blafard grâce à un régime de clopes et de rouleaux au bacon, pâlit notablement.

Si ce n'était pas une situation de crise et si ça ne manquait pas totalement de professionnalisme, je rirais. Je fais semblant de me frotter la joue d'un air pensif, pour me donner une contenance.

— Est-ce que vous voulez autre chose, alors ? demande Tony.

Il croise les bras sur la poitrine et hoche la tête dans ma direction en disant ça. Je sais que dans la cuisine je vais me prendre un savon maison sur le thème : TU N'AURAIS PAS PU GÉRER ÇA TOI-MÊME ?

— Pas vraiment. La dernière fois que je vous ai demandé de remplacer mon plat, vous l'avez réchauffé. Est-ce que je

1. Fromage fondu de fabrication industrielle qui se trouve au Royaume-Uni et en Irlande. (N.D.T.)

2. Écrivain et critique britannique célèbre. Il était le critique gastronomique du *Sunday Times*. (N.D.T.)

vais avoir droit à cette même excroissance une troisième fois ?

Mme Keith a l'air étrangement calme. Peut-être qu'elle est reconnaissante que quelqu'un d'autre ramasse à sa place. À moins que ce soit une fausse épouse, une comparse qui est critique également.

— Je croyais que c'était ce que vous vouliez ? Un plat plus chaud ?

— Oui, un *nouveau* plat plus chaud, pas ce magma infâme réchauffé.

Tony se tourne vers moi :

— Pourquoi tu ne m'as pas dit qu'il voulait un nouveau plat ?

Je fronce les sourcils.

— Euh, c'est ce que j'ai fait...

— Non, tu m'as dit de le réchauffer.

Je suis tellement surprise par ce mensonge éhonté qu'aucune repartie ne me vient.

— Non, j'ai dit...

Je ne termine pas ma phrase, car répéter l'intégralité de notre conversation me ferait l'effet d'une trahison, mais suis-je supposée rester là et accepter qu'on me mette tout ce cirque sur le dos ?

Pause. Oui. Oui, c'est ça. C'est exactement ce que je suis supposée faire.

— Est-ce que tu es en train d'insinuer que je suis un menteur ? continue Tony.

Toute la salle ne perd pas une miette du spectacle.

J'ouvre la bouche pour répondre ; aucun mot n'en sort.

— C'est ça, tu es en train de me traiter de menteur ? Eh bien, tu sais quoi, tu es virée !

— Quoi ?!

Il plaisante, c'est sûr... Mais Tony me montre la porte du doigt. De l'autre côté de la salle, Callum est sous le choc : bouche grande ouverte, paralysé, un énorme poivrier entre les mains.

— Attendez, ça me paraît excessif..., intervient M. Keith, l'air soudainement contrit.

C'était l'objectif de Tony. Le seul moyen pour lui de reprendre le dessus, en espérant que la critique ne tourne pas uniquement autour des pâtes carbo saveur fond de slip.

À l'exception de Dean Martin, qui fredonne infatigablement sur la vieille Naples, on pourrait entendre une mouche voler.

Je défais mon tablier, le jette à terre et vais récupérer mon sac derrière le bar, les mains tremblantes.

Je me précipite à l'extérieur sans regarder derrière moi. Les larmes me brûlent les yeux, mais il est *hors de question* qu'ils me voient pleurer.

Je suis au coin de la rue, en train de fouiller dans mon sac à la recherche d'un mouchoir tandis que mon mascara non waterproof coule avec entrain, quand je reçois un texto de Tony.

Désolé, ma belle. Parfois, il faut leur offrir une mise à mort. Reviens dans quinze jours et, si l'autre con de critique l'apprend, raconte que ta mère est morte, ou n'importe quoi qui lui fera pitié. Prends ça comme des vacances ! Enfin, sans solde.

Ça, c'est de l'amour.

Puis je me rends compte d'autre chose.

J'ai oublié mon manteau, bordel !

Chapitre 3

Première pensée : c'est un prisonnier de guerre. Ils ne peuvent pas le torturer, alors laisse-le derrière toi. Deuxième pensée : merde, c'est ma fausse fourrure rose chewing-gum. Elle a la même valeur sentimentale que ma vieille tortue Jammy. Et, accessoirement, je frissonne déjà.

Une seconde… J'ai un allié infiltré à l'intérieur : Callum. Je lui envoie un message pour lui demander de l'aide ; il aura suffisamment pitié de moi pour me rendre service.

Aussitôt fait, aussitôt *bip*.

Je te donne ton manteau, si tu acceptes un rendez-vous avec moi. [Smiley qui pleure de rire.]

Je bats des paupières. Deux fois. Il vient de me voir me faire virer en public de la façon la plus humiliante qui soit et il me fait du chantage sexuel ? J'examine la possibilité de lui répondre un truc bien senti du genre : « Je me lave les poils des tétons, ce soir-là. » Ou de lui faire remarquer que j'ai acheté mon manteau en solde chez Selfridges pour cinquante livres il y a trois ans, alors il ne vaut vraiment pas ce prix-là, en terminant avec l'insulte d'un smiley qui pleure de rire.

Mais le but est de récupérer mon manteau, pas une collection de bras d'honneur et une photo dudit manteau dans la poubelle.

Ha ha ha, si je ne suis pas trop ruinée par mon chômage

pour payer ma tournée. Je te retrouve devant la porte dans une minute ?

Je veux bien payer, s'il n'y a que ça. Ça veut dire oui, lol ? [Smiley clin d'œil.]

Existe-t-il quelque chose de moins charmant qu'un type qui essaie de vous forcer à faire quelque chose dont vous n'avez pas envie, qui admet qu'il est en train de vous forcer et continue ?

Bon. C'est parti pour un mensonge.

Bien sûr...

... QUE NON. Il sait que j'ai un petit ami, en plus. Nous avons eu une discussion au cours de laquelle il a déclaré : « Lol, il s'appelle Robin. Est-ce que ça t'arrive de l'appeler Cock Robin ? » J'ai répondu non et il a ajouté : « Ha ha, trop drôle ! »

Aucune trace de Callum devant la porte. J'attends cinq minutes qui me paraissent cinq heures, puis je lui envoie un point d'interrogation. Au bout de trois minutes supplémentaires, il apparaît enfin.

— C'est speed avec seulement moi en salle.

Je me demande si je suis censée m'en excuser.

Je baisse les yeux sur le bout de tissu qu'il tient entre les mains. Un trench-coat beige.

— Ce n'est pas à moi.

— Oh.

— Mon manteau est en moumoute, et il est rose.

Il disparaît à l'intérieur. Plus les minutes passent, plus je me dis qu'il n'y a aucun autre manteau couleur tarama dans le vestiaire justifiant que ça prenne autant de temps. Je me penche et regarde à travers les filets de pêche qui pendent à la fenêtre. Callum est en train de prendre la commande d'une table de huit personnes. Il papote, plaisante et, visiblement, prend tout son temps.

La frustration prend le pas sur la honte. J'ouvre la porte et entre dans le restaurant. Je sens de multiples paires d'yeux sur moi, tandis que je fouille parmi les portemanteaux à l'arrière de la porte, derrière le bar, et récupère mon bien.

— Jeune fille... jeune fille ?

Je pivote et vois M. Keith qui me fait signe d'approcher. Je jette un regard inquiet en direction de la cuisine, mais qu'est-ce que Tony va bien pouvoir faire ? Me virer à nouveau ?

Je me dirige vers le client. Il est en train de s'essuyer la bouche avec sa serviette.

— Je suis désolé pour ce qui vient de se passer. Si j'avais su que ça aurait de telles conséquences...

— Oh ! ne vous en faites pas. Ce n'est pas votre faute.

— À l'avenir, rappelez-vous que rien ne vaut l'honnêteté.

Je le fixe. Sérieusement ? Il est en train de me faire la leçon ? Bordel de...

— J'ai été honnête. C'est le chef qui a menti, répliqué-je.

— Vous êtes en train de me dire qu'il m'a préparé un autre plat ?

Ah. Ça.

— Non, il a refusé, alors j'ai...

— Menti ?

— Pour conserver mon travail ! C'est lui qui m'a conseillé de mentir !

— Et ça a donné quoi, pour vous ?

J'ouvre et je referme la bouche, puis je répète bêtement :

— Le menteur, c'est lui.

— Peu importe. J'ai décidé de ne pas faire votre critique, afin de ne pas vous mettre dans l'embarras.

J'ouvre grand la bouche.

— C'est ce qu'il voulait ! C'est pour ça qu'il m'a renvoyée !

Pour que vous vous sentiez coupable d'écrire à quel point la nourriture est mauvaise, ici !

Je parle d'une voix perçante, à présent, et tout le monde nous regarde.

— Écrivez votre article ! Racontez votre soirée à tout le monde, dites que je me suis fait virer, je m'en fiche !

— Ce n'est pas très *corporate*, comme attitude, vous ne trouvez pas ?

— Ou alors...

Je sens tout le monde retenir son souffle.

— Je peux l'écrire à votre place. Je pourrais pondre un article génial sur cet endroit. Plus de conflit d'intérêts.

M. Keith s'éclaircit la gorge.

— Eh bien, vous êtes l'employée du mois, ma parole !

Je suis sur le point de mentionner la fois où le bassin rempli de margarine présentait en surface ce qui ressemblait à des traces de pattes de rongeur. Tony avait utilisé une cuillère à glace pour retirer la couche supérieure, et continué à se servir de la margarine. Ou alors je pourrais sortir mon portable et lui montrer le texto que je viens de recevoir. Oui, ça devrait faire l'affaire.

Callum tourne la tête dans ma direction, l'air horrifié. Quand son regard se pose sur la porte de la cuisine, je sais ce qui est sur le point de me tomber dessus.

Tony sort avec une autre assiette de pâtes à la main, affectant un air bonhomme. Lorsqu'il me remarque, ses yeux se transforment en toupies.

— Tu n'arrives pas à garder tes distances même quand on ne te paye pas ? Allez, Georgina, sors d'ici ! Monsieur ne veut plus que tu le harcèles.

Il pose l'assiette. Le contenu a presque l'air décent. Peut-être qu'il a googlé « carbonara » et qu'il a utilisé un œuf.

— Je ne suis pas en train de le harceler, c'est lui qui me parlait. Je suis juste revenue chercher mon manteau.

Il n'y a toujours pas le moindre bruit de couverts tintant

contre des assiettes. Rien que le son de nos voix et « *volare, ooooh oh* ».

À cet instant, quelqu'un, derrière M. Keith, attire mon attention. Une petite fille avec une coupe à la Jeanne d'Arc, un front démesurément grand et de la sauce tomate plein les joues. Elle porte une grande couronne en papier avec « ANNIVERSAIRE » écrit dessus. Elle s'est interrompue en plein milieu de son plat de penne marinara et, à l'instar de sa famille abasourdie, elle ne perd pas une miette de ce spectacle totalement déplacé. Nous sommes en train de gâcher l'anniversaire d'une enfant. Étant donné que tout le monde est figé en attendant de voir ce que *je* vais dire ou faire, c'est *moi* qui le gâche.

Quelques-uns de mes rares bons souvenirs d'enfance me reviennent. L'excitation d'aller dîner au restaurant, de manger des nuggets de poulet dans un seau et de négocier pour avoir un deuxième Coca-Cola.

— Laisse tomber. Je voulais seulement mon manteau. Je m'en vais.

— C'est ça, sors avant que ce soit moi qui te sorte ! grommelle Tony.

Puis, plus fort, à l'attention de M. Keith :

— J'espère que son mélodrame ne vous empêchera pas d'apprécier votre repas.

Je rétorque :

— Et moi j'espère que votre repas ne vous empêchera pas d'apprécier votre repas.

M. Keith secoue la tête avec consternation.

Je tourne les talons et quitte le restaurant, consciente que tout le monde me regarde. Je reste concentrée sur le tableau en ardoise présentant les plats du jour, sans saluer personne. Je n'ai jamais cru que ce boulot se passerait particulièrement bien, mais je n'avais pas imaginé qu'il se terminerait sur le saccage de ma dignité. La porte se referme derrière moi et je soupire.

*
* *

Je marche et je marche encore, trop énervée pour chercher mes clopes. Je n'ai pas envie que ça se transforme en crise d'angoisse. Je me rappelle ce que la thérapeute m'a dit quant au fait de me concentrer sur ma respiration, lorsque je sens l'angoisse monter en moi comme une lame de fond qui veut me submerger.

Mon téléphone bipe.

Pas un mot sur notre rencard, OK ? Tony sera grave vénère s'il l'apprend et il me virera aussi, lol. [Smiley clin d'œil.]

Un autre bip.

C'était très con de ta part, princesse. Pas de boulot pour toi ici, ni nulle part ailleurs, une fois que j'aurai fait passer le mot. TU ES SUR LISTE NOIRE. Amuse-toi bien dans ton prochain boulot autour d'une barre verticale.

Tony est déjà « grave vénère », apparemment. Je rédige aussitôt une réponse.

MDR. C'est bon, Tony, ton nom de famille n'est pas Soprano. Tu en saurais plus sur la gastronomie italienne, si c'était le cas. [Smiley qui pleure de rire.]

J'aimerais prendre sa menace avec désinvolture, mais j'ai du mal. Les bistros à prix moyen constituent un petit monde à Sheffield et, à présent, je ne peux pas payer mon prochain mois de loyer. Je n'ai pas l'habitude de me faire des ennemis. Normalement, je suis championne pour arrondir les angles. « Apaisement » est mon deuxième prénom.

Mais peut-être que je me mens à moi-même. Un troisième texto me parvient, de ma sœur Esther, cette fois, avec qui je n'ai jamais réussi à arrondir les angles, pour le coup.

Est-ce que tu viens avec Robin, dimanche ? Mark va faire les courses demain matin, alors ce serait bien de savoir combien de personnes seront là. Réponse rapide appréciée. Côte de bœuf. Dis-moi aussi si allergies au Yorkshire pudding ou autre.

Esther communique toujours par messages avec moi, comme si j'étais une intérimaire flemmarde dans son cabinet de comptables. Bien que la dernière phrase, presque sarcastique, soit en réalité destinée à Robin.

Non, il n'est pas là ! Mais merci quand même. Bisous.

Je suis aussi une menteuse hors pair. Robin et ma famille ne font pas bon ménage. J'ai tenté deux fois une réunion familiale avec lui. Depuis, j'ai décidé de mettre le projet d'intégration en attente. Indéfiniment.

Je tourne au coin de la rue et, psychologiquement, ça m'aide un petit peu de ne plus être dans le champ de mire de That's Amore ! Tout va bien, ce n'est rien du tout. Dans deux ans, ce sera un bar à tapas, du genre où on prépare le pilpil de crevettes au micro-ondes, si bien que les crevettes congelées ont la même texture que des éponges contraceptives.

Et puis Robin va *adorer* l'histoire de ma mise à pied.

Je m'imagine déjà faire et refaire l'esquisse des passages clés, anticiper les moments où j'attends un rire. À l'école, tout le monde chantait les louanges de mes histoires, j'étais douée pour ça. Si j'avais passé l'été dans une horrible colonie de vacances, aux congés de la Toussaint, j'avais transformé ça en mine d'or. « George, raconte la fois où… »

Un jour, Jo m'avait dit d'un ton admiratif : « Il t'arrive toujours des trucs de dingue, comment tu fais pour être un aimant à folie ? » (on aurait pu croire qu'elle doutait de mon honnêteté, mais Jo n'est jamais sarcastique. Elle dit toujours exactement ce qu'elle pense), et j'avais répondu que je remarquais simplement des choses. Ça m'avait été très utile d'apprécier l'absurde, dans l'enfance.

Un frottement de la pierre de mon briquet argenté, agréablement lourd entre mes mains tremblantes, et l'extrémité de ma Marlboro brille. J'aspire une grosse bouffée de nicotine et je me sens déjà mieux. Ce n'est pas tenable d'arrêter dans la situation actuelle.

Il est encore tôt et le froid qui règne sur ce soir d'hiver donne à l'air un aspect de fumée dans le lointain. On sent une soirée de week-end qui se profile. Le flux des gens à Broomhill, l'odeur de l'après-rasage qui se mélange à celle du parfum et le babillage des conversations, qui accompagnent la légère euphorie due aux deux verres qu'on a déjà derrière la cravate.

Je vois mon reflet dans la vitrine de Betfred, tandis que je danse d'un pied sur l'autre. Même si je proteste quand ma mère me dit des choses du genre « le style débraillé a du charme quand on est jeune, mais il vieillit mal », je commence à me demander si mon goût amusé pour les robes courtes et l'eye-liner liquide ne fait pas un peu *Dernière sortie pour Brooklyn*.

« Attention avec le maquillage appuyé sur une blonde. En deux secondes, tu passes de punk à la Daryl Hannah dans *Blade Runner* à Julie Goodyear. »

Bon sang, les astuces beauté de Tony vont me manquer !

Je commence à taper un message pour Robin, puis je réfléchis et j'appuie sur la touche « effacer » pour ravaler mon coup de gueule « tu-ne-devineras-jamais-ce-que-ces-connards-ont-fait » à propos de la résiliation de mon contrat de travail. D'un coup, je suis libre ce vendredi soir. L'événement mérite mieux qu'une annonce prosaïque, lâchée dans un malheureux texto.

Je veux faire ça avec style.

Au cours d'un de nos premiers rendez-vous (je dis « rendez-vous », mais en réalité la chose consistait à être invitée à son appartement pour boire du vin rouge, jusqu'à ce qu'il me lance un prospectus de plats à emporter aux alentours de 21 heures et me dise : « Tu as mangé ? »), Robin m'avait dit : « Vis ta vie comme cette chanson. »

La chanson qui passait à ce moment-là était *Suspicious Minds*, d'Elvis. J'avais donc demandé :

— Comment ça ? Avec méfiance ?

Il avait une chaîne hi-fi avec un lecteur vinyle sur le dessus suffisamment vieux pour être à la mode, et un volume sonore qui se propageait sûrement jusqu'en Islande.

— Écoute la façon dont la musique s'évanouit, à la fin. Le morceau est déjà brillant, mais, la fin, c'est du génie, parce qu'on ne s'y attend pas. C'est le moment où quelque chose de bien se transforme en quelque chose de génial.

Il s'était penché en avant, tout en roulant un joint.

— Tout le monde pense que tu dois agir d'une certaine façon. La monogamie, le mariage, le prêt immobilier. 2,4 enfants, parce que qu'est-ce que tu feras de la seconde moitié de ta vie, sinon ? Laver ta voiture et le poulet rôti dans le four tous les dimanches. William Blake appelait ça « des menottes forgées par l'esprit ». Les gens ne veulent pas se débarrasser des règles, ça leur fait peur. Nous vivons tous en captivité.

J'avais alors pensé que je n'aurais vraiment pas été contre un bon poulet rôti. Je savais que ce n'était pas juste la vision du monde de Robin : c'était aussi un avertissement implicite à mon attention.

(« S'il voulait vraiment se poser, il l'aurait déjà fait, Georgina. » Merci, maman.) Néanmoins, j'étais déterminée à avoir l'air impassible.

— C'est une réalité construite. Comme *Matrix*, avais-je dit, en attrapant le menu de Shanghai Garden.

— C'est ça ! Autant de « vous ne pouvez pas » et « il est interdit de », c'est forcément une illusion.

— Dis ça à mon conseiller pénitentiaire d'insertion, avais-je répondu.

Il avait ri et ouvert la fenêtre avant d'allumer son joint.

— Joli !

J'avais ressenti la satisfaction d'être une Fille Cool.

— ... Est-ce que tu aimerais partager l'illusion d'un riz kung pao avec moi ?

Chapitre 4

J'envisage de prendre un taxi jusqu'à Kelham Island, puis songe que, maintenant que je suis de nouveau au chômage, le bus est sans doute plus adapté.

Ce genre de négociations internes dépasse totalement Robin. Ça fait drôle de le dire, mais Robin est célèbre, en quelque sorte. « Célèbre », peut-être pas, mais « bien connu » serait clairement trompeur. Il a un visage et un nom que vous êtes susceptible de connaître, si vous appartenez à une tranche d'âge très spécifique en Grande-Bretagne, que vous regardez les chaînes télé un peu obscures, que vous suivez les comiques marginaux et que vous fumez des pétards.

Quand j'ai vu son penthouse moderne dans une usine réaménagée, avec ses canapés en cuir rouge, ses tapis blancs et sa chambre en mezzanine, j'ai pensé : *Waouh, ça paie bien, la comédie d'auteur décalée et provocatrice !*

Au cours des six mois que nous avons passés ensemble, je l'ai vu décliner plusieurs offres, parce qu'il estimait qu'elles n'étaient pas « assez *simpáticas* par rapport à ce [qu'il essayait] de construire », et balancer des factures à la poubelle sans même les ouvrir. Pourtant, l'électricité fonctionne toujours et il y a de l'eau chaude au robinet. Au bout d'un moment, j'ai fini par piger qu'il avait une autre source de revenus.

Apparemment, son père était une sorte de gros bonnet au sein de la fonction publique (ses parents sont désormais à la retraite sur la côte de Cornouailles). Robin était propriétaire et percevait « un revenu locatif du dernier appartement ». Après ça, je n'ai plus posé de questions pour ne pas lui donner l'impression que j'étais une croqueuse de diamants qui feuilletait le catalogue.

— Est-ce que tes parents sont fans de ce que tu fais ? avais-je demandé d'un air hésitant.

En réalité, c'était un code qui voulait dire : « Wouah, ils t'ont bien installé ! »

Il avait passé la main dans ses cheveux en bataille.

— Je pense que « fans » est peut-être un peu fort. Disons qu'ils veulent que j'exploite mon potentiel dans le domaine où je considère en avoir.

Notre disparité n'est jamais un problème, sauf quand j'arrive épuisée après le boulot. Dans ces moments-là, il hausse les épaules et râle, comme quelqu'un qui n'a jamais compris ce que ça faisait de marcher sur un fil sans filet de sécurité, en cas de crash financier. Par conséquent, sa fameuse devise très inspirante selon laquelle « la vie est ce que tu en fais » peut s'avérer un poil irritante.

Néanmoins, je dois reconnaître qu'il ne s'est jamais plaint de nos différences, que ce soit d'un point de vue financier ou autre : bien qu'il soit l'homme le plus mince et le plus musclé avec qui j'aie jamais couché, il aime beaucoup mon ventre façon lit à eau et mes fesses à la mode marshmallow, et il est toujours emballé à l'idée de dormir dans ma chambre mansardée, dans ma maison mitoyenne de Crookes[1].

— Dis-toi que, si tu veux devenir écrivain un jour, tu as déjà la mansarde, avait-il lancé une fois.

— Ravie que tu apprécies ton safari de la pauvreté ! avais-je répondu.

Il avait dit : « Ah, safari de la pauvreté, j'aime, je vais m'en servir. » Il dit ça souvent.

1. Banlieue de Sheffield. (N.D.T.)

Lorsque le bus arrive, j'écrase ma clope et je prends un Mentos. Au lieu de servir du ragoût pour chien à des chalands consternés, je ne travaille pas ce soir, et la soirée ne fait que commencer. Haut les cœurs !

Quand je descends à mon arrêt, prête à parcourir dans le noir et le froid les deux minutes à pied qui me séparent de l'appartement de Robin, je commence à douter du bien-fondé du concept fabuleux qu'est la surprise. J'aurais sûrement dû le prévenir... C'est le problème, quand on est peu conventionnel. On ne sait jamais quand on est pénible.

Alors que j'approche de son bâtiment, je l'aperçois près de la porte : il a un sac en plastique bleu bon marché à la main, les anses étirées par le poids des courses qu'il vient sûrement de faire à l'épicerie du coin.

C'est le moment ! Je vais l'appeler et lui dire quelque chose du genre : « J'espère qu'il y a du vin pour moi, là-dedans ! » Je serai comme Jason Bourne. « Reposez-vous, Pam », pendant que Robin tourne la tête pour voir où je suis cachée.

Je fais défiler mes contacts, j'appuie sur son numéro et je presse mon portable contre mon oreille.

Je le vois sortir son iPhone de la poche de sa veste. Pendant un instant, il fixe l'écran, puis un *bip-bip-bip* parvient à mes oreilles. Appel terminé. Peut-être qu'il a raccroché par erreur ? Il se remet en route, son portable de nouveau dans sa poche.

Perplexe et blessée, je rappelle. Même processus : vérification momentanée et, de nouveau, appel rejeté. Vu la durée de la sonnerie, je pense que, même si je ne le voyais pas, je saurais qu'il a coupé la communication.

Obstinément, consciente du fait que je ne suis pas cool, j'appelle une troisième fois. Il est presque à la porte, à présent. Je ne sais pas si son portable vibre, en tout cas, il ne réagit pas.

J'entends :

« Votre appel ne peut aboutir. »

Qu'est-ce que c'est que ce délire ? Il l'a *éteint* ? Je suis sa petite amie et il me traite comme un numéro inconnu de Manchester qui tente de hameçonner des données personnelles ? Est-ce qu'il est en colère contre moi ?

Je fouille dans ma mémoire, mais rien ne me revient. En plus, en dépit de la haine qu'il voue aux critiques de stand-up, Robin ne pique jamais de crises de mauvaise humeur. Soit parce que ce n'est pas dans sa nature, soit à cause de la quantité de marijuana qu'il inhale (à moins que ce soit les deux).

Je suis vexée. Alors que je le regarde entrer dans son immeuble, je tente d'étalonner : à quel point je le suis et si c'est justifié.

J'imagine déjà l'excuse qu'il va me donner. *Je n'étais pas dans le bon état d'esprit, je ne voulais pas t'infliger ça*. J'ai pourtant appelé trois fois de suite, alors que j'étais censée être au travail. Ça aurait pu être une urgence ! Je veux dire ça sort quand même pas mal de l'ordinaire, non ? Il me traite toujours de catastrophiste, mais c'est aussi possible d'être *trop* décontracté.

J'ai tendance à l'appeler plutôt qu'à lui envoyer des messages, étant donné qu'il aime se déclarer au-dessus de « la myriade de moyens par lesquels on peut se faire harceler de nos jours ». Peut-être qu'il attend l'appel de quelqu'un d'important ? On lui a dit que le responsable de la section divertissements de la BBC voulait lui parler incessamment sous peu, et il ne veut pas qu'il tombe sur son répondeur.

Je me raccroche à n'importe quoi, je sais. Ma mère a l'habitude de dire que les personnes qui écoutent aux portes n'entendent jamais rien de bon pour elles. À présent, je comprends. Ma bonne humeur momentanée gît désormais en lambeaux à mes pieds. Je viens d'avoir un aperçu de ce que mon petit ami ressent parfois à mon égard, et ça n'aide en rien mon amour-propre.

Je repense à d'autres moments où j'ai appelé, et où il n'a pas répondu. Est-ce que ça arrive souvent ? *Putain, qu'est-ce qu'elle veut, encore !*

J'allume une nouvelle cigarette et j'examine les différentes possibilités qui s'offrent à moi. Si je rentre chez moi, je risque de croiser Karen sur le point de partir travailler, et je tiens absolument à éviter ça. Mon âme se tord rien que d'y penser. Je sais ce que je ressens, et ma psy m'a conseillé de mettre un nom dessus, lorsque le sentiment surgit : la solitude.

Une ou deux minutes plus tard, alors que je ne suis toujours pas parvenue à une décision, mon portable bipe. Esther.

Est-ce que tu peux apporter du rouge et pas du blanc ? On n'en a presque plus et je n'arrive pas à joindre maman. Merci. (PAS de piquette du supermarché ! Dépense au moins dix balles chez le caviste.)

Ma sœur n'est pas le public idéal, mais ça me donnerait une chance de répéter mon histoire et de trouver les bons mots pour faire rire Robin, quand je lui raconterai ce qui s'est passé. Sans compter que l'adrénaline de l'indignation court encore dans mes veines.

Je l'appelle.

— Salut, Esther, pas de souci pour le vin, mais, pour ce qui est de dépenser dix balles, ça va être compliqué. Je viens de me faire virer.

— QUOI ?

Bon. Ce n'était peut-être pas l'idée du siècle, tout compte fait.

— Pourquoi ?

— Un client s'est plaint de la nourriture, qu'il trouvait

abjecte, sauf que c'était un critique pour *The Star*. Alors Tony m'a renvoyée devant lui, pour faire comme si le souci venait du service et pas de la cuisine.

— Bon sang ! C'est comme ce bar hipster sur Green Lane qui servait les boissons dans des pots à confiture, et où tu as perdu un mois de salaire après une dispute à propos d'un bol de vomi et de cornichons.

Vous savez, ce don qu'a votre famille de vous taper sur les nerfs d'une façon qui échapperait à n'importe qui d'autre ? Comme un sifflet à chien ? Tout le monde trouverait Esther compatissante. Pour moi, le fait qu'elle évoque aussitôt une autre fois où j'ai perdu mon boulot me semble tout sauf compatissant.

— C'étaient des patates fourrées au fromage et au kimchi, et ça n'a rien à voir. Le manager n'arrêtait pas de me peloter, c'est pour ça que je suis partie.

— Hum… Dépense dix livres pour le vin et je te rembourserai.

Je fais claquer ma langue en guise d'objection.

— George, Mark est membre de la Wine Society, il ne va pas boire une bouteille qui vient du Spar.

En arrière-plan, j'entends mon beau-frère qui fait lui aussi des bruits pour exprimer sa désapprobation, puis quelque chose qui ressemble à une question.

— Mark veut te parler, dit Esther.

Il y a un bruissement, tandis qu'elle passe le téléphone à son mari.

— Salut, George. Désolé pour l'italien ! C'est peut-être un peu rapide, mais, puisqu'il faut battre le fer tant qu'il est chaud et tout ça, je connais quelqu'un qui a besoin d'une serveuse pour un événement, demain soir. C'est un pub en ville qui vient de changer de propriétaire. C'est juste pour la soirée mais l'argent va directement dans ta poche et c'est bien payé, si mes souvenirs sont bons. Je lui donne tes coordonnées ?

— Oui, avec plaisir. Merci.

Ce bon vieux Mark !

— Super. Je suis sûr qu'il ne tardera pas à te contacter. Bon courage !

Nouveau bruissement : Esther reprend possession du téléphone.

— Merci, chéri. Tu peux aller jeter un coup d'œil au dîner ?

Une pause, le temps que Mark, congédié, s'éloigne.

— Mark s'implique personnellement en te recommandant pour ce boulot, le type est l'un de ses clients.

Voilà, c'est parti !

— Et... ?

— S'il te plaît, ne fais pas tout foirer.

— Parce qu'apparemment je suis une foireuse renommée ?

— Tu comprends ce que je veux dire. *Je t'en supplie*, ne reviens pas avec une de tes histoires amusantes, où tout est un immense foutoir mais ce n'est pas ta faute. Je ne veux pas d'incidents et pas de fausses excuses.

— Merci de ta sollicitude, vraiment !

C'est ce qu'elle pense, dans le fond. C'est ce qu'ils pensent tous. *Ah, c'est vraiment pas de... euh... chance. Les ennuis ont l'air de la suivre, non ? C'est la combientième fois ? Hum...* Ça me fait enrager et ça m'inquiète en même temps. J'ai peur qu'ils aient raison. Dès que quelqu'un me critique, j'ai toujours peur que cette personne soit dans le vrai. Et je surcompense en étant encore plus extravagante.

— Tu sais ce que je veux dire, insiste Esther.

— Que je suis une menteuse incompétente ? C'est noté.

— Oh ! ne fais pas ta diva, Gog ! Tout ce que je te demande, c'est de garder à l'esprit que Mark est mêlé à cette histoire.

Le « Gog », c'est de la manipulation pure et simple. Mes objections et moi avons toujours l'air faibles et idiotes, quand je m'insurge contre ce surnom.

— Compris, lâché-je d'une voix tendue. Merci, Esther. Je dois te laisser, mon bus est là.

Je raccroche avant qu'elle ait eu le temps de répondre.

J'écrase le mégot de ma cigarette. Je ne vais quand même pas faire le pied de grue ici, de nuit et toute seule. Je me redresse, farfouille dans mon sac et trouve le double des clés de l'appartement de Robin. Il a eu le temps de se poser, à ce stade, et, s'il me demande pourquoi je ne l'ai pas prévenu, j'ai appelé, pas vrai ? Pas ma faute.

Le double qu'il m'a donné n'était pas dans une jolie boîte, attaché à un ruban : il est sur un porte-clés West Ham[1], car c'était la clé de son frère Felix. Il avait squatté chez lui, immobilisé par une blessure contractée en travaillant au Cirque du Soleil. (Sérieusement. Je me demande si les parents McNee croyaient que leurs enfants deviendraient avocats ou médecins.)

Robin m'a confié la clé de chez lui après une dispute. J'avais sonné pendant une éternité, après le boulot. Les Rolling Stones jouaient trop fort pour qu'il m'entende. Quand il avait fini par ouvrir la porte, il avait trouvé sur son paillasson non seulement une petite amie furax et crevée, mais aussi un voisin méchamment déphasé par le décalage horaire, avec un masque pour les yeux autour du cou, réveillé par mes tentatives désespérées et interminables d'attirer son attention. (« Il ne savait pas que vous veniez ? » J'avais été trop gênée pour admettre devant quelqu'un qui n'avait pas dormi depuis trente-deux heures que si, il le savait.)

— Désolé que vous n'ayez pas obtenu satisfaction, on ne peut pas toujours avoir ce qu'on veut. Est-ce que vous vouliez peindre ma porte rouge en noir ? avait dit Robin quand il était enfin apparu sur le perron, visiblement inepte lorsqu'il s'agissait de jauger l'ambiance.

1. Club de football anglais qui évolue en Premier League. (N.D.T.)

— Pauvre connard ! avait répondu le voisin.

En recevant la clé, j'avais demandé à quelles occasions m'en servir. « Quand tu veux ouvrir la porte. Ça sert à ça, pas vrai ? »

C'est lui qui l'avait dit.

Chapitre 5

Après avoir frappé sans obtenir de réponse, je tourne la clé dans la serrure, j'ouvre la porte, et la garçonnière glamour se matérialise devant mes yeux dans toute sa splendeur, avec la musique à fond, comme d'habitude. (Robin a déjà écouté cet album dans la semaine. « C'est le nouveau St. Vincent, il est bien. En plus, non pas que ça ait de l'importance, mais elle a un cul qui ressemble à deux Kinder Surprise dans un gant de satin. »)

Aucune trace de Robin. Je l'appelle.

— Robin ? Robin...

Rien. Il ne m'entend pas à cause de la musique, je pense. À tous les coups, il doit être dans la cuisine en train de déballer ses beignets de pomme de terre et ses hamburgers sous vide.

J'avance dans la pièce. Le sac bleu est abandonné sur le canapé, son contenu, déversé sur les coussins : des pots de Vermonster Ben & Jerry's. Ça va fondre et s'étaler partout sur le cuir. Ça me démange de les mettre au congélateur, mais ça paraît un peu zélé, avant même d'avoir dit bonjour.

Je jette un coup d'œil dans la cuisine. Il n'y est pas.

Je reviens sur mes pas et tends le cou pour regarder vers la mezzanine, au-dessus de moi. Je suis sur le point de l'appeler à nouveau quand j'entends des bruits étranglés, bien distincts de la bande-son officielle.

— Ohhhhhh puuuuuut...

— Han-han-han hum...

— Non... non... mon Dieu, oui !

J'en reste figée. Ma peau est à la fois glacée et brûlante ; elle me picote sous l'effet du choc.

Est-ce que j'ai bien entendu ce que je crois avoir entendu ? Est-ce que c'est possible ? Est-ce que c'est vraiment en train d'arriver ?

Non. Ce n'est pas possible. Ça arrive aux autres, pas à moi, pas maintenant. C'est une erreur hilarante et ça va finir dans le spectacle de Robin, *La fois où sa copine l'a surpris en train de faire du yoga,* ou je ne sais quoi.

Nouvel intermède musical. Cette fois, j'ai droit à :

— Oh oh OHHH...

— Tu aimes ça, hein ? Dis-moi que tu aimes ça.

La seconde réplique m'est familière. Je chancelle. Une vague de remontée acide, aussi imminente que soudaine, déferle dans ma gorge. Je reste sans bouger, tandis que le tangage rythmé en arrière-plan continue. Je discerne une pression intermittente désormais sans équivoque contre le cadre de lit.

Je ne peux pas regarder. Mais je ne peux clairement pas ne pas regarder. Je dois me concentrer pour calmer le tremblement de mes mains et avancer sur la pointe des pieds vers l'échelle métallique. Je monte mécaniquement et prudemment les barreaux, en faisant gaffe à ne pas me planter avec mes bottines à talons. Je n'ai jamais aimé ce truc. Ça vous donne l'impression d'être dans *Crystal Maze*[1] quand vous vous réveillez bourré au milieu de la nuit, et que vous devez descendre aux toilettes.

Je hausse la tête au-dessus du niveau du sol, mes mains moites agrippées à l'aluminium.

Dans le grand lit bas sous le Velux, je vois les fesses dénudées de Robin pistonner de haut en bas, et, de chaque côté, des jambes minces écartées. Incrédulité. Révélation.

1. Jeu télévisé britannique consistant en une série de défis à relever dans un labyrinthe. (N.D.T.)

Révulsion. Et une pensée : mon Dieu, est-ce qu'on ressemble à ça quand on le fait ?

Je suis frappée de constater à quel point c'est étrange de voir deux personnes coucher ensemble de près, dans la vraie vie. *Vous* avez été l'une de ces personnes, vous avez assez souvent vu ça à la télé, mais, en tant que spectateur de l'acte sur les lieux, c'est complètement surréaliste !

Je n'arrive toujours pas à croire ce que je vois, comme si Robin avait glissé, qu'il était tombé et qu'il avait du mal à se relever.

Je ne peux m'empêcher de comparer. C'est beaucoup plus frénétique et bruyant que quand on le fait. Le faisait.

— Vas-y, Robin, vas-y, je t'aime aaaaahhh…

— Dis. Moi. Des. Cochonneries.

Il ponctue chaque mot d'un coup de reins.

Soudain, sans même avoir décidé consciemment d'annoncer ma présence, je craque et je hurle :

— C'EST QUOI, CE BORDEL ?

Les deux corps sursautent et convulsent, choqués que je me joigne aux festivités. Robin tombe sur le côté du lit dans sa tentative simultanée de s'écarter et de se retourner pour me regarder.

La femme se tortille pour s'asseoir et je vois :

a) qu'elle est attachée par les poignets aux montants du lit avec des écharpes, dont une d'une équipe de foot que j'ai récemment lavée pour lui ;

b) qu'elle a de petits seins, des piercings aux tétons et une fleur tatouée sur les côtes ;

c) qu'elle est recouverte d'une substance pâle et grumeleuse.

Après une seconde de terreur désorientée, je comprends que ça vient de pots écrasés qui traînent par terre et contenaient de la Vermonster.

Alors qu'elle me dévisage, abasourdie, à travers un rideau d'ondulations brunes décoiffées, et que je la dévisage, abasourdie aussi, je prends conscience de qui elle est : Lou. L'assistante de Robin.

Lui est debout, maintenant, nu, les cheveux semblables à une perruque ébouriffée, l'érection en berne, comme si on l'avait descendue par respect pour la visite de la reine. Il est aussi pâle que la Vermonster.

— Bon Dieu, Georgina ! Bordel, qu'est-ce que tu fous ici ?!

— Je me suis fait virer du restaurant. Et toi, qu'est-ce que tu fabriques ?

— Qu'est-ce que tu… eh bien… comment tu es entrée ?

Il semble en vouloir au destin davantage qu'à lui-même, comme si, tout ça, c'était juste une grosse boulette administrative, et qu'il n'était pas, lui, une pauvre tache.

— Tu m'as donné une clé, tu te souviens ?

— Mon Dieu…

Alors qu'il était probablement sur le point d'adopter une stratégie de défense peu convaincante — genre je suis entrée par effraction —, la terrible vérité lui apparaît : l'architecte de toute cette douleur n'est autre que lui-même. Il prend lentement conscience de son erreur et bafouille :

— Tu ne crois pas que tu aurais dû frapper d'abord ?

Ah ? Parce qu'il s'imagine en position de me faire la morale, peut-être ?

La colère remplace la stupéfaction, et je reprends le contrôle de moi-même.

Mon regard glisse lentement de lui à Lou, toujours sur le lit, et qui a l'air d'avoir très envie qu'on la détache, maintenant ; elle se débat contre ses liens, rouge comme une tomate. Mes yeux se posent à nouveau sur Robin, puis, enfin, sur son membre flétri, que je fixe avec tout le mépris dont je suis capable.

— C'est ce que j'ai fait. Tu ne m'as pas entendue, avec la musique. Espèce de pauvre connard pathétique !

Je descends rapidement l'échelle et saute les derniers

barreaux. Mes genoux et mes chevilles me lâchent presque quand je touche le sol. Robin se lance aussitôt à ma poursuite, sans prendre le temps de s'habiller. Au moment où j'arrive à la porte, je suis de nouveau confrontée à un homme avec les couilles à l'air.

Ça me fait le détester encore plus. N'importe qui se serait dépêché de se couvrir, mais il n'a même pas assez honte pour ça ! Il est en train de se donner en spectacle, même dans un moment pareil. *Regardez comme je suis vulnérable. Regardez mon manque si peu conventionnel d'artifices.* J'aurais préféré que son artifice peu conventionnel soit caché par une serviette, merci bien.

— George, George, attends, je suis désolé !

— Moi aussi. Ce n'est pas tous les jours qu'on doit aller voir un psy après une rupture.

— Rupture ?

Je tourne la tête pour le regarder dans les yeux.

— Tu ne crois quand même pas que je vais rester avec toi ?

— Non, pas ce soir, évidemment.

Je bats des paupières, interloquée.

— Tu es complètement atteint ou quoi ? C'est terminé, Robin, fini entre nous. Je ne sais pas comment tu peux croire qu'on pourrait continuer à avoir une relation après ça.

Il marque une pause et répète :

— Une relation ? Je... je ne pensais pas qu'on était ensemble...

J'en suis tellement estomaquée qu'il me faut un moment pour rassembler mes esprits et formuler une réponse.

— ... *Quoi ?*

C'est tout ce que je parviens à dire.

— Je pensais qu'on « se voyait », précise-t-il en mimant des guillemets. Pas qu'on était exclusifs... On ne peut pas voir d'autres personnes, alors ? Ce genre de dynamique... ce n'est pas mon truc.

J'ai l'impression que de la lave en fusion court dans mes veines. C'est une chose qu'il me fasse un truc pareil, mais m'accuser en est une autre. C'est donc ça, sa parade ? Prétendre que c'est le résultat de mes attentes déraisonnables. Classe !

— Tu te fous de moi ? Tu vas esquiver en faisant comme si notre relation n'existait pas ? Même un *gamin* ne mentirait pas comme ça. Et, après, qu'est-ce qui va se passer ? Tu vas plaquer tes mains sur tes yeux pour m'empêcher de te voir ?

Il expire théâtralement, secoue la tête d'un air incrédule et se passe la main dans les cheveux. Il réfléchit à quoi dire ensuite. Je le sais, parce que c'est un tic qu'il utilise sur scène. Mon Dieu ! Et cette insolence de continuer à exposer tout son bazar !

— Je ne t'ai jamais vue comme ça avant, grommelle-t-il.

Une fois de plus, j'en suis bouche bée.

— Ai-je besoin de te faire remarquer que, moi non plus, je ne t'ai jamais vu comme ça avant ? Tu plaisantes ou quoi ?

Il pose les mains sur les hanches, façon M. Raisonnable Mais Lésé, comme si nous étions en train de parler d'un devis trop élevé pour l'isolation du loft.

— Qu'est-ce que j'ai bien pu dire qui t'ait laissé penser que je croyais en la monogamie ? Je suis presque sûr de t'avoir expliqué que non.

Je bredouille, figée l'espace d'un instant. C'est comme si quelqu'un venait de se faire prendre la main dans la caisse et arguait qu'il s'agit un malentendu, que le vol n'existe pas parce que nous vivons dans un monde de fausse conscience créé par la CIA. Ce n'est pas le genre de repartie à laquelle vous vous attendez. Putain de merde, j'enrage.

— C'est ton excuse ? Tu croyais qu'on était tous les deux libres de coucher avec d'autres ?

— Euh... oui, Georgina, c'est exactement ça. On n'a

jamais discuté des conditions générales de notre liaison. J'ignore comment je suis supposé savoir que tu envisageais les choses différemment.

— Dans ce cas, pourquoi me le cacher en coupant ton portable et en le faisant dans mon dos ?

— C'est l'étaler sous ton nez qui serait mal élevé, non ? Je ne pensais pas que tu aimerais un commentaire sur le vif à propos de qui d'autre et quand.

— C'EST TELLEMENT ATTENTIONNÉ DE TA PART !

Il faut que je sorte d'ici, que j'assimile ce qui vient de se passer, et que je m'échappe de cette bizarrerie toxique.

J'ouvre la porte d'entrée. Un couple dans la trentaine et des parents d'environ soixante ans passent dans le couloir. Ils regardent déjà dans notre direction, sans doute alertés par la cacophonie. Je reconnais M. Décalage Horaire. Avec ses parents, si j'en juge par la ressemblance, et sa copine. Merveilleux !

Fidèle à sa nature pas délicate et pas pudique, comme il se plaît lui-même à le dire, mon ex-non-petit-ami les dévisage, leur balançant son nu intégral en pleine face.

Le père s'indigne :

— Excusez-moi ! Cela vous dérangerait de couvrir vos parties intimes ? Il y a des dames.

— Je suis dans ma partie intime. C'est mon appartement. C'est vous qui vous rincez l'œil.

— Je préférerais me le rincer à la Javel et avec des lames de rasoir, répond le fils, qui est soudain mon nouveau héros.

— Ce n'est pas nécessaire d'exposer vos organes génitaux, reprend le père.

— Mes organes génitaux ! Vous devriez vous décoincer au niveau du corps humain. C'est tellement beau !

— Je peux vous assurer que vu d'ici ça ne l'est pas, réplique M. Décalage Horaire.

— Transmets mes amitiés à Lou, lancé-je à Robin, avant de sortir dans le couloir.

À l'attention du petit groupe visiblement troublé, j'ajoute pour éclairer sa lanterne :

— C'est la femme avec qui je viens de le surprendre au lit.

— Oh ! il vous a enfin donné un double des clés ? demande M. Décalage Horaire.

— Oui, mais apparemment on n'a jamais été ensemble.

Je lève les mains en l'air, comme pour dire « quelle idiote je fais ».

— Ce ne sont jamais ses déchets dans ma poubelle, non plus, dit M. Décalage Horaire. Quelle ordure ! Il serait tout à fait à sa place dedans, pour le coup.

Je serre vigoureusement la main de M. Décalage Horaire.

— Ce fut un plaisir.

Chapitre 6

— Il va vraiment falloir que ce soit moi qui le dise ? Bande de...

Clem secoue la tête, consternée, face à Rav et Jo, qui sont aussi muets et mal à l'aise l'un que l'autre.

Rav tripote la manche pré-effilochée de sa chemise bleu marine hors de prix, et Jo ressemble à un animal de ferme triste sorti d'un dessin animé.

— Quoi ?

Ils pensent tous que je suis dégoûtée-mais-déterminée, alors qu'en réalité je suis étrangement calme. Le syrah aide pas mal, je dois reconnaître. J'ai trouvé mon port d'attache dans des eaux agitées : un box en cuir écarlate dans un pub qui s'appelle le Lescar, à côté du Hunter's Bar.

Il s'avère possible de réunir vos amis pour un verre à la dernière minute, un soir de week-end, si deux d'entre eux ont soif en sortant du cinéma, qu'une troisième est à la maison pour économiser des points Weight Watchers, tout en dégommant un pain à l'ail Marks & Spencer pour se venger, et que vous les mettez en appétit avec une histoire racoleuse d'infidélité sur fond de bondage.

Je n'aurais jamais imaginé qu'un vendredi soir extraordinairement grotesque puisse finir dans mon bar préféré, avec mes meilleurs amis. Pourtant, c'est le cas, et je remercie silencieusement le ciel entre deux grattons de porc.

Me revoilà célibataire, sans emploi, fauchée, et en colocation avec la personne la plus désagréable de la région, mais j'ai des amis et un grand verre de rouge.

— Vas-y, Rav, allez ! l'encourage Clem.

Rav tousse dans son poing fermé et la fusille du regard.

— *Quoi ?*

— Mauviette ! D'accord, si aucun de vous n'a l'intention de le lui dire, moi, je vais le faire. Georgina...

— Mon Dieu, vous *saviez* qu'il voyait d'autres personnes ? m'écrié-je.

Rien que l'idée me fait l'effet d'un coup de poignard, pas parce que Robin en faisait étalage, mais parce que, s'ils m'ont caché ça, ce sinistre épisode va occasionner bien plus de dégâts qu'il ne devrait.

— Non, bien sûr, qu'on ne savait pas, andouille ! s'offusque Clem. Pourquoi est-ce qu'on ne t'aurait rien dit, sinon ?

Je grommelle :

— Je ne sais pas.

— Georgina...

La façon dont Clem inspire profondément n'augure rien de bon.

— On pensait tous que Robin était un gros, un énorme, un atroce, un insupportable connard. Ça sautait aux yeux. Qu'est-ce qui t'a pris, enfin ?

— Oh ! soufflé-je bêtement. Vous ne l'aimiez pas ?

Rav tousse à nouveau et Jo regarde son cidre avec une telle fascination qu'on dirait qu'elle veut se noyer dedans.

— « Ne pas l'aimer » est assez loin de la vérité. Je dirais plutôt qu'on ne pouvait pas encadrer sa sale tête de con.

— Clem ! proteste Rav. Elle vient juste de le prendre en flag au lit avec une autre, bordel !

— Ça rejoint ce que je disais, quant au fait de ne pas pouvoir l'encadrer.

Après quelques secondes d'un silence très tendu, je me mets à rire. Ils semblent choqués l'espace d'un instant, puis ils commencent à rire à leur tour.

— Je pensais que tu allais éclater en sanglots et me gifler, fait Clem en portant la main à sa poitrine.

— Non, c'est plutôt moi que j'ai envie de baffer.

Jo pose sa main sur mon bras.

— Non pas que ce ne soit pas affreux pour toi. Je suis désolée de ce qui t'arrive.

Je lui tapote le bras à mon tour.

— Bon débarras !

— Il a vraiment prétendu que vous étiez dans une relation libre ? s'enquiert Clem, ses lèvres d'un vermillon MAC immaculé tordues par une grimace de dégoût.

Clem s'habille comme si elle faisait partie du groupe de rock Pulp, mais en mieux : cheveux teints en rouge coupés en un carré court et dégradés dans la nuque, frange, look vintage de la tête aux pieds, ongles taillés rétro. Elle est très pointue, dans son style autant que dans sa personnalité.

— Il a dit qu'il croyait qu'on était libres de coucher avec d'autres personnes, ce qui soulève la question du pourquoi il n'a jamais mentionné qu'il le faisait.

— Il agissait en douce comme un connard de base et, maintenant, il te fait du *gaslighting*.

— Qu'est-ce que ça veut dire ?

— Il te fait croire que tu es en train de devenir folle et que c'est toi qui as un problème.

— C'est vrai qu'on n'a jamais discuté clairement du fait de coucher avec d'autres gens. Il avait effectivement mentionné qu'il ne croyait pas que la monogamie était la seule façon de vivre, mais... je ne pensais pas que ça s'appliquait directement, tu vois ? Bon sang, il a rencontré mes amis, ma famille ! Comment est-ce qu'on est censé se laisser porter par le courant, être ultramoderne, ne pas se mettre la pression, *et* déchiffrer les règles de base en même temps ?

— C'est ça, le *gaslighting*. Tu te remets en question, alors que c'est lui qui a changé les règles du jeu.

Clem aspire une gorgée de son gin-tonic à la paille, puis fait la grimace.

— Il t'appelait « la serveuse ». Il ne ratait jamais une occasion de se comporter comme s'il valait mieux que toi.

— Je pensais qu'il était… je ne sais pas, léger.

Clem écarquille les yeux, Rav et Jo ne sont toujours pas capables de me regarder en face, et je comprends que c'est l'héritage de Robin : moi, mal à l'aise, en train de prendre conscience que j'ai autorisé et rationalisé un tas de comportements foireux, qui étaient loin d'échapper à mon entourage. Sans compter ma haine éternelle pour Ben & Jerry.

— Tu connais la fille ? demande Clem.

— C'est Lou, son assistante. Je savais qu'il y avait eu quelque chose entre eux, mais je croyais que c'était fini depuis longtemps.

Robin m'avait dit qu'ils avaient couché ensemble une fois, « avant », ce que j'avais interprété comme « il y a longtemps » au lieu de « plus tôt dans la journée », mais allez savoir.

J'avais été surprise, sur le moment. Je venais de passer toute la soirée en la compagnie de Lou, et j'étais convaincue qu'ils avaient simplement de bonnes relations professionnelles. À aucun moment il ne m'avait traversé l'esprit qu'il puisse y avoir autre chose. Loin de moi l'idée de prétendre que l'attirance est une science exacte, mais Lou est mon opposé, physiquement : de longs cheveux bruns bouclés, un piercing dans le nez, des genoux noueux dans des collants à motifs filés et des chaussures argentées recouvertes de paillettes mal étalées. Elle m'avait tout de suite plu.

Ça vous remet toujours la tête à l'endroit, quand vous vous rendez compte que quelqu'un a déjà été à votre place.

— Elle était hyper relax après, elle est vraiment cool, avait dit Robin.

Ce que j'avais traduit par : « Il n'y a pas eu de conséquences, quand j'ai été clair sur le fait que ça ne voulait rien dire. »

Il avait marqué une pause, puis demandé :

— Ça n'a pas d'importance pour toi, pas vrai ? Qui a été avec qui ?

Si, ça a de l'importance pour moi, ça en a pour pratiquement tout le monde, c'est même pour ça qu'il y a tellement de chansons sur le sujet.

— Non ! Je suis juste surprise, c'est tout. Je ne vous aurais pas imaginés ensemble.

— Je ne sais pas si j'appellerais ça « ensemble ». On s'est retrouvés sous la même douche après une bataille de nourriture dans un hôtel Ibis à Luton, et ça a été un peu la suite logique. Je peux t'assurer qu'il n'y avait pas grand-chose d'autre à faire, là-bas.

J'avais tressailli. À cet instant, je n'étais définitivement pas la fille cool qui avait envie de connaître les détails, et je n'aimais pas le jour coincé et conventionnel sous lequel Robin était en train d'essayer de me faire apparaître. J'avais déjà senti que ça l'éclatait, de se congratuler en sa qualité de boucanier érotique, comparé à Georgina la ringarde.

Alors, quand il avait ajouté :

— Est-ce que tu préfères que je ne te le dise pas, à l'avenir ?

J'avais aussitôt répondu :

— Ça ne me pose aucun souci.

Et j'avais changé de sujet.

Je n'avais pas demandé si la situation inverse lui poserait problème. Un « oui » aurait voulu dire que c'était un hypocrite, un « non », qu'il n'éprouvait pas la moindre jalousie, ce qui était peut-être formidable pour lui, mais pas très exaltant pour moi.

Pourquoi n'avais-je pas signifié à Robin que son amour libre, son approche décontractée n'étaient pas pour moi ? J'avais peur de ressembler à la fiancée de la paroisse, dans

Billy le menteur, une femme coincée dans le passé, qui incarnait tout le contraire de quoi que ce soit d'excitant.

J'avais peur que personne ne soit jamais à la hauteur de mes attentes. Mais j'ai appris qu'il vaut mieux avoir des attentes peu réalistes que pas d'attentes du tout.

On a déjà bu deux verres et, puisqu'il a été établi que ça ne me dérangeait pas que mes amis démontent Robin comme un vieux meuble Ikea, mon ex est en train de se faire gentiment mettre en pièces. À la fin de la soirée, il ne devrait en rester que la notice de montage.

J'éprouve un mélange particulier de gratitude et de honte, en constatant que je ne suis pas triste et que je n'ai pas envie de le défendre. Je devrais avoir l'impression qu'on m'a arraché le cœur avant de le piétiner. Je me sens juste décontenancée, humiliée et vide. Le vide était déjà là avant Robin, cela dit. Sa présence m'aidait à l'oublier, sans toutefois le combler ou le faire disparaître.

— Souvent, les humoristes sont des gens horribles, dit Rav. Quand on y réfléchit, quel genre d'individu décide de monter seul sur scène pour dire des choses drôles et prendre le risque que personne ne rie ? C'est pour les déséquilibrés. Le cliché du clown triste. Je préférerais passer mon temps libre dans le bunker de Hitler que dans les coulisses du Comedy Store !

— Tu aurais pu me dire ça avant que je sorte avec l'un d'entre eux !

— J'allais le faire, mais tu as disparu dans la nuit avec lui, avant que j'aie le temps de te donner mon opinion professionnelle. Après ça, j'ai jugé que ce serait malvenu.

En réalité, c'était sa faute, si j'avais rencontré Robin. Rav nous avait pris des places pour une soirée « *open mic* ». Robin était le dernier comique à monter sur scène, et c'était de loin le meilleur. Il avait présenté un extrait de son spectacle *Ce n'est pas pour dire mais*. Ça ressemblait beaucoup plus à une narration, pas comme les bavardages de ces types qui s'appuyaient contre le micro et balançaient un bon mot après l'autre, ce qui devenait fatigant au bout d'un moment.

Après ça, on s'était retrouvés au milieu d'un groupe au bar d'un hôtel, avec deux autres humoristes et lui : une femme assez forte, aux cheveux turquoise, habillée comme une pin-up d'avion militaire, et un type dépressif de Solihull qui portait un chapeau en feutre. J'avais enfin eu le sentiment de faire partie de la scène créative de Sheffield.

Robin était grand, avec une masse de cheveux aussi entortillés que des cordons de téléphone et de petits yeux bleus futés, qui contrastaient avec sa chemise écossaise rouge.

J'étais excitée de le rencontrer, en fait. Il me paraissait différent des hommes que je croisais d'habitude. Il était curieux. Il avait des choses à dire. Il savait ce qu'il faisait. J'avais décidé d'attendre le bon moment pour attirer son attention.

Il tenait son portable à l'horizontale au niveau de son menton (une manie typique de crétin fini s'il en est, que j'aurais dû reconnaître immédiatement), et lisait une critique à son agent. Ils avaient commencé la tournée à Londres deux soirs plus tôt et, apparemment, un premier verdict était tombé.

— *McNee est doué pour mettre le doigt sur les stupidités linguistiques qui infectent notre vie quotidienne. Il tente d'afficher une rancœur à la Stewart Lee envers les célébrités, ses concurrents dans le milieu, et même son public, mais il dépasse petit à petit la frontière qui sépare l'autoparodie de l'autocomplaisance… à tel point qu'il finit par devenir le vantard qu'il essaie de parodier. Son ego est un chauffeur en état d'ivresse, mais, si son bon cœur prend le volant, il pourra devenir un grand humoriste.* Dis-moi, Al, c'est un compliment ou pas ?

Silence.

— Oui, je sais, je te demande dans quel sens tu penses qu'il faut le prendre.

Silence.

— ... D'accord. Je veux plier l'article et l'insérer dans ce cher monsieur « Lee Hill », en utilisant une pince à déchet.

Silence.

— Non, je sais que Chortle est un site Internet et qu'il n'y a pas d'exemplaire papier, tu ne comprends pas ce que je veux dire, je crois.

Il avait raccroché. Personne ne parlait. Je n'étais pas nerveuse, grâce aux deux verres bien tassés qui avaient un goût de confiture venue des enfers, servis avec de grosses cerises griottes sur des pics.

— Une critique avec les mots « doué » et « grand humoriste », je pense que je prendrais ça comme un compliment, avais-je dit.

Robin m'avait regardée.

— Et pour ce qui est de mon ego qui ressemble à un chauffard bourré ?

J'avais haussé les épaules.

— C'est impossible de faire ce métier sans ego. Ça m'étonnerait que Richard Pryor ou... Lenny Bruce n'aient pas eu d'ego. Ça rentre dans la même catégorie que les démons. L'ego et les démons sont à l'art ce que les œufs et le bacon sont au petit déjeuner.

Il m'avait dévisagée plus attentivement.

— Waouh. *Exactement.* Et tu es... ?

On avait fait les présentations, commandé du champagne sur la note de quelqu'un, et la soirée avait réellement commencé.

— Tu écris, non ? avait demandé Robin, le bras sur la

banquette en velours de telle façon qu'il était en quelque sorte autour de moi.

— Ha ha ! Non. Qu'est-ce qui te fait dire ça ?

— Quand tu m'as donné ton avis, tout à l'heure, on aurait dit le conseil d'un auteur à un autre.

Je m'étais sentie rayonner. C'était un des meilleurs trucs que j'avais jamais entendus.

— ... Cela dit, tu sembles un peu trop saine pour ça. Tu n'as pas une tête de buveuse de café à la chaîne et de fumeuse chronique. Tu as plutôt l'air de sortir de chez toi pour respirer un peu l'air frais.

Je savais qu'il était en train de me draguer sans grande subtilité, mais mon taux d'alcoolémie et la basse d'une chanson de Prince étaient en totale harmonie ; j'étais heureuse de me sentir flattée.

— Je suis serveuse.

— Ha ! C'est mignon.

(Et voilà. L'intonation. Elle était là. Clem avait raison.)

J'avais failli ajouter « j'aimerais écrire », mais je savais que la question suivante serait : « Qu'est-ce que tu as écrit jusqu'à maintenant ? », et la réponse, « absolument rien » (à l'exception d'un journal dont j'avais été fière à une époque), alors je n'avais rien dit.

— Je fais des recherches pour mon spectacle et j'ai une interrogation sur laquelle je pense que tu peux m'aider. C'est comment, d'être belle ?

Par-dessus l'épaule de Robin, je voyais Rav mimer le geste de se coller un pistolet sur la tempe et de se tirer une balle dans la tête.

Dans d'autres circonstances, j'aurais peut-être rechigné, mais Robin me semblait rafraîchissant et surprenant. Et puis ce n'est jamais désagréable à entendre, vous savez.

— Je ne suis pas belle.

J'avais envie de m'ébouriffer les cheveux, et j'avais serré les dents pour m'en empêcher.

— Bien sûr que si.
— Merci, alors.
— Et donc c'est comment, d'être belle ? C'est croire que tu ne l'es pas ?
J'avais ri.
— Euh… si tu insistes.
— C'est décevant. J'aurais cru que c'était comme être une héroïne de Disney, capable de faire que les poêles et les casseroles se nettoient toutes seules, et que le balai danse.
Quelques minutes plus tard, Rav s'était penché vers moi et avait murmuré :
— Je parie que *tu* peux faire danser son balai, si tu vois ce que je veux dire.
J'avais ri et réalisé que c'était la première fois depuis une éternité que quelqu'un m'intéressait.
Ce soir-là, j'avais fait quelque chose d'inédit : quand Robin avait réapparu et s'était glissé sur la banquette à côté de moi pour remplir mon verre, j'avais pensé : *Je vais t'avoir. Je te ramène chez moi ce soir.*
Après des « tu me plais » / « tu me plais aussi », murmurés entre des baisers à la station de taxis, on avait fini par passer une nuit très médiocre au Mercure, étant donné que Robin n'avait pas eu le courage de faire le trajet jusque chez lui. Ma grande aventure de coucher le premier soir s'était terminée, moi en train de m'agiter au-dessus d'un humoriste très soûl et à moitié comateux, qui n'arrêtait pas de grogner :
— Dis-moi des cochonneries, Georgina la serveuse, allez ! Sois sale et vilaine !
Vilaine ?
J'avais crié :
— Baise-moi, sale vantard aux cheveux bouclés !

*
* *

Rav est encore en train d'analyser les défauts de Robin.

— Tu sais, je n'ai pas passé assez de temps avec lui pour diagnostiquer la triade noire, mais ça ne m'étonnerait pas.

— On dirait un nom de groupe de hip-hop.

— Narcissisme, manipulation, manque d'empathie, explique Rav, tout en comptant sur ses doigts, avant de s'emparer du paquet de chips. Ces gens-là peuvent t'attraper dans leurs filets, puis te rebalancer à l'eau sans se sentir coupables une seule seconde.

Rav est psy. En voyant cet Asiatique mince, avec sa mèche à la Morrissey et ses vêtements discrètement prétentieux, ce n'est pas du tout ce à quoi on pourrait s'attendre. Il est froidement analytique et ne fait pas de sentiment. C'est sans doute la meilleure personne à avoir dans votre entourage, si vous débutez une relation avec une fontaine multicolore de dysfonctionnements en tous genres comme Robin. Bien qu'il y ait eu désormais suffisamment de déconstruction alimentée par l'alcool pour me faire dire qu'on a transformé un banal connard égoïste en méchant digne d'une pièce de Shakespeare.

Jo se mordille la lèvre.

— J'ai toujours trouvé Robin très i… i…

— Idiot ? suggère Clem.

— Non… i…

— Irritant ? propose Rav.

— Non, un mot pour « individuel » qui n'est pas « individuel ».

— Idiosyncratique ? tenté-je à mon tour.

— Oui ! Mais je n'aimais pas qu'il soit grossier avec toi.

Je fronce les sourcils.

— Je pensais sincèrement que c'était de la taquinerie.

Je suis fière de ma capacité à plaisanter. Mais là ça fait mal de penser que mes amis étaient gênés pour moi, tandis que j'ignorais où devait être la limite.

Clem fait la moue.

— Dès que tu donnais ton avis sur quelque chose, Robin s'engouffrait aussitôt dans la brèche avec un « peut-être que les gens qui ne sont pas d'accord n'ont pas tort » ou « peut-être que tu es trop susceptible ». Je l'ai remarqué tout de suite, parce qu'un ex-psychopathe me faisait tout le temps le coup. Ils ne veulent pas que tu aies confiance en toi pour quoi que ce soit.

Mon Dieu. Elle a raison. Au début, j'étais renversée par la vision iconoclaste qu'avait Robin de ma vie. Pourtant, maintenant que j'y repense, la solution était de changer d'attitude et d'arrêter de me comporter comme une princesse. *Waouh, j'ai choisi un mec à la fois intelligent et stimulant*, me félicitais-je. *Tu as vu comme il vient de te dire tes quatre vérités ?* Jamais je ne me demandais : *Pourquoi est-ce que ce type n'est jamais de mon côté ?*

Si je lui accordais un tel droit à l'erreur, c'était parce que je pensais qu'il était « autre » : un émissaire venu d'un monde plus intelligent, plus exceptionnel et plus libéral que celui de Georgina la serveuse. Tout ce que je n'aimais pas, je ne l'aimais pas parce que je n'étais pas encore au courant de la dernière tendance, parce que je n'étais pas une artiste avec un tempérament d'artiste. Comme pour la conversation à propos de Lou... Je me rends compte à présent qu'il faisait toujours en sorte de renforcer subtilement l'idée que j'avais deux métros de retard.

— C'est un petit-bourgeois blindé, et sa conception d'une bonne soirée, c'était de te faire crapahuter jusqu'à son appartement acheté par papa-maman, pour que tu écoutes ses bobards, dit Clem. Il t'a déjà emmenée quelque part ?

Hum. Non. Là encore, je me disais que c'était un signe de son glorieux dégoût pour le matérialisme : il n'était pas à court d'argent, mais les dîners coûteux, se montrer, se pavaner en ville, essayer de m'impressionner avec sa richesse, tout ça ne l'intéressait pas. Il voulait avoir des conversations cérébrales (lui et son travail).

Je descends mon vin à toute vitesse, tout en me rédigeant un mémo interne : à savoir que la capacité hors du commun à trouver un côté positif dans tout (ce qu'on inculque en particulier aux filles : sois reconnaissante, souris !) n'est pas toujours une bonne chose. Parfois, on ferait mieux de se demander pourquoi on doit *chercher* du positif.

Je réfléchis aussi aux autres signes que j'ai ignorés avec succès. La première fois que j'avais présenté Robin au groupe à proprement parler, c'était à l'occasion des trente ans de Clem. J'avais pensé qu'elle avait passé la soirée entière de l'autre côté de la pièce pour brasser les invités, que Rav s'était pris une cuite d'anthologie à cause du pichet entier de dark'n'stormy qu'il avait descendu, et que Jo ne parlait pas beaucoup à cause de soucis prémenstruels. Tout cela pendant qu'un Robin qui s'ennuyait visiblement déclarait qu'il n'était « pas à l'aise en groupe ».

Je grimace dans mon verre.

— J'espère que vous ne vous dites pas que je suis sortie avec un branleur juste parce qu'il est passé une ou deux fois à la télé.

— Oh non, répond Rav. On pense que tu es sortie avec un branleur parce que tu croyais qu'il était différent, spécial, je me trompe ? Et il faut dire que bon... il y avait de ça...

— Ce n'est pas comme si on était bien placés pour parler, tempère Jo.

Je n'allais pas le dire mais, en effet, d'habitude, ce n'est pas moi qui amène un trouble-fête. Les quelques petits amis que j'ai eus dans la vingtaine, bien que pas très excitants et peu adaptés à ma personnalité, étaient des mecs plutôt sympas.

Tandis que... le manège des rencards Internet de Rav finit par être difficile à distinguer de sa liste de patients (« sauf que là je ne peux pas facturer à l'heure »), Jo est obsédée depuis des lustres par la crapule charismatique du quartier, Phil le Baiseur, et Clem pense que l'amour romantique est un concept inventé dans le but d'assujettir l'humanité et la réduire en esclavage. Elle a rarement fréquenté quelqu'un assez longtemps pour qu'on ait le temps de le rencontrer.

Rav va donner un coup de main à Clem au bar pour la troisième tournée, et Jo, derrière son épaisse frange brune brillante (sa teinture actuelle est deux tiers cappuccino, un tiers mousse de cappuccino — elle est coiffeuse), déclare :

— Tu tiens super bien le coup. J'espère qu'on n'y est pas allés trop fort.

— Merci. Et non, pas du tout. Pour être honnête, c'est plutôt mon comportement qui m'horrifie. S'il n'avait pas fait ça, je me demande pendant combien de temps encore j'aurais continué à me dire qu'on allait bien ensemble. Sauf qu'on n'a jamais été ensemble.

L'excitation de la soirée et l'adrénaline due au fait d'avoir percé à jour le numéro de Robin sont en train de se dissiper, et je me sens de plus en plus vide.

— Vous l'étiez ! Ensemble, je veux dire.

— Non, Jo. Je me suis accrochée toute seule à quelqu'un que je croyais cool.

Je me frotte les tempes et résiste à l'envie de cogner mon front contre la table.

— Le plus inquiétant, c'est que je n'avais même pas de véritables sentiments, dans le fond. Je me demande si je tomberai vraiment amoureuse de quelqu'un, un jour. Peut-être que c'est ça, la vie. Choisir les options les moins pires et grandir.

Je viens d'entrer dans la phase « vin rouge larmoyant », apparemment.

— Bien sûr, que tu vas tomber amoureuse ! Tu trouveras le bon, j'en suis persuadée.

Je triture le sous-bock en carton, hésitant à en dévoiler davantage. Mais vous pouvez en dire plus à quelqu'un que vous connaissez depuis vingt ans et qui sait tout de vous. Qui connaît votre histoire.

— J'ignore s'il y a quelqu'un que j'ai envie de choisir. Je n'ai jamais été amoureuse de personne...

Incapable d'affronter son regard, je continue, encouragée par le vin :

— Enfin, peut-être une fois. Quand j'étais jeune et stupide. Mais, au final, ça ne signifiait rien.

— Richard Hardy ? murmure Jo, perplexe mais respectueuse.

Mon Dieu. C'est *dangereux* que quelqu'un vous connaisse depuis aussi longtemps, en fait !

Je n'avais aucune envie d'avoir cette conversation, en réalité, ni maintenant ni jamais. Rien que d'entendre ce nom, j'ai les entrailles qui se contractent. Je laisse échapper un vague « hum ».

— Je vois ses photos, parfois. Il vit à Toronto, maintenant, c'est ça ?

— Hum. Je crois qu'il a déménagé au Canada, oui.

Dommage que mon verre de vin soit vide. Autrement, j'aurais eu un moyen d'occuper ma bouche autrement qu'en parlant.

Jo me tapote le bras. Je sens qu'elle réfléchit à ce qu'elle va dire, et je ne sais pas comment l'arrêter.

— Je ne savais pas que tu...

Je l'interromps :

— Où est passé Rav ? Il est en train de piétiner les grappes de raisin ou quoi ?

Elle regarde autour d'elle et je comprends qu'elle a l'intuition que quelque chose ne va pas. Mais je sais aussi que ce sera fini avant même qu'elle ait commencé à se demander vraiment ce qui cloche.

Chapitre 7

Les premières minutes de conscience avec la gueule de bois sont les pires. C'est un peu comme lorsqu'on se réveille dans un champ après avoir été éjecté suite à un accident de voiture, sauf que c'est vous, l'accident de voiture.

La fin de la soirée défile dans ma tête : lécher du sel, mordre dans des rondelles de citron, descendre de la tequila qui a un goût de dissolvant, rire comme des hyènes dans le taxi. *Beuuuuurk*. Des shots. Rien dans cette expérience ne peut légitimement être qualifié d'agréable, et le glas sonne lourdement le lendemain matin.

La réalité se reconstitue dans une série de flashs remplis de peau dénudée : Lou les seins nus et attachée, Robin qui étale ses parties devant les voisins. Ça a la qualité d'un rêve très étrange et, pendant une seconde, je pense que c'en était un, jusqu'à ce que mes yeux se posent sur un poster en lambeaux de la tournée de *Ce n'est pas pour dire mais* qui traîne par terre : « TÊTE DE CON » est écrit au rouge à lèvres sur le front de Robin.

Mon Dieu, est-ce que j'ai fait beaucoup de bruit ? Karen va me tuer. Elle travaille dans une biscuiterie et est de nuit une semaine sur deux, sauf que j'oublie régulièrement quand elle bosse de nuit ou de jour.

Lorsque j'avais emménagé, je lui avais demandé :

— On mange vraiment tellement de biscuits qu'on doit en préparer la nuit ?

Elle avait répondu :

— C'est une blague ou tu es réellement stupide à ce point ?

Le ton de la cohabitation était donné.

Je sors de ma bouche sèche une langue parcheminée, tente de m'étirer. Mes articulations craquent. Je pense que je vais boire un Coca, prendre deux ibuprofène, et retourner me coucher pour dormir deux heures de plus.

Quelle heure est-il ? Je fais pivoter mon portable vers moi et vois que j'ai reçu un message d'un numéro inconnu. Je me redresse sur un coude (en me voyant dans la glace de la commode en face de mon lit, les cheveux façon feu Rick Parfitt de Status Quo, une question m'étreint : pourquoi dormir bourré vous donne toujours du volume à la racine ?) et je déverrouille l'écran.

Salut, Georgina, c'est Devlin. Mark m'a donné votre numéro en disant que vous pourriez nous donner un coup de main ce soir. Est-ce que vous pouvez être là pour 15 heures ? J'espère que ce sera bon de votre côté, on est au bord du désespoir !

Meeeeeeeeerde… Le petit boulot pour le client de Mark ! Le truc qu'Esther ne veut surtout pas que je foire ! Je dois annuler, je dois annuler JE NE PEUX PAS ANNULER. Surtout, SURTOUT, ne pas mettre ma sœur en rogne ! Sans parler du salaire (un second message indique un beau petit pactole en liquide, de la main à la main, plus « tous les pourboires que vous obtiendrez »), qui m'aiderait à tenir au moins jusqu'au mois prochain.

Il est 11 h 30. Je suis convoquée à 15 heures. Même si une heure de plus au lit m'aurait fait le plus grand bien, je me bouge. Ce serait la mort assurée d'avoir une panne d'oreiller.

Je prends une douche bien chaude et passe une éternité à appliquer du maquillage censé masquer mes yeux rouges et ma peau grise, mais je sais que c'est temporaire. Dans un miroir embué, on peut se convaincre facilement qu'on a ressuscité comme par magie, grâce aux multiples couches de produits de beauté, mais, à mesure que la journée avance, vous avez de plus en plus l'air de Baby Jane.

Je ne suis pas encore capable d'ingérer des aliments solides. Je me fais couler un café noir bien fort, que je blinde de sucre, pendant que Jammy la tortue me lance un regard rusé qui semble vouloir dire : alors, on a encore la gueule en vrac, c'est ça ? Aïe.

Oh ! génial. Karen a laissé un de ses fameux mots d'amour sur la table de la cuisine.

Georgina,

Il semblerait que nous ayons un lutin voleur de tampons à la maison. Cette créature mythique fouine partout à la recherche de protections périodiques. J'avais une boîte de Super Plus, avec trois tampons à l'intérieur ; je l'ai retrouvée vide. J'ai dû utiliser tes Lil-Lets. Si je voulais des Lil-Lets, j'achèterais des Lil-Lets. En plus, j'ai un flux abondant et ils n'absorbent rien. Merci de les remplacer ASAP.

Karen

P.S. ajouté à 6 heures ce matin, avant de partir travailler : après t'être cognée partout dans ta chambre (seule ? je présume) pendant UNE HEURE, à 2 HEURES DU MATIN, tu penses vraiment que tu peux écouter tes chansons de Taylor Swift avec tes écouteurs, et que je ne vais pas t'entendre CHANTER EN CHŒUR ? UN TEL MANQUE DE RESPECT EST TOUT SIMPLEMENT HALLUCINANT !

Étant donné que je ne me rappelle même pas être rentrée à la maison, je suis bonne pour acheter une bouteille de calva pour me faire pardonner, en plus des Tampax.

Je suis absolument sûre de ne pas avoir utilisé les siens. Mais Karen a une mémoire capricieuse et un goût prononcé pour la persécution, une des nombreuses raisons qui font que c'est un tel privilège de cohabiter avec elle.

De plus, elle n'a pas le moindre sens de l'humour, alors dessiner un petit lutin à bonnet rouge pendu à une ficelle n'est clairement pas une option.

J'envoie un message au client de Mark pour lui dire que l'horaire me convient parfaitement. Il me rappelle aussitôt. À sa voix, je le devine robuste, du genre bourru mais sympathique. Il a l'accent irlandais et cette habitude typiquement masculine de parler au téléphone de la même façon que vous indiqueriez à quelqu'un comment trouver sa route en vous appuyant contre la vitre de sa voiture : avec des explosions saccadées d'informations superflues, communiquées avec force décibels.

Il veut m'expliquer :

a) que c'est une veillée funèbre, celle de l'un de ses amis ;

b) que la raison pour laquelle il a besoin de quelqu'un aussi vite, c'est parce que le Wicker, sur Ecclesall Road, n'a pas encore rouvert après la réfection : est-ce que ça me dérange d'être seule derrière le bar pendant la majeure partie de la soirée ?

Ça ne me dérange ab-so-lu-ment pas, d'accord, on se voit à 15 heures. *Clic.*

Le Wicker, hein ? J'espère qu'ils avaient un peu de fric à dépenser dans les travaux, parce qu'il y avait du boulot.

Vu de l'extérieur, cet établissement a toujours été séduisant : une façade victorienne couverte de carrelage laqué de diverses nuances de vert intense, une porte tel un monstre peint en noir brillant, aussi immense que solide. Si vous n'êtes pas du coin, vous pourriez facilement vous faire avoir et croire qu'à l'intérieur tout n'est que bière artisanale et plateaux de fromage avec des cornichons dans des bocaux miniatures. Erreur ! C'était lugubre, ça sentait le moisi et les boissons étaient toujours troubles. Le genre d'endroit où vous n'envisageriez jamais d'aller, réservé aux « habitués », lesquels doivent souffrir du syndrome de Stockholm pour continuer à y retourner.

— Bonjour ?

Je frappe doucement à l'imposante porte. Elle est entrouverte.

— Il y a quelqu'un ?

Je la pousse en hésitant, entre. Et, là, sensation choc. Vous savez, comme lorsque vous atterrissez dans un pays étranger et que vous sortez de l'avion en tressaillant, par réflexe, prêt à sentir l'air froid anglais vous cingler le visage, sauf qu'en réalité il est d'une tiédeur de sèche-cheveux ?

Eh bien, là, c'est pareil, sauf que ce n'est pas le vent qui vous saisit mais la beauté.

Le bar courbé en acajou est manifestement d'origine, patiné après cent ans passés à voir des clients s'appuyer dessus, mais remis en état avec amour ; le mur, derrière, est décoré de miroirs rétro gravés, contre lesquels sont alignées les bouteilles d'alcool. Des alcools classieux, en plus, annonciateurs de boissons dignes de ce nom : une douzaine de gins différents, de l'Aperol, de vrais whiskyes. J'adore le mélange shabby chic du nouveau et de l'ancien. Pour moi, c'est le glamour par excellence.

Ils ont vidé l'endroit, sans lui voler son âme. Les banquettes des box sont à présent en cuir rouge sang, au lieu de ce tissu rêche qui gratte, comme celui qui recouvre les sièges de train. L'éclairage est assuré par des lustres bas en porcelaine blanche.

Le sol, qui, dans mes souvenirs, était recouvert d'une épaisse couche de moquette collante élimée, est devenu un plancher verni couleur taupe. Les murs sont peints de la couleur du ciel au crépuscule — une nuance, si je me souviens bien des hésitations interminables d'Esther dans le cadre de ses projets de décoration intérieure, qui répond au doux nom de bleu Haye et confère une atmosphère luxueuse à l'endroit.

Une odeur de nourriture me parvient. De la viande mijote. Des tables sur tréteaux sont alignées le long des murs, chargées de plateaux de triangles de pain blanc qui transpirent sous leur film plastique, et d'un feu d'artifice de crudités étalées autour de ramequins de sauce.

— Bonjour ! Vous devez être Georgina ?

Je me retourne. Un homme pose une énorme composition florale par terre, présentant une inscription composée de gerberas orange et de chrysanthèmes blancs. Il traverse ensuite la pièce comme une flèche pour me serrer la main.

— Devlin.

Je ne l'imaginais absolument pas comme ça. À en juger par sa voix chantante et profonde, je m'attendais à trouver une armoire à glace du style Hagrid. Au lieu de ça, je suis face à une pile électrique d'un mètre soixante, avec des cheveux d'un noir d'encre, des rides bien marquées et une veste à la mode. Il doit avoir une quarantaine d'années, il est bel homme, dans le genre qui a bien vécu.

— Vous nous sortez d'une sacrée panade, merci beaucoup !

— Pas de problème... Dites donc, c'est superbe, ici !

— Vous trouvez ?

Le compliment semble lui faire plaisir.

— Ça n'a pas été de la tarte, mais je suis content du résultat. Vous connaissiez le bar avant ?

— Euh... oui, mais je ne faisais pas partie des clients.

— C'était un peu un pub de piliers de comptoir, comme on dit, pas vrai ? Les propriétaires précédents avaient vraiment laissé les choses se dégrader. On pouvait tout de même voir que c'était un diamant à l'état brut.

— C'est le moins qu'on puisse dire ! Waouh.

L'endroit est si agréable, maintenant, que le simple fait d'être là me met de bonne humeur.

— On est à une semaine de l'ouverture et on n'a pas encore de caisses, alors c'est *open bar*, ce soir. Ça fait un truc en moins à gérer de votre côté.

Je souris et hoche la tête, même si j'ai assez d'expérience en tant que barmaid pour savoir que les *open bars* sont de véritables bains de sang, d'autant plus lors d'une veillée funèbre. Une fois que vous retirez l'obligation de payer, les gens deviennent des animaux. Comme Mark l'a dit, ça paye bien, et je commence à comprendre pourquoi le salaire est aussi élevé. C'est une soirée privée, sans heure de fermeture déterminée.

C'est aussi la première fois que j'ai quelque chose à voir de près ou de loin avec un enterrement depuis celui de mon père, il y a douze ans.

L'année de mes quinze ans, ma mère avait accroché le faire-part de décès de sa cousine Janet, une kiné qui vivait à Swansea, sur le tableau en liège de la cuisine. La couverture disait *Une célébration de la vie de...* et, à l'intérieur, il y avait des photos de Janet en costume de clown à une fête, ramant dans un kayak, en train de brandir un margarita au melon devant l'objectif à côté de sa petite amie. Le code vestimentaire était « soyez un arc-en-ciel ». Ma mère avait envoyé des fleurs.

Je me rappelle avoir entendu mon père soupirer et dire :

— Je n'aime pas toute cette « célébration », toutes ces photos de vacances et cette réjouissance autour de la mort. Laissons-la être ce qu'elle est : une chose triste. Pas besoin de la moderniser en portant des chemises hawaïennes, en braillant *Kumbaya My Lord* et en applaudissant le cercueil sur son passage.

— Janet a choisi son enterrement, avait répondu ma mère.

— Alors Janet est égoïste : ce n'est pas elle qui va devoir y assister, si ? C'est l'exemple même d'un événement où on devrait penser uniquement aux sentiments des autres.

Ma mère avait poussé une exclamation de surprise, et mon père, grommelé quelque chose à propos d'aller au supermarché si quelqu'un avait besoin de quelque chose, avant de quitter la pièce.

C'est seulement des années plus tard que j'ai compris que, si ma mère n'était pas allée à l'enterrement, c'était sans doute parce qu'elle savait que mon père réagirait comme ça. Les adieux joyeux le dérangeaient donc tant que ça ? Ou était-ce de leur part un prétexte pour ne pas s'y rendre, afin de ne pas devoir passer un week-end en tête à tête au pays de Galles ? La dispute ne portait pas là-dessus, dans le fond. Peut-être qu'aucune de leurs disputes ne portait jamais sur le sujet de la dispute.

Savoir qu'il aurait réprouvé la gaieté, qu'il n'était pas croyant et qu'il avait dit que c'était « le plongeon dans le néant de mire éternelle » n'a pas rendu pour autant les funérailles de mon père plus faciles, trois ans plus tard. Par un ironique coup du sort, lui non plus n'avait pas pensé à nos sentiments.

On avait opté pour le pack standard : cercueil à prix modique en MDF avec finition vernis, messe dans une église où il n'avait jamais mis les pieds, mais ma mère y tenait parce que c'était plus distingué que le crématorium, et veillée dans la salle voisine, où de jeunes employés en chemise blanche et pantalon noir servaient des boissons chaudes contenues dans des bouilloires industrielles, et du vin de ferme vinaigré directement sorti du cubi.

Je ressens comme si c'était hier l'impression de mauvais rêve disloqué qui donne la nausée. Le sentiment que l'univers avait soudain pris une courbe dangereuse, un virage serré qui menait à un univers alternatif grotesque, dont il devrait être possible de sortir. J'étais en première année de licence à l'université. Un matin comme les autres, ma mère l'avait entendu s'écrouler sur le sol de la cuisine. Elle s'était précipitée au rez-de-chaussée et l'avait trouvé face contre terre, étendu dans une flaque de café.

J'avais envie d'interpeller l'un des hommes aux gants blancs et au visage inexpressif de croque-mort, formés pour ne pas croiser votre regard, et de l'attraper par son col gris. De lui dire : « Vous avez fait une terrible erreur. C'est mon *père* dans ce cercueil. Ça arrive aux autres de mourir, je le sais bien, mais pas à lui, et certainement pas maintenant. Il faut que je lui parle de quelque chose, c'est urgent, alors sortez-le de là ! »

Le mot « perte » venait de prendre une nouvelle signification, ou alors sa signification devenait claire : une personne qui m'aimait, d'un amour entier et irremplaçable, avait disparu et emporté notre relation avec elle. Ce n'était pas seulement mon père qui avait disparu, mais sa perspective, ses encouragements, son approbation, l'opinion qu'il avait de moi.

On n'avait pas pu se dire au revoir.

Je retrouve ces souvenirs à contrecœur. Puis je les pousse à nouveau au loin. C'est comme fourrer trop de choses dans un placard et utiliser la porte pour tout garder bien tassé à l'intérieur. En sachant que c'est une solution à court terme, et que la prochaine fois que vous l'ouvrirez... ce sera la cascade instantanée.

Un autre indice me laisse supposer que cette veillée risque d'être davantage du genre « cousine Janet » que « papa » : les guirlandes de photos accrochées à travers le bar. Je les observe plus attentivement. Un homme blond vénitien, au menton en galoche, dans la trentaine. En train de rire. En train de faire de la randonnée dans le Peak District. Déguisé en centurion romain. Les clichés ont la qualité jaunâtre des virées au pub dans les années 1990, quand ils n'étaient pas pris au moyen de téléphones portables et que tous les hommes semblaient porter des chemises à carreaux et des jeans bleu pâle. Une bannière pend au-dessus des guirlandes de photos, et porte l'inscription « RIP Danny ».

Oh non. C'est un jeune ! Le lieu, en dehors du centre-ville et pas à la mode, m'avait fait supposer le contraire. Ça pique. C'est une chose d'enterrer quelqu'un qui a eu une vie longue et prospère, qui vivait en maison de retraite et dont les facultés avaient peut-être diminué. Mais là... Je regarde les photos une nouvelle fois et je sens ma gorge se serrer. Peu importe à quelle heure la soirée se terminera et ce que ça me rapportera, je ne me plaindrai pas.

— Je commence à sortir les verres des cartons ?

Je fais un geste en direction des verres à vin et d'une table à tapisser couverte d'une nappe en papier.

— Oui, ce serait super. Et beaucoup de rouge et de blanc aussi, parce qu'ils vont se soûler, je n'ai aucun doute là-dessus.

Il consulte sa montre.

— Encore une demi-heure environ avant le coup de feu. Ça vient de se terminer et ils doivent être en train de papoter devant l'église. Ils sont catholiques, alors...

Il mime avec sa main une marionnette qui parle.

— Ils aiment bien les cérémonies qui traînent en longueur.

Mon regard atterrit à nouveau sur la gerbe de fleurs, dont je lis l'inscription, cette fois.

— ... Irn-Bru[1] ?

Devlin se tourne vers la couronne funéraire, puis vers moi.

— Ha ha, oui, Dan adorait l'Irn-Bru. Quand on a réfléchi à ce qu'il aimait le plus dans la vie, on a conclu que c'était l'Irn-Bru, le poker, la picole et les nichons, mais je me suis dit que le service funéraire n'accepterait pas les autres.

Je ris, avant de reprendre mon sérieux.

1. Boisson gazeuse écossaise de couleur orange vif. (N.D.T)

— Toutes mes condoléances, dis-je, même si je suis très bien placée pour savoir que ces mots sont inadaptés.

— Merci, Georgina, merci beaucoup, répond-il.

J'apprécie de travailler pour quelqu'un qui se souvient de votre prénom et qui s'en sert. Ça veut dire : « Je sais que vous n'êtes pas seulement mon laquais et que vous avez une vie en dehors de cette transaction. »

— Danny était jeune, beaucoup trop jeune, mais il n'aurait pas fait de vieux os, de toute façon.

— Oh... je suis désolée.

Il secoue la tête.

— C'était mon meilleur ami. Je l'ai rencontré au boulot, mon premier travail, dans un entrepôt. Un type absolument adorable, qui aurait fait n'importe quoi pour vous, vous voyez le genre ? Mais un pochtron, aussi. Toujours en train de picoler.

Comme je ne le sens pas du genre à s'offusquer facilement, je me risque à demander :

— C'est l'alcoolisme qui l'a tué ?

— Oui. Enfin, oui et non. Il était tellement bourré qu'il a fait une chute dans un escalier. Il s'est fracassé le crâne, énorme hémorragie. Les médecins ont dit qu'il était impossible de le ramener. Enfin, impossible de ramener le Dan qu'il était, en tout cas.

— Mon Dieu !

— Trente-trois ans. Super jeune.

— Trente-trois !

Je porte une main à ma bouche.

— C'est horrible. Je suis vraiment désolée, Devlin.

— Ma belle-sœur est morte au même âge, il y a un an. On peut dire que ça a été une période bien merdique.

Alors que je me trouve à court de variantes, question exclamations et « désolée », un homme avec un jean Wrangler qui lui tombe sur le bas des fesses (à l'ancienne, façon « j'ai la flemme de l'attacher correctement », pas pour se donner un « style ») nous interrompt. Il porte un haut-parleur.

En le voyant, je me sens moins gênée par mon T-shirt noir et mon jean. Je ne savais pas si le denim était ou non irrespectueux dans ce genre de situation.

— Où est-ce que je mets ça ?

— Voyons voir... À côté de la porte, c'est très bien.

— Il va y avoir de la musique ? demandé-je à Devlin.

— Oh oui. Une bonne chialade doit se faire en chanson.

Remarquant mon expression légèrement déroutée, il ajoute :

— J'aurais dû vous prévenir. Il s'agit plutôt d'une fête que d'une veillée funèbre, en fait. Danny a laissé des instructions très strictes au cas où il viendrait à décéder subitement, et nous les suivons à la lettre.

Il marque une pause.

— Il était probablement bourré quand il les a écrites, mais quand même.

Chapitre 8

J'apprécie immensément quelque chose que je ne m'attendais pas le moins du monde à apprécier en ces circonstances, l'ambiance, alors le sentiment de plaisir est puissant : il a deux fois et demie la force d'un plaisir programmé. En plus, je suis payée pour ça.

Pour ma défense, j'ajoute que toutes les personnes présentes ont l'air de s'amuser. La musique beugle, les conversations sont presque assourdissantes mais toujours pleines d'entrain, et toutes les personnes que je croise sont polies, peu importe à quel point elles sont bourrées.

La veillée funèbre de Dan aurait donné à la petite fête de cousine Janet des airs de réunion d'Amish, et je regrette de ne pas l'avoir rencontré, même si j'aurais sans doute eu des sentiments partagés, au moment de lui servir à boire.

Devlin a fait un bref discours, pendant lequel des larmes ont roulé sur ses joues. Il a évoqué combien Dan détestait les commémorations à la mine sombre.

— Il vous absout de la culpabilité d'être encore là alors que lui non, et vous demande de fêter ça, justement. Ça résume bien le genre de personne qu'il était. À Dan ! a-t-il conclu en portant un toast.

— À Dan ! a répété tout le monde.

Les bras se sont levés et j'ai senti mes yeux déborder en imitant les autres, tandis que je m'essuyais le visage avec mon tablier.

Pendant la première heure, Devlin m'a dit :

— Servez-vous quelque chose à boire aussi, d'accord ?

Tant que vous ne voyez pas double, c'est la moindre des choses. Et tapez aussi dans le buffet.

Je me sers une coupe de champagne que j'ai à peine le temps de renifler, mais ça ne me dérange pas : je suis débordée et ça me met du baume au cœur. Le temps passe à toute vitesse au lieu de s'éterniser ; je resplendis, aux petits soins pour tous les invités, comme si je leur distribuais mes propres largesses.

La femme de Devlin, Mo (« Quand vous la verrez, vous saurez que c'est elle. Petite, blonde platine, et elle sera en train de me prendre la tête »), s'assure que je ne manque jamais de fruits ni de glaçons, mais pour le reste je mène la danse toute seule.

Je me rappelle une chose que j'avais oubliée dans les tranchées de That's Amore ! : je travaille bien. Après en avoir servi une centaine en deux heures, je peux maintenant dessiner un trèfle dans la mousse de la Guinness d'un petit mouvement du poignet sous le robinet, tout en préparant une bière artisanale de l'autre main.

Alors que la foule se disperse, le centre du bar se transforme en piste de danse.

Je tombe soudain sur une caisse de champagne qui a dû se perdre dans la mêlée et j'en avertis un Devlin rouge et expansif.

— Appelle-moi Dev ! Personne ne m'appelle Devlin, à part ma mère et la police. Merci de m'avoir prévenu.

Il tapote contre une flûte de champagne au moyen d'une fourchette.

— Votre attention, s'il vous plaît ! Notre formidable barmaid a trouvé du Moët. Comme je le dis toujours, sortez la bonne camelote une fois que la populace est partie. Buvons un autre verre à la santé de notre cher Dan !

Tonnerre d'applaudissements.

— Et, pendant qu'on y est, merci d'applaudir bien fort Georgina et son énergie inépuisable ce soir.

Devlin me montre du doigt, tout le monde tape des mains, siffle, et je rougis en pensant qu'au moins Esther ne pourra pas dire que j'ai mis Mark dans l'embarras.

Alors que la soirée se prolonge, je suis euphorique. J'ai l'impression d'être à moitié irlandaise, à présent, de manière aussi superficielle qu'appropriative. Un peu comme Rose dans cette scène de *Titanic* où elle parvient, sans qu'on sache trop comment, à s'intégrer parfaitement aux festivités des ponts inférieurs, remontant ses jupes et dansant une gigue au son d'un flûtiau.

Tandis que je rassemble des gobelets vides et que je commence à distribuer la deuxième vague de champagne, je remarque un homme qui vient de se joindre à la fête, avec, sur les talons, un chien couleur sable que je qualifierais de bien portant.

Il est grand et il a l'air ombrageux, avec sa veste bleu marine au col relevé. Il a des cheveux bouclés d'un noir de jais, justes assez longs pour frôler l'arrière de son oreille. Je me rends compte de ce qui a attiré mon regard : il ne salue personne, ne se joint à aucun groupe. Il nous livre une réinterprétation soignée et maussade du « brun ténébreux », une variante moderne et disco de M. Darcy au bal.

Les roturiers bruyants du XXIe siècle sont en train d'onduler sur *What's Love Got to Do With It* de Tina Turner, tandis qu'il les fixe sans bouger.

En le regardant observer les gens à travers la nuée d'invités qui ne cesse de me bloquer la vue, j'ai une drôle de sensation. Devrait-il seulement être ici ? Normalement, quand on arrive quelque part, on essaie d'attirer l'attention de quelqu'un pour annoncer qu'on est là, non ? Et pourquoi arriver si tard à une veillée funèbre, en plus ? Est-ce que c'est le pendant de ces types qui se tapent l'incruste dans les mariages ? Dans ce cas, pourquoi attirer l'attention en se pointant avec un chien ? Non. Il doit être invité. Je me demande quelle est son histoire, s'il était proche de Dan et s'il n'arrive pas à digérer le vacarme irrespectueux.

Son regard dérive vers moi et je fais vite semblant d'être occupée.

Ooh, *Atomic* de Blondie. Je danse un petit peu, tout en mettant de l'ordre sur le comptoir.

— Excuse-moi, Blondie...

Je pivote et je ris. Sur le côté du bar, Devlin me fait signe d'approcher et me tend une liasse de billets.

— Tu as été géniale ce soir, je ne sais pas comment te remercier.

Je le remercie et lui dis qu'honnêtement tout le plaisir a été pour moi, puis je tressaille en réalisant à quel point la formule est maladroite, quand l'occasion est un décès atrocement prématuré.

— Écoute, je n'ai pas arrêté de me prendre la tête à propos de qui engager pour faire tourner le bar à temps plein, parce que je déteste les entretiens, les CV et toutes ces conneries. Je préfère de loin rencontrer quelqu'un et travailler avec la personne, pour me faire une idée de ce qu'elle vaut. Organiser des auditions, je ne trouvais pas ça juste, mais... si la soirée en était une, rétrospectivement ? Tu serais intéressée ?

Je m'exclame aussitôt :

— Oui !

Puis, avec moins de désespoir criant et davantage de détermination :

— Je serais très intéressée, merci.

— Génial ! Il faut juste que je consulte mon frère pour avoir son accord, mais ça ne devrait pas poser de problème.

Alors que l'espoir naît en moi, je me rappelle que les offres d'emploi faites verbalement, avec trois grammes dans chaque œil, n'engagent à rien.

Devlin se tourne vers moi et je remarque alors que M. Solitude Renfrognée se tient juste à côté de lui et qu'il essaie d'attirer son attention. Il est plutôt canon, maintenant que je le vois de près : des sourcils noirs, une bouche charnue, une mâchoire de star de cinéma couverte d'une barbe de trois jours, bref, la totale.

Attendez un peu… Je me fige. Je connais ce visage. Le terrain a changé et ça fait longtemps que je n'ai pas tracé ces lignes, mais, contrairement à ce que je pensais, il ne m'est pas inconnu. Loin de là.

La demi-seconde où je le reconnais me fait l'effet d'un coup de poing en plein cœur.

Ma respiration reste coincée dans ma gorge quand son regard croise le mien.

Tandis que Blondie parle de beaux cheveux, en pleine envolée lyrique, Devlin déclare :

— Je te présente mon frère, Lucas.

Chapitre 9

— Luke, corrige Lucas, le bras tendu pour une poignée de main brève et sèche.

Je mastique mon oxygène, murmure un « bonjour » creux puis « Georgina », tout en ravalant mon envie irrationnelle de crier : « Luke ? Depuis quand ? »

Ma peau est soudain recouverte d'une couche de sueur angoissée. J'espère qu'elle a fait son apparition après que je lui ai serré la main.

Lucas commence à parler à l'oreille de Devlin sur un ton confidentiel qui ne m'invite pas à me joindre à eux. Après avoir attendu suffisamment pour ne pas donner l'impression que je m'enfuis, je disparais dans les toilettes.

Heureusement, elles sont vides. Il y fait plus frais et la musique résonne à travers le mur.

Je m'enferme dans une cabine, m'assois tout habillée sur le siège et fixe la cloison qui me sépare de la cabine adjacente.

Devlin est Devlin McCarthy ? Et Lucas McCarthy est ici ?

Nom de Dieu ! Comment ? Quoi ? *Pourquoi ?*

Je me souviens que Lucas avait un grand frère qui était une menace imminente, mais il était tellement plus âgé que nous que je ne connaissais même pas son prénom. En général, nos bouches étaient davantage collées l'une à l'autre qu'occupées à échanger les biographies de nos familles respectives.

J'aurais bien aimé être prévenue. Quelqu'un de son importance ne devrait pas être autorisé à réapparaître sans tambour ni trompette, sans préparation préalable. Lucas était mort pour moi, pourtant, il est dans cette pièce. C'est impossible !

Enfin, j'ai toujours su que ça pouvait arriver. Mais au bout de douze ans, on finit par être convaincu que ça n'arrivera pas.

Après un pipi purement stratégique (il ne serait pas plausible que j'aie besoin de retourner aux toilettes dans cinq minutes), je vérifie que je n'ai rien de coincé entre les dents et frotte furieusement du maquillage qui a coulé sous mon œil.

Je tremble légèrement. Non mais vous l'avez vu, franchement ?!

Dans mon esprit, Lucas McCarthy était encore le garçon maigrichon de dix-huit ans que j'avais connu. L'idée qu'il ait pu se transformer en une espèce de canon de beauté ne m'avait jamais effleurée. Il est passé d'ado indie pop, mince et malnutri, à l'air légèrement persécuté, à héros byronien accompli.

Et moi ? Je ne me suis certainement pas transformée en femme fatale ! J'ai bien peur d'être toujours le même fruit, qui a moisi dans le saladier.

La voix de Tony résonne dans ma tête : « Julie Goodyear ».

Je repousse mes cheveux derrière les oreilles, je me tiens bien droite et je tente d'évoquer des choses positives. Je vais bien. Tout va bien. L'élastique de mon jean me rentre dans le ventre et je regrette de ne pas être musclée et conquérante, polie comme une pierre précieuse, et... Mon Dieu, est-ce que j'ai des bajoues ?

En même temps, je suis là à me faire du mouron, alors que... Lucas ne m'a pas reconnue. Ça, j'en suis presque sûre. Je cerne bien les gens. Je sais ce que ça fait, quand ils vous regardent et parlent de vous. Quand ils vous observent à la dérobée.

Avec Lucas, il n'y a pas eu le moindre signe, même

microscopique. Aucune trace de gêne, ou d'appréhension, ou de reconnaissance. Il avait l'expression figée absente-polie-neutre de quelqu'un qui se trouve face à une personne qu'il ne connaît ni d'Ève ni d'Adam. Ses yeux étaient inexpressifs, ils ne disaient rien.

Est-ce possible ? Georgina n'est pas le prénom le plus rare qui existe, mais on n'en rencontre pas tous les jours non plus. Ça fait douze ans. Est-ce un délai assez long pour avoir entièrement oublié quelqu'un ? Une voix en moi me murmure : « Tu tiens ta réponse. » Et puis on ne sait pas combien de « quelqu'un » il y a, pas vrai ? Ça ne doit pas être bien compliqué de perdre une Georgina au milieu d'un immense terrain de jeux rempli d'autres Georgina.

Je ne veux pas que Lucas sache qui je suis et, en même temps, l'idée qu'il l'ignore me retourne méchamment les tripes.

Je décide d'être pragmatique. Les larmes de crocodile attendront. Au moins, le tremblement de terre a eu lieu alors que la veillée funèbre est dans sa dernière ligne droite.

De retour derrière le bar, j'attrape un torticolis à force de m'appliquer à ne pas regarder ce que Lucas McCarthy est en train de faire. Bientôt, il ne reste plus qu'une poignée de clients.

Mo, la femme de Devlin, me dit que je peux « baisser le rideau » et je la serre dans mes bras avec une telle gratitude que je manque de l'étouffer. Par-dessus son épaule, Devlin me fait signe qu'il va m'appeler et je lui réponds en levant un pouce en l'air, un poids énorme sur la poitrine. Je file suffisamment rapidement pour qu'on ne me demande pas comment je vais rentrer chez moi.

La sortie est par là. Regarde droit devant toi, reste concentrée sur ta cible, ferme la porte derrière toi… et respire.

*
* *

Je fume une Marlboro Light, dont j'avais cruellement besoin, et piétine dans le froid, en attendant que le taxi que j'ai commandé apparaisse au coin de la rue. Je me fiche de la température, je suis juste soulagée de m'être échappée. Je suis la progression de mon chauffeur sur mon appli : Ali sera là dans quatre minutes.

Je fais les cent pas, soi-disant pour me réchauffer, mais surtout pour me refroidir le cerveau. La musique me parvient à travers la porte et je me demande jusqu'à quelle heure ils vont rester là, plongés dans leurs souvenirs et dans les bouteilles de scotch qui restent.

Lucas McCarthy est le frère de Devlin. Devlin est le frère de Lucas McCarthy. Je n'arrive pas à assimiler le concept.

J'agrippe mon coude de ma main libre et continue à faire du surplace, tout en observant les silhouettes virevolter à travers les carreaux des fenêtres épargnés par la buée. Si je peux les voir, eux aussi le peuvent.

Et si quelqu'un demande pourquoi la barmaid espionne ? Si quelqu'un me montre du doigt ? C'est peut-être idiot, mais, après avoir vu Lucas, je suis aussi à cran qu'un chat errant dans un chenil. Je contourne le pub pour ne plus être dans leur champ de vision.

Une fenêtre ouverte laisse s'échapper un peu de chaleur en provenance de la cuisine. Alors que je m'en approche, des bruits de conversation me parviennent. Des voix s'approchent et s'éloignent, tandis que leurs propriétaires se déplacent dans la pièce. J'écoute distraitement, tout en tripotant mon portable.

Votre chauffeur Ali sera là dans une minute.

— Ramasse ça. Non, ça va là. Regarde !
— Qu'est-ce que…

— ... Luke ! Non, là, regarde !

Je me redresse. L'une de ces voix sans visage appartient à Lucas ? Je concentre toute mon attention sur leur discussion. Je tends l'oreille, mais ils parlent vite et je n'arrive pas à comprendre ce qu'ils disent.

Soudain, je distingue parfaitement ce qu'ils racontent. Ils ont dû se rapprocher de la fenêtre.

— ... pas le moindre doute. C'était l'anarchie par moments et elle a assuré. Elle a bon caractère. C'est exactement ce qu'on cherche.

— Comment tu peux dire ça ? Tu es complètement pété.

Son de quelque chose de lourd qu'on laisse tomber.

— Oui, parce qu'elle s'est assurée que mon verre était toujours plein !

Impossible de ne pas reconnaître le gros rire qui s'ensuit. C'est Devlin.

— Verser de l'alcool dans des verres, ce n'est pas de l'astrophysique, si ?

— Tenir un pub non plus.

Ils parlent de *moi* ?

Oh non... mon taxi est là. Je mime silencieusement et frénétiquement « Oui, j'arrive, je finis juste ma cigarette. » Le conducteur n'a pas l'air enchanté.

— ... Génial. En gros, notre politique de recrutement se résume à embaucher la première blonde qui te tape dans l'œil. On n'est pas chez Hooters[1], Dev.

Je n'arrive pas à croire que c'est de moi qu'ils parlent. Et pourtant il s'agit bien de moi.

— C'est une nana sympa et fiable, c'est évident. Il y a quelque chose chez elle qui me plaît vraiment beaucoup. Je ne vois pas où est le problème.

1. Chaîne américaine de restaurants où le service est principalement assuré par des jeunes femmes en minishort et en T-shirt ou débardeur échancré. (N.D.T.)

— On ne sait rien d'elle. On ne sait pas si elle est sympa. Le problème, c'est que tu t'es emballé et que tu lui as promis monts et merveilles. Et, moi, tout le monde se fout de ce que je pense !

— Laisse-lui une chance, espèce de connard cynique ! Il me semblait pourtant que la leçon de ce soir était de laisser ce genre de préjugés au vestiaire !

— Je pensais que la leçon portait sur le fait de ne pas prendre de décisions stupides sous l'influence de l'alcool. Et puis qui dessine des trèfles dans la Guinness ? Qu'elle trouve un boulot derrière le comptoir d'un bar à hôtesses, ça vaudra mieux.

Un éclat de rire.

— Bon Dieu, il faudra m'expliquer comment on pourrait corriger un défaut comme celui-ci chez elle, Luke ! Enfin, c'est IMPOSSIBLE de…

Le chauffeur me crie :

— Je lance le compteur, chérie, allez !

Je sursaute et me précipite vers la voiture, en essayant de courir sur la pointe des pieds pour que les frères McCarthy ne se rendent pas compte de ma présence.

Je viens d'entendre Lucas déclarer que m'engager équivalait à se suicider.

Lorsqu'on arrive à Crookes et que je sors de l'argent pour payer, je me rends compte que Devlin m'a donné cinquante balles de plus que ce qui était prévu. Venant d'une autre personne, j'aurais mis ça sur le compte de l'ébriété, mais quelque chose me dit que Devlin est aussi volubile et généreux quand il est sobre.

Eh merde ! Pendant un bref et heureux instant, j'ai cru que j'avais trouvé un boulot que j'aimerais, pour un patron sympathique. Mais c'est le frère de Lucas McCarthy.

Et depuis quand il se fait appeler Luke ? J'en suis indignée, comme s'il était coupable de fraude. De trahison.

Trahison. Je retourne le mot dans tous les sens. Ses bords pointus me lacèrent la peau. C'est comme avaler un Clipo.

Dans une sorte de transe, je marche de la cuisine à la salle de bains pour prendre mon pyjama, totalement absente.

« On ne sait rien d'elle. »

Tu crois, vraiment ?

« On n'est pas chez Hooters, Dev. »

Espèce de connard dédaigneux ! Plus sexiste, tu meurs ! Comme si on vous employait à cause de votre couleur de cheveux ! Les miens ont beau être chatoyants, ça m'étonnerait. Enfin, peut-être qu'il faisait également référence à mon double bonnet D. Gros porc ! Comme si je les avais choisis dans le catalogue Grattan[1].

Donc Lucas est un adulte qui possède et dirige des endroits. Et moi j'ai trente ans et désespérément besoin de travailler dans ce genre d'endroits. Quel manque de dignité...

Je n'en veux pas, de votre boulot, de toute façon, alors vous pouvez aller vous faire voir !

Mais, mon Dieu, je *veux* ce boulot ! Avant cette rencontre, j'aurais dit que travailler pour Lucas McCarthy était un cauchemar.

Maintenant que la première rencontre est passée, mes sentiments sont plus contradictoires. Je l'ai entendu dire que je serais une source d'ennui (ou qu'ils ne savent pas si je suis sympa), et ma fierté a envie de lui prouver le contraire.

Est-ce qu'il a fait semblant de ne pas me reconnaître, pour ensuite refuser que je travaille pour eux justement parce qu'il m'a reconnue ? C'est la version qui me convient le mieux, alors je la soupçonne d'être la bonne. Ça voudrait dire qu'il n'a pas oublié, que ça avait de l'importance.

1. Catalogue anglo-saxon conçu sur le même modèle que le catalogue français La Redoute.

Même si ça en avait beaucoup moins que pour moi je ne me leurre pas à ce point.

C'est toujours mieux que d'être une blonde.

Je décortique le souvenir de notre rencontre, à la recherche du moindre signe de gêne de son côté, et j'en conclus, une fois encore, qu'il n'y en avait aucun. Personne n'est doué à ce point pour cacher ses émotions, en dehors des tournois internationaux de poker.

Je regrette de ne pas avoir entendu la suite et de ne pas savoir qui a remporté le débat me concernant. Peut-être que je n'ai pas le boulot.

Je considère les différents scénarios possibles.

Une fois sobre, Devlin m'appelle : « Zut, au temps pour moi, le poste est déjà pourvu. » Ça me paraît le résultat probable de la conversation que j'ai surprise. C'était injuste de m'imposer à Lucas, même en faisant abstraction de notre passif.

Ou alors je suis quand même engagée, mais Lucas m'en veut, ce qui n'est rien comparé à sa réaction une fois que la vérité éclatera et qu'il saura qui je suis. C'est de la haute voltige.

Enfin, dernier scénario possible, et le meilleur : le poste est pour moi, et tout va bien. Lucas admet à contrecœur que je fais du bon boulot, on s'entend raisonnablement bien. Et il ne me reconnaît jamais.

Allongée dans mon lit, avec mon souffle qui fait apparaître des fantômes dans l'air humide, je me demande pourquoi le meilleur scénario me paraît également le pire.

Chapitre 10

Je ne savais pas ce que la perte signifiait, jusqu'à ce que je perde mon père, et je ne savais pas ce que le regret signifiait, jusqu'à ce que je regrette Lucas McCarthy.

Néanmoins, comme me l'avait expliqué ma psy, Fay, je n'exerçais pas un contrôle absolu sur la situation. La nature de mon regret suggérait que j'étais entièrement responsable, alors qu'en réalité mon rôle était le seul que je pouvais contrôler. Lucas était un « acteur indépendant ».

J'avais dit :

— Hum… D'accord. Dans ce cas, disons que je regrette le rôle que j'ai joué.

— Accepte ça, alors. C'est ta responsabilité, prends-la.

Dans un geste symbolique, elle s'était emparée d'un mug qu'elle avait posé sur le bureau, avant de le pousser vers moi. Je n'avais pas trouvé la technique très efficace, étant donné qu'il y avait une photo de King Kong dessus et que c'était un objet personnel que je n'étais pas censée accepter littéralement.

Je l'avais tiré vers moi et j'avais hoché la tête.

— Est-ce que je suis censée me sentir mieux ?

— Pas forcément mieux à proprement parler, ce n'est pas comme si les mots étaient une formule magique qui allait automatiquement améliorer ton état. Mais ça peut t'aider à sortir d'un cercle vicieux de pensées autodestructrices. Tu passes ton temps à te réprimander et à te diminuer continuellement pour des choses que tu ne peux pas changer. Tu n'es pas une divinité omnipotente. Tu es juste un être humain qui avance, apprend, et met parfois le bazar en cours de route, comme tout le monde.

Je m'étais mise à sangloter et elle m'avait dit que c'était bien de réussir à en pleurer. J'avais répondu : « Sérieusement ? Pourquoi ? » à travers des tourbillons d'eye-liner Lancôme, tandis que je me servais dans la boîte de mouchoirs qui trônait sur son bureau. Elle m'avait alors expliqué qu'admettre la douleur aidait à dissiper son pouvoir et à la dépasser.

Beaucoup de thérapeutes racontent la même chose. Il faut accepter le fait de se trouver dans la merde jusqu'au cou et prendre le parti d'être zen, en vous disant : au moins, je suis bien au chaud.

J'étais heureuse d'aller à mes séances, néanmoins. J'aimais bien Fay, avec ses cheveux fins rouge cuivré teints au henné, ses robes en laine noire et ses lunettes perchées juste au bout de son nez. L'heure hebdomadaire passée dans son bureau apaisant décoré d'une plante de bambou et d'un cadre qui représentait des navires dans le port de Mousehole ne démêlait pas les nœuds dans ma tête, mais aidait à les desserrer.

Un prospectus, sur le mur, dans la salle d'attente, me disait que je pouvais vaincre tout un tas de problèmes, y compris :

La boulimie affective

L'anxiété

Le stress dû à des problèmes financiers

Le trouble de la personnalité histrionique

L'addiction/la dépendance à Internet

Les douleurs chroniques

Chaque fois que je le voyais, je songeais : *On dirait un week-end normal chez moi, ah, ah, ah !* Fay affirmait que c'était un réflexe de me moquer de moi-même. Je lui répondais que j'avais du mal à prendre mes problèmes au sérieux, étant donné qu'il y avait des gens qui dormaient dans la rue. « Il y a toujours pire que nous. Ça n'invalide pas nos problèmes pour autant. Tu n'as pas besoin de mesurer tes problèmes sur une échelle de la douleur internationalement reconnue pour qu'on décide si ton cas est suffisamment grave pour être traité. »

Je n'étais pas venue pour parler de Lucas, j'étais là pour parler de mon père, mais elle m'avait expliqué que la plupart des gens finissaient par discuter d'un sujet autre que celui qui les avait amenés dans son cabinet. Lors des thérapies familiales, elle n'en revenait pas de voir à quelle fréquence des parents venaient pour faire analyser un enfant particulièrement difficile, et finissaient par évoquer leurs propres problèmes.

J'avais dit : « Vous savez quoi, pas moi. »

Je n'avais jamais parlé de Lucas à Jo ou à ma sœur ou à qui que ce soit d'autre, et c'était étrange de transformer des pensées que j'avais ruminées en consonnes et voyelles, devant une étrangère. Ça rendait le problème réel ailleurs que dans ma tête.

Cela dit, je n'ai jamais raconté toute l'histoire à Fay.

Je pense que, ce qui a fait le plus de dégâts, c'est que Lucas et moi n'ayons jamais discuté, après le bal de fin d'année. Ce n'était pas seulement notre relation qui n'était pas consommée : il n'y avait aucune conclusion. Les examens étaient finis, l'école, terminée pour toujours, et nous n'avions aucun ami commun pour nous faire évoluer sur la même orbite, cet été-là ou après. Quand il y a tant de non-dits, votre esprit est libre de remplacer les mots qui n'ont jamais été prononcés de mille manières différentes. Croyez-moi, je suis bien placée pour le savoir ! Puis mon père était mort, et j'avais arrêté mes études peu après. Depuis, ça a été un constant nivellement par le bas. Si j'en croyais les recherches que j'avais effectuées, Lucas n'utilisait pas les réseaux sociaux (à moins qu'il ne m'ait bloquée), et heureusement, car j'aurais sans doute faibli et fini par faire une tentative d'approche dans les années qui ont suivi. Pour être honnête, je n'ai pas la moindre idée de ce que je lui aurais dit si je l'avais trouvé. Ça aurait sans doute été bien tragique. Alors, c'est mieux de ne pas avoir été soumise à la tentation. Car, ce que je voulais, c'était entendre des choses qu'il ne m'aurait jamais dites.

À la fin de cette séance, Fay m'avait déclaré : « Et, si ce que tu regrettes, ce n'était pas ce qui s'est passé avec ce garçon mais toi ? Le *toi* que tu as laissé derrière toi. Celle que tu étais à dix-huit ans et tout ce qui s'est passé par la suite. Quand tu regardes en arrière, tu vois ça comme un tournant. *En fait, tu as rompu avec toi-même.* »

Elle avait tellement raison que c'en était terrifiant.

Si j'avais été la nouvelle compagne de Doctor Who et qu'il courait partout dans le Tardis, en agitant dans tous les sens les leviers du tableau de bord dans un boucan terrible, alors que le mécanisme de la machine à voyager dans le temps se mettait en marche, et qu'il m'avait demandé : « Où allons-nous, Georgina Horspool ? », j'aurais aussitôt choisi un début de soirée dans un pub pourri du nord de l'Angleterre, au début du XXIe siècle.

Une fille blonde dans une robe rouge de chez Dorothy Perkins et des chaussures inconfortables se dirige vers le pub d'un pas mal assuré.

À cet instant, elle n'a encore aucune expérience en termes de gestion des douleurs chroniques.

Chapitre 11

S'il y a bien un truc dont personne n'a besoin après une nuit sombre à revivre les pires moments du passé et à faire face à un bien triste présent, c'est un repas du dimanche en famille. En particulier avec *ma* famille.

J'adorerais poser un lapin à Esther, aujourd'hui, mais je sais qu'elle attend un compte rendu de la soirée d'hier, sans parler du fait qu'elle me fera culpabiliser à mort car elle a cuisiné pour moi.

Dans la compétition qui oppose « les emmerdes si je n'y vais pas » à « les emmerdes pour me traîner jusque là-bas », le caractère d'Esther fait de la seconde option un vainqueur incontestable.

Je suis convoquée pour midi, avec du pinard décent. Heureusement, j'ai retrouvé des bouteilles de beaujolais correctes qui me restaient de la dernière fois où Robin est venu chez moi. En dépit de son régime d'étudiant de première année, Robin aimait picoler chic.

Même si je suis fauchée, la seule option envisageable pour me rendre chez Esther est de prendre un taxi, étant donné qu'elle vit du mauvais côté de la ville et que m'y rendre en transports publics signifierait prendre trois bus et parcourir la moitié du Peak District.

Je regarde par la fenêtre d'un air morose, tandis que le paysage change : les maisons carrées d'après-guerre, les restaurants de nourriture à emporter, les vendeurs de *fish and chips* et les bookmakers de la communauté majoritairement itinérante de Crookes laissent place au centre-ville, puis aux Peaks, et à des espaces plus verts et plus plaisants.

Ma sœur, son mari et leur fils vivent dans le village de Dore, dans une maison d'architecte individuelle. C'est grandiose, avec un double garage et des portes de cuisine à double battant qui mènent à un jardin rectangulaire bien entretenu, sans oublier le grand patio pour les barbecues l'été.

Esther étant fan de cadres inspirants qui racontent des trucs du genre « vivez aimez riez », son intérieur en est truffé. C'est bizarre, parce qu'elle est la personne la moins fantaisiste que je connaisse. Ça a toujours résonné en moi comme un avertissement du genre « les coups de fouet continueront jusqu'à ce que le moral soit bon ». Je devrais peut-être lui acheter un cadre disant « que le rire soit maudit ».

Même si mon estomac encore fragile me donne l'impression d'avoir marché trop vite sur un tapis roulant d'aéroport, le paysage qui défile à travers la vitre du taxi m'apaise.

Parmi toutes les choses qui pourraient me donner l'impression d'avoir échoué, continuer à vivre dans ma ville natale n'en est pas une. Au contraire, j'en suis obstinément fière. J'adore Sheffield, même s'il y fait souvent un froid de canard et que tout est en pente. Si les villes ont une âme, alors celle de Sheffield m'appartient.

— Voilà le vilain petit canard rose de la famille ! annonce Geoffrey, qui a ouvert la porte et jauge mon manteau d'un regard critique.

Si je devais trouver une citation pour résumer l'essence de Geoffrey, ce serait cette entrée en matière : joyeuse en apparence mais mordante, déplacée venant de lui, et trop limite pour pouvoir en rire facilement.

Pourtant, c'est ce que je suis obligée de faire, sinon, on

me trouverait grossière. Participer lorsqu'on me ridiculise : c'est ma spécialité.

Il est, comme toujours, engoncé dans un pull Pringle col en V une taille trop petit, les cheveux bien plaqués sur le crâne, et son teint est d'une drôle de couleur tout sauf naturelle qu'Esther et moi avons secrètement baptisée courge butternut chatoyante. Je lui offre un sourire forcé et écarte les bras, que je tenais jusque-là plaqués contre mon manteau en moumoute. Il s'empare de la bouteille de vin et la retourne pour consulter l'étiquette, en réajustant ses lunettes.

— Hum… jamais entendu parler. Dans tous les cas, ça aidera à faire passer le goût du brocoli, ha ha !

Et *bim*, grosse blague. Il sourit et je grimace en songeant, et ce n'est pas la première fois : *je sais que c'était une période difficile, maman, mais* lui, *vraiment ?* Puis je me dis que, tout bien considéré, je ne suis pas la mieux placée pour penser ce genre de trucs.

L'effervescence la plus totale règne dans la cuisine : la porte du four s'ouvre et se ferme bruyamment, on tape dans les mains engoncées dans des maniques. Geoffrey se prend pour le grand spécialiste du Yorkshire pudding (il fait partie de ces hommes qui transforment tout en compétition) : par conséquent, Mark, ma mère et lui sont regroupés autour de la pâte pour pudding dans son pichet en Pyrex, à débattre des différentes tactiques. Ma mère se tient néanmoins un peu en retrait, afin de ne pas tacher sa robe portefeuille. Elle a des cheveux blond argenté dont l'entretien lui coûte un bras, et elle est toujours bien habillée. Un jour, Geoffrey avait fait référence à elle en parlant de « modèle d'excellence ». Au secours !

Esther me lance :

— Va t'asseoir avec Milo, je t'apporte quelque chose à boire.

C'est de très bonne grâce que je prends la direction du couloir au trot, pour me rendre dans le salon.

Mon neveu Milo a six ans. Il porte une salopette et il est plongé dans ce que mes yeux novices identifient comme une cabane dans des arbres Lego.

— Bonjour, Milo !

— 'jour.

— Qu'est-ce que c'est ? Le monde des... ours dans la forêt ?

— Des Ewoks, corrige-t-il, visiblement frustré d'être interrompu dans une tâche qui exige toute sa concentration.

— Ah ! Bien sûr, je le savais. Et c'est leur maison ?

— Oui, confirme-t-il, exaspéré.

Super. Même le gosse est en pétard que je sois là.

— Celui-ci a l'air très intelligent. Comment il s'appelle ? Ou elle ?

Répondre à mes intrusions démentes requiert un tel effort qu'il fait carrément la grimace.

— PAPLOO !

— Paploo ! J'aime bien son foulard.

Milo grommelle :

— C'est une capuche.

Esther apparaît et me tend une flûte de cava rosé. Pendant une seconde, j'ai un sursaut instinctif « mon Dieu, surtout pas », rapidement suivi de « en fait, si, Dieu merci ! ».

— Alors, ça s'est passé comment, hier soir ? s'enquiert-elle en me regardant de plus près. Tu as réussi à bien te tenir ?

De visage, Esther me ressemble. Pour le reste, elle est plus mince, avec moins de poitrine, et ses cheveux coupés en un dégradé court clament : « Je suis une femme occupée. » Elle peut se targuer d'avoir plusieurs talents que je n'ai pas. Savoir comment auditer des déclarations d'impôts. Comment faire une vraie béchamel pour lasagnes. Comment avoir de la retenue.

Je sais que la moindre conversation trop détaillée sur

mon job de la veille finira mal, car je me sens encore trop fragile pour faire face à une inquisition dans les règles de l'art. Heureusement, j'ai le scoop parfait pour la distraire. Si Tony lui déplaisait profondément, je suis pratiquement certaine qu'elle détestait Robin.

— Ça s'est bien passé, merci. Mais la vraie grande nouvelle, c'est que, juste après que j'ai été virée de That's Amore !, Robin et moi avons rompu.

— Oh ! dit-elle, les yeux écarquillés.

Elle hésite, puis décide de s'asseoir, un autre verre de cava à la main.

— Je… euh…

D'un côté, ça m'agace de confirmer les réserves qu'elle avait sur lui. D'un autre, si je veux être proche d'elle, ce n'est pas en l'excluant de ce qui se passe dans ma vie que je vais y parvenir. En plus, je suis incapable de résister à une bonne anecdote.

— Je l'ai trouvé…

Je me gratte l'aile du nez et regarde en direction de Milo.

— … la B-I-T-E dans une autre dame.

Esther pousse une exclamation de surprise et attrape son pendentif Tiffany en forme de cadenas, qu'elle fait aller et venir le long de sa chaîne.

— Trouvé ? Tu veux dire que tu y étais ?

— Oui, et avec une vue imprenable sur la scène !

Je bois une gorgée de cava vivifiante.

— Je dirais premier balcon. Il m'avait donné un double des clés de son appartement et, naturellement, il pensait que j'étais de service au restaurant.

— Mon Dieu ! Je n'arrive pas à imaginer ce que j'aurais fait si… si j'avais *vu* ça.

— Je n'ai pas su quoi faire non plus. J'ai beaucoup crié. C'était son assistante, Louisa.

— Beurk ! Et il t'avait dit qu'il n'était pas là ?

J'ouvre la bouche pour répondre « Non, pourquoi tu

dis ça ? », avant de me souvenir du bobard que je lui ai raconté, comme quoi il ne pouvait pas venir aujourd'hui.

— Euh... oui.

— J'aimerais pouvoir te dire que je suis étonnée, mais il ne m'a jamais paru la personne la plus fiable du monde. C'était plutôt le genre électron libre. Raconter des blagues sur la consommation de drogue devant maman et Geoff, franchement...

— Hum...

C'était égoïste.

Et ça se résume à ça, dans le fond : par-dessus tout, Robin était mortellement égoïste. Je fixe la colonne de bulles qui s'élèvent dans mon verre, et mon vernis turquoise écaillé.

— Je n'ai jamais vraiment su si tu prenais votre relation au sérieux.

— Moi non plus. Sans doute pas tant au sérieux que ça. J'étais curieuse de voir où ça allait, tout simplement, et voilà où j'en suis.

Esther s'assure que Milo est absorbé par ses figurines en plastique et dit très vite :

— Tes copines féministes et toi me fustigeriez pour ce que je m'apprête à dire et, oui, c'est vieux jeu, mais je doute que coucher avec quelqu'un le premier soir, avant d'avoir fait connaissance, soit la clé du succès pour une relation.

Je grogne. Voilà ce que me vaut un précédent aveu peu judicieux, fait pour les mêmes raisons que celui-ci.

— Tu peux me regarder de travers si tu veux, continue Esther, mais c'est incontestable : dans la vie, personne n'apprécie vraiment les choses obtenues trop facilement, qu'on soit un homme ou une femme. Tu ne voulais pas qu'il te traite comme une groupie jetable parmi tant d'autres. Pourtant...

Elle me scrute, comme si elle essayait de lire dans mes pensées.

Elle se fait une idée totalement erronée de ma vie sexuelle.

Elle pense que je suis à l'avant-garde de la libération et que j'ai des aventures d'un soir aussi souvent et aussi nonchalamment qu'elle achète un Starbucks. Je n'ai jamais pris la peine de la détromper, de lui expliquer que tous les garçons avec qui je suis sortie sont ceux dont je lui ai parlé. Je ne sais pas trop pourquoi. Elle croit probablement que je n'ai trouvé personne qui en vaille la peine, parce que je suis frivole, et je préfère qu'elle me trouve frivole plutôt que tragique.

— Je ne pense pas que faire attendre Robin aurait changé quoi que ce soit. La question n'est pas là. Il m'a sorti la carte « être fidèle à une seule personne, je n'y crois pas », comme s'il vivait dans les années 1960. Nous ne sommes que des navires de passage, qui voguent sur un océan de merde.

Nos regards se portent sur Milo, mais il est en train de murmurer quelque chose à Paploo.

— Désolée, chuchoté-je à l'attention d'Esther.

— Fais attention. On dirait un mainate, en ce moment, siffle-t-elle.

Puis, plus fort :

— Quelle perte de temps ! Tu as trente ans. Tu veux quelqu'un qui est prêt à s'engager, forcément.

Elle dit ça sur le même ton que celui qu'emploierait notre mère, en espérant qu'ainsi ça deviendra une réalité. Je passe en mode adolescente rebelle, parce qu'ils me donnent tous l'impression d'être une ratée.

— Je ne sais pas si je veux une demande en mariage ou un truc du genre, mais, davantage de dévouement que de B-A-I-S-E avec d'autres, ce serait pas mal.

Esther tapote l'accoudoir de son fauteuil du bout des doigts.

— Qu'est-ce que tu cherches ? J'ai du mal à imaginer ton homme idéal. Mais je sais qu'il devra être différent, d'une façon ou d'une autre.

J'ai l'impression d'entendre Rav. Est-ce que je suis obtuse ? Est-ce que j'en fais trop ? *Est-ce que je crâne ?* Un jour, mon père m'a dit que j'étais une frimeuse naturelle qui détestait être au centre de l'attention. « Un paradoxe que tu devras résoudre un jour. » Sauf qu'il n'est pas resté dans les parages assez longtemps pour être témoin du jour en question.

— Je doute fort que monsieur Georgina existe, dis-je avec légèreté.

Je prends une poignée de pistaches dans le récipient en porcelaine en forme de feuille sur la table basse, et en décortique une.

— C'est pour ça que j'ai choisi un électron libre, comme tu dis.

— Moi, je suis certaine qu'il existe. Simplement...

Nous y voilà. Rien n'est jamais très tendre avec ma sœur.

— ... Il y a l'idée qu'on se fait de l'amour quand on a dix-neuf ou vingt ans, et il y a la réalité de l'âge adulte... Deux choses bien différentes. Pourtant, certains d'entre nous continuent à chercher la première version, alors qu'ils auraient dû tirer un trait dessus depuis longtemps.

Le coup est violent, surtout avec les images de la soirée encore fraîches dans mon esprit. Je ne dis rien.

— Enfin, c'est peut-être l'idée que, moi, je me faisais de l'amour. Je sais que tu n'étais pas comme ça, ajoute Esther.

Elle interprète mon silence complètement de travers, et le reste aussi, même si ça part d'une bonne intention.

— Ce que je veux dire, c'est qu'il faut que tu revoies tes exigences à la baisse. Être « amoureux », c'est être content et satisfait de s'ennuyer avec quelqu'un. Tu ne trouveras personne qui te mettra le feu tout en étant un type bien, et tu sais pourquoi ? Parce que mettre le feu, c'est une mauvaise idée. C'est destructeur. Quand les gens parlent d'amour, de nos jours, ce qu'ils décrivent, en réalité, c'est le désir.

Je commence à rire faiblement et me couvre la bouche d'une main pour ne pas cracher des miettes de pistache.

— Qu'est-ce que j'ai dit de drôle ?

— Revoir mes exigences à la baisse. J'ai trouvé Robin enfoncé dans une autre nana jusqu'aux prunes ! Plus bas que ça, je ne vois pas. Est-ce que je devrais commencer à écrire à des détenus condamnés à la perpétuité ? Cher Peter Sutcliffe[1]...

Même Esther ricane.

— Prunes. Pruuuuunes, répète Milo, tout en installant un filet-piège rempli de coquilles de pistache.

— Milo ! Tu te souviens de ce qu'on a dit ? Tata Georgina parlait de crumble aux prunes. Pas vrai ?

— Absolument. Ce dessert d'automne bien connu, le crumble aux prunes.

— Crumble, reprend Milo. Crumble aux prunes. Crumprune.

— Oui ! s'exclame Esther avec empathie. Crumprune ! Ah... Enfin, bref.

Elle secoue la tête, et affiche un sourire béat de maman.

— Comment s'appelle cet Ewok-là ?

— Océan de merde.

Après qu'elle a fait la leçon à Milo, j'ai dit à Esther que ce serait sûrement pire s'il répétait le nom de l'éventreur du Yorkshire. Ça ne l'a pas vraiment radoucie.

Alors que nous sommes tous installés et occupés à nous comporter comme des monstres autour des pommes de terre rôties (la croûte de semoule semble faire l'effet d'un tour de sorcellerie), un imposant véhicule se gare dans l'allée.

1. Tueur en série anglais surnommé « l'Éventreur du Yorkshire ». Il a été jugé coupable du meurtre de treize femmes et de tentative de meurtre sur sept autres. (N.D.T.)

Le conducteur sort de la voiture et commence à déplier un fauteuil roulant. Quelques instants plus tard, il aide la corpulente et octogénaire mamie Hogg à s'y asseoir.

Esther redoute la grand-mère maternelle de Mark autant qu'elle la méprise, et ce, à cause de son habitude d'être démesurément et somptueusement impolie. Ma sœur prétend qu'elle est sénile, mais je me demande si elle n'est pas tout simplement acariâtre, étant donné que ça fait des décennies qu'elle a atteint l'âge de « Est-ce que j'ai l'air d'en avoir quelque chose à foutre ? ». Sortir de sa maison de retraite, c'est avoir la possibilité de semer l'anarchie.

Par sens du devoir et déférence due à son âge, personne n'a jamais envisagé de ne pas l'inviter aux déjeuners du dimanche. Elle répugne Esther mais, moi, elle m'enchante. Probablement parce que, à l'inverse de tous les autres, elle ne peut pas démolir ma façade respectable, étant donné que je n'en ai pas.

— Je n'avais pas réalisé qu'elle venait aujourd'hui ! dis-je gaiement.

— Hum, grommelle Esther avec une grimace, en regardant l'horloge. On a de la chance, elle n'a qu'une heure et quart de retard. Elle se prend vraiment pour la princesse Margaret, c'est dingue !

— Elle a été embêtée avec une infection urinaire, il lui faut plus de temps que d'habitude pour se préparer, lui rappelle Mark, tandis qu'il se dirige vers la porte.

Les seules fois où il critique publiquement Esther, c'est lorsqu'elle dénigre mamie Hogg.

En même temps, c'est sa grand-mère, il prend forcément sa défense, mais il est incroyablement gentil, de toute façon. Doux, aimable, il voit les bons côtés de tout le monde et s'intéresse toujours aux autres avec une sincérité discrète, pas pour le plaisir de fouiner.

Quand Esther m'avait confié qu'elle voyait un étudiant en comptabilité (« et je pense que c'est le bon ! »), ma réaction avait été : au secours, au pire, ce sera un connard fini (elle avait un goût prononcé pour les sportifs désagréables au lycée), au mieux, un coincé ennuyeux à mourir. Heureusement (surtout compte tenu du fait que c'est son mari et le père de son fils), Mark est adorable. J'en veux pour preuve la générosité dont il a témoigné en me recommandant pour le boulot au pub. Il porte des charentaises cousues main en forme de mocassins dans la maison et, malgré ça, je donnerais ma vie pour lui.

— Ne m'attendez pas, surtout !

C'est l'équivalent de « bonjour » et « excusez-moi d'être en retard » dans la langue de mamie Hogg, quand elle voit la table couverte de nourriture.

— Content que tu aies pu venir, dit Mark en se penchant vers elle pour l'embrasser sur la joue.

Son modus operandi consiste à ignorer l'intonation de sa grand-mère, tout simplement. Ainsi que les mots qui sortent de sa bouche. Et son comportement en général.

Ses cheveux gris ont l'air d'être encore enroulés autour de ses bigoudis, et déferlent sur son crâne comme de petites vagues.

— Bonjour ! dis-je en lui faisant un petit signe de la main. Je suis ravie de vous revoir.

Elle ne fait pas attention à moi. Mais il est aussi fort possible qu'elle ne m'ait pas entendue, au milieu des grandes manœuvres requises pour l'asseoir à table.

— Oh ! c'est du bœuf ? Je ne digère pas le bœuf, déclare-t-elle.

— Mais nous vous avons demandé si...

Mark pose la main sur celle d'Esther.

— Tu pourras manger autant que tu voudras des autres plats. Geoff, si vous voulez bien me passer les petits pois et les carottes.

Geoffrey se lève pour tendre la main à mamie Hogg par-dessus la table.

— Nous nous sommes déjà rencontrés, je m'appelle Geoffrey, dit-il d'un ton mielleux. Je suis le mari de Patsy.

— Oui, je sais qui vous êtes, je suis vieille mais pas sénile, répond-elle « sans voir » sa main.

Je dois me fourrer un panais dans la bouche pour m'empêcher de rire. Comment ai-je pu envisager de décommander ce déjeuner ? Des glucides, de l'alcool, du jus de viande et les bonnes blagues de mamie Hogg. C'est la distraction parfaite pour me faire oublier ma détresse.

— Gog a été virée du restaurant, annonce alors Esther d'un air détaché, me donnant en pâture aux lions pour faire distraction.

— Oh non, Georgina ! s'écrie ma mère en posant bruyamment ses couverts. Qu'est-ce que tu as fait ?

— Je n'ai rien *fait* du tout. Le critique gastronomique du *Star* est venu dîner et s'est plaint de la nourriture. Tony, le chef, a fait tout un cirque avant de me renvoyer. Un sacrifice aux dieux pour empêcher le critique d'écrire un article sur sa cuisine immonde.

— Les vicissitudes de la main-d'œuvre qu'on peut embaucher et virer à merci, commente Geoffrey avec un plaisir évident, tout en portant son verre à ses lèvres. Si peu de droits, malheureusement.

Je lui fais presque une grimace. Geoff est retraité de son poste de vice-président d'une entreprise de chauffage central depuis une éternité, et sa retraite est titanesque.

— Le moment est venu de te secouer, reprend ma mère. Fais une formation de sténodactylo et trouve un travail dans un bureau.

— Je doute qu'on recrute encore des sténodactylos, maman. Il n'y a plus de services de dactylographie, tout comme il n'y a plus de patrons qui pourchassent les secrétaires dans les couloirs.

— Tu auras bientôt atteint l'âge où on ne te pourchassera plus, de toute façon.

Et *bim* ! En plein dans le plexus.

— On appelait les jeunes femmes comme toi « des allers simples pour la prison » à mon époque, me sort mamie Hogg.

Esther se lève brusquement pour soi-disant aller remplir la saucière, mais je sais que c'est un prétexte. En réalité, elle fulmine à cause des propos déplacés tenus devant son fils. Et les propos déplacés tenus devant sa petite sœur, on en parle ?

— Georgina ne risque plus d'envoyer qui que ce soit en prison, renchérit Geoffrey avec ce qu'il imagine être un regard malicieux.

Pervers !

— Il y a tout un tas d'autres choses illégales, Geoff, maintenant que les femmes ne sont plus des propriétés, répliqué-je.

— Georgina ! souffle ma mère avec un regard en direction de Milo, pour me faire taire.

— Bien sûr, c'est ma faute, c'est moi qui ai abordé le sujet.

— Comment s'appelait le restaurant, déjà ? demande Mark dans une tentative de réorienter la discussion.

— That's Amore !, l'italien de Broomhill.

— Je n'aime pas la cuisine italienne, intervient mamie Hogg. J'ai commandé une soupe aux champignons dans un restaurant italien, une fois, et on aurait dit qu'ils avaient mis quelque chose dedans.

— Qu'est-ce que c'était ? s'enquiert ma mère.

— Je ne sais pas. Mais le goût...

— Ce n'étaient pas les champignons ? persiste ma mère.

— Si. Mais il y avait quelque chose dedans. Ils avaient mis quelque chose dedans.

« Ils » : un pronom mis pour « les Illuminati ».

— Mais quoi ?

Mamie Hogg secoue la tête.

— Quelque chose. Pour lui donner un goût plus fort.

— Comment ça s'est passé, hier soir, George ?

Nouvelle tentative de Mark de voler à mon secours. Je pourrais l'embrasser.

— J'ai mis George en contact avec un ami qui avait besoin de quelqu'un de compétent au pied levé, explique-t-il pour ceux qui ne sont pas au courant.

— Merci beaucoup, vraiment, dis-je. Ils cherchent quelqu'un en CDI. Ce serait génial mais, même si ça ne se fait pas, je suis quand même contente d'avoir pu aider pour la veillée funèbre.

Il est fort probable que Lucas s'interpose, alors je ne veux pas avoir l'air trop sûre de moi en mentionnant l'offre d'emploi de Devlin.

— C'était une veillée funèbre ?

Geoffrey plante sa fourchette dans une carotte miniature.

— J'espère que tu étais convenablement maussade, fait-il avec un clin d'œil.

Mais quel...

— J'ai déboulé en justaucorps à paillettes, une vuvuzela à la main, je n'aurais pas dû ?

— Oh ! le vent mauvais du sarcasme cinglant ! ironise Geoffrey.

S'il y a bien un enterrement auquel ça ne me dérangerait pas d'aller, c'est le sien.

Esther revient avec davantage de jus de viande. Je parierais qu'elle a traîné dans la cuisine en comptant à rebours à partir de cinquante, afin d'être sûre qu'elle n'allait pas balancer la saucière à la tronche de quelqu'un.

— C'est délicieux, lui dis-je.

Elle m'offre un sourire tendu et répond que c'est Mark qui a presque tout fait.

— Hum, Mark et le maestro du Yorkshire pudding, rectifie Geoffrey.

Tout le monde est charmant avec lui et chante ses louanges. Moi, je ne peux pas me résoudre à me joindre à eux. Il y a environ dix-neuf plats sur la table, Geoffrey a vérifié la température du four pour l'un d'eux, et il pense qu'il a autant de mérite que Mark. *Argh.*

— Comment va Robin ? s'enquiert ma mère avec une note de désapprobation bien marquée dans la voix.

— Nous avons rompu, annoncé-je en me fourrant une belle moitié de pomme de terre rôtie dans la bouche.

— Oh !

Pile au moment où je pense que mon célibat est sur le point d'être disséqué avec la même sensibilité que mon chômage, mamie Hogg interrompt le lynchage :

— Je vais prendre de la viande, s'il vous plaît. J'en paierai le prix, mais je ne veux pas rentrer à la maison en ayant encore faim.

Esther recule bruyamment sa chaise et annonce : « Jevaischercherduvin. »

Alors que j'aide à débarrasser la table après le repas, Esther revient dans la salle à manger en tenant Milo par l'épaule. La moue de mon neveu se voit à des kilomètres.

— Tata Georgina, Milo a quelque chose pour toi. N'est-ce pas, Milo ?

— C'est vrai, Milo ?

Je m'accroupis devant lui. Il se met un doigt dans la bouche et me tend une feuille de papier pliée, qu'il tenait dans son dos. Je la déplie : le dessin représente une madame bâtons avec une robe triangulaire et une tignasse coloriée au crayon jaune. Elle est devant une maison avec une cheminée d'où sort de la fumée, en compagnie d'un monsieur bâtons marron, portant un énorme chapeau.

— J'adore ! Alors, c'est moi... et ça... c'est ma maison ?

Milo hoche la tête.

— Avec les asticots en maraude en moins, dit Geoffrey, qui s'est remis en mode Geoffrey.

— Et c'est qui, là ? Avec le chapeau ? M. Chapeau ?

— C'est ton mari.

— Mais je n'ai pas de mari.

— C'est quand tu seras plus grande et que tu te marieras.

Je ne peux pas m'empêcher de rire, ce qui tombe bien, car tout le monde en fait autant.

— Ça me fait très plaisir que tu ne penses pas que je suis une grande personne, ça veut dire que j'ai l'air jeune.

Je me penche vers lui pour lui faire un bisou et le serrer dans mes bras.

— Je vais l'accrocher dans ma chambre, il me donnera de l'espoir pour l'avenir.

Milo acquiesce avec empathie et retourne à ses Ewoks dans le salon, pendant que ma mère marmonne quelque chose à Geoff et Esther.

Alors que je me prépare à partir, Esther hoche brusquement le menton, tout en me tendant mon manteau. C'est le signal pour me faire comprendre que je suis attendue en salle de crise, où personne ne peut nous entendre. C'est moi qui ai eu l'idée de nommer ainsi les toilettes sous l'escalier, quand j'ai remarqué qu'elles étaient toujours utilisées pour passer un savon. L'engueulade du jour va vraisemblablement être une mise en garde sur le thème « Essaie de ne pas montrer à quel point tu détestes Geoffrey », mais je décide de la devancer, en abordant mon propre ordre du jour. Si je finis par travailler au Wicker, j'aime autant la prévenir.

— Je ne sais pas si tu as entendu ce que j'ai dit, pendant le déjeuner, mais on m'a fait une offre d'emploi. À la veillée funèbre, hier soir. Le client de Mark m'a proposé de tenir le bar.

Esther ouvre grand la bouche.

— C'est génial, mais fais attention, Gog. Souviens-toi, la réputation de Mark en pâtira, si jamais ça part en sucette.

— La veillée s'est *bien* passée. Encore merci pour cette marque de confiance !

Je dis ça sur le ton de la plaisanterie, mais je suis vexée, et j'abrège au moment de dire au revoir, le dessin de M. Chapeau à la main.

Des larmes coulent sur mes joues durant le trajet du retour. Je pense au manque de confiance que ma sœur me témoigne, aux remarques de ma mère sur la façon dont je gâche ma vie à mon âge, et à ce qui s'est passé la veille au soir.

Cinq minutes plus tard, mon portable bipe. Esther. Elle pense vraiment que je suis la honte de la famille, comme tous les autres !

> Bonne chance pour le boulot au pub. MAIS INTERDICTION, JE RÉPÈTE, INTERDICTION DE T'ENVOYER EN L'AIR AVEC QUELQU'UN PAR ACCIDENT.

Puisqu'elle tient tant que ça à me montrer qu'elle a une piètre opinion de moi, pas la peine de la rassurer.

> Et si c'est M. Chapeau ?

> Milo a dessiné ça après avoir vu une photo de Tommy Cooper, alors je ne m'emballerais pas trop, à ta place. Bisous

Mon téléphone bipe à nouveau. Cette fois, c'est un message de Robin. Voilà qui devrait me requinquer. Il m'a appelée quatre fois, pendant le déjeuner. Je ne sais pas pourquoi il se donne cette peine : ce n'est pas comme s'il suffisait qu'il me parle pour me faire oublier les bruits qu'il fait quand il est à l'intérieur de quelqu'un d'autre. Mais, quand on gagne sa vie en racontant des histoires, on pense que tout est négociable, j'imagine.

> Bonjour. Apparemment, tu as décidé de m'ignorer. Je peux comprendre que la rencontre fortuite d'hier soir n'a pas été des plus plaisantes, mais comportons-nous en adultes

civilisés et discutons de la direction que nous souhaitons prendre. Il n'y a rien entre Lou et moi, alors on devrait pouvoir dépasser ça. On tenait quelque chose. Je sais que ta fierté en a pris un coup, mais ce serait dommage de tout balancer sur un malentendu. R

Pas des plus plaisantes ?! Rien qu'à l'idée de l'avoir laissé me toucher, je frémis de dégoût.

Et, accessoirement, ça ne manque pas de piquant de se prendre une leçon de morale à propos de ce qu'est un adulte civilisé, de la part de quelqu'un qui a été vu pour la dernière fois avec les poils pubiens remplis de noix de pécan caramélisées.

Chapitre 12

J'occupe la mansarde d'une maison étroite, avec des entourages de fenêtre pourris, des appliques recouvertes de graisse, un lino qui grince et des pièces exiguës empilées les unes au-dessus des autres. Karen est au premier étage, en face de la salle de bains. L'endroit idéal pour surveiller et contrôler ce territoire partagé.

Je me suis souvent demandé pourquoi elle avait accepté que j'emménage ici, mais en fait je la soupçonne fortement d'avoir mis son veto ou fait peur à tellement de candidats potentiels avant moi que le propriétaire a perdu patience.

J'aime me sentir à l'écart de tout, là-haut, même si l'emplacement de ma chambre a aussi ses inconvénients, à savoir que toute personne que j'amène à la maison et moi-même devons marcher sur la pointe des pieds en passant devant l'antre de Karen, dans un escalier vertigineux aux marches irrégulières. Ce qui explique que j'aie acquis la discrétion d'un cambrioleur hors pair. Parce que, si je la dérange, je déchaînerai rien de moins qu'une bête furieuse en pantoufles à tête de Homer Simpson. Si j'avais un tempérament sérieux à mourir et une tendance prononcée à m'emporter, je ne porterais sans doute pas de chaussons fantaisie couleur banane, mais Karen ne redoute pas la juxtaposition ironique.

Elle me rappelle la fois où j'ai vu un vigile déguisé en champignon vénéneux se disputer âprement avec un voleur à l'étalage chez Lidl, le jour de Comic Relief[1].

1. Téléthon annuel qui est l'un des plus importants d'Angleterre. (N.D.T.)

Une fois le déjeuner fini, n'ayant rien d'autre qu'un dimanche soir monotone pour me faire oublier ma détresse, j'entreprends le tour des réseaux sociaux. Je fais défiler mollement ma page d'accueil Facebook sur mon ordi portable, une tasse de thé bien fort à la main.

Vous avez reçu 1 demande de mise en contact.
Louisa Henry

Lou ? Comme l'assistante de Robin ? Comme nous ne sommes pas amies sur Facebook, je pourrais lire son mail sans qu'elle le sache. Pendant un moment, je me tâte à me la jouer reine des glaces et à faire ça, avant de me raviser. Non. Je veux qu'elle sache que je l'ai lu. Qu'elle se demande comment je l'ai pris. Je clique pour consulter le message.

Salut, Georgina. Euh, bon… suis méga gênée par ce qui s'est passé, déso si ça t'a contrariée. Robin m'a dit que lui et toi étiez zen, pour ce qui était de passer du temps avec d'autres personnes, et, depuis que je le connais, il n'a jamais été très clair à propos de quoi que ce soit ! Ça fait partie de son charme, j'imagine. Je ne sais pas trop où vous en êtes, mais je suis plus que ravie de m'arranger / vous laisser de l'espace pour respirer un peu. De toute façon, je suis à Londres ces jours-ci. Je pense que tu apportes des ondes positives de ouf dans la vie de Robin, et ce serait ballot de ne plus être love à cause d'un malentendu. Reste cool, meuf. Bisou bisou ! Lulu

Je relis son message trois fois. « Lulu » est aussi déconnectée de la réalité que Robin, donc. Une dose de bonne vieille honte serait trop demander ? Il va vraiment falloir me contenter de « méga gênée » ?

Je dois reconnaître qu'elle plane tellement que, quand elle lui a dit « je t'aime » pendant leur partie de jambes en l'air, ça avait sûrement la même profondeur émotionnelle que lorsque le boucher demande : « Vous aimeriez autre chose, ma p'tite dame ? »

« Des ondes positives de ouf ». « Ballot de ne plus être love ». Barjot ! Avant, je l'aurais trouvée gentiment zinzin, mais là ça pique. À la quatrième lecture, je remarque que rien ne suggère qu'elle a arrêté de se taper Robin. Son « m'arranger » suggère même plutôt le contraire. Elle propose quoi, une garde alternée ?

Si ça se trouve, ce que je considère comme une relation ordinaire ne l'est pas... Est-ce que ma vision est à ce point conventionnelle, vieux jeu et chiante, comme l'a décrété Robin ? Est-ce que c'est ça, la nouvelle normalité ? La fidélité n'est plus ce qu'elle était, et Lou se comporte comme si elle avait simplement bigorné ma voiture, alors que, dans ma réalité, elle l'a complètement défoncée.

Oh ! salut, désolée que tu nous aies surpris en pleine pénétration frénétique, pardon, voilà des crottes au chocolat Lindor et une bouteille de rosé issue du commerce équitable.

Je sais bien que Clem m'a conseillé de ne pas rejeter la faute sur moi, mais c'est impossible. Enfin, comment ai-je pu ne pas voir que Robin était comme ça, et que les gens qui l'entouraient étaient pareils ? Je me suis fait un gros film. Et ce n'est pas la première fois...

Je songe à quel point j'exaspère ma famille. Je crois que je m'exaspère moi-même.

Je rédige un « merci-mais-non-merci-tu-peux-te-le-garder » sarcastique à l'attention de Lou, puis j'efface mon message, car il n'y a rien à dire qui mériterait de passer à la postérité. Rien que je souhaite voir répété sur un ton incrédule, tandis que Lou lit mon message sur son portable, avec son accent londonien à deux balles et ses longues jambes enveloppées de bas fantaisie, étalées sur le canapé pourpre de Robin.

Après ça, j'imagine très bien Robin secouer la tête, laisser échapper un soupir d'embarras feint, et y aller de son commentaire blasé :

— Je pensais vraiment qu'on était sur la même longueur d'onde, Georgina et moi. Je lui ai pourtant dit que je ne croyais pas à tout ce cirque des 2,4 gamins, mais je suppose que les gens entendent ce qu'ils ont envie d'entendre. C'est dommage. C'était une fille sympa et on rigolait bien. Elle ferait mieux de se trouver un mec qui rêve de disputes chez Ikea et de missionnaire toutes lumières éteintes.

Dans tous les cas, de la colère, même contrôlée et cinglante, donnerait l'impression que j'en ai quelque chose à faire. Le pire, c'est que ce n'est pas le cas. Avant, même si ce n'était que brièvement, j'essayais de me convaincre que j'étais amoureuse de mes mauvais choix, mais maintenant… quel tableau !

Le visage de Lucas s'immisce dans mes pensées. Même si c'est angoissant de penser à lui, ça me procure une joie étrange. Je ne suis plus personne à ses yeux, désormais. Peut-être que je n'étais déjà personne à l'époque, mais ce que j'avais ressenti avec lui, je ne l'ai ressenti avec aucun autre, que ce soit avant ou depuis. Alors, même si c'est futile, j'aime me rappeler son toucher, les choses qu'il me disait, sa manière de me donner envie d'être une version améliorée de celle que j'étais. Je n'en avais pas conscience, mais j'étais un trésor de choses intéressantes, une fois que quelqu'un se montrait concerné.

Lucas me regardait (ça va paraître complètement ridicule et vaniteux, mais je ne vois pas comment le dire autrement) *avec émerveillement*. Je repense au contraste avec le regard vide qu'il m'a lancé à la veillée funèbre et je laisse échapper un soupir larmoyant.

Je décide de me rendre sur TripAdvisor pour me consoler avec des critiques de That's Amore ! Puis j'ai une illumination : je pourrais en écrire une ! Je ne fais plus partie des employés, alors pourquoi pas ?

Je me crée un profil. J'envisage d'avoir l'audace folle d'être « Georgina, Sheffield », avant de réaliser que non seulement ce serait idiot de me griller vis-à-vis de Tony, mais en plus mon commentaire pourrait être signalé comme malveillant. À la place, je serai Greg Withers, de Stockport. Ne me demandez pas pourquoi.

Je dois donner à mon commentaire la texture d'une réclamation authentique, alors je tente de me remémorer certains des plus grands succès de That's Amore ! Et si je faisais une compilation de tout ce à quoi j'ai assisté pendant mes services ? Ça me paraît honnête.

LE PIRE RESTAURANT OÙ J'AIE JAMAIS D

Dans le feu de l'action, Greg n'a pas remarqué qu'il ne pouvait pas dépasser un certain nombre de caractères. Merde, je suis vraiment en train de m'amuser comme une petite folle !

Une étoile

Franchement, il est presque impossible de savoir par où commencer ! C'était notre anniversaire de mariage, et ma femme avait annoncé qu'elle ne voulait rien de spécial. Si je n'avais qu'une chose à dire, ce serait que That's Amore ! a tenu ses promesses, à ce niveau-là !

On nous a présenté des menus plastifiés visqueux, avec des taches de nourriture dessus. On aurait pourtant tendance à croire qu'il suffirait d'un peu de présence d'esprit pour passer un coup d'éponge dessus (et un peu de produit antibactérien, tant qu'on y est), mais non. La salle aussi avait connu des jours meilleurs, sûrement aux alentours de 1972.

Quand j'ai demandé quels invertébrés exactement contenait l'entrée *fritto misto* répugnante de ma femme, on m'a répondu « juste le chef, Tony », ce que j'ai trouvé très inquiétant, je pense que tout le monde sera d'accord là-dessus. Mon minestrone, servi avec du « pain à l'ail du patron », sortait clairement d'une boîte de conserve. Le patron devrait vraiment essayer un type de pain différent. Du genre comestible.

On est ensuite passé au risotto de fruits de mer, à base

de… bâtons de surimi. Quand j'ai mis en doute l'authenticité des bâtons de crabe, le jeune homme qui nous servait m'a assuré que « tous les Italiens mangent des bâtons de crabe », et quand j'ai demandé « Où avez-vous vu des Italiens en manger ? », notre serveur a répondu « À Walkley ».

Lorsqu'on nous a demandé si on souhaitait un dessert, j'en avais franchement ma claque de leurs bobards ridicules, mais ma femme avait jeté son dévolu sur le tiramisu, et je n'étais pas arrivé à mon trentième anniversaire de mariage sans apprécier la valeur de la maxime « femme heureuse, vie heureuse ».

Si je devais choisir un mot pour décrire la mixture qu'on lui a présentée, je pense que ce serait « monstruosité ». Un amas de boudoirs mous trempés dans une sous-marque de Captain Morgan et de la crème anglaise en conserve, couverte d'une épaisse couche de (accrochez-vous) café soluble. DU CAFÉ SOLUBLE. Non, mais franchement ! Ma belle-mère de quatre-vingt-trois ans, qui perd un peu la tête, nous a un jour servi des crevettes acidulées, la pauvre ! Je pense sincèrement que je préférerais retenter l'expérience des crevettes plutôt que de retourner dans ce tripot abominable.

À : newsdesk@sheffieldstar.com
De : GogPool@gmail.com

Bonjour,

Je me demandais si vous aviez remarqué que cet endroit a 88 % d'avis « horribles » sur TripAdvisor. Est-ce le pire restaurant de la ville ? Je ne sais pas si votre critique gastronomique y est allé, mais quelqu'un devrait écrire un article sur le sujet !
Bien à vous,

Un énième client mécontent.

Chapitre 13

Un jour, après avoir démissionné de l'antre du diable des hipsters à bocaux, je me souviens avoir demandé à Esther :

— Est-ce que je suis en chute libre, mais au ralenti ?

Elle avait répondu :

— Tu es plutôt comme un robot aspirateur, Gog : tu te cognes aux murs, tu vacilles, et tu continues.

Je pense que ma mère et elle ont arrêté d'essayer de me comprendre quand j'ai annoncé que l'université n'était pas faite pour moi et que, dans ma véhémence, j'ai clairement laissé entendre qu'il n'y avait pas matière à discuter. Elles ont soupçonné une baisse de confiance due au décès de mon père, bien sûr, mais j'ai construit un mur autour de cette conversation, et positionné des gardes armés sur tout le périmètre.

Nous sommes allées dîner dans un restaurant français pour mon trentième anniversaire, et l'inquiétude et la déception étaient palpables au-dessus des rillettes et du bœuf bourguignon. Ma vingtaine errante et sans but était terminée, et aucune de nous ne pouvait faire comme si ce n'était pas ma vraie nature.

Je ne suis pas très douée quand il s'agit de faire face aux choses. Je ne suis pas le genre de personne pragmatique et constructive qui pense : *Bon, je suis visiblement en train de me désintégrer psychiquement comme du PQ mouillé enroulé autour d'un arbre, suite à une blague d'étudiant, je devrais consulter un psy. Je vais voir quels sont les professionnels dans un rayon de trois kilomètres et prendre rendez-vous. Et y aller.*

Ce n'est pas comme ça que j'ai fini dans le cabinet de Fay.

Huit ans après le diagnostic d'un spécialiste sur les causes du décès de mon père (« Un incident cardiaque soudain et terminal ayant causé une sévère attaque neurologique » « Autrement dit, son cœur a lâché et son cerveau s'est arrêté ? » « C'est ça »), j'ai parlé de lui à mon nouvel ami Rav.

Le soir où nous nous sommes rencontrés, Rav portait une chemise près du corps vert citron, qui s'accordait à merveille avec sa peau sombre. Ses traits fins et ses yeux perçants me faisaient penser à un oiseau. Les soirées « allons tous chez moi » de Clem étaient un peu trop blindées de frimeurs à mon goût, à l'époque, mais j'avais vite senti que Rav était un bon numéro (ils s'étaient rencontrés à la boutique de Clem, un repaire à dandys). Il peut être hilarant et léger et, l'instant d'après, vous analyser avec une perspicacité aussi précise que dévastatrice qui vous empêchera de dormir, quand vous y repenserez, le soir, en vous retournant dans votre lit.

À l'époque, je travaillais dans une boîte de nuit qui s'appelait Rogues. Je me faisais tripoter par des ivrognes et m'injectais des analgésiques dans la plante des pieds pour réussir à rester perchée sur des talons de dix centimètres pendant plusieurs heures d'affilée. Le pire boulot que j'aie jamais eu, sans conteste, et Dieu sait que la compétition est féroce !

Sans le vouloir, j'avais mentionné en passant que je rêvais encore de mon père toutes les nuits (Georgina Horspool d'humeur très festive, pour vous servir).

— Toutes les nuits ? avait répété Rav.

Nous étions assis sur le canapé en velours jaune safran de Clem, et il s'était penché en avant pour se faire entendre par-dessus Goldfrapp.

— *Toutes* les nuits ?

Je m'étais rappelé trop tard que je parlais à un professionnel.

— Souvent, avais-je alors nuancé. Je n'ai pas un carnet à côté de mon lit pour prendre des notes. Papa, papa, papa. Toute nue, sur le point de rater le bus, avec mes dents qui pourrissent. Surprise en train de voler un gigot d'agneau chez Morrisons, toute nue également. Papa à nouveau.

— Ça pourrait t'aider de consulter. Néanmoins, si ce qui vient ensuite est « toute nue *avec* papa », je te préviens que ça te fait passer dans une catégorie de clients pour qui les séances coûtent beaucoup plus cher.

J'avais ri. Rav prend toujours des risques de ce genre, pourtant, ils sont finement calculés. C'est un truc que j'adore chez lui. On pourrait croire qu'avec son niveau d'expertise il est prudent à l'extrême, mais c'est tout le contraire. Il y va. Il fonce dans le tas. Toujours animé des meilleures intentions, cependant.

Je lui avais expliqué la contradiction : même si mon père était toujours dans mes pensées (une autre platitude posthume qui était devenue une réalité de la vie, si je puis dire), je n'arrivais pas à me résoudre à aller sur sa tombe.

Au fur et à mesure que je parlais, Rav fronçait les sourcils crescendo. Il avait fini par me dire :

— D'accord. Je ne peux pas te suivre parce que ce ne serait pas éthique et ça te mettrait mal à l'aise, mais va voir ma collègue Fay. Je te prends un rendez-vous avec elle.

Il était très doué dans son domaine, c'était évident : il avait deviné que, s'il se contentait de me donner les coordonnées de la collègue en question, je ne l'appellerais jamais.

— Je ne suis pas sûre d'avoir envie de déblatérer sur ma vie. En quoi mes problèmes ont-ils de l'importance ? Un tas de gens ont perdu un parent, avais-je fait remarquer, alors qu'il entrait mon numéro dans son portable.

— Pas la peine d'être aussi anglaise, Georgina ! Dans

ce pays, on préférerait mourir en silence plutôt que d'avoir l'impression de déranger quelqu'un. Non pas que je sois en train de suggérer que tu es suicidaire.

J'ai consulté Fay pendant un an et elle m'a beaucoup aidée. À tel point que, désormais, je dépose des fleurs sur la tombe de mon père pour son anniversaire. J'ai une petite discussion avec lui à voix basse (si personne n'est à proximité) et je suis du bout des doigts le contour des lettres gravées au laser dans la pierre froide. Je regarde fixement les dates implacables de début et de fin. Si seulement on avait pu me prévenir !

Ce serait vraiment pratique, si toutes les personnes qui nous entourent pouvaient nous les fournir. On pourrait se ménager, comme ça.

Une semaine après la veillée funèbre de Danny, la mort hante toujours mes pensées. Je n'ai rien à faire en attendant que Devlin m'appelle ou ne m'appelle pas (d'accord, je pourrais aussi être proactive, et commencer à mettre des fers au feu ailleurs), sans compter que le contrecoup d'avoir vu Lucas McCarthy sans que lui ne me voie me file un bourdon terrible.

Alors j'achète un bouquet de lys aux couleurs criardes façon loukoum à 4,99 livres (« Pour qu'ils moisissent sur un lopin de terre à deux kilomètres d'ici ? Tu es bizarre. Avec ça, tu pourrais te payer deux pintes. Pique plutôt des fleurs sur une autre tombe », me dit papa imaginaire), et je marche jusqu'au cimetière de Tinsley Park. Il y a du monde, si je puis dire, et je dois crapahuter un moment pour trouver mon père.

J'aime bien les vieilles pierres tombales sinistres, recouvertes de mousse émeraude, avec des dates sorties des années 1800 et des familles emportées par le scorbut. Ce sont les tombes modernes et brillantes qui me rendent nerveuse.

Quand j'arrive à JOHN HORSPOOL, le monument

qui atteste du fait que c'est vraiment arrivé, je sens mon estomac se contracter.

Je réfléchis à l'hypocrisie des mots gravés sur sa tombe : « Mari, père et frère aimé ». Deux sur les trois sont un mensonge.

Après les funérailles, oncle Peter n'aurait pas pu repartir plus vite en Espagne, même s'il avait utilisé de la poudre de cheminette[1]. J'aurais cru entendre mon père faire des commentaires sarcastiques sur le don qu'avait son frère d'illuminer une pièce, lorsqu'il la quittait.

Ses remarques sur la morosité d'oncle Peter (« C'est aussi plaisant de le voir que de trouver une merde de chat chez toi, alors que tu n'as pas de chat ») me faisaient toujours rire. Et l'idée que je n'entendrais plus jamais sa voix ni son avis sur quoi que ce soit… Que mon imagination était tout ce qui me restait… Des pastiches, de piètres improvisations basées sur la nostalgie, une pâle imitation. J'étais tellement démunie que mes genoux pliaient sous mon poids.

Deux ans après son départ, j'ai dit à Clem que ça semblait irréel. J'attendais constamment de prendre vraiment conscience de la réalité de sa mort, j'attendais la prochaine mauvaise surprise. Clem avait perdu son père à quatorze ans. On s'était rencontrées dans un McDo à 1 heure du mat, alors qu'un type louche était en train de la harceler. Jo et moi étions intervenues, et on l'avait invitée à monter dans notre taxi. On avait fini chez moi, à manger des Royal Cheese et à boire, alors qu'on avait déjà bien assez bu.

— Ça ne semble jamais totalement réel, on ne le digère jamais vraiment, George, m'avait répondu Clem. Ce moment n'arrive jamais. La Terre continue à tourner, sauf qu'il manque toujours quelque chose. Et, pendant ce

1. Dans *Harry Potter*, poudre qui permet de se déplacer dans un réseau de cheminées magiques. (N.D.T.)

temps, tu continues à avancer, jusqu'à ce que tu trouves ce quelque chose.

Ça se tient. Tout semble temporaire, désormais. En réalité, tout l'a toujours été. Sauf que je ne le savais pas.

Je m'éclaircis la gorge et je regarde autour de moi.

— Salut, papa.

— Voilà, tu sais tout...

Je me sens bête, même si je suis seule au milieu de cette plaine plate, parsemée de rangées de pierres tombales semblables à des dominos qui s'étalent à perte de vue. Je lève les yeux, comme si un drone était en train de survoler les alentours et d'écouter mes banalités.

J'ai mentionné à voix basse que j'avais revu Lucas et que c'était quelqu'un que j'aurais aimé lui présenter, à une époque. Je lui ai aussi parlé du départ de Robin. J'essaie d'imaginer de quelle manière il l'aurait accueilli. Mieux qu'Esther et ma mère ? Mon instinct me dit que mon père aurait fait davantage d'efforts, car il aurait vu l'objectif que j'essayais d'atteindre, mais il serait arrivé à la conclusion que j'avais raté ma cible.

J'ai les doigts engourdis à force de serrer le bouquet de fleurs entouré de papier cellophane. Je mets les mains dans mes poches chacune leur tour.

— Pourquoi tu portes ce truc couleur bain de bouche ? demande papa imaginaire. On dirait que tu as assassiné l'un des Muppets.

— On se revoit bientôt, pour tes non-soixante-cinq ans, je suppose. J'en ai parlé avec Esther et on va amener Milo. Alors, pas de gros mots et pas de cuite à base de rusty nail !

Il buvait toujours ce cocktail-là à Noël. Un nouveau coup de poignard dans le ventre. J'avance en chancelant pour déposer les fleurs sur sa tombe, j'agite la main et je souris faiblement.

Notre mère ne vient jamais. Esther et moi avons chacune des théories qui pourraient expliquer sa réticence.

Je suis en train de me diriger d'un pas lourd vers la sortie quand, soudain, une vision se matérialise dans mon esprit.

Mordicus[1], caché dans la poubelle, qui en agrippe le rebord de ses deux pattes vertes en fourrure et qui crie, les sourcils froncés et les yeux exorbités :

— Ça fait une semaine, c'est bon, tu peux arrêter d'attendre que Devlin t'appelle, espèce d'IDIOTE !

Je marque une pause, balaie du regard le champ de pierres tombales comme si elles contenaient littéralement cette vérité fâcheuse dans leurs profondeurs terreuses, puis je reprends ma route d'un pas décidé.

Les questions existentielles allaient fuser, forcément. Pourtant, quelque chose me rend triste, au-delà du fait que Lucas McCarthy ne s'est pas souvenu de moi et/ou qu'il m'a mis des bâtons dans les roues, et a suggéré que j'étais seulement bonne à servir des ribs et des ailes de poulet dans un débardeur et un poum-poum short orange.

En analysant ma déception, je comprends que j'ai sincèrement apprécié Devlin, et vice versa, j'espère. Ce qui n'arrive pas souvent, de nos jours. Et ne pas appeler quelqu'un alors que vous avez promis d'appeler, c'est moche. Me décevoir, d'accord, mais il pourrait au moins le faire d'une façon qui me permettrait de continuer à bien l'aimer après.

Il pourrait envoyer un message vite fait bien fait, prétendant que son frère et lui se sont mélangé les pinceaux, qu'ils ont chacun engagé quelqu'un, et que l'autre personne est un héros de guerre amputé d'une jambe, ou un truc dans le genre. Ménager ma sensibilité, vous voyez. Au moins,

1. Mordicus est l'une des marionnettes de l'émission pour enfants franco-américaine *1, rue Sésame*, diffusée entre 1978 et 1982.

ce genre de pieux mensonge rend les choses beaucoup plus faciles, si vous vous croisez en ville après. Croyez-en l'expérience de quelqu'un qui a occupé et quitté mille petits boulots de ce genre dans le centre de Sheffield.

Ou alors ... il était tellement torché qu'il a complètement oublié sa proposition. Non. Si c'était ça, et c'est peu probable, Lucas aurait abordé le sujet.

Il ne savait pas que je venais de son passé, et ne voulait pas me découvrir dans le présent. Ou bien il savait que c'était moi, et il a fait semblant de ne pas me reconnaître pour mieux se débarrasser de moi.

Je pense à lui, tandis que je sors du cimetière. Un soir, dans le parc, alors que le soleil s'était couché et que j'étais contrariée parce qu'on m'avait enguirlandée à cause de je ne sais plus quoi à la maison, il avait posé la main sur ma joue et dit :

— Je t'aime, tu sais. Je suis là.

J'imagine que c'était plus facile à dire quand j'étais vulnérable et bonne à ramasser à la petite cuillère. En un instant, cette journée horrible était devenue le plus beau jour de ma vie.

Je me rappelle avoir répondu :

— Je t'aime aussi.

Je ne l'avais jamais dit avant. Puis j'avais ajouté :

— Je suis là.

Je l'étais. Inconditionnellement. Je me consumais d'amour pour lui. Il était tout pour moi : un grand secret, l'objet de mes désirs, mon âme sœur et mon allié. Ce cliché comme quoi il n'y a jamais rien d'aussi fort que le premier, c'est vrai, c'est ça ?

Est-ce qu'il avait vraiment été à moi, même fugitivement ? La seule preuve qui en reste se trouve dans mon journal intime, mais je ne peux pas me résoudre à l'ouvrir. Il est au fond de mon tiroir à sous-vêtements, fermé depuis longtemps, destiné à ne plus jamais être lu.

Alors que les premières gouttes d'une bruine fine commencent à tomber, mon téléphone sonne. Numéro inconnu. Mon cœur s'emballe.

— Allô, Georgina ? C'est Devlin. Le type qui est passé de légèrement éméché à complètement bourré grâce à toi, la semaine dernière.

L'espace d'un instant, la joie et la surprise me laissent sans voix, puis je reprends mes esprits.

— Oui, c'est moi ! Bonjour. Tu n'as pas vraiment eu besoin d'aide, à vrai dire. Si c'est pour ça que tu m'as payée, alors tu t'es fait arnaquer.

Il glousse.

— Et merci pour le supplément, c'était vraiment gentil !

— Ne dis pas de bêtises, tu l'as bien mérité. On aurait pu croire que tu faisais partie des invités. À mes yeux, c'est la marque du professionnalisme par excellence.

Devlin ne peut pas le voir, mais je rayonne.

— Je me demandais si tu étais toujours disponible pour le poste à temps complet dont on a parlé. Désolé d'avoir mis si longtemps à te recontacter. J'avais... euh... des choses à régler d'abord.

Batailler avec son frère jusqu'à ce qu'il rende les armes, par exemple ? Je suis ravie. Et totalement terrifiée. Félicitations, vous avez gagné un prix : devenir l'employée d'un Lucas McCarthy hostile.

Néanmoins, j'apprécie qu'il ne se soit pas opposé à l'idée de Devlin au point de ne pas me laisser travailler pour eux. On se console comme on peut.

— Je sais que c'est vraiment à la dernière minute, alors n'hésite pas à dire non, mais est-ce que tu pourrais passer aujourd'hui ? Disons vers 18 h 30 ? Je te montrerai la caisse et tu pourras prendre tes marques, comme ça, tu seras plus à l'aise, s'il y a du monde lors de l'ouverture.

Je consulte ma montre. C'est dans une heure et demie. Je ferais mieux d'être présentable.

— Pas de problème.

— Tu es une perle ! Désolé, mais tu sais ce que c'est... Mon foutu agenda semble souffrir d'un gros trouble de déficit de l'attention, et il y a un million de trucs à faire.

— Pas de souci, honnêtement, je n'avais rien de prévu. À tout à l'heure.

— Si tu frappes et que personne ne répond, c'est qu'on est dans la réserve. Entre, la porte ne sera pas fermée à clé.

« On ». C'est vraiment en train d'arriver. Lucas est de retour dans ma vie.

Alors que je réfléchis à ma tenue, je me fige. Est-ce que je devrais porter ma fourrure rose ? Mes poils se hérissent. Et pourquoi pas ? Parce que Lucas McCarthy a laissé entendre que j'étais une bimbo ? C'est ma vie, mon manteau, ma décision. Je suis toujours la même combinaison que quand j'étais adolescente : rébellion à l'extérieur et peur panique de ne pas être à la hauteur à l'intérieur.

Je suis presque arrivée chez moi quand mon téléphone se remet à vibrer dans mon sac. J'ouvre le rabat et fouille à l'intérieur. J'attrape cinquante trucs au passage, ce qui veut dire qu'il sonne pendant une éternité. Lorsque je mets enfin la main dessus, je suis dans tous mes états. Et si c'était Dev qui rappelait pour revenir sur sa proposition ?

L'écran indique « Rav ».

— Salut !

— *Yo*. Tu es occupée ?

— Pas vraiment.

— Je me demandais... est-ce que tu as contacté le journal à propos de l'italien où tu bossais ? L'avis incendiaire sur TripAdvisor ? Tu as dit que tu le ferais, mais tu étais bourrée sur le moment.

Je leur ai dit ça ? Je ne savais même pas que je me l'étais dit à moi-même. Mes pertes de mémoire postcuite ne s'arrangent pas. Ces temps-ci, c'est comme si des scènes entières étaient coupées au montage.

— Oui, je l'ai fait, pourquoi ?

— Ils ont utilisé ta critique.

— C'est vrai ? Génial !

— J'ai une bonne et une mauvaise nouvelle. Ou plutôt : la bonne nouvelle s'arrête là.

— Ils n'ont pas cité mon nom, si ?

— Pourquoi ils te citeraient ? Tu leur as donné le vrai ?

Je me sens bête, d'un coup.

— Non. Juste le tuyau.

Quelqu'un du *Star* (pas M. Keith, mais un certain Ant Quelque Chose) avait répondu à mon mail à propos de That's Amore ! Un « merci je vais me renseigner » bâclé, qui semblait avoir été rédigé d'une seule main, pendant que l'autre était aux prises avec un sandwich Prêt À Manger.

J'avais trouvé assez sec de ne pas mentionner mon nom, puis je m'étais souvenu que j'étais seulement GogPool. Je n'avais pas pensé que ça déboucherait sur quelque chose, étant donné qu'on ne m'avait pas posé la moindre question sur qui j'étais, ni demandé pourquoi j'étais « un énième client mécontent ». C'est déjà ça, m'étais-je dit. C'était toujours ça.

— Tu sais qu'on dit que la vengeance est un plat qui se mange froid ? Eh bien, *The Star* l'a servi façon That's Amore ! Autrement dit, ça ne ressemble en rien à ce que tu as commandé, continue Rav.

— Comment ça ?

— Où est-ce que tu es ?

— Au... Presque chez moi, dis-je, en tournant au coin de ma rue.

— Achète le journal. Ce n'est pas encore sur leur site Internet. Je l'ai vu parce qu'une collègue en a parlé au boulot. Et tu sais quoi, elle connaît quelqu'un qui pense avoir attrapé la salmonellose après avoir mangé là-bas.

— Tu me stresses, avec ton suspense !

— Désolé, ce n'était pas le but. C'est juste drôle, tu verras. Fais-toi une tasse de thé et *enjoy*, c'est de la satire de qualité.

Je fais ce qu'il me dit : j'achète un exemplaire du *Star* chez le marchand de journaux au coin de ma rue, puis je rentre. Je suis incapable d'imaginer comment ils ont pu passer à côté du fait que That's Amore ! est le pire restaurant du monde. À moins que Sweeney Todd ait ouvert un restaurant éphémère dans la rue d'à côté.

J'étale le journal devant moi et je commence à tourner les pages. Elles sont collées les unes aux autres, et je suis à l'agonie. C'est la bérézina pour Georgina. Qu'est-ce que Rav voulait dire, bon sang ?

Ça y est, j'y suis. Une double page. Tony prend la pose, rayonnant, devant la façade du restaurant, un plat de pâtes noyées dans une flaque de sauce en équilibre dans chaque main. Apparemment, il a fait l'acquisition d'une toque de cuisinier dans un magasin d'articles de fête, ou alors dans une pub Panzani.

That's Amore !, le pire restaurant de Sheffield selon TripAdvisor, répond à ses détracteurs…

VA VOIR EN ITALIE SI J'Y SUIS !

Euh… quoi ? Ils considèrent le fait de servir de la nourriture infâme comme un acte de rébellion anti-establishment ?!

Je commence ma lecture et… oui. Oui, c'est exactement ce qu'ils font. Comme l'atteste le nombre de portraits flatteurs de Tony en train de s'affairer aux fourneaux, tout en pressant son pouce et son index, ou de Callum qui sourit par-dessus l'épaule de Tony, pendant qu'il note les plats du jour sur le tableau noir, That's Amore ! a joué le jeu des relations publiques. Ils ont réussi à transformer ça en conte du genre *Le Petit Train bleu*, avec une bonne dose d'autodérision.

Putain. De merde, même.

En bas à droite de la page se trouve un résumé des pires avis de TripAdvisor, sauf qu'ils ont été lourdement édités pour amuser la galerie. Greg Withers fait une apparition (hourra !), mais ils ont raccourci des phrases et réussi à donner l'impression qu'il voulait simplement davantage de tralala pour une occasion spéciale.

Nom de Dieu !

Je lis en serrant les dents :

À une époque, pour se plaindre d'un restaurant, la seule option était de demander à voir le gérant. À l'ère d'Internet, un clic suffit pour crier votre mécontentement à la face du monde. TripAdvisor est un site bien connu, où les clients peuvent évaluer leurs expériences de notre scène gastronomique. Et les utilisateurs s'en donnent à cœur joie dans les commentaires.

Essuyer le courroux du chaland ? That's Amore ! sait ce que c'est : le bistro de Broomhill a été massacré par les critiques amateurs qui ont dénoncé ses plats « tout sauf authentiques » et son service « de mauvaise qualité », lui accordant 88 % d'avis « horribles ». Autrement dit, la pire note de la ville.

Néanmoins, les affaires sont florissantes : le restaurant, qui a une capacité de soixante couverts par service, est plein tous les week-ends.

That's Amore ! insiste sur le fait qu'en dépit des mauvais avis l'établissement est en forme et plus populaire que jamais, semant le doute sur l'influence que des sites tels que TripAdvisor ont réellement sur nos habitudes, au moment d'aller dîner au restaurant.

« Au bout du compte, les trolls d'Internet peuvent bien penser ce qu'ils veulent », déclare Tony Staines, le chef cuisinier. « Pour être tout à fait franc avec vous, je pense

que, si vous regardez d'où viennent ces râleurs de passage, vous vous rendrez compte qu'ils sont tous de Londres, ou que ce sont des étrangers en quête de cuisine gastronomique, de fioritures prétentieuses et d'amuse-bouche. Mais on cartonne avec les gens du coin. »

Quel ramassis de conneries !

« Ici, on sert des plats maison honnêtes fraîchement préparés avec de bons ingrédients. Sans pataquès, sans prétention, et nos habitués adorent. On suit de vieilles recettes de la mère du propriétaire. Alors, si ces gens n'aiment pas nos classiques ou prétendent qu'ils ne sont pas authentiques, qu'ils aillent dire ça à sa nonna. Elle vit à Turin ! »

Je manque m'étouffer.

— Elle vit à Bridlington, bordel !

L'article évolue ensuite vers une discussion généralisée sur les avantages et les inconvénients d'utiliser TripAdvisor pour orienter son choix, de telle sorte que personne n'a la possibilité de répondre à Tony. « Greg Withers » aurait été un sondé très bavard, s'il avait pu témoigner (et si j'avais persuadé Rav de se faire passer pour lui).

Bon sang, c'est tellement injuste ! Ça n'a vraiment pas effleuré le journaliste que That's Amore ! puisse avoir des critiques aussi horribles tout simplement parce que leur cuisine est horrible ? Est-ce qu'il a entendu parler du rasoir d'Ockham ? Est-ce qu'il a goûté leur nourriture ? En gros, ce truc est un énorme coup de pub gratuit pour That's Amore !, et tout ça, grâce à moi. Aucun doute n'est permis à ce sujet, car l'article est signé « Ant Haddon ».

That's Amore ! 1 - Georgina 0.

« Des plats maison honnêtes fraîchement préparés avec de bons ingrédients », c'est ça, oui ! J'ai déjà vu Tony ouvrir une boîte de Quality Street, sortir les bonbons de leur emballage, essayer d'en faire des copeaux avec un épluchelégumes, les empiler en pyramide dans une sous-tasse, verser du chocolat en poudre au-dessus, et m'ordonner de dire au client que c'étaient les chocolats du patron, faits maison. Comme l'épisode de la « nuit des Gastronomes » de *L'Hôtel en folie*, mais sans la présentation.

J'appelle Rav.

— Pourquoi est-ce que les méchants gagnent toujours, Rav ? Toujours !

Je suis à moitié exaspérée pour de rire, à moitié sincèrement contrariée.

— Je veux dire : c'est vrai, quoi ! That's Amore ! résiste à tout ! Même à la visite du critique, grâce à mon renvoi. Qu'est-ce qu'ils doivent faire pour avoir des emmerdes ? Mettre du polonium dans le *pollo alla cacciatora* ?

— Toi aussi, tu trouves qu'ils abusent ? répond Rav en se marrant. J'ai bien aimé le moment où il affirme qu'on les critique uniquement parce qu'on s'attend à L'Enclume et à des sashimis d'oursin. C'est ça, le problème, à tous les coups. Les bourges coincés qui viennent de Mayfair et qui ne comprennent pas ce qu'impliquent deux plats et une demi-carafe de rouge pour dix balles.

C'est à mon tour de rire.

— Ah, un menu dégustation That's Amore ! Je me demande ce qu'il y a dans une crème à la Tony.

— Moi, je sais.

Je lâche un soupir désespéré.

— Grâce à moi, That's Amore ! va faire salle comble pendant un mois. Et, quand bien même les gens iraient à cause de l'article et finiraient par être d'accord avec moi, le resto aurait eu le temps de se faire du fric. Dieu n'existe pas.

— En effet, mais, ça, on le savait déjà. Bref, ce n'est pas pour ça que je t'appelais, à la base. On se sent tous un peu mal de s'être acharnés sur Robin, l'autre soir.

Je glousse.

— Rav, tu sais que je t'aime, mais, si Clem se sent coupable, alors je suis Greg Withers, de Stockport.

— D'accord, j'avoue, c'est Jo et moi qui avons dit à Clem qu'elle devrait se sentir mal de s'être acharnée sur Robin.

— Qu'est-ce qu'elle en a pensé ?

— Elle a répondu : « Pourquoi est-ce que vous défendez ce bouffon arrogant qui traitait George comme quantité plus que négligeable ? » Je pense que tu seras d'accord avec moi pour reconnaître que ça sous-entend clairement qu'elle veut nous montrer sa repentance.

Je ris plus fort.

— En tout cas, Jo et moi avons décidé qu'on t'invitait à dîner et qu'on partageait l'addition avec Clem. Tu es libre, ce soir ?

— Ooh, où ça ? J'ai un truc à faire à 18 h 30, mais je pense que je n'en ai pas pour longtemps.

— Où, à ton avis ?

— ... Indien ?

— *Ta-da !* Ou alors That's Amore !

— Mon Dieu ! Qui sait ce que Tony ferait avec ma nourriture.

— Moi, je sais.

— Pitié !

Je marque une pause, avant de reprendre :

— Le karma n'existe pas, pas vrai, Rav ? Personne n'a ce qu'il mérite.

— J'ai une réponse longue et une autre plus courte. Étant donné que tu ne me payes pas et que ce n'est pas une séance, je vais te donner la réponse courte. Non, le karma n'existe pas, et les gens n'ont pas ce qu'ils méritent. C'est juste un mythe réconfortant pour nous réconcilier avec les aléas sauvages de l'univers et les mauvaises choses qui nous arrivent.

— *Arf.* Est-ce que la réponse longue est aussi plus encourageante ?

— Oui, c'est pour ça qu'elle est payante.

Je ris avant de raccrocher dans un soupir. Je ne sais pas pourquoi je tiens encore à l'idée que le karma existe, puisque je ne l'ai jamais vu en action en trente ans. J'aurais dû lâcher l'affaire en même temps que la petite souris.

Chapitre 14

Devlin m'avait prévenue : personne ne répond quand j'arrive au pub à 18 h 30 tapantes. Dans le froid, la buée qui sort de ma bouche me donne des airs de dragon. Je cogne trois fois à la porte : rien. J'actionne la poignée et entre.

— Eh oh !

La pièce est totalement plongée dans l'obscurité. J'appelle à nouveau, hésitante :

— You-hou ! Il y a quelqu'un ?

Ça fait un peu peur, sans lumière du tout. Les pubs dans lesquels j'ai travaillé gardaient toujours leurs appliques allumées, même quand les plafonniers étaient éteints. Si je ne me cogne pas dans les meubles, c'est uniquement grâce à la lueur des lampadaires de la rue qui entre par les fenêtres.

Une lampe s'allume derrière le bar. Une silhouette se détache dans l'encadrement de la porte qui mène à la cuisine. La personne avance et actionne d'autres interrupteurs.

Lucas porte un T-shirt noir couvert de poussière et me regarde, un énorme trousseau de clés à la main, façon gardien de prison. J'ai de nouveau dix-huit ans, et il m'observe depuis l'autre bout de la pièce, les yeux perçants, une expression indéchiffrable sur le visage.

Pendant un moment, je suis incapable de me souvenir de la moindre formule de salutation dans ma langue natale.

— Je peux vous aider ? finit-il par demander. Nous sommes fermés.

Ah bon ? Moi qui allais commander un demi et demander

si je pouvais vous emprunter une lampe-torche, c'est embêtant.

— Dev...

Je tousse, les nerfs en pelote, et m'éclaircis la gorge.

— Devlin m'a demandé de venir, il voulait me montrer le bar.

— Ah, d'accord. Il est parti faire des courses, il sera là dans une minute.

— OK.

Long silence, pendant lequel chacun attend que l'autre ajoute quelque chose.

J'ai le sentiment que les trucs que Devlin avait à régler, du genre ma présence ici, ne sont pas aussi réglés que je l'espérais. Voire même pas réglés du tout.

Je reste plantée là comme une cruche, jusqu'à ce que Lucas reprenne :

— Asseyez-vous, si vous voulez. Je vous sers quelque chose à boire ? On n'a rien à la pression pour le moment, mais un Coca, peut-être ? Il n'est pas frais, par contre, désolé.

Comme moi, ah ah.

Je hoche la tête et grommelle un merci, avant de me laisser lourdement tomber dans le fauteuil le plus proche. La chaleur entre ma peau et mes vêtements s'intensifie jusqu'à en devenir étouffante, et j'ai l'impression que mon système nerveux frôle le court-circuit.

Est-ce qu'il va falloir qu'on fasse la conversation ? Pendant combien de temps ? Pourquoi est-ce que j'ai accepté, pourquoi est-ce que je n'ai pas dit à Devlin que j'avais trouvé autre chose entre-temps ? Pourquoi aurais-je envie que Lucas McCarthy soit mon patron ? La vie n'est-elle déjà pas assez humiliante comme ça ? Il y a une réponse à cette question, quelque part, à l'orée de ma conscience.

Lucas a disparu de mon champ de vision et j'en profite pour regarder autour de moi.

J'entends une drôle de respiration, lourde et rapide, derrière moi, et un cliquetis sur le bois. Soudain, le chien le plus charmant du monde (et doté d'un ventre qui traîne pratiquement par terre) apparaît sous ma table, ses yeux remplis d'espoir levés vers moi. Ses pattes arrière sont tellement grosses que, quand il est assis, on dirait qu'il est accroupi dans une flaque de fourrure roussâtre. La gentillesse et l'impatience se lisent dans son regard. C'est le genre de chien dont la tête vous dit : « Bonjour, je m'appelle Chien, et toi, comment tu t'appelles ? Je t'aime. »

Cette intrusion imprévue n'aurait pas pu me faire plus plaisir. J'adore les animaux quand j'ai le moral, alors imaginez quand je ne l'ai pas.

Il met sa patte sur mon genou. Je l'attrape et la secoue.

— Bonjour ! Enchantée de faire ta connaissance ! Comment tu t'appelles ?

Il a une expression tellement amicale qu'on pourrait vraiment croire qu'il est en train de me sourire, et je ris.

Lucas réapparaît avec un seau en métal rempli de glaçons qu'il pose sur le bar.

— Il s'appelle Keith. J'aurais dû vous prévenir qu'il y avait un chien. Vous n'avez pas d'allergies ou autre ?

— Bonjour, *Keith !* m'exclamé-je. Tu es trop mignon ! Il est à vous ?

— Oui.

Caresser Keith est une activité de substitution plus que bienvenue.

— Keith, répété-je, alors que Lucas pose mon Coca devant moi. C'est original, comme nom, pour un chien. C'est drôle, comme coïncidence, le critique gastronomique du *Star* utilise le pseudo « M. Keith », quand il réserve une table incognito.

J'allais continuer et expliquer que je l'avais récemment rencontré dans le dernier endroit où je travaillais, mais l'accroche est tellement nulle que je m'arrête en plein milieu de l'anecdote.

Lucas me regarde comme si j'étais attardée et commente :

— Ce n'est pas si drôle, sauf si vous sous-entendez quelque chose. Je suis presque sûr que Keith n'est pas un critique gastronomique secret.

— Ha ha, non, je voulais juste dire…

Je ne termine pas ma phrase, comme si je n'avais rien voulu dire du tout.

— Les critiques de Keith donneraient une super note à du jus de haricot blanc à la sauce tomate servi sur une éponge, plaisante Lucas. C'est un client enthousiaste, mais pas très clairvoyant.

Je laisse échapper un rire forcé, en me demandant si la blague porte en partie sur moi.

C'est la première fois que je l'entends prononcer autant de mots à la suite. Il parle d'une façon plus raffinée que Devlin, son accent irlandais est moins marqué. L'évidence m'apparaît avec la violence d'un uppercut : c'est un parfait étranger. Ce n'est pas parce qu'on a embrassé quelqu'un douze ans plus tôt qu'on le connaît. D'ailleurs, je ne le connaissais pas davantage à l'époque, maintenant que j'y réfléchis.

Il se penche et caresse la tête du chien. Je suis ravie de ne plus avoir à soutenir son regard, et je bois une gorgée de Coca. Visiblement, il n'a pas prévu de se joindre à moi, car il reste debout.

— Est-ce que Dev vous a demandé de venir pour quelque chose en particulier ?

Arf. Pas réglé du tout, donc. Bon sang ! J'en étais sûre.

— Il m'a fait une offre d'emploi.

— Oh. Je vois.

— J'ai travaillé ici la semaine dernière. La veillée funèbre, vous vous souvenez ? On s'est rencontrés.

— Vraiment ? Mince, désolé. J'étais débordé ce soir-là.

Génial. Je dois donc me présenter à Lucas pour la seconde fois. Enfin, la troisième, si on fait le total.

— Je m'appelle Georgina, dis-je en montrant du doigt ma fourrure rose.

Je suis irritée qu'il n'ait pas ne serait-ce que reconnu mon manteau. Ou qu'il fasse semblant de ne pas le reconnaître.

— Et moi, Luke. Ou Lucas, comme tu préfères.

— Alors, ce sera Luc, L-U-C. Comme… euh… Jean-Luc Godard.

Oh ! la ferme, Georgina…

— Je ne suis pas français.

La porte du pub s'ouvre en grand et Devlin apparaît, accompagné d'un tonneau qu'il fait rouler et traîne derrière lui en alternance. Je pourrais jurer que Lucas et moi laissons tous les deux échapper un soupir de soulagement presque audible.

— Tu es là ! Vous êtes en train de faire connaissance ? demande Devlin.

— On a déjà établi que je n'étais pas réalisateur et que mon chien n'était pas critique gastronomique, répond Lucas d'un ton extrêmement sec.

— On est prêts à ouvrir, les caisses fonctionnent. L'endroit te plaît toujours autant ? me demande Devlin en écartant les bras.

Le tonneau vacille et il se dépêche de le remettre d'aplomb.

— Sincèrement, c'est carrément incroyable ! Je me rappelle à quoi ça ressemblait avant, tu as fait des miracles.

— Tu vois, Luke ?

Devlin prend une pause triomphante à la Bruce Forsyth, portant un poing à son front.

— Tu n'aimes pas ? demandé-je à Lucas.

— Si, mais je pense qu'il a trop dépensé, répond Lucas avec un manque d'enthousiasme impressionnant.

— *Pffff.*

Devlin prend un siège et continue :

— Je te fais faire le tour dans deux secondes, Georgina. Pour le moment, ce sera toi, Luke et moi. Il faudra peut-être engager plus de monde, quand la salle de réception décollera.

— Il y a une salle de réception ?

— Oui, à l'étage. Plutôt grande, d'ailleurs.

Devlin s'empare d'une feuille de papier sur le bar et la brandit sous mon nez.

— J'essaie de proposer des événements variés pour bien montrer que le Wicker n'est plus un rade pourri. On va commencer par ça, regarde... Un journal local a appelé, ils cherchaient un endroit qui pouvait les accueillir gratuitement.

Je lis :

PLUS ON EST HONTEUX, PLUS ON RIT

CONCOURS D'ÉCRITURE / *SOIRÉE* OPEN MIC

Vous êtes un écrivain qui aurait bien besoin d'une tribune ? Lisez en public un texte court sur un sujet hebdomadaire, vaguement basé sur le thème de la honte, l'embarras et la gêne en général. Un fardeau partagé est un fardeau plus léger, paraît-il. Les juges choisiront le meilleur des trois concurrents, et le vainqueur gagnera une chronique dans le Star.

Annonce du premier thème : vendredi prochain !

Première représentation :
le samedi d'après Halloween !

— *Open mic*, dit Lucas en frémissant. Ça sent le slam et les types en polo noir qui se la jouent « comique expérimental qui ne fait pas de blagues ». Des hippies tarés qui vous demandent d'essayer de toucher leur troisième œil.

Il est plus fougueux que dans mes souvenirs.

— Personne ne *te* demande de participer. Tu connais des auteurs ? me demande Devlin. Peut-être que *toi* tu écris ?

C'est gentil de penser ça d'une femme vêtue d'une fausse fourrure criarde et payée pour servir des pintes de bière. Je décide d'honorer son beau geste en lui offrant une réponse honnête.

— Euh... pas vraiment... enfin... j'aimerais bien écrire, mais je ne crois pas que ça fasse de moi un auteur.

Le sourire qui illumine le visage de Devlin est tel que c'est impossible de ne pas lui sourire en retour.

— Tu serais parfaite ! C'est pour les gens qui veulent se lancer ! Tu pourrais prendre du temps libre pour le faire pendant ton service. On pourra facilement la remplacer pour une demi-heure, pas vrai, Luke ? Comme ça, on encourage notre personnel à se faire connaître, et ça nous aide à nous faire une place dans la communauté.

Je ris nerveusement. Non seulement il faut écrire, mais il faut jouer aussi.

Et j'aurais cru que Lucas McCarthy était au-dessus de tout contact direct avec la clientèle. Qu'il passerait son temps à arpenter les lieux en manteau Belstaff, avec une meute de chiens de chasse sur les talons et une lampe à pétrole à la main.

Devlin se tourne à nouveau vers moi.

— Par la suite, je pense prendre des gens à l'essai, mais je n'engagerai des CDI que si tu te sens parfaitement à l'aise à l'idée de travailler avec ces personnes. Je pense qu'une bonne alchimie est cruciale. C'est donc toi qui auras le dernier mot.

Devlin tourne légèrement la tête et plisse les yeux. Je sais sans l'ombre d'un doute que, derrière mon dos, Lucas est en train de lui tirer une tronche qui veut dire : « C'est bien à toi de dire ça ! »

Lucas appelle son chien.

— Viens, Keith ! Devlin, je te laisse t'occuper de Georgina ? À lundi, ajoute-t-il à mon attention.

Je hoche la tête. C'est plus gracieux que ce à quoi je m'attendais. Quelque chose me dit qu'en dépit de leur allure et de leur style décontracté les McCarthy ont de très bonnes manières.

— Tu t'habitueras à ce grincheux revêche, tu verras, dit Dev, essayant de me rassurer, une fois que Lucas a contourné le bar et fermé la porte derrière lui.

— Vous vivez tous les deux au-dessus du pub ?

Je préfère détourner l'attention. M'habituer au grincheux revêche en question est un truc que je vais devoir assimiler quand je serai seule.

— Non, il n'y a qu'une seule chambre. Luke vit au-dessus, moi, j'ai loué une maison au coin de la rue.

C'est donc Luças qui sera sur place la plupart du temps.

— Tu penses que tu vas écrire sur quoi ? demande Devlin en hochant la tête en direction du flyer. Le brief parle de trucs honteux, c'est ça ? Je serais bien emmerdé, je n'ai jamais rien fait de honteux dans ma vie.

Il sourit de toutes ses dents et j'avale péniblement ma salive.

— Ouais, pareil.

Chapitre 15

Quand on grandit avec des parents qui sont malheureux ensemble, on finit par l'accepter et faire avec. On n'essaie plus de régler de problème, on ne s'attend plus à ce que ça change. C'est acté et immuable, tout comme la hauteur de plafond de la maison familiale ou le fait de vivre dans un cul-de-sac. On accepte son destin sans poser de questions. Les seules fois où ça me perturbait, c'était quand je rendais visite à une copine dont le père et la mère parvenaient à ne pas être d'accord sans cracher leur fiel ou se hurler dessus. *C'est possible ?* pensais-je.

Quand j'étais petite, j'accompagnais mon père lors de ses sorties du samedi, peu importait leur degré de mondanité : magasins de bricolage, déchetterie à côté de chez son ami Graham, magasins de vinyles à la recherche de disques de jazz, matches de foot, *fish and chips*. Je ne m'ennuyais jamais et je me portais activement volontaire. Esther était invitée, au début, mais elle n'avait pas tardé à nous faire comprendre que nos escapades ne l'enthousiasmaient pas plus que ça et qu'elle préférait mener sa vie de son côté.

J'adorais regarder par la vitre de la voiture, sautiller à côté de mon père en lui tenant la main, faire pendouiller mes jambes dans le vide, quand j'étais assise sur des chaises trop hautes pour moi.

Les caissières et les vendeuses faisaient toujours grand cas de ma présence. Je n'avais jamais été une petite fille féminine. Je préférais les pantalons et j'aimais les pulls avec des super héros dessus, ce qui, curieusement, les faisait s'extasier encore plus.

Je ne me rappelle pas comment la tradition est née, mais, régulièrement, mon père finissait ce qu'il était en train de faire puis me demandait :

— Où va-t-on, mon capitaine ?

Ça voulait dire que c'était lui qui invitait. On pouvait faire tout et n'importe quoi, tant que ça restait dans l'enceinte de la ville et dans les limites de son budget. Imaginez qu'on vous laisse les rênes le temps d'un après-midi, à cet âge-là. C'était incroyablement excitant.

— Du gâteau au chocolat… dans un verre.

On allait au café du grand magasin et j'avais droit à une tour de mousse aérienne avec une gaufrette en forme d'éventail au milieu, pendant qu'il sirotait une tasse de thé.

— Une aventure, dans les airs.

Le multiplexe du quartier, *Batman*, et un paquet de Revels[1].

— Du patin à glace.

Je décrivais des cercles infinis et chancelants, les patins de location lacés si serré qu'ils me sciaient les pieds, pendant que mon père lisait son journal.

Il y a eu une période de transition un peu gênante, quand j'ai commencé à être trop âgée pour nos samedis. Mon père faisait cliqueter ses clés dans le couloir et devait crier par-dessus la musique qui beuglait dans ma chambre pour se faire entendre :

— Alors, Georgina, tu viens, oui ou non ?

Et ma mère aboyait :

— Bien sûr que non, qu'est-ce qu'elle irait faire dans un magasin de produits du terroir, John ?

Après l'interlude incertain pendant lequel je me sentais trop âgée pour l'accompagner mais trop jeune pour

1. Friandises enrobées de chocolat et fourrées à différents parfums. (N.D.T.)

abandonner la tradition, on s'est adaptés : j'allais en ville faire les boutiques et, quand on avait tous les deux fini nos courses, on se retrouvait pour des *latte*, des *macchiato* et des parts de moelleux recouvertes d'une tonne de glaçage.

Pendant l'hiver de mes quinze ans, un hiver pluvieux, de ceux qui vous trempaient jusqu'aux os, j'avais eu une autre idée. La nuit était tombée à 17 heures, Esther et ma mère étaient en train de faire les boutiques quelque part.

— On peut aller manger au restaurant indien ?

Ma mère détestait la nourriture épicée et je n'avais jamais mangé ne serait-ce qu'un plat indien à emporter. Mon père avait sauté sur l'occasion.

— On est samedi. C'est toi le capitaine.

Un adulte qui disait oui à une proposition spontanée, c'était tellement libérateur ! Ma mère trouvait toujours cinq raisons de répliquer sèchement : « Une autre fois, peut-être. » Lui me comprenait, et je le comprenais aussi.

On était allés dans un restaurant qui n'existe plus maintenant, sur Glossop Road. Mon père avait perché ses lunettes sur le bout de son nez et supervisé avec autorité la sélection de plusieurs plats célèbres et représentatifs, de riz, de pain et de yaourt « au cas où il faudrait éteindre un incendie ».

Aujourd'hui encore, même si j'apprécie les restaurants indiens haut de gamme avec des cocktails au lassi, des ventilateurs coloniaux et de belles assiettes, ce que je veux vraiment, c'est une enseigne au néon, du sitar en fond sonore, du papier peint en relief, un balti crépitant, des serviettes chaudes qui sentent le citron et des pinces. C'est ma madeleine de Proust à moi.

À la seconde où j'avais trempé des languettes de papadum dans un assortiment de chutneys à la mangue et de sauce piquante au citron vert, j'avais su que je deviendrais une fanatique.

— Tu ne manges jamais indien ? avais-je demandé à mon

père entre deux bouchées de poulet tikka masala, alors qu'il venait de me faire un exposé sur le bonheur que ce serait de me faire goûter des plats plus intéressants, une fois que j'aurais terminé mon apprentissage.

— Ta mère n'aime pas ça.

— Ça ne te manque pas ?

Il avait souri.

— Le mariage, c'est faire des compromis. Tu comprendras un jour.

— Je n'épouserai certainement pas quelqu'un qui n'aime pas la nourriture indienne. Pas moyen.

D'habitude, ma mère tolérait nos sorties, car elle les voyait d'un bon œil. Mais ce soir-là, lorsqu'on était rentrés à la maison, elle avait tapé un scandale.

Mon père ne l'avait pas prévenue, le gratin de chou-fleur était bon à jeter, nos vêtements « empestaient » et étaient bons pour la machine à laver. Pourquoi Esther n'avait-elle pas été invitée ? Pourquoi ne pouvait-on pas dîner en famille ? Combien ça avait coûté ? Au début, j'avais essayé de la calmer, mais, en voyant que je n'y arriverais pas, je m'étais éclipsée à l'étage et les avais laissés régler ça entre eux.

Esther était de retour de son premier trimestre à York, où, d'après ce que j'avais compris, elle avait passé son temps à traîner avec des gens plus distingués et à avoir honte de nous. Elle était sortie en trombe de sa chambre et s'était précipitée dans la mienne.

— Pourquoi tu fais ça ?

— Faire quoi ?

— Foutre la merde entre papa et maman ? Tu savais qu'elle piquerait une crise si vous sortiez dîner, et que papa te dirait oui parce que tu le mènes par le bout du nez. Après, tu te barres et tu les laisses se hurler dessus.

— Je ne savais pas que maman ne savait pas.

— Comment elle l'aurait su, si tu ne la préviens pas ?

Papa ne se sert jamais de son portable. Il ne sait même pas comment l'allumer.

Elle n'avait pas tort. Pour être honnête, je *savais* que mon père ne préviendrait pas ma mère. Et je n'avais rien dit de mon côté, car elle aurait répondu non, si je lui avais demandé. Mais vous ne faites pas ce genre d'aveu à quelqu'un qui est déjà en pétard contre vous, surtout quand vous savez qu'il a raison, ou alors autant vous allonger, comme une antilope devant un lion, et l'inviter à vous arracher la carotide avec les dents.

C'était dans les règles tacites de notre formation dysfonctionnelle : papa contre maman pouvait toujours dégénérer en guerre nucléaire, et c'était notre rôle de faire office d'intermédiaires, de calmer le jeu et d'arrondir les angles.

— Pourquoi ce serait à moi de prévenir maman ? avais-je protesté.

Je n'avais pas vraiment réfléchi, j'avais juste dit ça parce que c'était la seule ligne de défense qui me restait. Plus tard, avec l'aide de Fay, j'y ai réfléchi.

Esther avait furieusement pointé l'index vers le bas, en direction des voix houleuses qui nous parvenaient depuis le rez-de-chaussée.

— *Voilà pourquoi !* Pendant que tu étais en train de t'amuser, j'ai passé la soirée à manger un gratin de chou-fleur froid dégueulasse avec maman dont la pression artérielle crevait le plafond, et maintenant l'ambiance dans cette maison est encore *pire*. va te faire foutre, Georgina, tu n'es qu'une putain d'égoïste !

Elle avait claqué la porte de ma chambre et je m'étais allongée sur mon lit, écoutant la voix de ma mère qui passait à travers le plancher.

— Ce n'est pas ton jouet, elle n'est pas là pour te divertir. Elle devrait sortir avec des gens de son âge.

— J'ai quand même le droit d'être content que Georgina

ait encore envie de faire des choses avec moi. Elle ne sera pas toujours là.

— Si tu as envie de te faire un curry, tu ne peux pas y aller avec Graham ou un de tes amis ?

— C'est elle qui en a eu l'idée !

— Pour *te* faire plaisir. Elle fait ça uniquement pour te faire plaisir, et toi tu es suffisamment égoïste pour ne pas t'en apercevoir.

Ce n'était pas vrai, mais j'avais compris depuis des années que, quand ma mère m'utilisait comme une arme contre mon père et que je la contredisais, ça finissait toujours très mal. On était les égoïstes de la famille, mon père et moi. Esther et elle l'avaient décrété.

Avec le recul, je me rends compte que, même avant que ma mère s'en mêle, notre expédition à Glossop Road était déjà mâtinée de mélancolie. Mon père et moi étions tous les deux nerveux à l'idée que je quitte la maison un jour. Cette réalité se profilait à l'horizon et nous étions pré-tristes.

Non seulement parce qu'on se manquerait l'un à l'autre, mais aussi parce qu'il allait se retrouver seul avec ma mère. Ça avait toujours été notre responsabilité, à ma sœur et moi, de jouer les zones tampon, les plaquettes de frein, d'être des personnes qui vivaient chez eux et qu'ils aimaient bien, tout simplement. Voilà qu'on abandonnait toutes les deux notre poste. Nous nous demandions souvent comment ils s'en sortiraient. Chacun d'eux avait trouvé une alliée en l'une de nous. Sans nous, la guerre civile ne connaîtrait jamais de fin.

Après ça, un coup de théâtre inattendu s'était produit et c'était finalement mon père qui avait quitté la maison, à cause de trois artères bouchées.

Voilà ce que la vie m'a appris jusqu'à maintenant : ne te fais pas de souci à propos de ce truc pour lequel tu te fais du souci. Il y a de fortes chances qu'il soit balayé par un truc un million de fois pire, auquel tu ne t'attendais pas.

Bref, en résumé, j'adore la cuisine indienne.
Le gratin de chou-fleur, par contre, je peux m'en passer.

J'attends que le serveur nous ait apporté nos quatre pintes de Kingfisher et que nous ayons levé nos verres couverts de condensation, trinqué et bu une première gorgée pour dire :

— Juste une question : l'invitation tient toujours, si je me suis remise avec Robin ?

Rav fait semblant de s'étrangler avec sa bière, Jo aspire une grande bouffée d'air sous l'effet du choc, et Clem répond :

— C'est ta santé mentale qui ne tient pas, si tu as pardonné à cette sale pourriture.

Je baisse les yeux timidement, façon Lady Di, et je précise :

— Il m'a promis qu'il pouvait changer. S'il a couché avec Lou, c'est uniquement parce qu'il avait peur de ce qu'il ressent pour moi. C'était comme un piège qu'il se tendait à lui-même, un fil pour se faire trébucher. Il s'empêche d'être heureux en commettant des actes de... profanation.

— Est-ce que c'est une blague ? Parce que, si c'est sérieux, je crois que je vais vomir, annonce platement Clem.

— Je veux l'aider à devenir meilleur, je conclus.

Je suis entourée d'un trio de visages nauséeux.

— Pourquoi est-ce que tu fais ça ? Tu ne peux pas choisir un objectif atteignable ? demande Clem.

— Je crois qu'il veut vraiment changer, insisté-je.

— Oui, et R. Kelly croyait qu'il pouvait voler.

Ma petite blague m'amuse beaucoup, même si je croyais que ce serait beaucoup plus difficile de les convaincre que je pouvais être stupide à ce point. Type de victoire : à la Pyrrhus.

Silence. Ils me dévisagent tous, mal à l'aise.

— Bien tenté, George, finit par dire Rav. Mais tu aimes

beaucoup trop ce resto pour risquer de nous couper l'appétit de cette façon dès le début du repas.

— Et merde. Grillée !

Je m'esclaffe joyeusement ; ils font claquer leur langue avec désapprobation et froncent les sourcils.

On est chez Rajput, à Crookes. Avec The Lescar, c'est *le* restaurant qui me met du baume au cœur.

— On commande des papadums ? demande Rav.

Je réponds aussitôt :

— *Bien sûr,* qu'on commande des papadums, c'est indispensable !

Clem fait la moue.

— Ça coupe l'appétit.

— Euh... tu as qu'à ne pas en manger, alors.

— S'ils sont sous mon nez, je suis bien obligée, non ?

Vêtue ce soir de bottes blanches façon années 1970 et d'une robe chasuble minuscule de sa boutique, Clem contrôle ce qu'elle mange aussi rigoureusement que ce qu'elle porte. Garder la ligne l'obsède tellement que, quand elle a vu une publicité sur les signes précurseurs du cancer qui disait « perte de poids inexpliquée », elle a dit « Ohhh j'adorerais » et on lui a tous crié après.

Chaque fois que quelqu'un lui dit « Mais tu n'as pas besoin de faire de régime », elle répond avec le fanatisme implacable caractéristique des vrais disciples : « Je n'ai pas besoin de faire de régime parce que je fais un régime. »

Si seulement elle pouvait éviter d'étaler ses névroses devant Jo, qui fait une taille 42-44 et déteste sa silhouette... Jo fait la guerre à son métabolisme à coups de dîners de régime horribles, qui ont l'air de sortir d'un exemplaire du *Woman's Own*[1] des années 1970 : des betteraves rouges en conserve avec du fromage blanc et des poivrons en lamelles. Sauf qu'elle a un corps qu'elle ne pourra jamais redessiner avec

1. Magazine féminin britannique. (N.D.T.)

du fromage blanc, et ça me rend triste de la voir s'infliger cette torture futile. Inutile de préciser qu'on soupçonne tous Phil le Baiseur, son obsession intermittente, d'avoir contribué à son complexe d'infériorité. Ou de supériorité.

Alors qu'on déguste les entrées, Rav amuse la galerie en nous racontant ses derniers rencards.

— Elle m'a sorti que sa voyante lui avait annoncé qu'un esprit sombre et tempétueux ferait irruption dans sa vie, puis qu'il disparaîtrait, mais reviendrait bientôt.

Je m'étrangle presque.

— Sa *voyante* ?

— C'est ça. Une vraie Luna Lovegood. J'ai répondu qu'à mon avis elle avait surtout l'air d'être sur le point de vomir son cocktail au rhum ambré, et j'ai pris congé.

Lorsque les plats arrivent, Rav et moi mettons Clem et Jo au courant de ce qui s'est passé avec That's Amore ! et je leur lis l'avis de Greg Withers dans son intégralité.

— Tu es tellement douée pour ce genre de trucs ! déclare Jo, une fois que les rires se sont calmés.

J'éteins mon portable et le balance dans mon sac.

— Merci. Malheureusement, tu ne peux pas transformer en bons d'achat les clics de remerciement qu'on donne à tes avis TripAdvisor. Dommage, car Greg en a récolté quelques-uns.

— Peut-être, mais ce que tu écris est super drôle, proteste Rav en trempant un morceau de galette dans son curry au dhal. Tu as le sens de la formule, tu es douée pour raconter des histoires. Et tu as de l'expérience dans l'industrie du service. Peut-être que tu pourrais mixer les deux éléments je ne sais pas comment.

Attendez un peu… *plus on est honteux, plus on rit* ?

— J'imagine que je suis douée pour raconter les histoires des autres.

Je dis ça l'air de rien, mais mon cerveau est en ébullition.

— Robin trouvait que j'avais les élans comiques, mais pas la discipline.

— Tu vois ? Qu'est-ce que c'est que ces conneries ? reprend Clem en dévorant son agneau pasanda avec une efficacité impressionnante.

Elle compensera demain en se nourrissant exclusivement de sauce tomate Heinz, de Coca Light et de cigarettes mentholées.

— Il fait preuve de discipline, lui, peut-être ? continue-t-elle à s'offusquer.

— Il soulignait le fait que je voulais écrire et que je parlais comme un écrivain, mais que je n'écrivais jamais. Il n'avait pas tort.

Un peu plus loin, un jeune couple fait signe au serveur de s'approcher. Le mec ne doit pas avoir plus de vingt-cinq ans et on sent qu'il veut impressionner la fille qui l'accompagne. Fille qui a une énorme touffe de cheveux crêpés et une touuute petite robe en lycra.

— Ce n'est pas ce que nous avons commandé… Pourquoi nous l'apporter, alors ? Assurez-vous que ça ne figure pas sur l'addition, s'il vous plaît.

Le serveur se répand en excuses, tandis que le gars exprime vertement son indignation. Au secours. Je connais par cœur. C'est le genre de type qui s'adresse à vous comme un seigneur à son serf.

— Encore un qui ne déroge pas à la règle du serveur, dis-je tout bas.

— Qu'est-ce que c'est ? demande Jo.

— Une théorie selon laquelle il ne faut jamais faire confiance à quelqu'un qui est impoli avec le serveur. Ou la serveuse.

— La règle du serveur, répète Rav. C'est pas mal. J'aurais pu gagner du temps, avec ce test.

— Vous n'en aviez jamais entendu parler ?

Trois personnes sur quatre autour de notre table secouent la tête.

— C'est l'une des vérités fondamentales et basiques de la vie. C'est comme ne jamais sortir avec une personne radine qui esquive au moment de donner un pourboire ou sort l'excuse : « Oh non, j'ai oublié mon portefeuille ! » Il est scientifiquement impossible que ces gens-là soient des gens bien. C'est le type de comportement qui te dit tout ce que tu as besoin de savoir.

— La personne pourrait très bien avoir vraiment oublié son portefeuille, proteste Jo, qui voit toujours le bien partout. Ça arrive, parfois.

— Elle pourrait. Imaginons que tu oublies ton portefeuille, tu rembourserais tes dettes dès que tu l'aurais récupéré, pas vrai ? lui demandé-je.

— Oui, bien sûr.

— Eh bien, bizarrement, les oublieux du portefeuille ne le font jamais.

Je songe qu'en dépit de mon triste constat initial, à savoir « ma vie est beaucoup trop ennuyeuse », *peut-être* que je tiens là quelque chose dont je pourrais me servir pour le concours d'écriture.

— C'est intéressant quand j'ai des patients horribles en consultation. Enfin, je devrais plutôt dire des patients qui se *comportent* de manière horrible, et qui l'admettent. En général, leur logique, c'est que c'est la faute des autres, parce qu'ils les laissent se conduire de la sorte. Comme s'ils étaient des gamins et que c'étaient les autres, les adultes moralement responsables, vous voyez ? « S'ils laissent la boîte à biscuits ouverte, alors qu'ils savent que j'aime les biscuits, qu'est-ce qui va se passer ? Je vais les manger, naturellement. » Ils sont quasiment incapables d'assumer leurs responsabilités.

— Et si tu manges le biscuit et que tu en endosses la

responsabilité ? demandé-je d'un ton hésitant. Ça fait aussi de toi quelqu'un d'horrible ?

— Nooooon, répond Rav. Enfin, je suppose que ça dépend de la taille et de la nature du biscuit. Et si c'est une habitude pour toi d'en manger. Et de la personne par qui tu aimerais te faire absoudre, bien sûr.

Clem lance :

— Je suis complètement paumée !

Je réponds :

— À qui le dis-tu !

Une heure plus tard, réchauffée par la combinaison du coma post-restaurant indien et de la bière dans mes veines, je trouve le courage de me jeter à l'eau et de leur parler de mon travail au Wicker.

— Le plus marrant, Jo, c'est que le bar appartient à deux frères et que l'un des deux allait à l'école avec nous. Lucas McCarthy...

Prononcer les mots interdits déclenche en moi un long frisson de transgression. J'ai l'impression de m'être grillée rien qu'à l'inflexion de ma voix.

Jo fait la grimace.

— Lucas McCarthy ?

— Oui, tu te rappelles ?

Je baisse les yeux pour essuyer une tache de sauce imaginaire sur mes genoux avec ma serviette.

— Dans notre cours de lettres en terminale...

— Lucas... McCarthy... répète Jo. Non, ça ne me dit rien.

— Brun. Irlandais. J'ai dû m'asseoir avec lui pendant un temps. Mme Pemberton nous avait fait changer de place pour le projet *Les Hauts de Hurlevent* et je m'étais retrouvée en binôme avec lui.

J'ai mis tous les jetons que je suis prête à parier au

milieu de la table. Si ces indices ne sont pas suffisants, tant pis pour elle.

— Oh ! ça, oui, je m'en souviens ! s'écrie-t-elle. J'avais dû m'asseoir avec Sean la tête d'ampoule.

— Oui.

J'attends, pleine d'espoir.

Jo secoue la tête.

— Mais, Lucas, ça ne me dit rien. Il se souvenait de toi ?

Je tiens une entrée en matière, à présent, et j'en suis ravie. Parce que j'ai envie de continuer à parler de lui.

Au secours, je repars dans mes délires ridicules !

— C'était bizarre, à vrai dire.

Je raconte qu'il ne m'a pas reconnue à la veillée funèbre, alors qu'on était ensemble au lycée, puis qu'il ne m'a pas reconnue au pub, alors qu'on était ensemble à la veillée funèbre.

— J'en suis au stade où j'ai dû me présenter *deux fois*, alors que, de mon côté, je l'ai tout de suite reconnu. Je dois être incroyablement banale pour qu'on m'oublie aussi facilement !

Je m'arrête de parler, certaine de m'être vendue à cause du tremblement nunuche dans ma voix et de mon visage devenu rouge comme une tomate.

— Toi, banale ? Tu ressembles à un adorable petit chérubin, dit Jo avec vigueur et affection.

Avec sa tendance aux formulations anachroniques, elle sera la mère la plus adorable du monde, un jour. Mais, pour le moment, elle peut être ma meilleure amie.

Rav boit la dernière gorgée de sa deuxième pinte et demande :

— Ça paraît étrange, non ?

Je relève brusquement la tête.

— Comment ça ?

— S'il ne voulait pas que son frère t'engage, le soir de la veillée funèbre, comment a-t-il pu oublier qui tu étais quelques jours plus tard ? Il se souviendrait de toi, dans ce cas, même s'il ne se rappelle pas avoir été avec toi au lycée.

— Hum. Peut-être qu'il avait oublié qu'il n'était pas d'accord ?

— Il aurait tout de même retrouvé la mémoire en te voyant. Il était bourré, à la veillée ?

— Je ne crois pas, non. Il avait l'air normal. Il a accusé son frère d'être soûl, mais, de son côté, il semblait en pleine possession de ses capacités.

— J'ai l'impression que c'est le genre à se souvenir de ce qui l'arrange, pour pouvoir faire semblant de se la jouer cool.

Lucas aurait fait semblant de ne pas me reconnaître ? Deux fois ? Si c'est bien le cas, c'est un acteur exceptionnel. Je suis loin de trouver cette attitude correcte, mais l'idée me fait tellement plaisir que je continue sur la lancée de Rav.

— Pourquoi avoir fait comme s'il ne me connaissait pas, dans ce cas ?

— À ton avis ? Pour t'impressionner. Pour avoir l'ascendant en jouant les indifférents. Pour quelle raison ne voulait-il pas t'embaucher ?

— Il a dit qu'ils ne me connaissaient ni d'Ève ni d'Adam, qu'on n'était pas chez Hooters et qu'ils n'allaient pas recruter la première blonde qui tapait dans l'œil de Devlin.

— Haaah, il croit que son frère veut te sauter ! lance Clem en s'esclaffant.

— Oh non, Dev est marié et fidèle, ça ne fait aucun doute. Ce ne sont pas des paroles en l'air, je le pense vraiment. Dev n'a rien d'un coureur ; il a passé la soirée collé à sa femme dès qu'il en avait l'occasion.

— Alors, c'est lui qui a peur d'être tenté, poursuit Rav.

Mon cœur se met à battre plus vite. C'est peut-être tordu, c'est peut-être un fantasme, mais ça fait tellement plaisir à entendre...

— Je ne pense pas qu'il voulait dire que j'étais un objet de tentation… plutôt que j'étais superficielle.

— Quelque chose l'a fait tiquer, c'est sûr, intervient Clem. On ne fait pas passer trois entretiens et un examen écrit pour un job dans un pub. Ses raisons étaient bidons. Il est beau mec ?

— Hum, dis-je évasivement, hochant la tête et plissant le nez pour indiquer que oui et non et peut-être.

— Tu es vraiment trop naïve quand il s'agit du sexe opposé, George. Jo, tu ne finis pas ton poulet ? Alors envoie !

Rav regarde Clem et Jo en secouant la tête et ajoute :

— C'est comme ça qu'elle a fini par sortir avec Robin McNee.

J'éclate de rire.

— C'est bon. C'était une erreur, mais ma capacité à juger les hommes n'est pas si nulle que ça, si ?

— Ce n'est pas de ta capacité à juger que je parle, mais de ta modestie, explique Rav. Tout le monde voyait que tu étais trop bien pour lui.

— Vraiment ?

— Vraiment. On aurait dit Cendrillon et un rat transformé en cocher.

Chapitre 16

Dans la nuit du samedi, un cauchemar me réveille en sursaut et à pas d'heure. Je suis dans un village médiéval peuplé de brutes épaisses, et les membres d'une foule agitée se relaient pour tirer des flèches dans ma direction.

Les projectiles parsèment la planche en bois à laquelle on m'a attachée et frôlent ma tête dans un sifflement. Les pointes s'enfoncent dans le bois, dangereusement proches de ma peau. La peur d'être transpercée à n'importe quel moment me fait crier.

Alors que je reprends mes esprits, je me rends compte que les flèches étaient le fruit de mon imagination, mais que le bruit ne l'est pas. Je me redresse sur les coudes et j'attends. *CLAC*. Quelque chose cogne contre ma fenêtre. Je m'extirpe à grand-peine de mes couvertures et traverse ma chambre à grandes enjambées. J'ouvre la fenêtre et me penche autant que je peux. Un homme à la tignasse gigantesque est planté de l'autre côté de la rue. Il a les mains en visière sur les yeux, comme s'il regardait le soleil. Attendez… ce n'est quand même pas…

— Robin ?

Son visage est pâle dans l'obscurité.

— On peut savoir ce que tu branles, tête de nœud ?

Oh non ! C'est Karen. Sa chambre est juste en dessous de la mienne.

— Deux Raiponce pour le prix d'une ! s'exclame Robin avec un grand sourire.

Puis il pousse un petit cri et se met à danser, tandis que

Karen le bombarde sans discontinuer de petits objets non identifiés.

— Aïe ! Putain, c'était quoi, ça ? Oh ! Oh ! arrête ! Qu'est-ce que tu fais ?!

— C'est moins drôle quand les rôles sont inversés, hein ? Dégage avant que j'appelle les flics !

— Je veux juste parler à Georgina !

— Georgina…

La voix désincarnée de Karen retentit en dessous de moi.

— Tu connais ce type ? Il a failli casser ma fenêtre.

— Euh… oui, je le connais, malheureusement.

— Accorde-moi juste cinq minutes, me supplie Robin, une main sur le cœur. Cinq minutes, pas plus, promis. Sinon, je commence à chanter. Tu as envie que je te joue quoi, comme sérénade ? Les Smiths ? *Georgina, it was really nothing… Aïe !* Ça fait vraiment mal, pour info !

L'air indigné, il fusille Karen du regard, comme s'il était en position de se plaindre. Robin et sa tendance innée à se croire tout permis, livrés pour vous dans toute leur splendeur.

— J'en ai encore tout un stock, connard ! Des boîtes entières de Cadbury qu'on me file gratuitement, alors ça ne me fait ni chaud ni froid.

— Sauf que moi ça me fait très mal, ô Dame étrangement en colère qui vit en dessous de chez Georgina.

— C'est bon, je descends ! beuglé-je. Cinq minutes, pas une seconde de plus.

Sans attendre la contribution suivante de Karen, je ferme la fenêtre et descends précipitamment les deux volées de marches pour ouvrir la porte de derrière et le laisser entrer.

Il met plus de temps que nécessaire à apparaître au bout de la coursive. J'imagine que Karen et lui sont encore en train de débattre sur leurs divergences de point de vue.

Génial. J'ai hâte d'essuyer le retour de flamme de Karen après ce coup d'éclat !

Robin finit par tourner au coin de la ruelle, tout en époussetant le chocolat au lait atomisé qui recouvre sa veste Harrington bleu marine à doublure écossaise.

Il apporte une odeur de vent froid du dehors, et de bière. À sa façon de rouler des mécaniques lorsqu'il entre dans la cuisine, je devine qu'il est enchanté de sa performance, et qu'il songe même à s'en servir pour un sketch. Dire qu'avant il m'impressionnait, avec ses conneries de théâtre amateur !

— Qu'est-ce que tu veux ?

Je croise les bras sur la poitrine en prenant soudain conscience que je ne porte pas de soutien-gorge sous mon pyjama. Je suis loin d'apprécier l'intrusion.

— Je veux te parler, mais tu ne réponds pas au téléphone quand je t'appelle, ce que je trouve assez blessant, pour être honnête.

Il est vraiment impayable !

— Alors, tu t'es dit que la meilleure solution, c'était de te pointer ici et de lancer des cailloux contre ma fenêtre à une heure et quelque du matin, et de réveiller ma colocataire au passage ?

— Bon sang...

Robin fait une grimace.

— Tu parles d'un rayon de soleil ! On dirait Angela Merkel.

Je lui fais signe de se taire en fronçant furieusement les sourcils.

— Ce que je me suis dit, c'était qu'il fallait que je fasse quelque chose de romantique et d'inattendu, pour te donner une preuve. Le genre de choses que tu cherches chez un homme. Pour te montrer que je suis cet homme-là.

Je ne lui ai jamais dit un truc pareil. J'en déduis donc que soit il est en pleine crise de sexisme, soit il pense que « ne pas coucher avec d'autres personnes » est un idéal de roman à l'eau de rose quasi inaccessible.

— Qu'est-ce que tu veux ? je répète, sans ménagement.

Je suis déjà exaspérée par le ton artificiel à demi ironique qu'il essaie de donner à la conversation. Ce serait le premier jet d'un sketch sur lequel il travaille que ça ne m'étonnerait pas.

— Une autre chance.

— Tu peux toujours rêver ! Pourquoi est-ce que tu en voudrais une, d'ailleurs ? Qu'est-ce qui est arrivé à ton credo « la monogamie, ce n'est pas ma came, mec » ?

— Justement ! s'exclame-t-il fiévreusement.

— LA FERME !

Encore un peu et Karen va exploser façon Tchernobyl.

— C'est exactement ce que j'essaie de t'expliquer. Ça ne me ressemble pas, ça ne m'a jamais ressemblé et je pensais que tu le savais.

Je grimace.

— Ensuite, je me suis dit : *pourquoi* ça ne me ressemblerait pas, après tout ? Tu es une fille incroyable. Tu es belle, intelligente. Tu me fais rire. Tu vois bien la repartie qu'on a, tous les deux ! Et puis, bon... je ne rajeunis pas. Je vais bientôt avoir quarante ans.

— Waouh, comme c'est exaltant ! En gros, tu n'as plus l'énergie nécessaire pour tirer à blanc.

Il me regarde, avec, dans les yeux, ce que je crois qu'il croit être une flamme de désir aussi sincère qu'intense.

— Refaisons un essai. À ta façon. Je t'appartiens.

Mon Dieu. À l'entendre, je suis en train de décrocher le jackpot : l'opportunité de dompter Robin McNee. J'ai du mal à cacher à quel point je trouve ça ignoble.

— Robin, je t'ai surpris en train de coucher avec une autre. Je ne peux pas passer au-dessus de ça. Désolée si le caractère irrévocable de ma décision te semble brutal, mais c'est comme ça. Baiser avec d'autres a tendance à faire fuir les gens normaux et chiants comme moi, genre pour toujours. Je voudrais retourner me coucher, maintenant, alors sors de chez moi.

Il secoue la tête.

— Tu crois que je tiens davantage à Lou qu'à toi ? C'est ça ? Qu'elle t'a éclipsée ? Les hommes ne voient pas le sexe comme ça.

— Mon Dieu, Robin, je crois que tu ne m'as pas entendue : *va te faire voir...*

— Les hommes et les femmes sont totalement différents, à ce niveau-là.

Même si je sais que je ne devrais pas mordre à l'hameçon, je mords quand même.

— Pitié !

— Mais c'est vrai ! Des scientifiques ont étudié des fourmis, après les avoir infectées avec un champignon. Leur cerveau est toujours le cerveau d'une fourmi, mais c'est le champignon qui contrôle leurs cellules. Le cerveau est sur le siège conducteur, et le champignon tient le volant. Eh bien, la libido des hommes, c'est pareil. Même si on a des sentiments forts pour quelqu'un d'autre et qu'on sait que c'est mal, si on nous offre du sexe sur un plateau, on se sert. Neuf fois sur dix, on dit oui. *C'est le champignon qui conduit.*

— Tu es sérieusement en train d'essayer de me faire croire que tu as couché avec quelqu'un d'autre à cause d'un champignon hostile logé dans ton cerveau ? Tu répètes ton prochain sketch ou quoi ?

— Non !

Robin se passe théâtralement la main dans les cheveux et essaie ensuite de s'appuyer au plan de travail, mais le grille-pain l'en empêche.

— Avoir un pénis et un boulot où tu rencontres un tas de femmes qui s'offrent à toi, c'est comme être enchaîné à l'idiot du village pendant la fête de la bière. C'est incessant.

— Et … les femmes n'ont pas d'envies qu'elles peuvent décider d'assouvir ou non ?

— Si, mais je pense qu'elles se laissent moins déborder. Elles savent faire preuve de davantage de sensibilité. J'inclus Lou dans le tas : elle n'avait pas la moindre idée de ce que tu ressentais. Elle a dit que, si elle avait su, elle n'aurait jamais couché avec moi.

— Ça, alors, comme c'est pratique ! C'est donc elle qui aurait dû t'arrêter ? On dirait la boîte à biscuits de Rav.

— Quoi ?

— Écoute, aussi fascinante que puisse être cette discussion anthropologique sur le thème *Les hommes viennent de Mars*, c'est hors sujet. C'est fini entre nous. Je ne sais pas combien de fois il faut que je te le répète.

— Non, toi, écoute. Peut-être que je ne l'ai pas suffisamment montré, mais je suis dingue de toi, Georgina Horspile.

Et il se trompe de patronyme dans sa déclaration, en plus ! Je fais de mon mieux pour avoir l'air impassible : il est hors de question qu'il comprenne qu'il vient de faire une boulette et qu'il s'en serve pour son spectacle. Ce joyau inestimable est réservé à mes amis, dans le cadre de leur collection « les précieux souvenirs de Robin ».

— Ça m'est égal. Il faut que je retourne me coucher, maintenant, alors si ça ne te fait rien…

Je le pousse vers la porte.

— … Salut et merci pour toutes ces belles pensées.

Robin fait quelques pas avant de pivoter sur lui-même, façon grande mise en scène, et de porter pensivement son index à ses lèvres. Comme Colombo quand il tente de prendre à contre-pied un suspect qui s'est détendu, parce qu'il croyait que l'interrogatoire était terminé.

Je comprends alors qu'il avait absolument tout prévu : les cailloux, le discours sur les fourmis aux champignons, jusqu'à ce dernier simulacre de geste d'adieu. Ce qui signifie qu'il savait que je l'enverrais certainement se faire pendre.

— Georgina, je sais que j'ai eu tort de faire ce que j'ai fait avec Lou, mais je ne peux m'empêcher d'avoir l'impression que c'est arrivé au bon moment pour toi, parce que tu voulais une raison de rompre. Comme quand tu trouves une porte qui n'est pas fermée à clé, alors que tu tirais sur toutes les poignées à la recherche d'une sortie.

— Vu la scène sur laquelle je suis tombée, ce serait plutôt comme ouvrir un sas dans un avion. Et donc ?

— Ce que je veux dire, c'est qu'avant que ça arrive... est-ce que tu étais vraiment amoureuse de moi ? Est-ce que tu voulais un véritable engagement ?

Oh. Alors c'était ça, sa tactique depuis le début : si je ne le reprends pas, c'est parce que je n'ai pas assez de sentiments. Par conséquent, il n'a rien fait de mal en couchant avec une autre.

Je suis bien trop fatiguée et déboussolée (pas seulement parce qu'on m'a réveillée en pleine nuit, mais par tout : déboussolée d'avoir passé six mois avec quelqu'un que je ne comprends pas, que je n'aime pas et, j'en prends brutalement confiance, que je ne désire absolument pas ; déboussolée par ma famille et déboussolée par Lucas) pour réfléchir. Je n'arrive pas à décider si c'est une bonne idée de faire une concession, ou si ça équivaut à jouer le jeu de Robin. Je veux juste qu'il s'en aille et ne revienne jamais. Et j'ai trop de fierté pour le rouler dans la farine, en prétendant que j'en avais quelque chose à faire. Ce serait lui donner le feu vert pour continuer à me harceler.

Toute cette manipulation, ça me ferait vomir.

Je hausse les épaules.

— Non, pas vraiment. Comme tu peux le voir.

— Dans ce cas, ce que j'ai fait n'a pas vraiment d'importance, si ?

— Plus maintenant.

Je ferme la porte et tourne le verrou.

Chapitre 17

Ce ne sont jamais les choses qui nous tracassent le plus qui deviennent nos véritables problèmes. Ça a au moins un avantage : parfois, on s'est inquiété sans raison.

Mon premier jour au Wicker est plutôt calme, et Lucas n'est presque pas là. Non pas que ça m'empêche de sursauter et de grésiller comme un poste de radio cassé pendant tout mon service. Je veux si désespérément lui prouver qu'il s'est trompé à mon sujet que je joue les employées modèles : méticuleuse, discrète, bosseuse, ne prenant pas de pause à moins d'y être invitée... Devlin est déconcerté par la disparition de « la fille marrante de la veillée funèbre » et fait tout son possible pour me dérider. Je finis par me détendre et accepter l'idée que Lucas n'est pas en train de me juger. Pour ça, il faudrait d'abord qu'il ait conscience de mon existence. Je me donne en spectacle alors qu'il n'y a pas de public, ou pas celui qui était prévu, en tout cas.

Une routine qui me convient très bien se met en place lors de mes services suivants : Lucas reste en retrait, pendant que Devlin et moi nous occupons d'un flot régulier de chalands, qui ne tarde pas à se transformer en un déluge de clients. Une pancarte à l'extérieur indique « changement de propriétaire » et le pub est dans cette période de transition délicate où il doit se débarrasser d'une ancienne clientèle indésirable, tout en montrant aux petits nouveaux que l'endroit n'est plus ce qu'il était.

Malheureusement, ma bonne fortune ne dure pas. Comme on aurait pu s'y attendre avec une date qui célèbre la naissance de Satan, je découvre à la dernière minute que je travaillerai seule avec Lucas pour Halloween, étant donné que cinquante pour-cent du management se trouvera dans un autre pays. Et ce n'est pas n'importe quel Halloween : cette année, c'est un vendredi soir.

— Je sais que ça tombe super mal, mais il faut absolument que je rapplique dans la mère patrie. Le petit est malade, m'explique Devlin. Et ce n'est pas juste de laisser ma femme continuer à nettoyer la morve toute seule.

— Ta famille n'est pas à Sheffield avec toi ?

— Ha ha ha, mon Dieu, non ! Mo ne supporterait pas. On a un petit gars de quatre ans et un bébé de quatre mois, je ne te l'avais pas dit ? On a plusieurs bars là-bas aussi avec Luc. L'idée, c'est que celui-ci finisse par tourner sans nous et qu'on puisse le superviser depuis l'Irlande. Cela dit, je ne sais pas ce que Lucas voudra faire, avec tout ce qui s'est passé. Et, contrairement à moi, il n'a pas de mouflets.

Même si je crève de curiosité, je ne demande pas « ce qui s'est passé ». Je ne veux pas me mêler de ce qui ne me regarde pas. Ou plutôt je ne veux pas avoir l'air d'une personne qui se mêle de ce qui ne la regarde pas. Au moins, comme ça, Lucas ne pourra pas m'accuser d'avoir cancané sur son dos.

Étant donné qu'il ne voulait pas de moi au bar, je craignais qu'il ne scrute mon travail et ne soit tout le temps sur mon dos lors du premier service ensemble. Une fois de plus, c'est exactement le contraire qui se produit.

C'est à peine s'il m'accorde un regard. Il garde soigneusement ses distances. Comme si on avait des espaces de danse séparés et qu'il se limitait strictement au sien, sans jamais entrer dans le mien.

Pour l'instant, on ne fait que la mise en place avant l'ouverture, mais ça va lui être difficile de m'éviter pendant l'intégralité de la soirée.

— Est-ce qu'on fait quelque chose de spécial pour Halloween ?

— Rien de particulier à part les trucs habituels : du coton sur les robinets, des araignées dans les pots de fleurs, *Thriller* à fond dans les haut-parleurs, et un déguisement, bien sûr.

Il montre du doigt Keith dans son panier. (L'animal a un succès fou en tant que chien officiel du pub. « Il devient de plus en plus gros à force de se faire refiler des cacahuètes en douce. Le vétérinaire va me tuer », répète Lucas sans arrêt.)

— Je vais préparer quelques saladiers de punch avec des vers en gélatine, Keith va porter des cornes de diable, et basta.

Je suis bouche bée. *Un déguisement, bien sûr.*

— Tu es déguisée en quoi ?

Il regarde mon jean et mon T-shirt noirs comme s'il m'avait bien vue mais qu'il attendait autre chose.

— J'ai un costume de Beetlejuice en rab. Tu pourrais faire tenir tes cheveux en l'air avec de la laque et un peu de talc, suggère-t-il en m'étudiant.

Je déteste ce genre de facéties. Alors, avec lui ? Je vais me sentir conne au possible.

— Tout ce que je te demande, c'est de rester dans la peau du personnage toute la soirée. Tu sais imiter la voix de Beetlejuice ?

Un sourire danse sur son visage et je finis enfin par comprendre qu'il se paye ma tête. En temps normal, je n'aurais pas été aussi longue à la détente, mais je suis toujours sur mes gardes avec lui. Je sens mon expression horrifiée s'adoucir.

— Salaud !

En retour, j'obtiens mon premier vrai sourire à la Lucas. J'ignorais qu'il pouvait encore le faire. Ça le change radicalement.

— Hé Hé.

— Je t'ai vraiment cru, pendant un moment !

— Je plaisantais. On ne fait rien du tout, même pas une citrouille avec une bougie à l'intérieur. Pour être honnête, qu'on ait un thème ou pas, on n'est pas ouverts depuis très longtemps, alors c'est dur de dire si on sera blindés ou pas.

Pendant les deux premières heures, la balance penche du côté du « ou pas ». Puis le rythme s'accélère. Au début, Lucas me laisse servir seule derrière le bar, mais à partir de 20 heures il y a tellement de monde que ce n'est plus possible. À part un « désolé » et un « après toi » grommelés de temps à autre, quand on s'apprête à attraper la même bouteille, on ne discute pas des masses.

À un moment, je me penche et mes fesses heurtent quelque chose. Lorsque je me redresse, je vois que c'était Lucas. Je suis plus rembourrée qu'à l'époque où on sortait ensemble, et j'ai l'impression d'être la Mère Noël. Il s'écarte des lieux de l'accident à une vitesse humiliante.

Un peu plus tard, une accalmie nous force à trouver des sujets de conversation. C'est le problème, en travaillant pour les McCarthy : l'ardoise n'est pas vierge (ou alors, elle l'est pour lui, mais elle est pleine de gribouillis pour moi). Cela transforme des moments qui devraient être faciles ou neutres en moments d'angoisse.

— Ça ne doit pas être évident pour Devlin de faire les allers-retours entre l'Irlande et ici. Je n'avais pas réalisé que ses enfants étaient là-bas.

— Il n'est qu'à une heure d'avion avec EasyJet, ça va encore, tempère Lucas. Il vit dans le centre de Dublin, c'est vite fait depuis l'aéroport.

— N'empêche, quand tes enfants sont malades, tu dois avoir envie d'être avec eux le plus vite possible.

— Il est avec eux.

— C'est bon, je faisais juste preuve de sympathie, répliqué-je, incapable de cacher mon agacement plus longtemps.

Il s'en rend compte, car il inspire profondément et change de ton.

— Je ne voulais pas être désagréable. C'est juste qu'avec Dev... Il est le frère impétueux qui agit en suivant son instinct, et je suis celui qui est généralement invité à nettoyer derrière lui. De mon point de vue, compte tenu de ses obligations familiales, c'était trop tôt pour étendre le mini-empire familial jusqu'au Yorkshire. Il m'a convaincu que ce serait du gâteau, d'autant plus qu'on connaissait Sheffield parce qu'on avait grandi ici. Il a dit qu'on avait besoin de changer d'air. Dublin est une ville géniale, mais on finit par s'y sentir à l'étroit, quand on y a vécu depuis aussi longtemps que nous.

Je ne trouve pas ça super rassurant. Ça veut dire quoi ? Des créanciers en colère ? Des femmes outragées ?

— Et surtout Dev m'a fait un peu trop de coups en douce du genre « oups, j'espère que ça ne te dérange pas », ces temps-ci. Alors l'ambiance est un peu tendue.

Il parle de moi ! C'est à cause de moi que l'ambiance est tendue. C'est moi, le coup en douce.

— Oh. Je vois. Je ne savais pas.

— En même temps, comment tu aurais pu le savoir...

J'ai l'impression qu'il cherche à apaiser les choses, mais je sens comme une pointe de rancœur.

Je m'écarte, mal à l'aise, et fais semblant de ranger des pailles sur le bar. Je n'ai jamais eu aussi hâte qu'une soirée se termine.

— Que ce soit clair, ça ne me dérange pas qu'il soit parti s'occuper d'Oscar. Simplement, je ne suis pas la bonne personne pour m'apitoyer sur le sort du pauvre Dev en ce moment.

Je hoche la tête.

— Il a deux enfants, c'est ça ?

— Oui, Oscar et Niamh.

Une dizaine de filles font irruption dans le bar à cet

instant, coupant court à une discussion qui ne nous enthousiasme ni l'un ni l'autre. Vêtues d'ailes d'anges, de minijupes et de maillots de foot qui portent l'inscription « EVJF de Bec », elles réquisitionnent un grand box à côté de la fenêtre. Elles posent tout leur attirail et leurs accessoires avec l'arrogance d'un gang qui vient d'arriver sur son propre yacht.

— Quelle est la politique de la maison à propos des enterrements de vie de jeune fille et de vie de garçon ? grommelé-je.

L'une d'elles pousse un cri strident en voyant des serre-tête avec des antennes en forme de pénis qui dépassent d'un sac, et se met à les distribuer comme s'il s'agissait de statuettes des Oscars. Les phallus sont pleins de paillettes et dépassent de gobelets remplis de barbe à papa rose bonbon. Les humains sont vraiment bizarres.

— On n'en a pas. Mais quelque chose me dit qu'on en aura une d'ici la fin de soirée.

— Je suis étonnée qu'elles viennent dans un endroit comme celui-ci pour un EVJF.

Lucas me lance un regard maussade.

— Tu ne devines pas pourquoi ?

— Non.

— Parce qu'elles se sont sûrement fait jeter de tous les autres bars !

Il y a une règle que tous les bars et restaurants connaissent bien : les clients qui dépensent le plus sont aussi les plus problématiques. Je suppose qu'il y a une espèce de justice là-dedans, les efforts contre la récompense, disons. Sauf que, si vous n'êtes pas le propriétaire, vous ne voyez pas la couleur de la récompense.

Permettez-moi de partager avec vous une autre vérité immuable : plus la tablée est nombreuse, plus le pourboire est petit. Ça aurait quelque chose à voir avec la diffusion de la responsabilité, d'après Rav.

L'EVJF de Bec remplit donc les caisses du Wicker du fait d'une soif de prosecco impossible à étancher, mais, de mon point de vue, satisfaire leurs caprices et crier pour me faire entendre par-dessus leurs beuglements ne présente pas vraiment d'avantages. Ces dames finissent par se faire servir à table, pour la bonne et simple raison qu'on préfère circonscrire le troupeau à une zone délimitée, de façon à ne causer qu'un minimum de chahut.

J'ai mis en place un système : quand elles sont à court de munitions, l'une d'elles claque des doigts et me montre la bouteille retournée dans le seau à glace. Je vais chercher la bouteille vide, ainsi que leur carte sans contact, et je reviens peu après avec des bulles fraîches et un ticket de caisse pour prouver que je ne suis pas en train de les arnaquer.

— Donne, me dit Lucas à la cinquième tournée. Tu es débordée.

Je l'observe tandis qu'il apporte la bouteille à leur table. Bientôt, plusieurs d'entre elles ont les mains pleines de Lucas McCarthy. Leurs doigts se baladent sur son jean, ses cuisses, et au niveau de ses fesses, qui sont loin d'être désagréables à regarder (je ne peux pas m'empêcher de le remarquer depuis l'endroit où je me trouve). On dirait qu'il est entouré de déesses hindoues, ou alors qu'il est tombé en plein milieu d'un pogo porno.

Waouh. Je ne veux pas voir ce qui se passe du côté face, mais je doute qu'elles fassent preuve de davantage de retenue que du côté pile.

Il finit, non sans peine, par se détacher d'elles et recule, sous les cris perçants et les sifflements. Je me sens légèrement perturbée. On ne peut pas dire que le pelotage et le harcèlement soient plus beaux à voir quand on inverse les rôles. Il vient de se faire agresser, ni plus ni moins.

— La prochaine fois, je m'en occupe, dis-je quand il revient.

— Je peux me débrouiller, merci, répond-il d'un ton plus sec et défensif que reconnaissant.

Je n'arrive pas à le cerner. Il est tour à tour froid, furtivement drôle, renfrogné, espiègle, serviable, hautain. Après l'avoir observé du coin de l'œil en compagnie de ces femmes, j'en déduis que c'est un comportement dont on hérite en même temps que le privilège de la beauté.

On ne se fait pas traiter normalement, quand on ressemble à Lucas McCarthy. Les règles sont différentes. Les femmes se plient en quatre pour comprendre votre complexité et décoder vos humeurs sombres. Quand on a une mâchoire et des sourcils pareils, des cheveux de la couleur du pétrole et des yeux si profonds qu'on pourrait s'y noyer, ce genre d'attitude n'est pas simplement considéré comme un comportement commun ou grincheux. Non, il dissimule une mélancolie sombre.

On ne pense pas : *Qu'est-ce qui lui prend, à ce râleur ?*

Mais : *Ooh, pauvre chou, qu'est-ce qui lui arrive ?*

Néanmoins, Lucas McCarthy, « les jolis minois finissent par se rider, eux aussi », comme se plaisait à le dire Mme Pemberton !

Peut-être que toutes ces années où il a été ignoré et marginalisé, à l'école, ont fait naître en lui un profond ressentiment, et qu'il décime à présent les beautés de l'Île d'Émeraude, affichant son mépris, une fois sa conquête terminée.

Je souris en l'imaginant en couverture d'un de ces romans à l'eau de rose : chemise ouverte, ses bras musclés enserrant une damoiselle entêtée et tenace dans une étreinte écrasante. *La Fiancée pure du tenancier irlandais.*

Je n'arrête pas de me dire que c'est dommage qu'il soit devenu si froid et distant, mais peut-être que je dois me faire à l'idée qu'il l'a sans doute toujours été.

*
* *

Alors que la soirée entre enfin dans sa dernière ligne droite, Lucas m'annonce qu'il va s'absenter une demi-heure pour emmener Keith chez un ami. Il m'explique avec force détails pourquoi il doit y aller maintenant et pas à un autre moment, détails qui ne me semblent pas nécessaires, étant donné que c'est lui le patron. Par conséquent, je m'interroge : est-ce qu'il est en train de me raconter un bobard pour m'éviter ?

— Désolé de te laisser seule, ce n'est pas sympa. C'est pour ça que je n'étais pas d'accord avec la brillante tactique non conformiste de Devlin de fonctionner en sous-effectif.

Je secoue la tête.

— Pas de souci, vas-y.

Et cela, même si je ne sais pas s'il s'inquiète vraiment pour moi ou si c'est juste le plaisir d'avoir un prétexte pour descendre son frère. (Cela dit, rien qu'à l'idée de travailler avec Esther...)

— En ce qui concerne les Coyote Girls...

Il hoche la tête en direction de l'EVJF et je ris.

— ... Tant qu'elles ne dérangent personne, continue à les servir, même si je n'en reviens pas qu'elles n'aient pas encore fait un coma éthylique. Elles en sont à combien de nabuchodonosors de prosecco, déjà ? Neuf ?

Après des débuts bancals, je pense que je vais finir par l'apprécier en tant que patron. Certes, il n'essaie pas d'être mon meilleur ami, mais son professionnalisme un peu rigide vaut mieux, de toute façon. Dès que quelqu'un faisait copain-copain avec moi, à That's Amore !, c'était soit pour me culbuter, soit pour me convaincre de le remplacer un jour férié.

Vers 22 heures, peu après le départ de Lucas, la porte s'ouvre façon saloon dans un western, laissant entrer une rafale d'air glacé et un homme en costume de Halloween haut de gamme. Il porte une perruque blonde avec une queue-de-cheval, une fausse armure et une longue cape rouge qui flotte dans son dos. Il brandit un énorme marteau en mousse et annonce d'une voix de stentor :

— Je cherche BECKY !

Mon Dieu.

Les filles de l'EVJF poussent des cris aussi aigus qu'excités, et le guerrier se dirige vers leur table.

— Becky ? gronde-t-il.

Dans le fond du demi-cercle, une femme avec un voile de mariée attaché à un serre-tête genre *Alice au pays des merveilles* se lève et agite les bras.

— Oui, oui, c'est moi !

— Bonjour, Becky, je suis Thor. Tu aimes mon marteau ?

Becky tient tellement à montrer à quel point elle aime le marteau qu'elle en hyperventile presque.

Thor pose sur la table l'enceinte portable qu'il avait dissimulée quelque part sur sa personne, et les premières notes d'*Unleash The Dragon*, de Sisqo, se mettent à brailler.

Mon Dieu, non ! Un stripteaseur !

Il commence à agiter son marteau au-dessus de sa tête.

— Vous avez entendu parler d'ODIN ? Qu'est-ce que vous diriez de voir mon GOURDIN ?

Chapitre 13

La question est accueillie par un concert de cris assourdissants, et le pub se scinde en deux : il y a ceux qui ont abandonné leur verre pour assister à la scène et ceux qui ont abandonné leur verre, pris leur manteau et la porte. Autant de clients qu'on risque de ne jamais revoir. Sachant que le Wicker est dans la phase où il construit sa réputation, c'est un désastre.

Il faut que j'intervienne. Même si c'est uniquement dans mon propre intérêt. Il est hors de question que Lucas revienne et me trouve plantée là en train de regarder un type danser, les bijoux de famille à l'air. Je pourrais me faire virer.

— Devlin, tu te souviens, quand je t'ai dit que cette fille aurait été plus à sa place chez Hooters ? Cinq minutes après que je l'ai laissée seule aux commandes, un mec agitait sa baguette en plein milieu du bar.

Les mots d'Esther résonnent dans ma tête. « Je t'en supplie, ne reviens pas avec une de tes histoires amusantes, où tout est un immense foutoir mais ce n'est pas ta faute. Je ne veux pas d'incidents et pas de fausses excuses. »

C'est exactement ce qui est en train de se passer, non ?

Thor a déboutonné sa cape et il est en train de l'agiter comme un matador face à un taureau.

Je contourne le bar et je me précipite sur la piste. Je me sens complètement idiote.

— Excusez-moi…

Thor se tourne vers moi, la main sur l'entre-jambe

en guise de « bonjour ». J'ai l'impression d'être passée de « promenade dans un jardin paysager bucolique » à « spectacle Magic Mike XXL à Las Vegas ».

— Vous ne pouvez pas faire ça ici.

— SALUTATIONS, JEUNE FILLE DE LA TERRE !

— Je ne plaisante pas, vous devez arrêter. Je vais couper la musique, d'accord ?

Je le dépasse pour me diriger vers la table. Il lance alors sa cape au-dessus de ma tête, l'enroule autour de moi et s'en sert pour m'attirer à lui.

— Vous avez entendu parler d'Asgard ? beugle-t-il de la voix ridicule qu'il donne à son personnage.

— Lâchez-moi ! Écoutez, vous ne pouvez pas faire ça i...

— Eh bien, moi, mesdames, je suis au GARDE-À-VOUS !

Il me tire vers lui d'un mouvement sec, et je me retrouve coincée contre son armure, emprisonnée entre ses bras, tandis qu'il se frotte contre moi et se dandine contre mes fesses.

— Lâchez-moi !

Sauf qu'il ne me lâche pas. La barmaid enroulée dans sa cape constitue une improvisation flamboyante dans son numéro.

Tout à coup, ce qui n'était qu'une situation délicate et embarrassante devient une situation effrayante. Je connais le sentiment qui est en train de monter en moi. Je le reconnais comme on reconnaîtrait un vieil ennemi.

La perte de contrôle, la suffocation...

Plus je me tortille, plus je me débats, plus le stripteaseur trouve drôle de me garder prisonnière. La claustrophobie est en train de me rendre hystérique. Il ne va pas m'écouter, il ne va pas s'arrêter... Je le pousse et je crie et le pousse encore, jusqu'à ce qu'il desserre momentanément son étreinte.

Ça me donne une seconde ou deux pendant lesquelles je peux bouger le bras droit. Je le dégage de la cape et rassemble mes forces pour lui envoyer un coup de coude dans le visage. Je n'ai pas la moindre idée de la façon dont je suis censée le faire (je n'ai jamais frappé personne), alors j'improvise au mieux. Il lâche sa cape et je bascule en avant pour atterrir par terre dans un bruit aussi sourd qu'humiliant.

— Mais t'es complètement cinglée !

Il a abandonné sa voix débile, crie avec l'accent de Sheffield. Et il saigne du nez.

Il m'attrape par les épaules et me soulève. L'espace d'un instant, je crois que c'est pour m'aider à me relever, jusqu'à ce que je réalise que son approche est bien plus agressive. Submergée par l'adrénaline, j'ai du mal à respirer et je tremble come une feuille, partagée entre l'envie de fuir et celle de me battre. Ses doigts s'enfoncent dans ma chair. À la tension qui émane de lui par vagues, je sens qu'il a envie de me frapper mais qu'il sait aussi que cogner une femme risque de porter légèrement préjudice à sa carrière.

— Lâche-la ! crie une voix près de la porte.

Enfin, quelqu'un vient à mon aide ! Merci, mon Dieu. Sauf que ce n'est pas Dieu : c'est Lucas, qui traverse la pièce à grandes enjambées, un Keith pataud sur les talons. Il pousse Thor sur le côté, me tend la main et m'aide à me mettre debout.

— Tu vas bien ?

Je marmonne que oui. Je n'ai pas envie que ce soit lui qui vienne à mon secours.

— Qu'elle aille se faire foutre ! Vous ne voyez pas ce qu'elle m'a fait ? s'offusque Thor, la perruque de travers.

Il montre sa main. Elle est pleine de sang. Il est salement amoché. J'ignorais complètement que je pouvais frapper aussi fort.

— Qu'est-ce que vous faites ici ? demande Lucas.

— Je suis animateur de soirée. Je ne savais pas que ce bar était tenu par des psychopathes.

— Vous ne pouvez pas faire d'animation dans nos

locaux sans obtenir d'abord l'autorisation des gérants, ce que vous n'avez pas fait. Alors sortez d'ici !

Les femmes de l'EVJF, les yeux ronds comme des billes, sont anormalement silencieuses. De petites exclamations incrédules parcourent l'assemblée.

Thor ramasse son marteau, son enceinte et sa cape qui gît à terre. Avec son visage taché de sang, on dirait un zombie qui vient de se gaver de chair fraîche. Un look étrangement approprié pour Halloween.

— Ça ne va pas s'arrêter là ! éructe-t-il.

Il passe devant moi et montre son nez du doigt.

— Bobby n'oublie *jamais*.

Lucas le tire par le bras et l'entraîne vers la porte.

— Espèce de connard à la Poldark ! crie Thor quand Lucas le jette à la rue.

Je ne suis pas encore en mesure de trouver ça drôle, mais je grave la scène dans ma mémoire pour plus tard.

L'EVJF décide de lui emboîter le pas.

— Tu as complètement gâché l'EVJF de Becky, connasse ! me lance l'une des filles alors qu'elles se dirigent vers la sortie.

Je tressaille et ne sais pas quoi faire, à part murmurer :

— Il ne voulait pas me lâcher.

Est-ce que je suis virée ? Pitié, pourvu que je ne sois pas virée !

Lucas se penche au-dessus du comptoir et tire la corde pour sonner la cloche, signal que la soirée touche à sa fin, puis il me prend fermement la main. Je n'ai même plus la force de trouver ça gênant et me contente de le suivre. Il m'emmène dans la cuisine et m'installe sur une chaise. Keith est là. Il arrête de boire de l'eau le temps d'une caresse. Au moins, quelqu'un est content de me voir. (Lucas n'était pas censé le laisser chez un ami ? Je savais bien que c'était du pipeau.)

Lorsque Lucas revient, une minute plus tard, avec un

verre ballon rempli d'un liquide brun, je suis par terre, les bras autour du cou de Keith. Je le lâche avec un air coupable, comme si je venais de me faire surprendre en train de commettre un délit.

Lucas ne dit rien à part :

— Bois ça. Je vais fermer.

Je n'ai jamais aimé le brandy, mais je laisse l'alcool m'engourdir les lèvres tout en écoutant, depuis les coulisses, les conversations étouffées et le bruit métallique du tiroir-caisse qu'on ouvre et qu'on referme.

Enfin, Lucas me rejoint. Il ferme doucement la porte derrière lui.

— Ça va ?

— Oui, merci. Je suis désolée, je ne sais pas ce qui s'est passé. Je lui ai dit qu'il ne pouvait pas faire de strip-tease ici. Il m'a attrapée et j'ai fait une cri... et je l'ai frappé. Ce n'est pourtant pas dans mes habitudes de cogner les gens.

— Quoi ?

Il écarquille les yeux, visiblement surpris.

— Ce n'est pas à toi de t'excuser ! C'est nous qui devrions te demander pardon d'avoir été assez idiots pour te laisser toute seule. Je vais faire passer des entretiens dès lundi pour recruter davantage de personnel, et tant pis si Dev n'est pas d'accord.

— Oh ? Je... merci.

— On s'en occupe.

Il croise les bras sur la poitrine. Conciliant, mais pas franchement amical.

Après un silence, je reprends la parole.

— Thor était un dieu scandinave qui se croyait autorisé à choisir n'importe quelle jouvencelle et à en faire ce qu'il voulait. J'aurais dû le voir venir.

Il sourit et secoue la tête, comme pour me montrer que c'est tout à mon honneur de vouloir le prendre à la légère, mais que je ne devrais pas.

— Je suis désolé de ne pas avoir été là.

— Pas de souci.

— Je vais t'appeler un taxi. J'imagine que tu dois avoir envie de rentrer chez toi.

Je m'apprête à dire quelque chose, quelque chose qui pourrait ouvrir une porte entre nous, sauf que je n'en ai pas le courage. Mais, si je finis ce Rémy Martin pour faire passer une montée d'adrénaline si forte que j'aurais pu soulever un camion, peut-être que je l'aurai.

Alors que je me dirige vers la porte, j'interpelle Lucas, qui est en train de nettoyer les taches de sang par terre.

— Lucas ?

Mon taxi est là, j'entends le bruit du moteur qui tourne. Je sais que c'est d'une imprudence extrême, mais le moment semble sortir de l'ordinaire. Aucun de nous n'est sur la défensive et, si je ne le fais pas maintenant, peut-être que je ne le ferai jamais. Plus le temps passera, plus ce sera difficile. Et il faut que je sache.

— Je me demandais... On n'était pas au lycée ensemble ? En première ou en terminale ?

J'avale difficilement ma salive et retiens mon souffle. Lucas me dévisage un moment. Puis il plonge distraitement la serpillière dans le seau d'eau, tandis qu'il réfléchit.

— ... Ça, alors. Je crois que oui. J'ai bien pensé que ton visage m'était familier, mais j'ai préféré ne pas t'en parler au cas où je me tromperais.

Je ne sais plus où me mettre. Je regrette d'avoir lancé le débat. Le moindre mot sortant de sa bouche au cours des trente secondes à venir va me démolir. J'ai consacré des années de ma vie à imaginer ce que ces mots pourraient être, et il va jeter tout ça à la poubelle avec insouciance.

— Est-ce qu'on a... ? Est-ce qu'on était... ?

Il hésite. S'éclaircit la gorge.

— Je ne sais pas trop comment formuler ça en… euh… en gentleman. Dire que mes souvenirs entre mes dix-huit et mes vingt-deux ou vingt-trois ans sont brumeux est un euphémisme.

Il est en train de me demander si on l'a fait ?

Je sens mon cœur s'écraser au fond de mes entrailles, puis par terre. Il n'arrive même pas à se souvenir si on l'a fait ? Il vient d'exploser les scores ! Voilà donc ce que je représentais pour lui. Rav pense que je suis modeste ? J'aurais plutôt tendance à me surestimer, au contraire. Et pas qu'un peu !

Au début, je ne réponds rien. Je ne parviens même pas à forcer les muscles de mon visage à mimer une réciprocité polie. Je porte la misère tel un masque.

— On s'est à peine adressé la parole, je pense, finis-je par articuler d'une voix rauque.

— Ah ! s'exclame-t-il.

Le soulagement dans sa voix est évident, sans parler de ses épaules, que je peux voir se détendre de là où je me tiens.

— Je n'étais pas sûr. Ah, la jeunesse, hein !

Il me regarde avec une espèce d'optimisme étrange. Je tourne les talons.

— Bonsoir.

Sur le trajet de la maison, des larmes silencieuses que je ne suis pas en mesure de contenir dévalent mes joues.

À tous les coups, Fay dirait que c'est bien, que j'arrive à pleurer. Sauf que Fay ne vient pas d'apprendre que l'amour de sa vie l'a oubliée.

— Tu ne sais pas s'il est l'amour de ta vie, avait-elle dit avec un sourire bienveillant. Tu as quel âge, déjà ? Tu as encore tout le temps.

— Cathy et Heathcliff savaient, dans *Les Hauts de Hurlevent*, et ils n'étaient que des enfants. Oui, c'est louche, je sais.

— Et regarde comment ça finit, avait observé Fay. Ils meurent.

— C'est toujours l'issue, en général, avais-je répondu.

Fay m'avait alors indiqué que la séance était terminée.

Chapitre 19

Au moins, maintenant, je tiens ma réponse.

Je suis dans mon bain, les genoux serrés contre la poitrine. Au-dessus de ma tête, sur la corde à linge, les grosses culottes de Karen pendent comme une guirlande. La mélancolie m'enrobe comme du goudron. On est le lendemain matin, et je suis encore toute retournée.

Il est clair que quelqu'un qui ne se rappelle même pas s'il a, un jour, mis une partie clé de son anatomie dans une partie vitale de la mienne pendant un moment d'intimité physique (qui, au passage, aurait été ma première fois, Lucas McCarthy) *n'est pas* l'amour de ma vie.

À moins, bien sûr, qu'il fasse semblant de ne pas se souvenir, tout en sachant très bien qui je suis. Ce qui n'est pas franchement mieux.

Je ne sais pas pourquoi je trouve ça si difficile à accepter. J'ai pourtant eu douze ans pour me faire à l'idée que je n'étais pas importante à ses yeux.

Non, ce n'est pas vrai. Je sais pourquoi, en réalité. C'est parce qu'il n'a jamais été en moi physiquement, mais qu'il l'a été mentalement.

Et cette douleur n'a rien à voir avec le fait qu'il est si désirable à présent. Je ne suis pas superficielle à ce point. Pas plus que ça n'a à voir avec le fait que mon cœur se brise lorsqu'il sourit. Non. Je suis tombée amoureuse de lui lorsqu'il était encore un geek maigrichon, pâle et timide, avec un T-shirt The Cure, et que personne ne faisait attention à lui.

J'aimais bien ce qu'il faisait à ses débuts.

Je trouve ma non-importance difficile à accepter, parce que je n'ai jamais été aussi certaine de quoi que ce soit que de ce premier élan, de ce que j'ai ressenti pour lui. C'était de l'instinct pur et simple, jamais remis en cause.

Mais s'il n'a pas ressenti ça, si je me suis trompée à ce point, alors ça signifie que je ne peux pas me fier à mon jugement. Si, *ça*, ce n'était pas deux personnes qui tombent amoureuses, alors qu'est-ce que c'était ?

Je m'allonge dans la baignoire et observe mes ongles de pied couverts de vernis rouge qui dépassent de la mousse.

C'est le dernier facteur qui contribue à la désolation existentielle qu'est mon passage à la trentaine. Dans la vingtaine, je pensais que j'étais une chenille, que j'allais devenir chrysalide, puis me transformer en papillon. La fille en manteau rose au maquillage qui coule, aux racines qui ont besoin d'une couleur, assise dans un bus de nuit avec une portion de frites, après un service horrible où on lui a demandé si ses seins sont faux... Elle n'était pas ce que j'allais être. Elle était un début d'histoire formidable.

Tôt ou tard, la super héroïne Georgina Horspool allait jaillir et exploiter pleinement son glorieux potentiel.

À présent, je renonce peu à peu à cet espoir. Comme lorsqu'on arrive à cette ligne funeste dans les nécrologies, au début du paragraphe qui explique à quel moment les choses ont commencé à déraper. « Hélas, le destin en a décidé autrement... »

Le retour de Lucas le prouve avec une clarté brutale. Il est devenu quelqu'un d'autre, tandis que je suis toujours là où il m'a laissée.

J'étire les orteils, sors une jambe de l'eau et me rase le mollet sans enthousiasme, avant de le tourner dans tous les sens pour m'assurer que je n'ai pas oublié une bande de poils de raton laveur.

En tant que monogame en série, dont les relations finissent

en général par s'essouffler plutôt que par exploser, je ne m'intéresse que de loin aux conseils de Clem en matière de relations amoureuses, les fois où je m'y intéresse. Mais, alors que je m'extirpe de la baignoire, je me rappelle son protocole inspirant après un coup dur.

— S'aimer soi-même est un acte radical, nous avait-elle appris, à Jo et moi. Encore plus quand on est déprimées à cause d'un mec.

Donc : quand on ne vous propose pas de second rencard, quand vous découvrez que vous étiez une option parmi sept autres, quand votre texto a été distribué, quand WhatsApp vous montre deux coches bleues et que vos messages Facebook indiquent « lus », d'après Clem, au lieu de vous apitoyer sur votre sort, vous devez faire tout le contraire.

Sa prescription : passer toute une journée à vous occuper de vous-même de la façon dont vous aimeriez qu'on s'occupe de vous. Aller boire des margaritas, voir un film, faire une longue promenade. Acheter quelque chose de futile qui vous réjouit, vous faire livrer un repas. Acheter des draps présentant une densité de tissage élevée et vous allonger dessus comme une étoile de mer, toute nue.

— C'est du *hygge* en mode agressif. Fêter à quel point on est géniale et à quel point on passe un agréable moment toute seule. Refuser de prendre part à l'auto-apitoiement qu'on nous ordonne presque d'embrasser, dans cette société complètement tordue.

Je ne roule pas sur l'or, mais je peux mettre des bigoudis dans ma tignasse blonde, me faire un masque, aller à l'institut deux rues plus bas pour une manucure, marcher jusqu'au centre-ville et acheter un Magnum caramel beurre salé et une belle édition Penguin Classics des *Hauts de Hurlevent*, que j'ai décidé de relire, pour voir si je réagis différemment aujourd'hui.

Alors c'est ce que je fais.

J'achète à Jammy quelques-uns de ces poivrons jaunes

qu'il aime tant, et me prends un chocolat chaud. Je m'assieds près de la fenêtre pour regarder la nuit brumeuse tomber en cette fin de journée d'hiver et les lampadaires s'allumer.

Tandis que je finis ce qui reste de mousse à la petite cuillère, je décide de retourner voir Fay. J'ai besoin de lui annoncer que j'ai revu Lucas. Je veux lui dire que, même si j'ai l'impression d'avoir la poitrine dans un étau, ça a aussi un effet étrangement cathartique.

Tu veux lui parler parce que tu ne veux en parler à personne d'autre. Et on peut savoir pourquoi, exactement ?

Je me demande ce qu'un psy ressent lorsque d'anciens patients réapparaissent et que leur vie est toujours aussi bordélique. Est-ce que c'est comme passer des années à rattraper la coupe de cheveux ratée de quelqu'un, à convaincre la personne d'arrêter les décolorations et d'entretenir ses racines, pour ensuite la croiser en ville avec une coiffure façon perruque haute datant de la Régence française ? Démoralisant ?

Il faudra que je pose la question à Rav.

En rentrant à la maison, je m'assure que Karen est sortie, puis j'attrape mon portable.

— Pourrais-je parler à Fay Wycherley ? demandé-je, seule dans la cuisine silencieuse.

J'étudie mes ongles brillants rouge sang. *Hygge* agressif. Rébellion glamour.

— Je suis navrée, mais elle ne travaille plus ici.

— Oh… est-ce que vous savez où elle est ?

— Elle a rejoint un cabinet à Hull, il me semble.

— Oh. D'accord. Merci. Vous avez le nom du cabinet ? Je vais tenter de la joindre là-bas.

Ce qui est faux (je ne me vois absolument pas aller si loin), mais je ne veux pas être impolie.

— Excusez-moi, pourriez-vous patienter un instant ?

La secrétaire me met en attente au son d'*Humeurs de*

flûtiste : volume 7. Puis j'entends le bruit d'un téléphone qu'on soulève de son combiné.

— Bonjour. Êtes-vous une ancienne patiente de Fay ?

— Oui.

— Je suis vraiment désolée, mais Fay est décédée en 2015.

Je garde le silence un instant.

— Elle est morte ?

— Oui.

— Comment ?

— Accident de la circulation, je crois.

— Oh. C'est affreux… Merci de m'avoir prévenue.

Je dis au revoir, je m'assieds et je fixe la vaisselle sur l'égouttoir en plastique. Pauvre Fay ! Elle avait quel âge… la cinquantaine ? Des images d'elle me reviennent, et je tente d'assimiler le fait qu'elle n'est plus là. Elle était si rassurante ! Elle gardait mes secrets, elle m'écoutait. Et elle est partie. Je me demande si elle avait des enfants et si elle leur manque comme mon père me manque.

Je repense à l'une de ses remarques, que j'avais totalement oubliée jusqu'à maintenant : « Personne d'autre ne va te réparer. La seule personne qui peut te réparer, c'est toi. »

Coldplay a menti, donc[1].

Rav, tu te souviens de Fay, la psy que tu m'avais recommandée ? Elle est morte !

Oui. Désolé, je ne te l'ai pas dit, à l'époque ? C'était une fan de vélo, elle a été renversée par un camion sur l'A6 à Buxton. Horrible. Elle était de St. Ives, alors l'enterrement a eu lieu là-bas et je n'ai pas pu m'y rendre. Comment tu l'as su ?

Ah. Je n'avais pas pensé qu'il me poserait la question. Je vais enrober ça dans une bonne blague de mauvais

1. Référence à la chanson *Fix You*, du groupe de rock britannique Coldplay. (N.D.T.)

goût. Ce n'est pas comme s'il était psy et qu'il appartenait à l'Association britannique de conseil, et qu'il allait me démasquer en deux secondes.

J'ai voulu prendre rendez-vous avec elle en souvenir du bon vieux temps et le centre m'a prévenue. Rav, je ne suis absolument pas en train d'essayer de prendre ça à la légère ni de tirer la couverture à moi, mais ma psy spécialiste du deuil est décédée. C'est le genre de truc qui devrait être interdit.

C'est ta tragédie, à ce que je vois ! Dis à ton prochain psy de t'évaluer pour trouble de la personnalité narcissique. (Est-ce que tu as besoin d'une recommandation ?) Biz

Non, merci. J'avais juste envie de parler à Fay, c'est tout. Biz

Un jour, elle m'avait surprise en train de cloper sur le parking, après l'une de nos séances, et m'avait conseillé d'arrêter.

— La vie est déjà si courte, ne la raccourcis pas plus ! m'avait-elle lancé en montant dans sa Mini Cooper verte. Et, si je parle comme ta mère, c'est parce que je suis en âge de l'être.

J'avais souri, lui avais fait signe de la main, et j'avais écrasé mon mégot sous mon talon.

Je vais arrêter, en son honneur. Je ne fume qu'en société, de toute façon. J'ai déjà arrêté, avant, et ça ne m'a pas manqué.

Il y a un autre truc que je devrais faire. En rapport avec une autre chose que Fay m'avait dite et qui avait résonné dans ma tête longtemps après la fin de ma thérapie.

— Parfois, parce qu'on voulait que certaines personnes s'occupent de nous et qu'elles ne l'ont pas fait, on ne prend pas soin de nous-mêmes. Délibérément. On se venge d'elles en se négligeant.

Autrement dit, tout le contraire du précepte de Clem.

— On fait ça par vengeance ? avais-je demandé.

— Peut-être par vengeance, peut-être à cause d'un désir caché d'être secouru. Et d'embrasser un échec pour lequel tu penses être programmée, de toute façon.

J'avais eu une idée créative, après le dîner chez Rajput, mais je l'avais enterrée, parce que je m'étais dit que tout ce que j'entreprenais partait toujours en vrille.

Je devrais arrêter de vivre ma vie en me négligeant délibérément.

Je vais m'inscrire à la compétition au pub et partager ma honte. ET je compte bien remporter la bataille contre That's Amore !

Je commence par envoyer un mail à l'organisateur de la soirée avant d'avoir le temps de me dégonfler, puis c'est au tour de M. Keith, dont je devine l'adresse mail grâce à la réponse d'Ant.

Bonjour !

Nous ne nous connaissons pas, enfin, pas vraiment. Je suis la serveuse qui a été renvoyée parce qu'elle a fait ce qu'on lui a dit de faire, lors de votre récent dîner à That's Amore !. J'ai lu un article, dans votre journal, dans lequel le restaurant répondait aux déclarations selon lesquelles la nourriture y était vraiment mauvaise. Vous-même êtes le critique gastronomique du *Star* et avez déclaré, le jour de mon renvoi, que le contenu de votre assiette était vraiment mauvais. Par conséquent, je me demande pourquoi l'article ne mentionne pas votre expérience…

Georgina Horspool

Chère Georgina,

Tout d'abord, je qualifierais plutôt mon dîner chez That's Amore ! d'inégal. Ensuite, l'article auquel vous faites référence était dans la section « actualités », tandis que je travaille pour la section « chroniques ». Mais je suis certain que je publierai la critique de That's Amore ! en temps voulu, lorsqu'ils n'auront plus de litiges en cours avec le personnel.

Bien à vous, Alexander Keith

Vous savez quoi, monsieur Keith ? J'ai une meilleure idée : pourquoi ne pas vous faire une idée de ce qu'était mon travail en passant un service en cuisine pour une chronique ? Je suis sûre que ce serait pittoresque et éclairant.

J'ai une légère impression de vendetta, jeune fille. Vous feriez mieux de dépenser votre énergie à trouver un travail rémunéré ailleurs.

Je tape « Justement, je participe à un concours d'écriture », puis j'ai un flash : le premier prix est une chronique dans le *Star.* Si ça se trouve, M. Keith est un des membres du jury. Et maintenant il connaît mon nom.

Arrrrrrgh.

Je me rappelle ce qu'Esther m'a dit à propos de mon talent pour foirer, ma capacité à être assise au milieu du bazar, protestant que ce n'est jamais ma faute et vitupérant contre mon destin.

Eh bien, très chère : tu es indéfectible.

Je pourrais me lamenter sur ma stupidité, mais il y a un truc plus constructif à faire : être si brillante qu'il me décernera la chronique, en dépit de ses a priori. Je veux dire : c'est juste un monologue comique, non ? Pas de pression…

Chapitre 20

J'aurais dû me douter qu'il se passait quelque chose, quand Jo m'a invitée, le dimanche après-midi, à venir manger une moussaka le dimanche soir. Plusieurs indices louches : le message de dernière minute ; le jour de la semaine (ni un vendredi soir ni un samedi soir) ; le fait que la moussaka est un plat calorique, alors que Jo en est pleine crise « je mange sainement » en ce moment. J'ai accepté avec joie. Après le merdier de vendredi soir avec Thor et son gourdin, puis la nouvelle de la mort de Fay, une soirée entre amis est toujours revigorante.

Je *sais* qu'il se passe quelque chose quand, en plus, elle me demande de « venir seule à 17 h 30 » et de « ne pas le dire à Rav et Clem ».

Pas de problème. Ils ne sont pas invités ?

Si, mais je voudrais te parler avant.

Mon Dieu, est-ce qu'elle est enceinte ? Est-ce que je vais devoir jouer la complice qui prétend que la limonade est un gin-tonic ? Je ne pense pas que Phil ait l'étoffe d'un père digne de ce nom, mais il va falloir faire l'impasse sur tout un tas de considérations de ce genre, si elle décide de le garder.

Elle m'ouvre la porte, vêtue d'une robe-chemisier dans un style années 1950 ornée de petites fusées, avec une ceinture jaune fine. Ses cheveux sont coiffés en un carré parfait, ombré et brillant. J'ai essayé d'imiter son look à la fois mimi et séduisant, sans succès. J'ai l'air d'un membre des Veruca Salt à la retraite.

Je prends bien soin de garder les yeux rivés aux siens et de ne pas fixer sa taille pour voir si son ventre est rebondi. Beagle, son immense chat tigré, s'enroule autour de ses chevilles pour la protéger, et je me penche pour le caresser. Ce loubard à rayures était un matou de ferme chargé d'attraper les rats, avant de vivre avec Jo.

J'agrippe la bouteille de rioja achetée au Tesco Express, en me demandant si elle n'est pas de trop, désormais. En fait, non. Si Jo a un mini-Phil le Baiseur dans le ventre, je vais avoir besoin d'un remontant.

Elle a acheté sa maison jumelée en brique rouge de Walkley quand son salon de coiffure a décollé. Chaque fois que j'y viens, je la trouve aussi accueillante qu'un gros câlin. Un gros câlin doux-amer, étant donné que je n'ai pas la moindre idée de la date où je serai en mesure de me permettre la même chose.

Moi aussi, je veux une rangée de plants de basilic en pot achetés au supermarché sur le rebord de ma fenêtre, chacun à un stade différent de décomposition. Moi aussi, je veux un cadre kitsch dans ma cuisine qui dirait « Je ne veux pas aller au paradis, mes amis n'y sont pas », et le bruit de ferraille réconfortant de vieux appareils ménagers hérités de mes parents.

— Si tu crois qu'un homme grand, beau, mystérieux et riche à millions va apparaître soudain, tomber fou amoureux de toi et agiter sa baguette magique, tu rêves éveillée, dit toujours ma mère, conseillère en investissement.

Et je réponds toujours :

— Hum, sa baguette magique.

Ma psy disait qu'il n'y avait pas de formules magiques, et ma mère, qu'il n'y a pas de baguette magique… Je trouve de plus en plus tentant de payer une de ces voyantes en ligne qui vous disent que vous n'allez pas tarder à avoir énormément de chance.

La maison est remplie des effluves chauds typiques de la viande en train de mijoter à feu doux. Jo ouvre un placard, sort deux verres à vin et les pose sur la nappe en vinyle.

Hourra ?

— C'est fini avec Phil, annonce-t-elle.

— Oh non !

Mais je sais que mon visage dit autre chose, et Jo aussi, car elle ajoute :

— Je t'assure, George. C'est pour de bon, c'est fois. J'ai atteint mes limites.

Je tire une chaise et nous nous asseyons.

— Je te crois. Qu'est-ce qui s'est passé ? Raconte.

— Sa sœur se marie au printemps. Il voulait que j'aille avec lui.

J'attends la suite, à savoir la condition de merde qui, connaissant Phil, accompagnait forcément l'invitation.

— Et... ?

— Et c'est tout. Au début, j'étais excitée, j'ai trouvé une super robe vintage, bref, tout allait bien. Ensuite, j'ai commencé à réfléchir...

Elle est en train de descendre le rioja à la vitesse de l'éclair. J'attrape son verre et le remplis à nouveau, signe silencieux international de solidarité qui veut dire « vas-y, continue ».

— ... Je sais que vous pensiez tous que c'était la lose d'être avec un gamin qui voyait d'autres nanas. Je me répétais : il a vingt-huit ans et les femmes tombent à ses pieds ; il a besoin de temps pour s'habituer à l'idée de se poser. J'étais prête à attendre. Les gens affirment que tout est une question de timing. Je ne voulais pas perdre Phil juste parce que le timing n'était pas bon.

Si elle le décrit de cette façon, ce n'est pas juste parce qu'elle est amoureuse. Phil a de grands yeux expressifs de gamin, des cheveux bruns et un sourire de *bad boy*. Il a le physique et l'attitude du présentateur avenant typique d'un programme télé de bricolage, d'ailleurs, si c'était le cas, il serait aussi la star du groupe Facebook monté par ses fans femmes au foyer qui fantasment sur lui. Il est assez séduisant, mais ce n'est pas là que réside son pouvoir. Ce qu'il a, c'est la capacité à remplir une pièce de sa présence, un enthousiasme sans limite et le cœur sur la main (à condition de ne pas être la femme qui veut des réponses). En termes de charisme, c'est comme mettre un Mentos dans une bouteille de Coca : une explosion instantanée.

— ... Pourquoi Phil voudrait aller à un mariage avec moi, se montrer à mon bras devant toute sa famille et ses amis, sans vouloir être en couple ?

— Parce qu'il ne souhaite pas apparaître comme célibataire le jour du mariage de sa sœur ? suggéré-je.

— Non, ce n'est pas ça. Tu le connais. Il parle à tout le monde, il ne serait pas seul plus de trente secondes. C'est parce qu'il tient réellement à moi et qu'il me voit comme sa « moitié »... Il veut que je partage ça avec lui, que je sois là pour l'ouverture du bal, que je prenne sa mamie dans mes bras.

Je comprends maintenant pourquoi elle ne voulait pas que Clem et Rav assistent à la conversation. Elle ne pourrait pas se confier avec autant d'honnêteté sans risquer de recevoir une flèche empoisonnée lancée au mauvais moment par l'un ou l'autre (car, même si cette flèche était destinée à Phil, c'est elle-même qui serait blessée).

— Et je me suis rendu compte qu'il se fiche que tout le monde pense que c'est sérieux entre nous en nous voyant ensemble à ce mariage. Un mec normal, qui a peur de se poser, se sauverait en courant en entendant les gens lui dire « C'est toi le prochain ! », pas vrai ? Pas lui. Une occasion spéciale ne lui pose pas de souci, il ne risque pas de rencontrer quelqu'un au Whitley Hall Hotel, alors qu'il est débordé par ses devoirs de témoin. La vérité, c'est qu'on fonctionne sur tous les plans, à part un : dans sa tête.

Elle laisse échapper un soupir tremblant.

— Il est incapable d'assumer le quotidien, parce qu'il est incapable d'accepter que ça s'arrête là. Faire de moi sa copine à plein temps et à long terme, ça revient à admettre sa défaite. Des filles se pâment devant lui comme devant les Beatles, pourtant, il termine avec Jo, une coiffeuse de sa ville natale qui a deux ans de plus que lui, va à des réunions Weight Watchers, a un prêt immobilier et un chat qui prend un traitement pour la thyroïde. Il m'aime, mais je représente le fait d'abandonner ses rêves. Sauf qu'il ne se l'avouera jamais. C'est pour ça qu'il n'a jamais de réponse à m'offrir, quand je lui demande pourquoi ça ne va jamais plus loin entre nous que « voyons comment ça se passe ».

J'ouvre la bouche pour la contredire, affirmer que Phil est vraiment aveugle, mais je la referme et lui serre le bras à la place. Après la mort de mon père, j'ai appris que ça peut être étouffant quand vous dites aux gens « ça fait mal » et qu'ils tentent à tout prix de vous convaincre du contraire.

— Une fois que j'ai réalisé ça, ça a été facile de rompre. Ça a tué mes sentiments, comme quand tu coupes le gaz sous une casserole. Ça m'a permis d'arrêter de me mentir à moi-même et d'imaginer que la prochaine fois il changerait d'avis. Je ne veux pas de quelqu'un qui change d'avis. De quelqu'un qui se résigne à être avec moi parce qu'il a renoncé à chercher une meilleure option.

Je fais glisser mon verre vers le sien, et les fais tinter.

— Naturellement, maintenant que je ne suis plus intéressée, il me harcèle à longueur de journée.

— Naturellement.

— C'est bizarre, avant, je vivais pour avoir des miettes de son attention, et maintenant je regarde les messages s'empiler comme si je n'étais qu'une spectatrice. Je le pousse, il me tire. Tout ce qu'il veut, c'est que je l'aime autant qu'avant, sans se demander pourquoi, ni penser au mal que ça peut me faire.

— J'ai eu exactement la même sensation avec Robin. Le seul moment où je suis intéressante, c'est quand je suis un défi.

Je marque une pause avant de reprendre :

— Même si Phil est beaucoup moins con que Robin, ne va pas croire que je les mets sur un pied d'égalité.

Jo plonge son regard dans le mien.

— Phil n'est pas un baiseur, tu sais. Il est pire que ça. Ce n'est pas le sexe qui l'intéresse. Ce qu'il veut, c'est s'attirer l'amour des gens, tout le temps. Mais, une fois qu'il l'a, il ne sait pas quoi en faire. Alors, il passe à la conquête suivante.

Je l'ai déjà entendue le critiquer, mais c'est la première fois qu'elle se montre aussi perspicace et impitoyable à son sujet. La preuve que c'est vraiment fini.

Elle soupire.

— Le problème, c'est que je dois essayer d'oublier à quel point c'était bien, quand ça l'était. Peut-être que je ne ressentirai plus jamais ça avec quelqu'un d'autre. Mais je dois courir le risque, pas vrai ? Je sais que c'est terminé et qu'on ne devrait pas être ensemble. Je peux réussir à ne plus être amoureuse de lui, mais ne plus être amoureuse de ce que ça faisait, c'est difficile.

Je suis bien d'accord avec elle, et j'aimerais pouvoir lui dire combien je la comprends. Mes mots ne sont jamais suffisamment éloquents. Toutes mes condoléances.

Jo avait tort de redouter les deux autres membres de notre quatuor. Après une arrivée en fanfare, ils se rendent compte qu'elle est mal et se révèlent d'un grand secours.

Aucun d'eux ne dénigre Phil le Baiseur, ce qui me permet de réaliser à quel point ils détestaient Robin. Phil bénéficie d'une cérémonie d'adieux bien plus respectueuse. C'est presque un enterrement viking, comparé au « piétinons cette triple nullité » auquel Robin a eu droit.

— En vouloir toujours plus et craindre de ne jamais en avoir assez… De nos jours, c'est ce que les gamins appellent la peur de manquer de quelque chose, et c'est la malédiction de l'époque moderne, professe Rav avec un hochement de tête.

Jo vient de lui exposer son diagnostic : pourquoi, selon elle, Phil ne peut se résoudre à être son compagnon.

— Comme je dis toujours à mes clients, la satisfaction est une chose merveilleuse, mais l'insatisfaction rapporte davantage d'argent à l'industrie des produits et services.

— Oui, repense à l'époque où les gens se mariaient avec quelqu'un du village voisin et où ils étaient rachitiques, boiteux et tout le cirque. On ne se comparait pas aux autres et on ne complexait pas. Ou, si on se comparait, c'était avec quatre voisins qui n'avaient pas de dents, dit Clem. Maintenant, avec Instagram, je stresse parce que j'ai l'impression qu'absolument tout le monde mène sa vie mieux que moi. Je suis sûre que personne ne fabriquait ses couronnes de Noël ou ne peignait ses œufs de Pâques avant de pouvoir mettre le filtre Valencia dessus et m'en filer plein la vue.

— C'est l'heure du Ted Talk de Clem ! s'amuse Rav. Tout ce qui te manque, c'est une oreillette à la Madonna et un petit verre d'eau pour te désaltérer entre deux grands concepts.

— Perso, j'achèterais une place, dis-je, et Jo acquiesce.

— On se moquait beaucoup de toi, Jo, mais je comprenais pourquoi tu aimais bien Phil, reprend Clem. C'était un conteur de génie. Vous vous souvenez de la fois où il a raconté qu'il avait vomi chez sa tante, après avoir pris une cuite et allumé une bougie parfumée au pain aux raisins ?

— L'humour, c'est l'arme fatale. Je suis complètement impuissante, face à ça.

J'ai ajouté ça pour la soutenir, mais on marche sur une corde raide de condoléances sororales. Si on bascule, Jo va finir par croire qu'il faut qu'elle le reprenne.

— Pourquoi être sortie avec Robin McNee, alors ? demande Rav, un doigt sur le nez et un index pointé vers moi.

Tout le monde éclate de rire.

Clem décroise les jambes (aujourd'hui, elle nous fait l'honneur de porter des collants jaune canari) et les recroise avant de reprendre la parole.

— Ce que je ne vous ai jamais avoué, c'est que, si je ne vais jamais plus loin qu'un coup d'un soir, ce n'est pas parce que je suis « incapable de tomber amoureuse », dit-elle en mimant des guillemets avec une grimace. C'est au contraire parce que j'en suis bien trop capable et que ça me tuerait. C'est comme ma mère avec le ménage...

On l'observe tous, perplexes. Sa mère est célèbre pour sa maniaquerie, au point qu'on la soupçonne d'avoir un trouble du comportement.

— Attention, vous allez halluciner : elle dit qu'en vérité elle a une flemme terrible de faire le ménage.

Maintenant, on a l'air carrément sceptiques.

— C'est vrai ! Vous devriez la voir dans une chambre d'hôtel. En cinq minutes, c'est un champ de bataille. Je ne sais pas comment elle se débrouille. Elle nettoie sans arrêt, à la maison, tout doit être à sa place parce que, si elle se laissait aller et qu'elle ne faisait que ce qu'elle a envie de faire, ce serait une catastrophe. Les services sociaux lui auraient enlevé ses enfants. Elle mène un combat sanglant et interminable contre sa véritable nature. Eh bien, les hommes et moi, c'est pareil. En réalité, je suis une pauvre fille désespérée qui ferait n'importe quoi pour rencontrer le bon numéro. Alors, je prends bien soin de ne pas le rencontrer. Ou, si je le rencontre, je passe à l'offensive la première : je le largue avant même qu'il ait eu le temps d'y penser.

Rav se frotte pensivement le menton, puis il réarrange son écharpe. C'est la seule personne que je connaisse qui porte une écharpe à l'intérieur, comme si c'était un accessoire décoratif.

— Est-ce que tu ne risques pas de passer à côté de quelqu'un avec qui tu pourrais être heureuse, du coup ? demande Jo.

— Si, mais, de la même manière, je ne pense pas que Monsieur Bon Numéro Pour Moi existe. Je m'en inquiéterai quand je soupçonnerai de l'avoir rencontré.

— Hum… Ce n'est pas un plan infaillible, mais on ne peut pas dire que j'aie beaucoup plus de succès sur Bumble, admet Rav. Rencontrer quelqu'un en ligne, c'est comme essayer d'atteindre la Lune avec un lance-pierres.

Il soupire.

— Tout ce que je veux, c'est une femme créative qui a voyagé et n'a pas peur de porter un chapeau de feutre rouge, avec un cerveau en béton armé et polyglotte. Ça ne devrait pas être impossible, vu mon énorme…

Clem pousse un cri.

— Mon Dieu, au secours, non !

— … Mon énorme motivation ! *Motivation.*

— Ta femme parfaite existe, Rav, et elle s'appelle Prince, lâche Clem. Dommage qu'elle soit morte et que ce soit un homme.

— C'est vrai, il y a des obstacles, mais il en faut pour toute histoire d'amour digne de ce nom.

Même Jo rit, à présent.

— Et toi, Gee ?

Rav m'examine de son regard perçant.

— Qu'est-ce qui va se passer, après M. McNee ? Qu'est-ce que tu as appris ?

— Ça ne sent pas le brûlé ?

— Merde, la moussaka ! crie Jo en se précipitant à la cuisine.

Quelques minutes plus tard, nous donnons tous de la fourchette dans un plat grec au goût vraiment particulier (sans vouloir passer pour une ingrate).

— C'est une version pauvre en calories, explique Jo. Avec du yaourt et de la dinde hachée.

Clem mange avec plus d'enthousiasme, tandis que Rav et moi nous regardons, les yeux écarquillés.

— C'est délicieux, dit-il.

J'abonde malhonnêtement dans son sens.

— Résumons, propose Clem. Jo lutte contre son obsession avec un flippé de l'engagement. Je suis une flippée de l'engagement, mais je n'ai personne à cause de qui flipper. Rav est beaucoup trop difficile. Et toi, George ? Quel défaut mortel te barre la route du bonheur ?

Je bafouille.

Il n'y a plus rien en train de cramer dans le four pour me sauver, cette fois.

— Je n'en sais rien.

— Abordons la chose sous un angle plus positif, propose Rav. Qu'est-ce que tu recherches chez un homme ?

— Hum... Je pense que j'aimerais quelqu'un qui tienne autant à moi que moi à lui. Vous trouverez peut-être que je place la barre trop bas, mais pour moi c'est le plus important. Je n'ai jamais connu ça.

— Amen ! dit Jo.

Beagle pousse mon assiette avec la tête et s'installe sur mes genoux. Je fais comme si c'était une intrusion que je tolère gracieusement.

— Oh ! au fait, je vais participer à un concours d'écriture au pub ! Vous viendrez ? J'ai super peur d'être nulle et de vous infliger ce désastre, mais, tout bien considéré, j'ai encore plus peur qu'il n'y ait qu'un chien grassouillet prénommé Keith en guise de public, alors il faut que vous occupiez quelques chaises.

— Génial ! dit Jo. Qu'est-ce que tu as écrit ?

Je sens comme des serpents ramper dans mon estomac. J'ai tellement adoré la demi-heure passée à la table de la cuisine, à gribouiller dans mon carnet... Mais lire mon texte à voix haute ? Devant des inconnus ?

— J'ai essayé d'écrire un truc sur une sale journée au travail. Le ton est vraiment décontracté, je ne sais pas du tout si c'est ce qu'ils attendent ou non. Je passe en dernier, et je préfère ne pas assister aux numéros des autres, alors je travaillerai au bar, en bas, jusqu'à ce qu'on m'appelle.

— C'est hyper courageux, dit Clem.

— Ou complètement débile.

— Je me rappelle quand tu me lisais ton journal intime à l'école, ajoute Jo. C'était tellement amusant ! Je suis vraiment contente que tu fasses ça. On a toujours su que tu étais une star. Maintenant, d'autres vont avoir la chance de le découvrir.

— Oh... merci ! Espérons qu'ils ne découvriront pas que je suis nulle.

— Si tu dois écrire sur une sale journée au boulot, tu devrais commencer par trier, me conseille Rav. Comme les juges quand ils doivent décerner un prix. « Ça n'a pas été facile de se décider parmi une sélection particulièrement exceptionnelle de candidats, tous plus convaincants les uns que les autres, mais il a tout de même fallu faire un choix... »

— Ha ha ha, c'est vrai. Je suis la reine des boulots pourris.

— Mon Dieu, Gee, tu te souviens de la fois où tu as dû te déguiser en poulet géant pour ce fast-food qui se la jouait KFC ? demande Jo.

— J'avais refoulé ce grand moment !

— Je ne suis pas sûr de m'en rappeler, dit Rav.

Je grogne avant de me lancer.

— Un désastre ! Les gamins qu'ils avaient invités pour l'ouverture m'ont assaillie comme si j'étais les Beatles, et on m'a collée dans une réserve en attendant qu'ils se calment. Ils m'ont laissée en plan pendant une éternité, alors j'ai fini par fumer une clope pour tuer le temps. Sauf que la porte s'est ouverte en grand et que les enfants ont vu un poulet déplumé à tête de femme qui fumait. Je ressemblais à une de ces créatures terrifiantes sorties de la mythologie grecque. La direction a pété un câble en disant que j'avais ruiné l'image de « Capitaine Caquette ». Venant d'eux, ça m'a bien fait rire : ils encourageaient les enfants à être amis avec Capitaine Caquette et à le manger ensuite, ce qui est complètement tordu. Sauf que ça ne m'a pas aidée, de le leur faire remarquer.

Je suis pliée de rire maintenant que je me remémore cet épisode, et les autres ne sont pas mieux.

— Tu tiens ton histoire, me dit Rav.

— Oh non ! Il y a eu *bien* pire.

J'ai lancé ça avec un mélange d'insouciance et d'assurance. Mais, d'un coup, je songe : c'est bien triste de te vanter de ça, Georgina.

Mon problème, c'est peut-être que je continue à ignorer la différence entre faire une blague et en être une.

Chapitre 21

Ce truc qu'a dit Clem quant au fait de se battre contre sa propre nature... j'y pense sans arrêt. Jusqu'à maintenant, ma nature a été relativement pourrie, en termes de GPS. Alors, en gardant ça à l'esprit, j'ai poussé le bouchon « plus on est honteux » encore plus loin, en invitant Mark et Esther. On ne plaisante pas avec les gens qui doivent trouver une baby-sitter. S'ils disent oui, je serai vraiment obligée de le faire.

— Vous pourrez rester après pour un verre ! Comme ça, vous verrez où je travaille, et Mark pourra dire bonjour à Devlin.

Si je ne me coince pas toute seule, je risque de faire machine arrière.

— Alors, Georgina, tu comptes toujours participer au concours ? Tu es vraiment la meilleure ! me lance Dev lorsque j'arrive au boulot.

Le pub a l'air plus animé que d'habitude. Est-ce que c'est à cause de l'événement à l'étage ? Je frissonne de trouille. J'imaginais pas même dix personnes.

Je bafouille :

— Euh... oui.

— Tu t'es vraiment impliquée sur ce coup-là, ça me fait plaisir. J'ai vu que le thème de la soirée était « votre pire journée de boulot ». J'espère que ce n'était pas ici !

Il rit de bon cœur et je me force à l'imiter.

— Ha ha, oui, ne me remercie pas avant de savoir de quoi je vais parler ! Peut-être que je vais raconter la fois où je me suis fait dessus dans les montagnes russes.

Devlin s'esclaffe avant de s'éloigner. Je suis heureuse qu'il soit aussi facile à vivre, comparé à son frère.

— Quoi ? Tu t'es vraiment fait dessus dans un manège ? glapit Kitty, qui n'a jamais été confrontée à une figure de style en comprenant que c'en était une.

C'est la nouvelle employée : vingt-trois ans, mince comme une brindille, des sourcils extravagants dessinés au crayon, de longs cheveux bruns et une propension à débiter des « oh, mon Dieuuu » — sûrement un effet secondaire du visionnage intempestif de séries mettant en scène de jeunes Américaines écervelées possédant un gros héritage.

— Tu n'es pas effrayante du tout. J'avais peur que tu le sois, a-t-elle déclaré quand elle m'a rencontrée.

Je me suis sentie à la fois perplexe et potentiellement vexée.

— On t'a dit que j'étais effrayante ?

— Non, mais tu as quoi, trente ans ?

— Ça ne fait pas pour autant de moi Dame Maggie Smith dans *Downton Abbey*, ai-je fait remarquer, tandis que j'envisageais d'opter définitivement pour la vexation.

— Ha ha ha. Lucas a dit que tu avais travaillé dans plein d'endroits différents.

Génial ! On dirait qu'elle parle d'une vieille fille de joie fatiguée.

— Et puis tu as un prénom snob.

— Oh... vraiment ?

— Je pensais que tu serais peut-être sévère.

J'ai souri, complètement perdue. Mais, après une heure avec elle, j'ai compris qu'elle n'effectuait que très peu de contrôles de sécurité sur ce qui sortait de sa bouche. Elle n'est pas désagréable, au contraire, elle est même très amusante, mais je dois encore m'habituer à sa façon de s'éparpiller dans tous les sens. J'étais carrément sous le choc après une conversation sur la politique et son coup de cœur pour « le dernier président, Barraco Barmer ».

Rav, Clem et Jo arrivent en même temps qu'Esther et Mark (ils sont tombés sur eux devant le bar). Jo sourit en dépit de sa rupture avec Phil, et ce n'est pas un sourire de bon petit soldat. La dernière fois que je lui ai demandé de ses nouvelles, elle m'a assuré que, maintenant qu'elle avait pris sa décision, elle se sentait mieux. Il n'y a rien de pire que d'être dans le flou. « Savoir que je devais le faire mais ne pas affronter la réalité, a-t-elle expliqué dans un message, c'était *ça*, le pire, dans tout ce merdier. Au moins, j'ai arrêté de me mentir à moi-même. »

Chacun commande quelque chose à boire avant de se diriger vers le premier étage pour avoir les meilleures places.

— Bonne chance ! me lancent-ils tous en chœur.

Pitié, pourvu qu'ils prennent tellement de place qu'il n'en reste pas pour les autres ! Ils ne me l'ont pas dit (parce qu'ils sont polis), mais je vois bien que ma sœur et mon beau-frère sont perplexes. Néanmoins, même s'ils ne comprennent pas pourquoi je fais ça, ils tentent de se montrer encourageants face à mon nouveau hobby. C'est toujours mieux qu'une vie passée à réciter quelles saveurs de chips on vend au bar.

Plus que quelques minutes avant le coup d'envoi. Je n'ai pas la moindre idée du temps que les autres vont prendre. Il faut que je m'occupe. Heureusement, Kitty est exactement la soupape qu'il me faut.

Elle me demande si elle peut appeler son assureur, je réponds que oui, puis je m'affaire à couper des citrons en quartiers, tandis qu'à l'autre bout du comptoir elle discute de la prime pour sa Fiat Cinquecento.

— Oh ! quoi ? *K* comme kilo. Ah, je vois.

Normalement, je n'écoute pas les conversations téléphoniques des autres, mais à cet instant Kitty a l'air tellement perturbée que c'est impossible de ne pas être intriguée.

— I… je veux dire : insectes. Troufion.

Je la regarde, les sourcils froncés de surprise.

— Encore troufion. Yéti. Depuis le début ? Kilo, insectes, troufion, troufion, yéti.

Je dois presque m'enfoncer le poing dans la bouche pour m'empêcher de rire.

Kitty marmonne encore quelques mots, puis salue son correspondant et raccroche.

— C'était quoi, ce délire ?

— Oh mon Dieuuu, il m'a demandé d'épeler mon nom avec l'alphabet radio et je ne savais pas ce que c'était ! Oh mon Dieuuu ! J'ai dit troufion !

Je suis littéralement pliée de rire.

— Troufion troufion yéti ?

— Je n'arrivais pas à penser à un autre mot commençant par un *t* ! La honte !

— C'est marrant, Troufion Yéti, c'est mon nom d'actrice porno.

À la seconde où les mots sortent de ma bouche, je me rends compte que Lucas approche et qu'il est à portée de voix.

— Et s'ils résilient mon contrat d'assurance ?! s'écrie Kitty.

— Pour quel motif ?

— … Parlage obscène ?

— Je doute que « parlage obscène » soit un motif officiel de résiliation.

Elle sort son portable et commence à googler.

— Oh non, Georgina ! J'aurais dû dire kilo Italie Texas Texas Yokohama.

— C'est sûr que ça semble plus plausible que troufion ou insecte, à vrai dire.

— Je ne pourrai plus jamais appeler mon assureur !

— Ses journées doivent être tellement ennuyeuses, d'habitude, je pense que tu lui as rendu service, au contraire.

On ne peut pas s'empêcher d'éclater de rire à nouveau. Ah, ce pouvoir qu'a le rire de créer des liens… Je vais dire à Devlin que je valide Kitty.

— Georgina ? nous interrompt Lucas. Ils t'appellent là-haut. C'est ton tour.

Je sursaute et regarde l'heure. Comment le temps a-t-il pu passer si vite ? Oh ! les joies de la nausée.

— Oh. Euh… d'accord.

Je m'accroupis pour fouiller dans mon sac, rangé sous le comptoir.

— Bonne chance, dit-il quand je me redresse, mes notes chiffonnées à la main.

— Est-ce que ça confirme que je suis folle ? Participer à ce truc ?

Le trac me submerge d'un coup, à tel point que mes dents s'entrechoquent presque.

— Je ne sais pas comment tu es quand tu es dans ton état normal, répond Lucas avec un sourire.

Tu ne crois pas si bien dire.

Kitty n'est plus là. Lorsqu'elle réapparaît, elle me tend une coupe de prosecco, comme s'il s'agissait d'une amulette porte-bonheur.

— Prends ça ! Bonne chance !

Je l'aime vraiment bien, cette fille.

Tandis que je parcours, mon verre à la main, le trajet interminable qui me sépare de la salle, je repense à mon père, qui avait déclaré un jour que j'étais une frimeuse détestant être au centre de l'attention.

Quand j'arrive à la porte, je suis accueillie par un chevalet orné d'une pancarte qui annonce le thème, « Plus on est honteux, plus on rit : MA PIRE JOURNÉE DE BOULOT ! », et l'ordre de passage des participants. Je note au passage qu'ils ont écrit : « Georgina Hawspool ».

Je me suis trouvée dans cette pièce quand elle était vide, à l'exception d'un tas de cartons. Maintenant, elle est pleine de monde. Les gens sont assis, pour la plupart, sauf quelques-uns rassemblés autour du petit bar, à une extrémité. C'est Devlin qui assure le service. Heureusement, ce n'est pas Lucas.

Des ampoules anciennes pendent au plafond et éclairent les murs peints en vert. Il flotte encore une odeur de renfermé. On sent que les housses de protection ont été retirées depuis quelques semaines seulement.

Une estrade étroite trône au fond de la salle, avec un micro sur un pied. C'est réel, maintenant. Qu'est-ce qui m'a pris, enfin ?

Le présentateur est un chroniqueur du *Star* un peu plus jeune que moi. Gareth. Il est venu me voir pour se présenter un peu plus tôt. Il a visiblement eu du mal à meubler, car il pousse un soupir de soulagement en me voyant et dit :

— Georgina ? Georgina ! On applaudit bien fort Georgina, notre dernière participante de la soirée.

Je monte sur scène, déplie mes deux feuilles de papier et inspecte l'assistance. Les gens se tortillent sur leur siège et chuchotent.

Oh. Les juges sont là, assis tels trois hiboux pleins de sagesse. Une femme et deux hommes. Et, bien entendu, M. Keith fait partie du trio. Bon. Tant mieux, quelque part. J'ai encore moins à perdre.

J'ouvre la bouche et m'éclaircis la gorge, écrasée par le poids de l'attente qui émane du public.

— *Bonsoir. Alors... waouh.*

Assourdissant, le retour du micro me prend par surprise.

— Reculez un peu, m'indique Gareth. Voilà.

Super. J'ai déjà l'impression d'être la dernière des idiotes.

— *Désolée... Je ne sais pas si vous avez entendu parler*

du test du serveur. C'est l'idée selon laquelle vous pouvez évaluer la personnalité de quelqu'un en fonction de sa façon de traiter le personnel. Si vous avez un rencard, ne jugez pas la personne uniquement en fonction de la manière dont elle vous traite, vous. Comme j'ai occupé les fonctions de serveuse, barmaid, serveuse de bars à cocktails et, pendant une période très brève et malheureuse, hôtesse dans une boîte de nuit (ce n'est pas aussi douteux que ça en a l'air, quoique, ça l'était presque), vous pouvez me faire confiance, je sais de quoi je parle !

Je lève les yeux pour balayer la salle du regard. Je peux pratiquement sentir quels sont les spectateurs qui veulent que je réussisse, tandis que tous les autres me regardent avec une curiosité détachée.

— *Il y a environ deux ans, je travaillais dans un café charmant, chandeliers, papier peint avec des glycines dorées et réfrigérateurs Smeg roses. On y servait des kirs royaux, des salades au poulet et des parts de gâteau tellement énormes que vous auriez tout aussi bien pu faire l'impasse sur la salade. Les affaires étaient particulièrement florissantes l'après-midi, à l'heure du thé.*

Un jour, à l'approche de Noël, une dizaine de femmes entrent dans l'établissement. Elles travaillaient dans le quartier, dans des bureaux. Elles sont toutes charmantes, sauf une, avec un carré impeccable, un trait d'eye-liner très prononcé et un look de présentatrice météo diabolique.

Elle me fait signe de m'approcher et me dit :

— *Je suis végétalienne et je ne peux rien manger qui contienne du sucre ou de la farine de blé. Qu'est-ce que vous pouvez me proposer ?*

Je vous rappelle qu'elle a sous le nez un menu rempli de gâteaux, de crème, de confiture et de sandwichs. Elle ne nous a pas prévenus. Et elle me demande des suggestions ? Nous sommes d'accord : on n'a pas la moindre idée de ce qu'elle va bien pouvoir manger ici.

— Je vais consulter le chef.

Je file en cuisine avec le cœur qui bat la chamade et une démarche décidée. Le café est en plein boom de Noël, 3 847 clients par heure en moyenne, en plus des réservations pour les groupes plus nombreux. Autant dire que, quand vous débarquez avec une requête de la part d'un client chiant, c'est sur vous que les employés aux fourneaux passeront leurs nerfs !

Je répète la question de la cliente, tout le monde rit, et on me répond :

— Elle peut manger les morceaux de concombre dans le sandwich thon-concombre-mayo.

Je demande docilement :

— Ça m'étonnerait que ça lui plaise. Il n'y a vraiment rien d'autre ?

Là-dessus, le chef cuisinier hurle :

— MÊME SI J'AVAIS LE TEMPS DE CUISINER À LA DEMANDE POUR CETTE CASSE-BONBONS, JE NE SAIS PAS CE QU'ELLE VEUT QU'ON LUI PRÉPARE, ALORS, QUE CE SOIT DANS LA THÉORIE OU DANS LA PRATIQUE, ÇA NE VA PAS LE FAIRE, TU ME SUIS ?

Je marque une pause. Au milieu des battements de mon cœur qui résonnent dans mes tempes, j'ai l'impression d'entendre un bruit, mais peut-être que j'ai rêvé ?

Je reprends, avec un tantinet plus d'assurance :

— En plus d'être poète, il a raison, mais ça ne m'aide pas beaucoup.

Je retourne en salle et j'explique de mon ton le plus conciliant que, sans avoir été avertis au préalable, nous n'allons pas être en mesure de faire grand-chose pour elle, nous sommes vraiment, vraiment, vraiment désolés. Naturellement, c'est inacceptable, et Miss Météo Diabolique commence à cracher son venin.

— Vous travaillez dans la restauration et vous ne pouvez pas improviser une recette ? Il va falloir que j'aille à ma soirée de Noël l'estomac vide, c'est ça ?

À croire que je suis Jamie Oliver, et elle, Oliver Twist. Elle montre du doigt la phrase en italique tout en bas du menu : « Si vous ne trouvez rien qui vous plaît, dites-le-nous et nous ferons tout notre possible pour satisfaire vos envies ! »

À ce moment-là, j'aurais pu enfoncer des pics à brochette dans les yeux du simplet naïf qui a pensé que c'était une bonne idée de coller ça sur le menu parce que ça fait gentil et serviable, sans songer que c'est donner le feu vert à tous les râleurs de la Terre, et que ça promet tout un tas d'emmerdes, à une époque d'intolérants névrosés obsédés par le fait de manger sain.

— Nous sommes très occupés, ai-je répondu, et vos options sont très limitées.

J'accompagne ma tirade de mon plus beau sourire forcé, parce que je SAIS que cette charmante dame ne va pas me faire de cadeau.

— Oh ! alors, comme ça, c'est MA FAUTE ?

Toute la salle écoute, à présent. J'attends qu'elle se calme, même si je sais pertinemment qu'elle ne va pas se calmer.

— Qu'est-ce que je suis censée manger ?

— Sans avoir été avertis avant votre venue, notre marge de manœuvre est assez limitée, je répète.

— Elle n'est pas limitée, elle est inexistante ! Ne rien pouvoir préparer à une végétalienne, de nos jours ! Je veux parler à votre responsable, s'il vous plaît.

La responsable n'est pas là, elle est malade. Je le lui ai déjà dit.

Je jette un coup d'œil dans la salle. Coup de chance, mon regard croise celui de Rav, qui a un sourire jusqu'aux oreilles et lève les pouces en guise d'encouragement.

— À ce stade, le reste du petit groupe s'énerve aussi contre moi, parce qu'ils ne peuvent pas commander tant que le problème n'est pas résolu et que je ne suis apparemment

pas capable de faire apparaître un risotto d'épeautre au lait de coco, assaisonné de larmes d'orphelins.

En proie à la panique la plus totale, je lui demande :

— Qu'est-ce que vous diriez d'une salade de concombre ?

Elle soupire, râle et grogne, mais daigne accepter.

Je retourne en cuisine. Ils sont FOUS DE RAGE que j'aie laissé une cliente commander quelque chose qui n'est pas au menu, alors qu'ils ont explicitement rejeté sa requête. Nouveaux cris, refus clair et net. Mais je lui ai dit qu'elle pouvait avoir une salade et, à un moment, entre l'enclume et le marteau, il faut faire un choix.

Je finis par préparer sa salade moi-même. Autour de moi, les cuisiniers me bousculent délibérément, car ma seule présence les fout en pétard. Je sers la salade, et là la cliente me regarde comme si je venais de me chier dans la main avant de serrer la sienne.

Un rire. C'était un vrai éclat de rire !

— Elle ne touche pas la salade. Le groupe ne laisse pas un centime de pourboire et s'en va en me lançant des œillades meurtrières. J'ai été virée deux semaines plus tard, parce que « nous n'avons plus besoin d'autant de personnel maintenant que les fêtes sont passées », en aucun cas parce que cette femme a envoyé un mail pour se plaindre de « l'attitude de votre serveuse », que sa société était cliente régulière du café et qu'elle y avait un compte. Bien sûr que non. J'ai dû vendre certains de mes cadeaux de Noël pour pouvoir payer mon loyer.

Quelques semaines plus tard, j'ai croisé cette femme en ville. En train de démolir un Cornetto menthe-chocolat.

Je salue brièvement le public.

— Fin.

Un tonnerre d'applaudissements retentit. Je quitte la scène et descends mon prosecco cul sec, avec le sentiment d'avoir cassé la baraque. Je jette un coup d'œil discret en direction des juges : même M. Keith applaudit, bien que sa rythmique laisse à désirer.

Ma voix tremble quand je m'adresse à Gareth :

— C'était de ce genre de trucs qu'il fallait parler ?

— Si vous voulez gagner le concours, je dirais que oui.

Chapitre 22

J'avais imaginé que faire mes débuts de comique au milieu de mon service me mettrait une pression indescriptible, mais, en réalité, revenir au bar et lancer avec assurance « C'est à qui, s'il vous plaît ? » est un bon moyen de gérer le stress post-passage en scène.

— Viens par ici, toi ! me lance Devlin au milieu des clients qui peuplent désormais le rez-de-chaussée.

Il me serre maladroitement dans ses bras par-dessus le comptoir.

— Personne n'a autant ri dans un de mes pubs depuis que des photos de moi à poil ont circulé. Luke, elle a été géniale !

Lucas se contente de hocher la tête, un carton de sodas au citron amer sous le bras. Hum. La boisson n'aurait pas pu être plus appropriée.

— Tu as gagné ? demande-t-il.

— On n'en sait rien. Le concours s'étend sur trois soirées, avec un thème différent à chaque fois, explique Devlin. Tu vas toutes les faire, pas vrai ?

Je hausse les épaules en souriant.

— C'était l'idée, oui. Enfin, si je ne faisais pas un flop la première fois.

— C'était tout sauf un flop !

Lucas me dévisage, puis détourne le regard.

Tout à coup, j'ai une impression de déjà-vu. Sa mine réservée ressemble à celle qu'il avait arborée le jour où on avait présenté notre exposé sur *Les Hauts de Hurlevent* :

une histoire de rédemption ou de désespoir ? Je l'avais cité sans sa permission, m'éloignant du script pour faire rire nos camarades.

Dans cette salle de classe, son visage disait : « Je ne sais pas trop qui tu es. » Mais pourquoi éprouverait-il cette même sensation maintenant ? Bien sûr, qu'il ne sait pas qui je suis. Plein de gens ont la même tête toute leur vie, les mêmes tics, et je réfléchis trop.

— Est-ce que c'était une histoire vraie, ou quelque chose d'inventé ? demande Dev.

— Tout est vrai, malheureusement. J'aurais préféré ne pas vivre ça, crois-moi !

C'est une vieille anecdote, que j'ai peaufinée. C'est le problème avec ma vie : elle compte beaucoup d'anecdotes et pas grand-chose d'autre. Personne ne veut être malheureux au point de laisser un souvenir à la fois drôle et poignant, à la Kenneth Williams[1].

— C'était sur cette cliente végétalienne, Luke..., commence Dev.

Mais Lucas semble souffrir subitement d'un problème d'ouïe sélective, car il ignore Devlin au profit d'un client. Même si je suis euphorique, je ne peux pas m'empêcher de me demander pourquoi il n'est pas content pour moi.

— La voilà !

Rav est à la tête du petit groupe constitué de Clem, Jo, Esther et Mark.

— Très bon choix, Georgina, et super rythmé, c'était parfait.

Ils sont tous là à jacasser et à me dire combien ils ont aimé mon texte, et je savoure ce moment, même si je n'ignore pas que je dois soustraire un pourcentage car :

1) ils me connaissent ;

1. Acteur anglais connu pour ses rôles comiques, mais qui souffrait de dépression et s'est suicidé en 1988. (N.D.T.)

2) ils sont contents que je n'aie pas foiré, mais je sais qu'une partie d'eux m'admire sincèrement.

Je rayonne, un sentiment inhabituel qui me fait l'effet d'une éclaircie après des semaines de pluie. Pour une fois, je ne suis pas au milieu d'un gros bordel mais au centre d'un petit triomphe. J'ai fait quelque chose de bien, de ma propre initiative. J'ai l'impression d'être… ça paraît bête, je sais, mais j'ai l'impression d'être une personne, pour une fois. D'habitude, sur mes lieux de travail, on se contente de me désigner par « chérie », « cocotte » ou « la meuf blonde ».

Mes amis vont s'entasser dans une petite arrière-salle. Même Esther et Mark, qui ont décidé de rester pour un dernier verre car « on a payé la baby-sitter jusqu'à 22 heures, après tout ». Tout n'est que calme et volupté jusqu'à ce que, alors que je sers une quatrième tournée pour un homme vêtu d'un T-shirt FAC 51[1], la porte s'ouvre sur un Robin battu par les vents.

Il entre d'un pas nonchalant, arborant un manteau bleu marine à col cheminée que je n'ai jamais vu et un air d'insolente insouciance. Il est accompagné d'un type petit qui perd ses cheveux, vêtu d'un manteau Crombie camel qui semble murmurer « je suis de Londres et je suis riche ». Robin inspecte la pièce comme il le fait toujours, comme s'il était à la fois à part et supérieur à l'assemblée, et que le rôle des personnes présentes était de l'impressionner. Conséquence logique et naturelle.

Il me voit quelques secondes après que je l'ai vu. Pas le temps de me planquer, donc.

— Oh ! Bonjour, dit-il, les yeux écarquillés. Ça, alors, elle disparaît, puis elle réapparaît comme par magie !

Je me reprends et tends sa monnaie à monsieur FAC 51.

1. Boîte et salle de concert de Manchester célèbre pour ses raves d'acid house, qui a fermé en 1997. (N.D.T.)

— Bonjour.

— J'ai entendu dire que le bar était sympa, ajoute Robin, comme s'il croyait que je m'apprêtais à l'accuser de harcèlement.

— Il l'est, je réponds d'une voix d'androïde, pour bien lui faire comprendre que je n'ai aucune envie de discuter. Qu'est-ce que je vous sers, messieurs ?

Cette fois, je suis passée d'androïde à faussement enjouée.

— Alors, c'est comme ça que ça va se passer, Georgina ? On va faire comme si on était des étrangers ? Cela dit, on est davantage étranges qu'étrangers, étant donné que je n'ai pas à me présenter.

L'homme qui l'accompagne nous observe tout à tour et je serre les dents devant le manque de considération et de délicatesse dont Robin fait preuve. Comme toujours.

Je fais passer un verre à pinte vide d'une main à l'autre.

— Nous avons une belle sélection de bières traditionnelles.

Robin soupire et recule d'un pas, les mains agrippées au rebord du comptoir, tandis qu'il examine les étiquettes des bières disponibles à la pression. Je me raidis. Autant ça ne me dérange pas que Keith fasse des cochonneries, autant j'ai très peur que Robin commence à marquer son territoire à sa façon. C'est un envahisseur.

— Je pense que je vais prendre une pinte de First Blonde. Ça me paraît approprié. Et toi, Al ?

Ah. C'est donc son agent. J'ai assisté à suffisamment de discussions sur les cachets plus ou moins élevés que touchaient les autres invités, tandis que Robin tenait son portable comme s'il s'agissait d'un After Eight.

— La même chose, merci, répond Al, mal à l'aise.

J'actionne la pompe à bière, je remplis leurs pintes, j'encaisse, je rends la monnaie. Et, pendant tout ce temps, Robin garde les yeux fixés sur moi.

Il faut que je respire. Ils vont prendre un verre, peut-être deux, puis ils partiront. Je les sers avec un grand sourire que je suis déterminée à maintenir accroché à ma face pour toute la durée de la visite de courtoisie de Robin.

La table où Rav, Clem, Jo, ma sœur et mon beau-frère sont installés est à l'opposé, et ils n'ont pas encore remarqué sa présence.

J'attrape mon portable pour envoyer un texto à Jo.

Robin est ici. Dis aux autres de faire comme si de rien n'était, comme si j'avais à peine parlé de lui depuis la rupture. Biz

Et dire que je croyais que mon service serait stressant à cause de la compétition...

La vitesse à laquelle Robin descend sa bière, avant de revenir au bar et de tendre les deux verres avec un fond de mousse pour se faire resservir, est tout sauf bon signe. Il a toujours été un poids plume qui finit bourré en moins de deux.

— Georgina, Georgina, c'est Robin McNee ! Il était dans l'émission sur Channel 4, l'année dernière, me murmure Kitty, après l'avoir servi.

Il retourne s'asseoir et continue à me fixer d'un air plus sérieux que jamais. Il m'a toisée pendant tout le temps où Kitty s'occupait de lui, tandis que je faisais semblant de rincer les embouts des bouteilles d'alcool fort.

Beurk. Je déteste qu'il essaie de se comporter comme si on avait partagé une connexion exceptionnelle et cruellement rompue.

— Oui, je sais. Comment tu le connais ?

Elle se met à fredonner le générique de l'émission à laquelle Robin participe régulièrement, *Idiot Soup*.

— Mon ex en était super fan. Il disait toujours « un pack de six, un kebab, et *Idiot Soup*, la recette parfaite pour une soirée à la maison ».

— Je ne suis pas étonnée que ce soit ton ex, dis-je avec un sourire.

— Et toi, comment tu l'as reconnu, si tu ne regardes pas l'émission ?

— Un autre ex regretté.

Je me félicite intérieurement de ma réponse : c'est à la fois astucieusement trompeur et parfaitement exact.

Mais ma joie est de courte durée.

La table de Robin est jonchée de paquets de chips vides pliés dans des verres que j'évite de débarrasser. Il parle assez fort pour que tout le monde puisse profiter de son exubérance alcoolisée. Sachant qu'une demi-pinte suffit à le mettre au tapis, la situation ne me dit rien qui vaille.

Si j'ai bien compté, jusqu'à maintenant, il a bu trois pintes et deux shots de vokda Spud. (Bon sang, le Wicker, vous étiez vraiment obligés d'avoir des alcools intéressants avec de jolies bouteilles qui attirent l'œil et donnent des excuses pour boire à l'excès ?)

Il est de nouveau au comptoir pour la pinte numéro quatre, et, naturellement, il n'a pas laissé Al venir chercher une seule tournée, afin de ne pas rater la moindre occasion de me harceler.

— Six livres quarante-deux, s'il te plaît.

Je pose son dernier verre de la soirée (je l'espère du fond du cœur) sur le comptoir.

— Comment es-tu capable d'éteindre tes sentiments et de baisser le rideau ? me demande Robin.

J'ignore sa question et retourne à la caisse.

La réponse, c'est qu'il n'y avait pas des masses de sentiments, et, ce que j'ai envie de lui dire, c'est « va te faire voir ». Mais c'est un piège. Si je me laisse aller, ça ne fera qu'alimenter son numéro d'animal blessé.

Car c'est un numéro. Qu'il en soit conscient ou pas, ça lui plaît d'endosser le rôle, nouveau pour lui, d'amoureux éconduit.

Lorsqu'on était ensemble, il m'avait dit : « Je ne prétends pas être Justin Bieber, mais les femmes ont tendance à tomber amoureuses de moi, plutôt que moi d'elles, ce qui est utile, en tant qu'écrivain. » J'aurais dû répondre : « Tu as l'air sympa » et me sauver en courant à la première occasion, mais je pensais qu'il avait des choses à m'apprendre. Comme écrivain et comme dissident.

Qu'est-ce que tu peux être conne, Horspool !

Je parie que, puisque c'est moi qui ai rompu avec lui, c'est une nouveauté pour lui de ne pas être en mesure de choisir le moment.

Inconsciemment, j'avais toujours anticipé qu'il allait me larguer. Je n'étais pas stupide ou naïve au point de ne pas lire entre les lignes des histoires qu'il me racontait sur ses ex. Je savais quel traitement il me réservait.

« Je ne servirai à rien pendant le Festival d'Édimbourg, ce ne serait pas juste pour toi. Le Salon des comédiens va me vider de toute mon énergie. Accordons-nous un peu de liberté pour le moment, et voyons si on reprend contact par la suite. »

Traduction : il avait prévu de faire voler la salopette d'une petite Américaine, de réduire sa facture à l'hôtel Pleasance, et, trois mois sans salaire, c'est long quand vous payez un loyer pour un appartement en plein centre. Néanmoins, s'il était excité et fauché en rentrant à Sheffield, il appellerait. (« *Elle n'est pas prise de tête, vraiment.*) »

Il confond la surprise de ce désagrément avec le chagrin.

— Je n'arrive pas à te quitter des yeux, Georgina, murmure-t-il quand je lui rends la monnaie.

L'espace d'un instant, je m'autorise à arrêter de jouer la comédie et rétorque avec mauvaise humeur :

— Justement, tu pourrais arrêter ?

Je n'avais pas encore remarqué que Lucas était derrière nous. En train d'écouter. Je maudis Robin.

— Tout va bien ? me demande Lucas.

— Oui, très bien.

J'ai répliqué à une telle vitesse que ma réponse semble presque désagréable.

Ce qui me met en rage, c'est que si Robin était une femme on qualifierait son comportement d'hystéro. Mais comme c'est un homme, et qui plus est un artiste, il souffre avec noblesse. C'est un troisième album très sombre, qui parle de cette femme qui l'a anéanti.

Un autre client apparaît et je me précipite vers lui.

— *Oui, qu'est-ce que je vous sers ?* je demande ostensiblement.

Quand Robin retourne s'asseoir, je remarque que l'homme au T-shirt FAC 51 l'a rejoint, un ami sur les talons. Oh ! non. Des selfies ? Des autographes sur des sous-bocks ? Des poignées de main aussi masculines que joviales ?

— Ils ont reconnu Robin McNee, eux aussi ! glapit Kitty aussi discrètement qu'elle en est capable. Lucas, tu sais qui c'est, pas vrai ?

— Je crains que non.

Son regard dérive sur moi, révélant qu'il a clairement entendu la nature des remarques de Robin.

Un quart d'heure plus tard, Robin est debout et chancelle vers moi pour la cinquième tournée, gonflé à bloc par cette démonstration imprévue de sa célébrité et par la bière houblonnée. Tandis que je remplis son verre, il s'appuie contre le bar, la tête entre les mains, très dramatique.

— George, George. Un verre. Bois juste un verre avec moi, c'est tout ce que je te demande. C'est tout le temps dont j'ai besoin. Si tu ne veux toujours pas de moi après ça, je te laisserai tranquille. Je te le promets.

Kitty assiste à notre échange et ouvre si grand la bouche que j'ai peur qu'elle se décroche la mâchoire. Je pose le verre et demande à Kitty à voix basse si elle peut le servir, avant de m'esquiver aux toilettes.

Dès que je reviens, elle me tombe dessus.

— Robin McNee t'invite à *sortir avec lui* et tu dis non ?

— Ouais.

— Ça ne te tente pas ?

— Nan.

— Il ne te plaît pas ?

Du coin de l'œil, je vois Robin qui traverse le bar, et, quand je me risque à regarder vraiment, je me rends compte qu'il a apporté une chaise au milieu de la salle et qu'il est en train de monter dessus.

Je vais le tuer. Ça y est. Je suis réellement sur le point de commettre un meurtre.

— Mesdames et messieurs, votre attention, s'il vous plaît, lance-t-il.

Il a du mal à garder l'équilibre et agite les bras tel un automobiliste en panne au bord de la route. J'ai l'impression de me retenir d'intervenir, alors que je devrais être galvanisée et faire quelque chose. Mais quoi ? Je jette un œil en direction de Kitty. Elle est captivée.

Le silence s'abat instantanément sur le pub.

— Merci. J'aurais besoin de votre aide pour quelque chose...

Lucas sort de la cuisine, son portable à la main, et reste figé, en voyant un homme faire un sketch debout sur une chaise.

J'ai la nausée. J'ai envie de courir jusqu'à Robin, de hurler et de le forcer à descendre de son perchoir. Mais je ne peux pas me permettre de faire partie intégrante du tableau. Si je commence à me battre contre lui, ce sera comme rejouer l'épisode de Thor le stripteaseur, sans le marteau et le string.

En venir aux mains avec un homme sur votre lieu de travail une fois, c'est un coup de malchance. Deux fois, c'est de l'imprudence.

— La femme incroyable que vous voyez là s'appelle Georgina.

Il me montre du doigt, chancelant. Toutes les têtes se tournent vers moi.

— Elle est belle, pas vrai ?

— Oui ! glapit Killy.

Je secoue la tête et elle articule un « désolée » silencieux.

— Robin, ça suffit, maintenant, lui dis-je avec toute la férocité contenue dont je suis capable, sans toutefois lever la voix. Je ne plaisante pas. Descends.

Je me sens totalement impuissante. Le genre d'impuissance qu'on espère ne plus jamais ressentir après l'enfance, comme lorsque j'ai laissé s'envoler mon ballon en forme de requin gonflé à l'hélium, quand j'avais sept ans. Alors qu'il s'élevait de plus en plus, j'essayais de me convaincre qu'il allait miraculeusement s'accrocher à quelque chose et revenir vers moi. En réalité, en le voyant ballotté par le vent, je savais pertinemment qu'il ne redescendrait jamais. Robin est comme ce foutu ballon, sauf qu'à cet instant je serais ravie qu'il passe trop près d'un pylône électrique et se fasse électrocuter par un câble à haute tension.

Il prend toute la salle à partie :

— Bienveillants clients du Wicker, j'ai cruellement besoin de votre concours.

Je ne me rappelle pas l'avoir entendu parler comme un personnage de *La Vipère noire* auparavant. Peut-être que je déconnectais lorsqu'il faisait ça. Comme pour tout un tas d'autres choses.

Il tend le bras vers moi.

— Cette femme exceptionnelle et moi-même avons nagé dans le bonheur pendant six mois. Puis, récemment, j'ai tout gâché en couchant avec mon assistante. Georgina nous a surpris. En pleine action. En *flagrante delicto*.

Ma gêne est si viscérale que je n'ose pas regarder autour de moi. Le sale enfoiré ! Il se régale. Lucas me dévisage en fronçant les sourcils. Son expression semble vouloir dire : « Qu'est-ce que je fais ? »

Mon Dieu. Quelle honte !

Je risque un coup d'œil en direction de mes amis et de ma famille. Ils observent la scène, bouche bée. Ce soir, c'est deux spectacles pour le prix d'un.

Un murmure parcourt l'assemblée, et je discerne un rire étouffé. Al tient son portable en l'air, un sourire idiot sur le visage. Bon sang, il est en train de filmer ?

— Cet acte sordide ne signifiait rien pour moi, quand bien même ça impliquait des cordes et de la crème glacée. Imaginez un remake artisanal de *Neuf semaines et demie*. Sauf que je serais plutôt du genre monsieur *Neuf Minutes et demie*, si vous voulez tout savoir.

Exclamations, rires. Connard.

— J'ai honte d'avoir été stupide au point de perdre Georgina. Je n'ai pas peur de reconnaître que j'ai eu tort, et de la supplier de me pardonner. Georgina…

Il se tourne vers moi et la chaise manque de basculer. Al n'en perd pas une miette et filme à 360 degrés.

— … Je suis amoureux de toi.

Une série de « ohhh » attendris fait écho à sa déclaration. Qu'est-ce que ça veut dire ? Les gens prennent vraiment ce film d'horreur pour une scène de Richard Curtis ?

— Je l'ai suppliée de me laisser une chance, en vain. Est-ce que vous pouvez m'aider à la convaincre ? Qui, parmi vous, pense qu'elle devrait donner une autre chance à un homme prêt à se dévoiler de la sorte ? Levez la main.

Une pause, puis une nuée de mains se lève, à l'exception de celles de mes amis et ma famille. Et de Lucas.

— Merci ! Merci ! beugle Robin. Vous êtes formidables ! Regarde, Georgina, regarde.

Cette fichue Kitty a le bras levé et sourit à pleines dents.

— Qu'est-ce que tu en penses ? Un verre ! Une petite chance.

Je secoue la tête et me fais aussitôt huer par l'assistance.

— Réfléchis, insiste-t-il, les mains jointes comme s'il priait.

Si j'accepte, est-ce que la torture prendra fin plus vite ? Impassible, je lance :

— Je vais y réfléchir.

Je connais ce sentiment, je le connais depuis longtemps : accepter ma destinée avec une indifférence déterminée, agir comme si les mots qu'on me lance ne me faisaient rien, et, mon Dieu, je déteste ça !

— Oui !!

Robin brandit le poing en l'air. C'est uniquement parce qu'il a un public qu'il est content d'avoir obtenu un semblant de résultat. S'il croit que la contrainte par l'humiliation va fonctionner, il peut toujours courir. Maintenant, toutes les personnes présentes savent que j'ai surpris mon ex à l'intérieur d'une autre. C'était sa faute, alors pourquoi est-ce que je me sens aussi exposée ? Il est en train d'essayer de m'entraîner dans sa chute. Ici, j'étais quelqu'un d'autre, et voilà que je suis la femme que Robin McNee a trompée. Sale, tachée par ses mots.

— Je ne sais pas comment vous remercier, dit Robin à l'assistance.

Il s'incline légèrement, frise la chute, et saute de la chaise. De vagues applaudissements retentissent. Un type crie « Allez, Georgina ! » avant de siffler.

Les conversations reprennent et Robin se dirige vers moi, le visage empourpré par le triomphe.

— Tu vois ? C'est la volonté du peuple, comme pour le Brexit.

— Sors d'ici, ordonné-je sous couvert d'un sourire de marionnette de ventriloque, pour le bien des spectateurs. Comment oses-tu…

Nous sommes interrompus par Lucas, qui vient d'émerger de la cuisine. Il se campe à côté de Robin et lui tapote le bras.

— Est-ce que je peux vous demander de partir, s'il vous plaît ?

— De quel droit ? Vous êtes qui ?

— Le propriétaire.

— Et pour quelle raison devrais-je m'en aller ?

— Vous dérangez les autres clients.

— Ils ont eu l'air d'apprécier, pourtant.

— Ce n'est pas une démocratie, ici, c'est ma petite dictature, alors sortez !

— Un bon conseil, lui dit Robin. Voyez plus loin que le bout de votre nez. Vous êtes en présence d'une histoire d'amour d'anthologie, et vous pouvez choisir votre rôle. Ne jouez pas celui du « propriétaire sans cœur ».

— Je pense que vous confondez notre établissement avec eHarmony[1]. Dehors !

Il escorte Robin jusqu'à son manteau, étalé sur une chaise. Alors qu'Al se lève, Lucas s'empare du portable de celui-ci.

— Est-ce que vous pouvez supprimer la vidéo que vous avez faite, s'il vous plaît ?

— J'ai le droit de filmer si je veux !

— Pas dans mon bar sans autorisation préalable, à moins que vous n'ayez envie d'écoper d'une grosse amende. Alors, qu'est-ce que vous préférez ? Payer, ou la supprimer ?

Al soupire, souffle, jure et tend la main pour récupérer son téléphone. Il fait glisser son doigt sur l'écran et appuie sur un bouton. Lucas plisse les yeux et hoche la tête avec satisfaction, puis il les entraîne vers la porte. C'était sans compter Gareth, du *Star*, qui se met en travers de leur chemin.

— Excusez-moi, pardon. Robin McNee, c'est bien ça ? Peut-être que vous aimeriez nous aider ? Vous pourriez faire partie du jury !

1. Site de rencontres anglais.

Gareth lui agite un flyer du concours sous le nez. Robin s'en empare.

Oh non !

— Ou peut-être aimeriez-vous participer, la semaine prochaine ? Vous avez raté le premier volet, mais je pense que ce n'est pas bien grave… C'est très décontracté, type *open mic* autour d'un verre. Je suis sûr que vous auriez beaucoup de succès.

Mon Dieu, Gareth minaude presque.

— C'est ici ? Il y a un prix ? Vous savez qui il est ? enchaîne Al, l'agent, un sourire au coin des lèvres.

— Excusez-moi, intervient Lucas, mais je viens de demander à ces messieurs de quitter mon établissement.

Là-dessus, Robin et Al se font éjecter dans la nuit sans ménagement.

— Il a été recommandé pour le prix Perrier, vous savez ! explique Gareth à Lucas, une fois la porte refermée. Il va faire du chemin.

— Il peut faire tout le chemin qu'il veut, tant que mon pub ne figure pas sur sa route ! rétorque Lucas.

Gareth secoue la tête.

Je suis partagée entre la gratitude envers Lucas pour son intervention, et le sentiment que j'entache la réputation du pub et que Lucas n'éprouve rien pour moi, à part un mélange de dédain et de pitié.

Grâce à leur position privilégiée, mes amis et ma famille n'ont pas vu ce qui s'est passé sur le pas de la porte, mais ils ont assisté au discours de Robin. Par chance, ils ont assez de tact pour lever le camp, afin de ne pas me mettre encore plus mal à l'aise.

— On aurait dû lui hurler dessus et le pousser de sa satanée chaise ! lance Clem. Mais Jo a dit que tu préférais sûrement qu'on évite de faire du grabuge.

J'acquiesce misérablement.

Pendant ce temps, Esther et Mark tentent d'avoir l'air

placide. J'ai envie de crier, pleurer, cogner Robin jusqu'à le réduire en miettes.

Ce soir, pour changer, je voulais faire quelque chose d'audacieux et de constructif. À cause de l'humiliation infligée par Robin sur mon lieu de travail, c'est déjà aux oubliettes.

Une fois que tout le monde est parti, alors que suis en train de faire le ménage, je remarque que le thème du prochain « Plus on est honteux » figure sur le tableau d'affichage du pub :

« VOTRE PIRE RENCARD ».

Lucas revient après avoir sorti les poubelles, trempé jusqu'aux os. C'est le déluge, dehors. Il se passe les mains dans les cheveux et tire sur son T-shirt détrempé. Le tissu lui colle à la peau et, même s'il a éteint ma veilleuse pour le moment, je peux encore apprécier la beauté en toute objectivité. Il me surprend en train de l'examiner et hoche le menton vers le poster.

— Il est interdit de séjour ici, alors ne t'en fais pas pour ça.

— Merci. Et merci de l'avoir viré, ce soir. Je suis mortifiée. Et furieuse. Mais surtout mortifiée.

— Pas la peine de me remercier, c'est normal que je vire les branleurs qui harcèlent mon personnel.

Je m'apprête à le remercier à nouveau mais ça ne sert à rien, alors je me tais.

— C'est bien ce qu'il est, pas vrai ? demande-t-il d'un ton hésitant, ses clés à la main et Keith sur les talons. Parce que, si vous avez une relation à la Taylor-Burton et que vous vous remettez ensemble dans huit jours, autant que je le sache, j'adopterai une politique d'admission plus flexible.

— Mon Dieu, non ! Absolument pas.

— D'accord.

Tandis qu'il joue avec son trousseau de clés, je devine qu'il essaie de m'imaginer en couple avec ce type, qu'il a cerné en dix secondes chrono. À tous les coups, le processus mental consistant à nous imaginer ensemble va faire de sérieux dégâts sur l'opinion qu'il a de moi. Je sens mon cœur se flétrir. En tout cas, ça fait de sérieux dégâts sur l'opinion que je me fais de moi-même.

Chapitre 23

Une vibration statique à basse fréquence mais constante, chargée de tension et de harcèlement sexuels : j'y suis tellement habituée dans mon travail que, le plus souvent, je n'y fais même pas attention. Mais je n'avais jamais vu un homme y être confronté, jusqu'à ce que je commence à travailler au Wicker.

Il n'a pas fallu longtemps pour que Lucas McCarthy excite la curiosité de notre clientèle féminine. Et peut-être celle de certains clients aussi, sauf que c'est moins voyant.

Des numéros de portable notés sur des sous-bocks glissés sur le comptoir. Des offres pures et simples faites à la fermeture par des clientes soûles. Des groupes murmurants et gloussants, lourdement parfumés au Jo Malone, qui choisissent des tables bien particulières pour avoir une meilleure vue. Quant à Kitty et moi, nous sommes la cible régulière de questions incessantes. « Qui est-ce ? » « Il est célibataire ? » « Est-ce que le type aux cheveux noirs travaille ce soir ? » Lorsque nous répondons à cette dernière question par la négative, il s'en suit à tous les coups une mine déconfite.

Si Lucas le remarque, il ne le montre pas. L'attention dont il fait l'objet semble glisser sur lui. Son attitude est invariablement retenue et sérieuse. Lorsqu'on l'invite directement à sortir, il hausse les épaules, sourit et esquive, comme s'il s'agissait d'une requête totalement farfelue.

« Je n'ai pas une minute à moi. Je vous ressers la même chose ? »

Aujourd'hui, il a allumé le feu dans la cheminée qui se trouve au fond de la salle principale, après avoir débarrassé sa vieille façade de ses charmants ornements d'époque dans un accès de travaux pratiques virils. Il est couvert de suie et en T-shirt, un détail que je n'avais absolument pas remarqué, naturellement.

En revanche, ça n'a pas échappé à tout le monde. Je pourrais jurer que les deux trentenaires assises non loin de lui sont en train de prendre des photos en douce. Des images de lui circulent dans des groupes WhatsApp, accompagnées de légendes faites de smileys à la langue pendante, et il n'en a pas la moindre idée. J'ai l'impression de devoir le protéger. C'est sûrement une marque d'empathie de la part de quelqu'un qui a eu sa dose de fesses pincées par de vieux types mielleux.

Quand le service du milieu de semaine entre dans sa dernière heure, Lucas redescend, après être allé se doucher. Les cheveux encore mouillés, il décapsule une bière et en boit une gorgée. Puis il tourne la tête vers le poster « Plus on est honteux » et demande :

— Des nouvelles du petit comique, depuis samedi ?

Il marque une pause avant d'ajouter :

— Dis-moi si je dépasse les bornes.

Aussitôt, je bafouille, gênée, que non, Dieu merci. Sa question montre qu'il a pensé à moi, mais je ne sais pas si c'est une bonne nouvelle ou pas. Le lendemain du show de Robin, mes amis m'ont inondée d'un déluge d'appels et de messages dans l'esprit « qu'il aille se faire foutre », y compris un sincère « et moi qui croyais que j'avais des problèmes avec Phil » de la part de Jo. Esther, fidèle à elle-même, m'a appelée pour me dire que j'avais vraiment le don pour les choisir, avant d'ajouter plus gentiment : « Dis-moi si tu as envie d'en parler. Personne ne traite ma sœur comme ça. » Ça m'a fait plaisir, même si c'est objectivement faux.

Depuis, silence assourdissant de Robin. J'espère (même si je n'en suis pas convaincue) que ça va continuer. Indéfiniment.

Lucas, pour sa part, remet ça sur le tapis.

— Je ne veux pas parler à tort et à travers, mais j'ai eu un mauvais pressentiment avec lui...

— Au moins, tu n'as pas mis longtemps à t'en rendre compte.

Il attend que je continue. Je réalise alors que c'est un geste d'amitié, peut-être même une tentative de faire un peu mieux connaissance.

— Encore merci de l'avoir viré aussi vite. Il est malveillant. Il fait des trucs vicieux, sous couvert d'humour et de bonne humeur. Ses moindres agissements, c'est dans le but de faire rire, même si c'est loin d'être drôle pour son entourage proche. Un réflexe de comique, j'imagine.

Lucas se détend visiblement.

— C'est exactement ce que j'ai pensé. Je l'ai dit à Dev, c'était un coup de force déguisé en déclaration d'amour.

J'acquiesce vigoureusement, même si mon estomac se noue légèrement à la pensée que Dev aussi est au courant de ce foirage mémorable. Il est rentré d'Irlande lundi et il se trouve dans la cuisine, en train de bricoler des équipements. Par conséquent, je suis seule derrière le bar avec Lucas.

— Oui. Ce qui l'intéresse, ce n'est pas de me récupérer. C'est de gagner.

— Il a déballé ta vie privée au milieu de ton lieu de travail. C'était une agression, ni plus ni moins.

« Ta vie privée ». Le nœud se resserre. Robin les a régalés avec l'histoire de Lou, de moi les prenant en flagrant délit. Lucas doit croire que ma vie est un feu de poubelle sur un terrain vague.

Même si j'enrage qu'il ait assisté au discours de Robin, je lui suis reconnaissante de se comporter en adulte responsable qui prend le temps de se faire une opinion, au lieu d'adhérer au consensus populaire selon lequel tout est ma faute.

— Je ne voudrais pas t'alarmer, mais j'ai l'impression qu'il ne lâchera pas le morceau de sitôt, s'il a quoi que ce soit de personnel à utiliser contre toi… Je te conseille d'attaquer la première et de le menacer. Avec un dépôt de plainte ou une batte de base-ball.

Je soupçonne Lucas de faire allusion à des photos dénudées, et je me sens rougir comme une tomate. Il détourne le regard, sous prétexte de jouer avec Keith. Quand je vois qu'il continue à éviter mon regard, mes doutes se confirment : il parlait bel et bien de vengeance pornographique. Heureusement, Robin et moi étions un tantinet trop vieux et je suis un tantinet trop prude pour ce genre de choses.

De plus, j'ai toujours su que Robin était inconscient. Si quelqu'un était capable d'envoyer par erreur une photo de mes fesses couvertes de dentelle dans le groupe WhatsApp « les gars font le Pennine Way : septembre », c'était bien lui.

— Non, absolument rien de nature sensible ou dénudée. Heureusement. Je ne suis pas fan des selfies de fesses. Les gens appellent ça un « belfie », apparemment.

Lucas fait la grimace.

— Je ne connaissais pas le mot et j'aurais préféré que ça continue.

J'hésite, puis me décide à poser une question qui me trotte dans la tête depuis quelques jours.

— C'était vrai, cette histoire d'amende ? Quand tu as convaincu son agent de supprimer la vidéo ?

— Non. C'est une propriété privée, mais ouverte au public, il avait donc parfaitement le droit de filmer. Mais je me suis dit que tu aimerais mieux éviter un souvenir vidéo.

— Ha ha ! Pourtant, tu avais l'air hyper sûr de toi.

— C'est comme ça que tu réussis à faire croire n'importe quoi aux gens.

Je le remercie avec sincérité et une pointe d'admiration. Et de doute. Peut-être qu'il m'a fait croire n'importe quoi, à moi aussi.

— Ça suffit ! Je ne peux pas travailler dans ces conditions ! crie Devlin par-dessus les accords d'Ed Sheeran.

Le dernier chaland est parti, Dev a abandonné la cuisine et on est en plein ménage. Il disparaît un instant pour changer la musique, et *Sweet Child O'Mine,* des Guns N'Roses, retentit à plein volume.

On s'entend bien, lui et moi. Il y a une alchimie professionnelle entre nous. Nous ne boudons pas, ne pleurnichons pas. S'il y a un truc pénible à faire, on le fait tout de suite. S'en plaindre ne ferait que rendre la tâche encore plus difficile.

— Attention, Fruit Ninja ! prévient-il, alors que je suis en train de ranger des garnitures.

Il lance une orange sanguine sicilienne dans ma direction, comme si on jouait au cricket. Je l'attrape et la pose sur le comptoir.

— C'était facile. Par-dessus l'épaule, la prochaine fois !

Je sais que Lucas m'observe. Au début, il consultait son téléphone, mais à présent c'est moi qu'il regarde. Ma peau me picote.

Dev m'envoie une autre orange avec un effet de lobe. Je me jette en avant et je l'attrape.

— Tu gères, dis donc ! Laisse-moi deviner, milieu de terrain au netball ?

Je ris. Un autre lancer. Une autre récupération.

— Je vais vous laisser, dit Lucas.

Il soupire, se décolle du mur et disparaît à l'étage.

J'essuie les tables, pendant que Devlin jette les bouteilles vides dans le conteneur à verre.

Alors qu'il vérifie la caisse et que je sors les verres à vin propres du lave-vaisselle pour les ranger sur les étagères, je risque une remarque sur leur différence de caractère, à Lucas et lui.

— C'est vrai. Je fais plus de bruit, mais Lucas a un sacré sens de l'humour. Très pince-sans-rire. Pince-sans-rire et espiègle, ça le résume bien.

— Ce n'est pas ce que je voulais dire. Je parlais du côté extraverti et social. Mais c'est très chouette de travailler avec lui !

Je me suis empressée d'ajouter la dernière phrase. Je ne voudrais pas faire chavirer le bon équilibre de notre relation, si mes propos arrivaient aux oreilles de l'intéressé.

— C'est parce que tu ne le vois pas sous son meilleur jour, fait remarquer Devlin en nettoyant les pompes à bière.

— Ah bon ? dis-je avec précaution.

Il secoue la tête.

— Avec ce qu'il a traversé, ça n'a rien d'étonnant.

J'ai l'impression qu'il est très indiscret, bien que dénué de la moindre malveillance, et je me demande si ce n'est pas un autre motif de friction entre les deux frères. Surtout si on considère que le plus jeune est une véritable énigme.

Je ne veux pas l'encourager et, en même temps, je ne peux m'empêcher de poser la question. Il faut avouer qu'il m'invite clairement à le faire.

— Ce qu'il a traversé ?

— Avec sa femme.

Le mot « femme » me fait l'effet d'un coup de poing dans les côtes. *Sa femme ? Lucas porte un T-shirt délavé, des Dr. Martens, et on doit faire nos devoirs ensemble, il ne peut pas avoir une femme !*

C'est vraiment bizarre de ne jamais y avoir songé, d'autant plus qu'il est très séduisant. Pourtant, jusqu'à cet instant, je n'avais jamais songé qu'il pouvait avoir une tendre moitié. Il était réapparu dans ma vie sans personne à son bras, alors j'avais supposé que... Est-ce que c'était un vœu pieux ? Je n'en sais rien.

Je m'étais préparée à voir débarquer au bar une créature stupéfiante de beauté, avec des cheveux de star de cinéma, qui ondulerait des hanches et demanderait avec un accent irlandais où se trouvait Luc, avant de disparaître à l'étage, comme une personne privilégiée qui n'a pas besoin de frapper à la porte. Et je m'étais préparée à ne pas voir Lucas pendant les quarante-huit heures suivantes, tandis que j'aurais passé ces mêmes quarante-huit heures à tenter de ne pas y penser. Mais, dans les règles que j'avais inventées et fixées, la créature n'était pas *sa* femme. C'était juste *une* femme.

— Il est marié ?

J'espère avoir l'air détaché. Sa femme ! Il ne porte pas d'alliance !

— Oui. Enfin, il l'était. Elle est morte. Il est veuf.

J'ouvre la bouche et je la referme. Devlin continue :

— Tumeur au cerveau. L'an dernier. Ça été très brutal. Elle est morte deux mois après le diagnostic.

Soudain, je me remémore une phrase que Devlin m'a dite le jour de la veillée. « Ma belle-sœur est morte au même âge, il y a un an. » Sur le moment, j'ai cru qu'il parlait de la sœur de sa femme. Pas un instant je n'ai imaginé que...

Il secoue la tête.

— Il ne dit pas grand-chose, alors c'est difficile de savoir ce qui se passe dans son esprit. J'ai insisté pour qu'on achète cet établissement, parce que je pensais qu'il avait besoin d'une distraction, d'un projet sur lequel se concentrer, tu vois ? Cela dit, j'ai été étonné qu'il accepte, car il n'a jamais aimé Sheffield.

— Désolée, je ne savais pas.

— Ne lui en parle pas, d'accord ? Il n'est pas du genre à s'ouvrir et se confier, et je n'aurais sans doute pas dû te raconter tout ça.

— Bien sûr. Je ne dirai rien, ne t'inquiète pas.

J'ai pris grand soin de lui dissimuler l'intérêt que je porte à son frère (enfin, je l'ai dissimulé à tout le monde, à vrai dire), mais une question me brûle tellement les lèvres que je n'arrive pas à me retenir.

— Elle s'appelait comment ? La femme de Lucas ?

— Niamh. C'est comme ça qu'on a appelé notre fille.

— C'est très joli.

Devlin hoche la tête avec un sourire triste.

Je ne suis plus en mesure de me concentrer sur quoi que ce soit. C'est en proie à une agitation silencieuse mais profonde que je monte dans le taxi qui me ramène chez moi.

Je me sens plus idiote que jamais. Quand je songeais au fait que Lucas ne m'avait pas reconnue, j'étais blessée dans ma fierté, peinée de me rendre compte que ce qui avait tant signifié pour moi ne signifiait rien pour lui. Mais, à présent, je me rends compte que j'étais aussi tout un tas d'autres choses. Mesquine, suffisante et ridicule.

Je m'attendais à ce qu'il en ait quelque chose à faire de quelqu'un qu'il avait emballé l'été de la terminale. Alors qu'il avait dû faire face à la mort de l'amour de *sa* vie.

Comme je m'y attendais, elle est superbe. Enfin, elle était superbe. Je plonge dans les yeux marron de Niamh, je l'observe, tandis qu'elle cavale de vacances en mariages, je la regarde mimer la surprise, lors du Père Noël secret de son bureau. Et je songe que, même si je ne la connaissais pas, je n'arrive pas à croire qu'elle n'est plus là. La mort n'est jamais facile à accepter, mais cette vie numérique aussi animée qu'informelle après la mort rend la chose encore plus incompréhensible. Mon père aurait détesté ça.

Je n'ai pas perdu de temps pour la chercher sur Internet.

En rentrant du Wicker, j'ai eu le plaisir d'être accueillie par un mot d'amour de Karen :

NAAN À L'AIL SHARWOOD : DISPARU

SAUCE SOJA KIKKOMAN ALLÉGÉE : UN QUART MANQUANT ET BOUCHON CASSÉ

PORRIDGE QUAKER : PAQUET ÉTRANGEMENT MOUILLÉ. DES IDÉES ?

Tellement d'idées, Karen, si tu savais ! Notamment une où tu t'immoles accidentellement en préparant tes grillardises aux myrtilles.

Je suis montée dans ma chambre, je me suis glissée dans mon lit, mon ordinateur sur les genoux, et j'ai ouvert Facebook pour me mettre en quête de Niamh McCarthy (même son nom est mélodique).

Je suis aussitôt tombée sur une page commémorative publique. J'ai donc eu accès aux publications, aux hommages. J'avais raison de croire que Lucas n'a pas de profil, car il n'est taggué nulle part. Aucune trace de lui sur les nombreuses photos postées sur la page non plus. Je trouve ça un peu bizarre.

C'est la bonne Niamh, pourtant, j'en suis sûre : non seulement les dates correspondent, mais, de temps à autre, les gens mentionnent Lucas, écrivant que leurs prières sont avec lui et ainsi de suite.

Sa femme avait des pommettes hautes et une bouche en forme de cœur, à l'arc de Cupidon prononcé. Un sourire amusé semble constamment flotter sur ses lèvres. Sur sa photo de profil, ses cheveux ondulés bruns presque noirs entourent son visage rosé et rieur capturé avec spontanéité, tandis qu'elle se livre à une activité quelconque bonne pour la santé, en haut d'une colline. Il y a toute une galerie de photos et je passe d'un cliché à l'autre, fascinée et voyeuriste.

Tombant sur une photo assez sombre, je vois mon propre

visage reflété sur l'écran de mon ordinateur. J'ai l'air d'un fantôme menaçant. « *It's me, I'm Cathy*[1] »...

Deux mois seulement se sont écoulés entre le diagnostic et le décès. Il doit encore en être au stade de la sidération. Je ne peux même pas imaginer ce qu'il ressent.

J'ai appris la nouvelle pour mon père par un coup de fil horrible d'Esther, tandis qu'elle était devant le Royal Hallamshire Hospital et que j'étais à la bibliothèque de l'université. Je répétais « Quoi ? » comme un disque rayé, parce qu'elle venait de dire un truc si obscène et si absurde que ça ne pouvait pas être vrai. Plus tard, elle m'a avoué qu'elle avait failli m'annoncer que notre père était « dans un état critique » pour éviter que je sois seule quand j'apprendrais la nouvelle, mais qu'elle n'avait pas supporté l'idée de me donner de faux espoirs. Je ne me souviens pas vraiment de mon trajet en train depuis Newcastle. Sauf qu'on s'attend tous à perdre ses parents un jour. Tandis que perdre sa femme à trente ans, par contre, non.

Apparemment, Niamh était « podologue le jour, poétesse la nuit ». Née à Galway. Résidant à Dublin. Trente-trois ans. Trente-trois ans, bon sang ! Il y a une photo d'elle en train de caresser Keith. Des commentaires, en dessous, indiquent qu'il est l'amour de sa vie.

Sur aucune photo elle ne semble malade. Je suppose qu'elle n'a pas été malade pendant suffisamment longtemps.

Au lieu de ça, on la voit avec une chope de bière à la main à Berlin, un pouce en l'air. Vêtue d'une robe fleurie à bretelles, les cheveux remontés en chignon, la tête penchée sur le côté. Légende : « Mariage de Tara et Terry ». Avec un bébé dans les bras, les lèvres parfaitement maquillées pressées contre la petite joue rebondie. Légende : « Rupert adore déjà tata Niamh ! » À un dîner chez quelqu'un, avant

1. Phrase extraite du refrain de la chanson *Wuthering Heights*, de Kate Bush, inspirée des *Hauts de Hurlevent*. (N.D.T.)

d'attaquer le repas, son visage se détachant des autres visages souriants, rassemblés autour d'un kefta d'agneau.

Pourquoi Lucas n'apparaît-il jamais ? Est-ce qu'il déteste qu'on le prenne en photo ? Je parierais que l'objectif l'adore, pourtant.

Ah, si, il est là. Perdu dans un album de cinq photos intitulé « Àu Dún Laoghaire ». Mon estomac se tord en le découvrant au naturel, en dehors du travail, ce qui est ridicule, sachant qu'il n'est rien pour moi. Et vice versa.

Il est assis, le bras sur le dossier du canapé, le regard tourné vers l'objectif. Le canapé est recouvert d'un tissu velouté couleur pêche légèrement démodé, qui indique une maison de parents, voire même de grands-parents. Niamh est assise à côté de lui, vêtue d'un top rayé et d'un jean, les jambes croisées, rayonnante. Lucas affiche une expression d'assentiment poli, qui semble dissimuler une sorte de ressentiment. Je retrouve brièvement la télépathie qu'on a partagée à une époque, à dix-huit ans, lorsque je pensais pouvoir lire dans ses pensées. Ha.

Sauf que tu ne pouvais pas.

Mon Dieu, il est à tomber ! Ça m'agace presque d'avoir été la première à remarquer la qualité lumineuse de sa peau, l'éclat sombre de ses cheveux, l'intensité de son regard lorsqu'il le fixait sur vous. Un groupe inconnu que j'adorais dans le temps est désormais numéro un, et mon statut de plus grande fan est perdu dans une mer d'admiration.

Étant donné qu'il s'est soudain retrouvé célibataire et en plein cœur d'une tragédie, peut-être qu'il s'est senti obligé de quitter l'Irlande pour ne pas être assailli.

Maintenant que je suis au courant de ce deuil horrible, je revois totalement les jugements que j'ai portés sur lui récemment. Et dire que je me suis moquée de son manque de joie de vivre ! Je me ferais vomir.

À mesure que j'en apprends davantage sur Niamh, si enjouée, si populaire, la lumière de sa vie, je commence à ressentir quelque chose d'étrange et d'irrationnel. D'épouvantable. Au bout d'un moment, je finis par admettre ce que j'éprouve.

Je suis jalouse d'elle.

Chapitre 24

Esther, tu n'as pas parlé à maman et G du spectacle gratuit qu'a donné Robin l'autre soir, si ?

Non ! Pourquoi ?

Ils m'ont invitée pour « un café et une part de gâteau » et maman ne m'a pas dit pourquoi. Ça pue l'intervention.

Je plaide non coupable. Mais je leur ai dit que ton texte était vraiment bon, alors peut-être qu'ils veulent te féliciter.

HAHAHAHAHA. MAIS BIEN SÛR. Biz

Je range mon portable dans ma poche, légèrement agitée. Ma mère m'agace souvent, mais elle n'est jamais gnomique ou mystérieuse.

De l'autre côté de la rue, Geoffrey s'approche de moi dans son manteau Barbour kaki. Son expression tendue et déterminée ne me dit rien qui vaille. Son pas n'est pas nonchalant, il ne flâne pas comme d'habitude.

— Bonjour. Où est ma mère ? demandé-je, prudente.

J'espère qu'il va me répondre un truc du genre « elle est en train de garer la voiture », même si je sais pertinemment qu'il ne laisserait jamais une femme prendre le volant.

— Elle ne vient pas, annonce-t-il d'un ton embarrassé.

— Oh. Quelque chose ne va pas ?

— Un début de grippe, probablement.

Est-ce qu'ils se sont disputés ? Pourquoi ne pas avoir annulé ? Je rentre la tête dans les épaules en songeant à ce qui m'attend : un tête-à-tête avec Geoffrey. J'avais espéré ne jamais vivre ça. Je le suis dans le café à contrecœur, tout en m'efforçant de ne pas faire de grimaces qui trahiraient mon état d'esprit.

Il fait tinter les pièces dans sa poche et examine les gâteaux un par un.

— Qu'est-ce que tu prends ? Les petites tartes au kiwi sont tentantes. Ou peut-être un cornet à la crème pâtissière ?

— Hum…

Je n'ai absolument pas faim, mais quelque chose me dit que je ferais bien de faire preuve d'un peu de bonne volonté et de prendre un gâteau avec mon café.

— Je vais juste prendre un thé, je pense, déclare-t-il.

Génial. Même lui a la flemme de jouer la comédie qu'il a pourtant orchestrée.

Il essaie d'attirer l'attention pour passer commande en tapotant sur la vitrine des pâtisseries, jusqu'à ce qu'une serveuse à l'air épuisé lance par-dessus son épaule que les commandes sont prises en salle. Geoffrey a toujours cette attitude avec les étrangers… Ce n'est pas vraiment de l'impolitesse, mais il est toujours plus sec qu'il ne devrait. Ça me met invariablement mal à l'aise. Il foirerait totalement le test du serveur, c'est certain.

On trouve une table à côté de celle d'un homme d'une soixantaine d'années qui lit le journal en mangeant une tartelette à la crème, et ça me rappelle les sorties avec mon père. Je tente de faire barrage à cette pensée dès qu'elle se matérialise dans mon esprit car, avec Geoffrey à la place de mon père, c'est douloureux et ça le sera toujours. C'est comme enlever les points de suture d'une blessure qui ne cicatrise pas.

Une serveuse prend notre commande et revient quelques minutes plus tard avec nos boissons et ma pâtisserie. J'attrape mon muffin au chocolat, en prends une petite bouchée et m'essuie les doigts avec une serviette en papier en me demandant de quoi diable je vais bien pouvoir discuter avec lui pendant une demi-heure.

— Est-ce que maman a vu un médecin ?

Il secoue la tête en même temps qu'il souffle sur son thé brûlant.

— Je vais passer la voir.

— Non non non, pas la peine, elle dort. Je suis sûr qu'elle sera sur pied demain.

À la hâte contenue dans sa réponse, je comprends que ma mère se porte comme un charme. C'est un piège, tendu par eux deux, ou Geoffrey seulement.

— Qu'est-ce qu'elle a exactement ?

— Estomac fragile. C'est un peu délicat, je pense qu'elle préférerait que je n'entre pas dans les détails. Et puis laisse-la donc un peu tranquille, ta mère peut bien passer une journée sans être ta mère, non ?

Nouvel extrait d'essence distillée de Geoffrey. Vous pouvez vous en mettre derrière les oreilles pour repousser les insectes. « Inquiétude naturelle pour ma mère » devient « Georgina est beaucoup trop exigeante ».

Au moins, il ne m'a pas dit qu'elle s'était cognée dans une porte. Je me demande un instant s'il en serait capable, avant de décider qu'il est plutôt du genre tortionnaire psychologique.

— Ça nous donne une occasion de papoter, ajoute-t-il d'un ton mielleux.

C'est là que je me rends compte que je me suis fait duper. Qu'ils ont dû se dire « bla bla passer du temps à deux pour tisser un lien bla ». La rancœur et l'appréhension s'emparent de moi.

— Comment tu vas ? s'enquiert-il.

— Bien, merci. Très bien, même. Et toi ?

— On fait aller. Tu travailles toujours au pub ?

Il sait pertinemment que j'y travaille toujours.

— Oui.

— Ça se passe bien, on dirait ?

— Plus que bien. C'est génial. Très victorien, comme endroit, mais accueillant et confortable, le genre de pub que j'adore. Les propriétaires l'ont complètement transformé, et ils sont très responsables. On est à des années-lumière de That's Amore ! et la nourriture y est très bonne aussi. Des soupes, des sandwichs, etc. Des choses simples, mais c'est justement parce qu'ils ont opté pour la simplicité que c'est aussi bon. Pas de snobisme prétentieux du genre fusion entre banquet thaï et petits plats vénitiens.

Je m'arrête pile au moment où je m'apprête à suggérer qu'ils devraient passer pour voir ça de leurs propres yeux. J'imagine déjà la tête de Geoffrey, pendant qu'il renifle le contenu de son assiette d'un air dédaigneux.

— Est-ce qu'on peut vraiment qualifier de génial le fait de travailler dans un pub ?

La moutarde me monte au nez. Le danger d'un tête-à-tête, c'est qu'il n'y a personne pour nous freiner.

— Oui, quand c'est un endroit agréable et que les clients et les patrons sont sympathiques.

Il touille son thé et regarde autour de nous dans un silence exaspérant, destiné à exprimer le doute ou l'indifférence.

Mon Dieu. Chaque fois que je suis en sa présence, je me rappelle que j'ai raison de ne pas pouvoir l'encadrer. C'est une opinion basée sur des faits. À une époque, je craignais vaguement d'avoir opté pour une aversion flamboyante par loyauté envers mon père et parce que ça faisait de moi la plus intelligente, dans un contraste élégant avec la politique d'apaisement d'Esther. Je me vautrais dans ce qu'elle appelait mes « libertés de petite sœur » (genre : elle serait raisonnable pour que je n'aie pas à l'être).

Mais, là, je ne rêve pas : Geoffrey est un mélange de mépris pompeux et de dédain affiché qui frise le détestable. Quand je dis qu'il n'est pas vraiment impoli, ce que j'entends par là, c'est que c'est un homme ayant de l'argent qui a atteint cet âge où l'on tolère ce degré choisi d'impolitesse comme s'il s'agissait d'un droit social, au même titre que la carte de bus.

— Certes, mais ça ne déborde pas de perspectives d'avancement, si ?

— Je pourrais peut-être devenir gérante. Les propriétaires sont irlandais et...

Mais il n'écoute pas.

— J'ai réfléchi. Qu'est-ce que tu dirais d'une place dans mon ancienne société ? Du secrétariat. Tu devras peut-être suivre une formation de dactylo d'abord, mais je suis sûr d'avoir l'influence suffisante. Un autre ex-associé y a fait entrer ses deux filles, et l'une d'elles est moche à faire peur, couverte de tatouages, avec des piercings partout. Si tu t'arranges un peu, je ne vois pas comment ils pourraient refuser de t'engager. Qu'est-ce que tu en penses ?

J'ouvre la bouche mais il continue.

— Ta mère pense que c'est une idée fabuleuse. Elle m'a dit de te dire que, si tu acceptes, elle t'emmènera faire les boutiques. Pour t'acheter de nouveaux vêtements.

Il montre du doigt mon manteau rose, accroché au dossier de ma chaise.

— Quelque chose de plus convenable pour une femme de trente ans.

Nous y voilà... Geoffrey a été investi de la mission de réorganiser ma vie. À quel moment ma mère a-t-elle pu croire que c'était une bonne idée, et pas un plan absolument épouvantable ?

Maintenant que je vois clair dans son jeu, je lui offre un sourire mielleux.

— Ce serait un peu comme cette scène dans *Pretty Woman*. Moi aussi, je serais reconnaissante qu'un riche homme d'affaires me sauve de ma misérable vie de prostituée.

Il sursaute, puis parvient à me rendre mon sourire. Enfin, une grimace, plutôt. Je parie que, pour lui, il n'est pas impossible que je finisse vraiment par faire le trottoir un jour.

— Et ce serait bien que tu freines un peu sur tes..., euh... tes blagues anarchistes, au bureau. Ça ne passera pas avec tout le monde.

Je déglutis et ignore (non sans peine) la flopée d'insultes qui enveloppe son offre.

— C'est très gentil ; je te promets d'y réfléchir.

— Ah, le refus poli ! Je t'en prie, Georgina, je suis peut-être sensiblement plus âgé que toi, mais ça ne fait pas de moi une vieille relique zinzin que tu peux traiter avec condescendance.

Waouh ! Je déglutis à nouveau, péniblement. Je n'ai pas envie de me disputer, sauf qu'il ne me laisse pas vraiment le choix. Je repousse ma pâtisserie car, clairement, la partie où on joue la comédie est terminée.

— Tu t'attendais à quoi, comme réponse ? « D'accord, merci, puis-je commencer lundi et tant pis pour le Wicker, je vais leur envoyer un texto pour leur annoncer que je démissionne. » J'ai des engagements, j'ai *déjà* un travail.

— Je t'en prie, tu sers des pintes dans un boui-boui et tu te crois indispensable ? Tu as raison, ils vont sûrement ratisser tout le Yorkshire à la recherche d'une autre personne avec des pouces opposables, capable de placer un verre sur un comptoir et de compter des pièces de monnaie. Un peu comme ces programmes où on cherche la nouvelle star de la pop. Georgina a un incroyable talent, ha ha ha.

Jusqu'à maintenant, mon sang bouillonnait dans mes veines. Mais là c'est carrément de la lave en fusion. Comment ose-t-il ?

— J'ai une idée, Geoffrey. Pourquoi ne pas essayer de me traiter avec un peu de respect, comme si j'étais une adulte douée d'intelligence ? Je peux en faire autant avec toi. Tu veux voir comment ça se passe ?

— Le problème, ma chère petite, c'est que tu ne te

respectes pas toi-même. Tu as trente ans, aucun diplôme, pas un rond, tu traînes en ville comme une ado, et tu présentes des types minables à tes parents. Ta mère est vraiment très inquiète à ton sujet, tu sais. C'est égoïste.

— Vraiment ? Tu m'en vois navrée. Parce que, moi aussi, je m'inquiète beaucoup à son sujet.

— Et voilà, tu fais de nouveau ta rebelle ! Pourquoi refuses-tu d'écouter les gens qui veulent t'aider ? Tu es encore assez jeune pour pouvoir inverser la tendance, mais, pour ça, il faudrait que tu fasses preuve d'un peu plus de motivation.

Je me lève et commence à rassembler mes affaires, y compris mon manteau rose scandaleusement bon marché.

— Geoffrey, merci d'être venu, mais, si je ne t'écoute pas, c'est parce que tu es incroyablement présomptueux et désagréable, et que tu te comportes comme si tu avais le droit de me dire que ma vie est un désastre.

— Parce que ce n'en est pas un ?

— Sérieusement, va te faire mettre !

Il change de couleur et vire au magenta profond.

Je me rends compte que les personnes installées aux tables voisines n'en perdent pas une miette.

— Ne t'avise pas de me planter là, ou je te promets que tu vas le regretter ! siffle-t-il d'un air menaçant.

Monsieur n'est pas habitué à ce qu'une femme lui tienne tête, apparemment.

— Tu te prends pour qui, mon père ?

C'est officiel, j'ai perdu mon calme.

— Mon Dieu, non, réplique-t-il en basculant la tête en arrière. Je vaux cent fois mieux que ce bon à rien de coureur de jupons !

Je m'en vais. Il peut penser ce qu'il veut, c'est préférable à tout ce que j'aurais dit si j'étais restée.

Ma mère était au courant pour l'aventure de mon père,

donc. C'était charmant de l'apprendre de cette façon ! Par ailleurs, j'aurais aussi pu l'ignorer et l'apprendre comme cela, de façon aussi brutale. L'aversion virulente que je lui voue vient de se transformer en haine.

Chapitre 25

Je rentre chez moi en marchant deux fois plus vite que d'habitude. Je transpire sous le coup de l'effort et de l'indignation. Je me repasse l'entrevue avec Geoffrey et imagine déjà le tsunami qui va se déchaîner et balayer la famille.

Quelque part aux alentours de Cobden View Road, une conversation oubliée depuis longtemps me revient.

Ce n'était pas une journée exceptionnelle dans le cadre de notre idylle. Elle ne ferait pas partie des morceaux choisis, si on devait en faire un film. Elle serait coupée au montage. Même si, au final, aucune scène n'avait compté pour Lucas, celle-ci constituait du remplissage pour moi, un moment parmi d'autres, où rien de notable ne se produit. C'est sans doute pour ça que je n'y avais pas repensé jusqu'à maintenant.

Une chaleur torride plombait les jardins botaniques, une chaleur si lourde que même les abeilles semblaient soûles en bourdonnant. Lucas et moi étions supposés analyser le personnage d'Edgar Linton : était-il sympathique, et Cathy l'utilisait-elle pour torturer Heathcliff ?

— C'est une question tellement masculine, avais-je dit, alors qu'une brise légère faisait voleter les feuilles accrochées dans notre classeur. Comme si tout ce que fait Cathy devait être vu à travers le prisme des sentiments que Heathcliff nourrit à son égard. C'est pour ça que je ne peux pas répondre à cette question. On dirait qu'elle est la seule à être responsable des mauvaises décisions, que c'est à elle de protéger leur amour.

— N'empêche qu'elle s'en va, tombe amoureuse d'un autre et l'épouse, même si elle sait que c'est Heathcliff qu'elle aime vraiment. Elle n'a pas fait semblant, quand elle a fait tourner la roue de la fortune des âmes sœurs.

Derrière le masque de discrétion qu'il portait à l'école, Lucas s'exprimait avec une grande précision et il avait des idées bien arrêtées. Ça continuait à me surprendre. J'avais toujours cru que les personnes les plus intéressantes étaient celles qui avaient la langue bien pendue.

— Mais Heathcliff devient monstrueux. Un peu comme si cette monstruosité était sa faute à elle.

— Je pense que jamais il n'aurait fait ce qu'elle a fait. Jamais il n'aurait perdu la tête pour quelqu'un d'autre, et il ne peut pas lui pardonner cette faiblesse. Ça le rend fou. Parce qu'elle savait que c'était mal, et qu'elle l'a fait quand même. Il est incapable de suivre sa logique.

— On dirait mon père quand il apprenait à conduire à ma mère.

Il avait ri, mais la blague était facile, et le rire sonnait creux, à raison.

Après un bon quart d'heure passé à discuter les sous-entendus du texte, nous étions à nouveau en train d'examiner jusqu'où nous pouvions nous tripoter et glisser nos doigts sous nos vêtements, en direction de zones clés de notre anatomie.

Quand l'excitation devenait trop forte, l'un ou l'autre s'écartait et relançait la discussion. Je me souviens de ses Converse rouges délavées et ses lacets sales, de ses bras autour de moi, tandis que je me laissais aller contre son épaule.

Comment ses baisers pouvaient-ils être si délicieux, son odeur, si enivrante ? Apparemment, quand les gens parlaient d'alchimie, ce n'était pas juste ce truc de film tarte des années 1940. C'était quelque chose de beaucoup plus primitif que ça.

Il avait murmuré quelque chose que je n'avais pas compris dans mes cheveux.

— Quoi ? Je ne t'ai pas entendu.

Il avait reculé.

— J'ai dit : tu es tellement délicate...

— Délicate ?

C'était un mot improbable dans la bouche d'un garçon de dix-huit ans, et, quand mon regard avait croisé le sien, il avait paru gêné.

— Même tes os paraissent fins, avait-il expliqué en attrapant mon poignet entre son index et son pouce.

J'étais ravie et surprise.

— Pourtant, ma mère dit que je suis grassouillette.

Il avait ri.

— Vraiment ? Elle plaisante ?

— Oh non. Elle dit toujours des choses comme ça.

— Grassouillet, c'est un mot qu'on utiliserait pour un ours. Comme l'ours Paddington.

— Et le bout de mon nez est trop épaté pour qu'on puisse me considérer comme une « beauté classique », apparemment.

Quelques semaines plus tôt, je ne lui aurais jamais confié une chose pareille, de peur qu'il me voie comme madame Nez En Forme De Patate. Mais, à bord du train fou où montaient les gens qui tombaient amoureux, j'avais de plus en plus confiance en l'admiration qu'il me portait, et je voulais qu'il sache tout de moi. « Être intéressante » remportait la bataille face à la honte que j'éprouvais en partageant ces détails. Je suppose qu'il y avait encore une part de vanité.

Il avait froncé les sourcils et observé mon nez.

— Quelle idée, de dire un truc pareil ! Si ton nez faisait la taille d'une chaussure, d'accord, mais ce n'est pas le cas. C'est vraiment bizarre et méchant de dire ça à sa fille.

J'avais imité la voix de ma mère.

— « Tu es jolie, Georgina, mais tu n'es pas belle, alors ne t'attends pas à être aidée par ton physique. Sois gentille avec les gens et fais de ton mieux avec ce que tu as. Les hommes perdent facilement la tête quand une meilleure option se présente. »

— Waouh, quoi ? C'est horrible !

Je voyais qu'il le pensait, qu'il souffrait pour moi, et j'avais regretté cette confidence. Ma mère était d'une humeur particulièrement massacrante ce jour-là. Je n'avais pas pensé qu'en lui répétant ça je lui donnais une mauvaise image d'elle. Je la faisais passer pour Joan Crawford dans *maman très chère*.

— Pourquoi est-ce qu'elle te balance des trucs pareils ?

Il était sincèrement contrarié. J'avais alors songé que notre histoire d'amour était exceptionnelle. Cela me rappelait *Othello* (on l'avait étudié l'année précédente), avec Lucas à la place de Desdémone. « *Elle m'aimait pour les dangers que j'avais traversés, et je l'aimais pour la sympathie qu'elle y avait prise.* » À ce moment-là, j'avais oublié qu'*Othello* était une tragédie.

J'avais ramené mes genoux contre ma poitrine et dit, avec une maturité légèrement désenchantée :

— C'est comme ça que les gens de sa génération fonctionnent. Ma mère était un véritable canon quand elle était jeune. Elle n'a jamais travaillé et a épousé mon père à vingt et un ans. Elle pense que mes perspectives dans la vie dépendent de mon apparence, parce que c'était ainsi pour elle. Tout se résumait à épouser un type riche et à pondre des gamins.

J'avais repris ma respiration. Je n'avais jamais dit ça à personne, à l'exception de Jo.

— Elle n'est pas heureuse avec mon père, mais elle ne le quittera pas, car elle ne veut pas être une cinquantenaire divorcée avec un niveau de vie moins élevé. C'est ce qu'elle raconte quand ils se disputent. Ce n'est pas sa faute. Quand elle me fait ce genre de remarque, c'est pour me mettre en garde, m'empêcher de finir comme elle.

Nous avions gardé le silence quelques instants.

— Tu dis que ce n'est pas sa faute, moi, je pense que si, avait-il fini par lâcher.

— Elle a fait de mauvais choix, des choix qui l'ont rendue malheureuse. Les gens malheureux se vengent sur les autres.

J'avais été surprise de constater que je savais tout ça. Avec Lucas, je me surprenais toujours moi-même.

— Si je prenais des décisions qui me rendaient malheureux, alors je reviendrais dessus. Je ne me vengerais pas sur les autres.

J'avais acquiescé, et nous avions échangé un grand sourire, portés par la certitude et la simplicité de cette conviction.

Après le quatrième appel en absence d'Esther, je reçois un message austère :

Pourquoi est-ce que tu m'évites, je n'ai rien fait !

Le lendemain matin, je cède et je l'appelle en allant au boulot.

— Salut.

— Enfin ! Pas trop tôt.

— J'arrive au pub, alors je ne peux pas parler longtemps.

— Ça tombe bien, dis donc !

— Esther, si tu m'appelles pour t'en prendre à moi, franchement, tu te fatigues pour rien. Plus jamais je n'adresserai la parole à ce connard.

— Je suppose que tu fais référence à Geoff ?

— Tu supposes bien.

— C'est quoi, ce bruit ?

— Un fox-terrier et un bus.

Je m'éloigne de la source du bruit, tandis qu'Esther continue.

— J'oublie toujours que tu n'as pas de voiture.

— Arrête, on dirait Geoff !

— Écoute, je comprends que tu sois en colère, je le serais aussi. Mais, en dépit de l'exécution catastrophique, ça partait d'une bonne intention.

— Si on joue au jeu des bonnes intentions pour le dédouaner, alors les miennes aussi étaient bonnes. J'avais l'*intention* d'être courtoise, jusqu'à ce qu'on me dise que j'étais une pouf incapable, qui avait gâché sa vie.

— Pas la peine de t'énerver sur moi, j'essaie seulement de jouer les pacificatrices.

— Si tu restes neutre face à une injustice, ça signifie que tu es du côté de l'oppresseur !

— Toi, tu as *encore* trop traîné sur Twitter !

Elle rit et je souris à contrecœur dans mon iPhone. Je pensais que je piquerais une crise indignée, mais je suis plus calme que la veille. Ça aide, d'avoir dormi dessus.

Même si je suis blessée et irritée, tandis que le brouillard de la bataille se dissipe, je comprends que je n'ai pas envie de traiter ma sœur comme un punching-ball ni comme leur mandataire : je veux qu'elle soit de mon côté. Je sais qu'on ne voit pas les choses exactement de la même façon, mais peut-être que c'est mieux comme ça.

Néanmoins, je n'arrive pas à me résoudre à parler à ma mère. Je ne veux pas de ses explications. Je ne suis pas prête à les accepter.

— Tu sais ce qui me met le plus en colère ? Il a eu le culot de me dire que j'inquiète maman. Il se croit où, pour se permettre de me sortir un truc pareil ? Heureusement que je ne lui ai pas répondu : « Eh bien, nous, ça nous inquiète que notre mère ait épousé un vieux pervers manipulateur. »

— J'ai dit à maman que c'était vraiment stupide d'avoir

envoyé Geoffrey comme messager. J'ai l'impression que ce n'était pas l'idée de départ, mais qu'il a pris les rênes.

— Sans blague !

— Il a dû considérer que, comme il t'offrait un travail, c'était à lui d'intervenir.

— Au secours ! Tu imagines l'horreur, si j'acceptais ? Il pourrait me regarder de haut et m'engueuler à loisir... Il veut exercer sur moi le même pouvoir que celui qu'il exerce sur maman.

— Oui, c'était courir au désastre. Ça aussi, je l'ai dit à maman.

Je sais que, pour Esther, la recette du désastre en question inclut une bonne dose de Georgina, alors je ne relève pas.

— Est-ce que je peux te demander d'examiner un détail que tu n'as sans doute pas pris en considération ? reprend-elle. Maman a besoin de nous.

— Je le sais bien !

— Non. Elle a *vraiment* besoin de nous, Gog. Je pense qu'elle est dans une relation potentiellement violente, voire réellement violente, et jamais elle ne trouvera la force de lui tenir tête, si elle se querelle avec ses filles à cause de lui.

— Tu ne crois quand même pas qu'il... ?

— ... la frappe ? Mon Dieu, non. Autrement, je serais déjà en train d'organiser une intervention. Mais ce n'est pas le seul type de violence, dans un couple.

— Qu'est-ce que je dois faire, selon toi ?

— Amadouer Geoffrey et arrondir les angles. L'enjeu est plus important que ta fierté. Il est comme il est, mais c'est notre beau-père et on ne peut rien y changer. Ce qu'on *peut* faire, en revanche, c'est soutenir maman, et l'aider à comprendre que ce n'est pas parce que les cartes de crédit sont à son nom à lui que ça lui donne le droit de la malmener.

Je viens d'arriver devant le pub. Je consulte ma vieille

montre Casio en plastique redevenue tendance, dissimulée sous le poignet sale de ma moumoute rose.

— Moui… Je sais que tu gères tout cela intelligemment, mais je doute que feindre de ne pas le détester change quelque chose.

— Tu te trompes. Il est très sensible à la flatterie. Et tu peux être très convaincante quand tu t'y mets, même si ce n'est pas sincère.

Je m'esclaffe.

— Geoff a une bien meilleure opinion de moi que ça ! Il pense que je suis incapable de me montrer charmante.

— Écoute, je suis une cérébrale et tu es une sentimentale. C'est précisément pour ça que je t'aime, mais, là, je te demande de réfléchir avec ta tête, pas avec ton cœur.

— Lui mettre un coup de tête, en voilà, une bonne idée !

— GEORGINA !

— Il ne pourrait pas faire un bon gros infarctus ? On aurait juste à mettre une tonne de brandy butter sur son dessert à Noël et à l'encourager à acheter une Harley pour faire passer sa crise de la quarantaine.

— Sauf que, s'il fait une crise de la quarantaine à son âge et qu'il lui reste autant d'années à vivre, on va devoir se le traîner jusqu'à ses cent trente-quatre ans.

— Et embaumé dans sa méchanceté, en plus. Pas ça, pitié.

— En attendant, tu peux répondre à maman, quand elle t'appelle ? Elle ne me lâche pas.

La perspective fait naître un nœud douloureux dans ma gorge.

— Je n'en suis pas capable pour l'instant. Geoff a aussi parlé de papa et il a été odieux.

Je ne veux pas entrer dans les détails, mais j'ai besoin qu'Esther comprenne l'étendue de ma colère.

— Ah bon ? Qu'est-ce qu'il a dit ?

— Que c'était un bon à rien.

Je ne trouve pas de bon substitut pour « coureur de

jupons », à savoir une autre expression qui aurait le même impact, sans toutefois véhiculer l'information.

— Qu'il nous a déçus et que Geoffrey vaut mieux que lui.

— Hum... Il n'aurait pas dû, mais maman lui a sans doute dit que...

— Ça m'est égal. Ce n'est pas une excuse pour que ce type dénigre notre père devant moi.

— Papa n'était ni le mari ni le père de l'année, Gog, et il me manque à moi aussi.

— Je sais bien, seulement, c'est à nous de le dire, pas à ce cryptofasciste à la mèche rabattue.

Esther rit de bon cœur et je me sens mieux. Une fois la conversation terminée, j'éteins mon portable, pousse la porte du pub et rencontre les yeux sombres et constamment accusateurs de Lucas McCarthy.

— Bonjour, lance-t-il, une tasse de café à la main. Tout va bien ?

— Oui.

Je rêve ou son air est entendu, et son intonation, chargée d'une allusion ? Est-ce qu'il a surpris ma conversation téléphonique ? Est-ce qu'il sait que Devlin m'a parlé de Niamh ?

C'est la première fois que je le revois depuis ces révélations. Au début, j'avais prévu d'ajuster ma façon de me comporter avec lui. Au final, j'ai changé d'avis. S'il voulait qu'on le traite comme un veuf, il m'aurait informée qu'il venait de perdre sa femme, or, il ne l'a pas fait. Je dois respecter ça en le traitant comme d'habitude.

Dev apparaît à côté de lui, sorti de nulle part, comme dans une sitcom. Il s'activait sans doute à je ne sais quoi derrière le comptoir. Il me montre du doigt et s'exclame :

— Bon sang, l'étron arrive !

Je sursaute, puis je comprends qu'il parle de Keith, assis dans un coin derrière moi.

— C'est seulement sa façon de s'asseoir, proteste Lucas. À moins que tu ne parles de Georgina ?

Devlin éclate de rire.

— Peut-être que je peux l'emmener faire le tour du pâté de maisons ? proposé-je, en me dirigeant vers le chien.

Toutes les excuses sont bonnes pour me sortir de la tête l'image de moi faisant caca par terre.

— Non ! crie presque Lucas. Non, merci, je m'en occupe.

Il contourne le comptoir et attache la laisse de Keith à son collier.

— Viens, Keith. Allons prendre l'air, au lieu de rester là à écouter tonton Devlin t'accuser de vilaines choses.

La porte se referme derrière eux sur un effluve enivrant d'après-rasage aux agrumes et de chien mouillé, une combinaison olfactive que je n'aurais jamais cru apprécier un jour.

— Ne le prends pas mal, il est juste très protecteur avec son sac à puces.

Maintenant, je me sens encore plus mal, parce que je ne pensais pas que ça se voyait tant que ça.

Le souvenir de cet après-midi dans le parc encore en tête, je prie pour ne jamais être soûle en présence de Lucas et lui crier : « À une époque, je touchais BIEN PLUS que ton chien, et ça n'avait pas l'air de te déranger ! »

Chapitre 26

— Ce que je veux dire, c'est qu'elle me met dans la case « du lundi au mercredi ». Je ne suis pas assez bien pour la catégorie « du jeudi au samedi ». Je ne bénéficie pas de l'embarquement prioritaire.

Je me trouve avec Jo et Clem, qui essaie de nous expliquer (pendant que Jo me coiffe) pourquoi son amie Sadie est son amie, sans toutefois l'être véritablement, à cause des jours de la semaine où elle est disponible. La fourberie et les intrigues dans le monde des magasins de vêtements vintage, toute une histoire !

— Peut-être qu'elle est vraiment libre ces jours-là seulement, tenté-je.

— Pfff, tu parles ! Elle sort tout le temps le week-end, je vois bien les photos où elle est tagguée. D'accord, on a tous des amis de seconde voire de troisième zone, mais elle n'a pas besoin d'être aussi explicite. Ce n'est pas très classe.

Clem affirme souvent qu'on l'a tous déjà fait ou qu'on l'a tous pensé un jour. Ça m'intimidait avant, jusqu'à ce que je comprenne qu'elle aimait exagérer, tout simplement. Un peu comme avec ses vêtements. Elle est assise, les cheveux crêpés, les yeux lourdement soulignés de khôl, les jambes croisées, des chaussures de claquettes dorées aux pieds, un manteau afghan sur le dos, sa cigarette électronique à la main, nous enveloppant de nuages de vapeur à la vanille.

— Au fait, Clem, tu es superbe. Quel est le thème du look du jour ?

— Merci. Ce soir, je vous sers Anita Pallenberg qui

atterrit à Heathrow après un séjour à New York, fin des années 1960 début des années 1970, au bras de Keith Richards, une barrette de haschisch cachée dans son sac.

Il y a toujours une histoire derrière les looks de Clem. « Michelle Pfeiffer dans *Scarface* quand elle rentre à Tulsa pour une cure de désintoxication », « Miss Moneypenny à l'enterrement de James Bond, mais elle sait qu'il n'est pas mort », etc.

Je suis heureuse que Jo et moi l'ayons connue quand nous avions à peine plus de vingt ans. Si je la rencontrais aujourd'hui, je serais terrifiée. On devient prudent, avec l'âge.

Je pense qu'on a une bonne influence sur Clem, et qu'elle en a une bonne sur nous également. Elle est comme le jus de citron et le sel dans le consensus mièvre auquel Jo et moi pourrions facilement parvenir. De notre côté, on l'empêche de passer trop de temps avec des personnes influentes aussi minces qu'elle, qui semblent essayer de se surpasser et se discréditer les unes les autres en permanence. En termes de look et d'attitude, Clem est comme elles, mais pas dans son cœur ni dans son âme.

Cela mis à part, ça a l'air épuisant, d'être une prima donna de compétition. L'un des avantages à être contre-performante, c'est que vous n'en rencontrez pas tant que ça.

Nous sommes donc au salon de Jo. De temps en temps, celle-ci insiste pour nous laver les cheveux et nous coiffer, avant une soirée importante. Le trente et unième anniversaire de Rav est notamment une occasion qui justifie une intervention capillaire. Clem a renoncé à se coiffer, étant donné qu'elle a opté pour un look « saut du lit ». « Pensez vol transatlantique, suivi d'un blizzard de shampoing sec. »

Jo adore les défis, alors ce soir j'ai apporté une pince à cheveux avec des strass et des perles en forme de fleurs et de lierre que j'ai trouvée à la boutique de Clem, et je lui ai demandé de me faire une coiffure qui irait avec.

— J'adore tes cheveux, me dit-elle, tandis qu'elle attache une mèche et tire sur une autre pour en vérifier la longueur. Ce blond doré et brillant de starlette, plus personne n'a une couleur comme ça.

— Tu me donnes envie de recommencer à me décolorer les cheveux, commente Clem, en observant l'effet magique des coups de brosse de Jo associés au sèche-cheveux.

Le salon de coiffure se situe entre Crookes et Broomhill et s'appelle, croyez-le ou non, le Cut And Snark[1]. Je me souviens du jour où la banque lui a accordé son prêt et où elle a signé le bail. J'ai pensé qu'elle allait tout faire foirer à cause d'un mauvais jeu de mots.

— C'est une très mauvaise idée, avais-je dit à l'époque. Avec « Snark », tu auras l'air d'insulter tes clients !

— Ça signifie seulement que tu pourras venir pour te faire couper les cheveux et râler sur ce qui te fait envie. Bavarder. Te défouler !

— Non, Jo, vraiment. C'est comme si une boucherie s'appelait La Grosse Saucisse.

— Non, ce n'est pas pareil, parce que ça veut dire « pénis ». Tandis que, là, le nom est clean.

Je m'étais pris la tête dans les mains. Elle était déterminée.

Sept ans plus tard, le Cut And Snark ne désemplit pas. Les étudiants s'arrêtent pour prendre l'enseigne en photo, et le salon envahit les réseaux sociaux à chaque nouvelle vague automnale de première année de fac.

Je n'irais pas jusqu'à admettre que le nom était une bonne idée en soi, mais, la vérité, c'est que Jo est si accueillante et si douée dans son travail que le salon pourrait s'appeler n'importe comment, tout le monde s'en moquerait. Elle fait des mélanges de shampoings et de couleurs et taille

1. « Coupe et Persiflage », jeu de mots avec *Cutty Sark*, nom d'un navire à voile britannique utilisé pour le commerce du thé avec la Chine. (N.D.T.)

les longues tignasses des étudiantes qui ont décidé de se réinventer, en ne conservant sur la tête qu'une crête bleue et rose.

— C'est comme les Pet Shop Boys[1], ou les hot-dogs, avait dit Rav, lorsque Jo avait acheté une maison et qu'il était apparu clairement que nos prévisions de suicide commercial étaient erronées. Si le produit est bon, on oublie le nom. C'est juste une passerelle qui mène au plaisir.

— Les hot-dogs ne sont pas une passerelle qui mène au plaisir, avait répondu Clem.

— Tu n'y connais rien ! avait rétorqué Rav.

Je raconte à Clem et Jo ce qui s'est passé avec Geoffrey, en omettant le même détail qu'avec Esther.

Jo se fige, des pinces à cheveux dans la bouche.

— Tu plaisantes ? Il a vraiment dit que tu ne te respectais pas ?

La façon dont elle enroule les cheveux sur eux-mêmes avant de les fixer relève de la virtuosité, ni plus ni moins.

— Il a prétendu que, si je faisais preuve d'un peu plus de motivation et que j'acceptais son offre d'emploi, je pourrais réussir à inverser la tendance. Je « traîne » aussi en ville comme une « ado », et je n'ai « pas un rond ». Pourquoi est-ce que les parents pensent qu'ils peuvent nous attaquer sur des trucs aussi personnels ? Vous vous imaginez dire à quelqu'un qui n'est pas votre descendance : « Tu es célibataire et pauvre, et tu n'as aucun statut. Mais, dis-moi, je rêve ou tu as grossi ? » C'est de la sauvagerie.

— Je suis complètement d'accord, déclare Clem en brandissant sa cigarette électronique dans les airs pour plus d'emphase. Si on disait aux gens les mêmes choses que ce que certains parents disent à leurs enfants adultes, on se ferait traiter de sociopathe. Ce n'est pas parce qu'ils ont

1. Nom d'un groupe de rock britannique qui signifie littéralement « les garçons de l'animalerie ». (N.D.T.)

eu des relations sexuelles sans protection ayant entraîné notre apparition sur terre qu'ils ont tous les droits.

— Et Geoffrey n'est même pas mon père ! Il s'adonne à la beau-paternité de la façon la plus pernicieuse qui soit : en donnant des ordres à des personnes qu'il n'a pas eu à élever.

Pousser un coup de gueule alors que je me vois dans une glace ne me met pas entièrement à l'aise. J'ai la coupe de cheveux de Daisy Buchanan et la tête d'Ena Sharples.

Clem en remet une couche.

— Laisse-moi te dire autre chose : si tu acceptes le boulot, ensuite, ce sera : « Et pourquoi tu es célibataire ? » Si tu te trouves un mec, ce sera « Pourquoi tu n'es pas mariée ? », puis « Pourquoi tu n'as pas acheté de maison ? », puis le premier enfant, puis le deuxième. Ils ne sont jamais contents. Ma tante est comme ça. D'après ma mère, elle a instauré une espèce de compétition entre ses filles et moi depuis qu'on est en âge de marcher et lire. La meilleure chose à faire, c'est de ne pas leur prêter attention.

— Qu'est-ce que tu comptes faire ? me demande Jo.

— Je n'en sais rien. À moins qu'il s'excuse, ce qui m'étonnerait fort venant de lui, j'ignore comment je suis censée supporter sa présence. Esther pense qu'il faut que je la joue sympa pour soutenir ma mère.

— Qu'est-ce qui plaît à ta mère, chez lui ?

— En un mot, son argent. Bon, d'accord, ça fait deux mots. Arf. J'allais dire « ne me laissez jamais sortir avec quelqu'un de riche », mais ça ne risque pas d'arriver.

— Robin n'était pas vraiment du genre fauché, pourtant, souligne Clem.

— Je ne l'inclus pas, car on n'aurait jamais fonctionné sur le long terme. J'aurais mieux fait d'investir mon argent dans une combine à la Ponzi[1], au lieu d'attendre quoi que ce soit de lui.

— Tu dois l'éviter à tout prix, George, dit Jo.

— Non, au contraire, elle devrait boire un verre avec lui et lui demander de la laisser tranquille, objecte Clem. Et emmener quelqu'un de menaçant avec elle.

— Du genre toi ?

— Je pensais plutôt à quelqu'un qui soit capable de lui casser le bras et de le lui faire manger.

— Toi, donc.

— Crise généralisée, Sabbat ! s'écrie Rav, lorsque nous nous extirpons du taxi et que nous franchissons la porte du bar.

Sabbat est le petit surnom qu'il nous a donné, à Jo, Clem et moi.

— Je viens de voir un abruti habillé comme un membre de Kasabian payer une tournée avec sa putain de *montre*. Il faut qu'on trouve un autre pub. Et vite !

Nous avons commis l'erreur d'aller dans un nouveau bar du centre pour une occasion spéciale, car nouveau égale spécial, en oubliant que nouveau égale non testé. Dans le cas présent, c'est même nouveau égale décevant. Il y a un manque inhospitalier d'endroits où s'asseoir, et le volume de la musique oblige à crier pour se faire entendre.

— Putain de *hipsters* ! râle Clem en examinant les tabourets et les candélabres dans des cages.

Elle souffle du coin de la bouche la fumée de sa cigarette électronique, qu'elle tient entre deux doigts aux ongles couleur rouge sang, façon Bette Davis des temps modernes.

1. Montage financier frauduleux qui consiste à rémunérer les investissements des clients par les fonds des nouveaux entrants.

Pour être honnête, ce n'est pas comme si elle n'avait pas elle-même des airs de *hipster*, mais passons.

— Il nous faut un endroit où on peut s'entendre boire, mais où on ne va pas se sentir complètement idiots parce qu'on est bien habillés. Simple mais stylé, reprend Rav.

Il porte son pantalon en laine violet et je suis d'accord : on ne peut pas aller dans un bar miteux, où des pochtrons vont le traiter de tapette.

— Attends une seconde…, commence Jo en se tournant vers moi. Et le Wicker ?

— Eh ! C'est mon jour de congé !

Au moment où les mots sortent de ma bouche, je songe que Lucas sera là. Et qu'il me verra sur mon trente et un. Papillons dans le ventre. Vous pouvez vous raconter tous les bobards que vous voulez, les réactions à chaud disent toujours la vérité.

— C'est une trèèèès bonne idée, au contraire, argue Clem. C'est sympa, là-bas, et on sera traités comme des VIP grâce à Georgina.

Rav tire sur les revers de mon manteau.

— Allez, George ! Deux tournées maxi. Juste pour se mettre en jambes.

Je lève les yeux au ciel et me fais prier encore un peu avant de céder. Clem attrape son portable pour réserver un taxi et, dix minutes plus tard, nous y sommes.

— Allez vous asseoir, je m'occupe des boissons, leur dis-je, puis je me dirige vers le comptoir.

— Je croyais que tu ne travaillais pas, ce soir, commente Lucas, les sourcils froncés, tandis qu'il examine ma coiffure et mon maquillage extravagants.

— Mes potes voulaient venir ici. C'est l'anniversaire de mon ami Rav. On sort au Leadmill après.

J'accompagne mon explication d'une grimace de dégoût qui me vaut un rire de la part de Lucas.

— Je t'apporte vos boissons. Vous avez droit au service en salle, sauf si on a un monde fou.

— Merci !

Je souris. Il me sourit en retour. Puis, l'espace d'une micro-seconde, son regard passe de mon visage à ma tenue. Je porte une robe rouge sombre en dentelle façon bal de fin d'année, avec un grand décolleté dans le dos. La fermeture est si basse qu'elle démarre presque à la limite de ma petite culotte (en choisir une qui ne se voyait pas m'a d'ailleurs donné mal à la tête). Le corset à armature sans bretelle est tellement constrictif qu'il m'aura certainement refaçonnée à vie d'ici la fin de la soirée.

Quand je me suis glissée là-dedans (notons qu'il m'a presque fallu un chausse-pied), je n'ai pas songé une seconde que je devrais parader devant Lucas. Je me sens mal à l'aise, mais différemment de d'habitude.

Ça me rappelle une autre soirée. Une autre robe rouge.

Kitty s'approche à toute vitesse et couine :

— Oh mon Dieu, Georgina, on dirait une star de cinéma ! Tu ne trouves pas, Lucas ?

Je me tortille dans ma robe, gênée.

— Tu es tellement belle que je ne t'ai pas reconnue, au début.

J'éclate de rire.

— Euh... merci.

— Jolie coiffure, me complimente Lucas à voix basse, tandis qu'il commence à servir la pinte de Rav.

Je marmonne que mon amie est coiffeuse.

« Ce sont tes vrais cheveux ? Est-ce que c'est la vraie couleur ! C'est ce que je voulais dire »...

— Vous allez où, après ? Au Leadmill ? Les hommes vont se jeter sur toi comme des pigeons sur des frites ! déclare Kitty.

Mon regard croise aussitôt celui de Lucas, et je ne sais pas si on se dit quelque chose par cet échange ou pas.

Je me dirige vers ma table. Je sens l'air, et possiblement des yeux, sur ma peau nue, de la nuque au bas de mon dos, et j'en ai la chair de poule. Est-ce le fruit de mon imagination ?

Le portable de Jo vibre sur la table. C'est un message WhatsApp de Phil. Elle retourne son téléphone pour ne plus voir l'écran.

— Empêchez-moi de répondre. J'ai pris la bonne décision, pas vrai ? J'en suis sûre 99 % du temps, et après je pense : « Tu l'as largué juste parce qu'il t'avait invitée à un mariage. »

— Non, tu l'as largué parce qu'il voulait les droits, la disponibilité et l'espace émotionnel d'un petit ami, tout en insistant sur le fait qu'il n'était pas prêt à être ton petit ami, gaspillant ainsi ton énergie et t'empêchant de trouver quelqu'un qui voudrait jouer ce rôle dans ta vie.

Clem me regarde avec des yeux ronds.

— Tu t'exprimes drôlement bien, pour quelqu'un qui s'apprête à prendre une cuite !

— C'est vrai, renchérit Jo. Mais… est-ce que vous croyez que les gens changent ?

Clem me regarde avec une expression qui semble dire « houlà ! ».

— Rav, tu dois bien avoir la réponse à ce genre de questions, insiste Jo.

— Hum… Professionnellement, ma réponse est oui, les gens peuvent travailler sur certains comportements, et décider de ne pas les reproduire s'ils le veulent. Je serais au chômage, dans le cas contraire. Mais, personnellement, je dirais que personne ne peut changer sa nature. Notre personnalité reste notre personnalité.

— Donc c'est à moi de déterminer si le problème de Phil est un problème de comportement ou de personnalité ?

— C'est surtout à toi de t'envoyer quelqu'un d'autre et d'aller de l'avant, lui assène Clem.

— Bonsoir. Qui a commandé quoi ?

Lucas pose les boissons sur la table, tandis que des regards curieux se posent sur lui.

— Clem, se présente mon amie, en lui tendant la main. On n'a pas eu l'occasion de faire connaissance le soir de la représentation de Georgina, je crois. Qu'est-ce que tu en dis, Lucas ? Joins-toi à notre débat philosophique. Est-ce que les gens peuvent changer ?

— Est-ce que les gens peuvent changer ? répète-t-il.

— C'est ça.

Je me plonge dans un examen fasciné du contenu de mon verre.

— À mon avis, non. Absolument pas. Est-ce que vous me trouvez trop nihiliste ?

— Il me plaît bien, lance Clem, et je la fixe avec des yeux écarquillés.

— Pourquoi est-ce que tu penses ça ? demande Rav.

— D'après mon expérience, ce qu'on appelle « changer » équivaut à en apprendre davantage sur sa nature. Mais cette nature est toujours là.

Ma peau exposée me picote.

— Tu t'éclates, pour ton anniversaire, à ce que je vois, ajoute-t-il.

Rav s'esclaffe bruyamment.

— C'est combien ? demandé-je à Lucas en montrant nos consommations.

— Je mets ça sur une ardoise, tu régleras demain.

Mon intuition me dit que la note ne se matérialisera jamais et qu'il me fait bénéficier d'un traitement de faveur.

— Amusez-vous bien. Oh ! et bon anniversaire, dit-il à l'adresse d'un Rav enchanté.

— Jésus Marie Joseph ! siffle Clem, alors que Lucas s'éloigne.

Jo renchérit :

— Waouh, il est tellement canon que c'en est incompréhensible.

— Tu m'en diras tant. Je crois que le col de mon utérus vient de se dilater, ajoute Clem.

— *Chuuuuut ! Mais bouclez-la !* murmuré-je aussi fort que je peux.

Quelle idiote ! Comment ai-je pu ne rien voir venir ? Elles n'avaient pas remarqué Lucas, le soir de « Plus on est honteux », alors j'avais oublié. Je me suis reposée sur mes lauriers.

Il faut que je trouve le moyen de faire passer le message suivant : cet homme ne m'intéresse pas, il est néanmoins hors de question que vous l'approchiez, ne me demandez pas pourquoi.

— Mon Dieu, pourquoi tu n'as jamais parlé de lui ? demande Clem, qui le suit du regard.

Je réponds à voix basse :

— Je l'ai fait. Le gars du lycée…

— Naaaaan ! Il était dans notre cours de littérature ? s'étonne Jo. Comment j'ai pu oublier ?

— C'est celui qui ne se souvient pas de toi ? s'enquiert Rav.

Je hoche la tête.

— C'est marrant, il n'a pourtant pas l'air d'être du genre étourdi.

J'inspire, je contracte mon ventre et déclare d'un ton léger qui implique que « le sujet est clos » :

— Pour quelle raison ferait-il semblant de m'avoir oubliée ?

Comme déjà évoqué pendant notre dîner chez Rajput, la réponse est qu'il pourrait avoir tout un tas de raisons, mais je décide de prendre exemple sur Lucas, et mon intonation est catégorique.

Étonnamment, ajouté aux shots gracieusement offerts par la maison que Kitty vient de faire apparaître, ça fonctionne.

Chapitre 27

— Ce n'est pas pour verser dans la mélancolie, mais, à trente et un ans, je me demande combien d'années il me reste avant que la poursuite manque de dignité, me crie Rav à l'oreille, tandis que nous sirotons nos boissons en inspectant la piste de danse.

— Ne te décourage pas. Ça a toujours manqué de dignité.

De quatre, nous sommes passés à deux. Clem est en train de se faire draguer par un sosie de Jarvis Cocker et Jo est dehors, en grande conversation téléphonique avec Phil. Nous soupçonnons des retrouvailles imminentes.

— Jo est Whitney et Phil est son Bobby, avait dit Clem. Il ne nous reste plus qu'à espérer qu'elle ne commence pas à fumer du crack à cause de lui.

On a brièvement discuté avec une amie d'une collègue de travail de Rav, Julia. J'ai bien vu que Rav lui plaisait, mais, quand j'en ai parlé à l'intéressé, j'ai eu droit à :

— Rien en commun.

« Rien en commun » est sa formule consacrée de rejet.

— Tu sais, quand tu dis que tu veux rencontrer une femme super intelligente, qui peut porter un feutre rouge, veut faire le chemin de l'Inca et tout le bazar…

— Oui ?

— *Tu* es super intelligent, *tu* portes très bien le feutre rouge et *tu* peux aller au Pérou quand bon te semble. Pourquoi ne pas choisir une femme qui ne serait pas tout cela et être tout cela toi-même ? Laisse-la t'apporter d'autres choses.

— Si je comprends bien, tu es en train de me conseiller d'être la femme avec qui je veux sortir ?

— Exactement !

— Hum. Je comprends ce que tu veux dire, je suppose.

Un quart d'heure plus tard, il est sur la piste en mode *Fièvre du samedi soir*, entouré d'un cercle d'acolytes, Julia sur les talons.

— Votre coiffure est très jolie, dit, près de moi, une voix masculine avec un accent américain. On dirait une coiffure de bal de fin d'année.

Je tourne la tête. L'homme est costaud et barbu. Il a la trentaine, porte une chemise rose et arbore une expression amicale et bienveillante.

— Ed, se présente-t-il en me tendant la main.

— Bonsoir, Ed. Georgina.

Il a quitté le Minnesota pour venir enseigner la littérature américaine à l'université. Nous discutons avec animation d'écriture, de Sheffield, je lui parle de « Plus on est honteux », le tout en criant à moitié dans ma main en entonnoir.

Pendant les vingt minutes qui suivent, il me parle du Minnesota. Et… pendant les vingt minutes d'après aussi. Ma partie est terminée.

D'un seul coup, je vois dans Ed l'Américain les fantômes de mes relations passées. Ça n'arrive pas souvent, dans la vie, de sortir d'un modèle que vous avez créé et de voir ce modèle.

Ce n'est pas sa faute, mais c'est comme ça que toutes mes relations ont commencé au cours de la dernière décennie : un type plutôt sympathique à qui je plais, et moi qui me sens dans l'obligation de le récompenser pour ça. De lui donner une chance.

Je sais déjà comment se passera le premier rendez-vous (pizza), puis le second (bar à vin), puis le sexe après ça. Moi à califourchon sur son corps robuste, comme si j'étais dans un canoë, à simuler des gémissements pour en finir plus vite, pendant qu'il me malaxe les seins comme s'il construisait un château de sable.

Essayer désespérément de se convaincre qu'on se complète, que je suis en train de tomber amoureuse et que, si ça se trouve, *c'est le bon*, vous savez, comme dit ma mère, « si tu veux des enfants ». Au quatrième mois, quand il discutera du voyage organisé à réserver pour l'été suivant et que ça semblera aussi séduisant qu'un séjour à Guantanamo, accepter que le moment est venu d'arrêter les dégâts, avant de vraiment lui faire du mal. Me rendre compte que ce n'est pas en sortant avec un écrivain qu'on en devient un. Ou un comédien, ou n'importe quoi d'autre, en fait.

Ed a son portable à la main et le regard plein d'espoir. Il n'y est vraiment pour rien si j'ai déjà vécu notre relation dans ma tête, durant le laps de temps nécessaire pour sortir mon portable de ma pochette cloutée.

— Je serais ravie de te donner mon numéro, mais je n'ai pas envie de sortir avec qui que ce soit en ce moment. Par contre, si tu as besoin du point de vue d'une serveuse, ou d'une citation quelconque, ou envie d'une pinte entre amis, n'hésite pas.

— J'ai assez d'amis, dit-il, mais après avoir pris mon numéro.

— Tu en as, de la chance !

Les premières notes de *Dancing on My Own*, de Robyn, retentissent.

— Désolée, mais j'adore cette chanson !

Ça fait peut-être un peu cliché de danser toute seule là-dessus[1] mais, dans le même temps, ça me fait un bien fou. C'est terminé, j'arrête. J'arrête de me sentir validée par l'intérêt masculin, ou de sortir avec le premier venu.

1. Le titre de la chanson signifie « danser toute seule ». (N.D.T.)

J'ai le droit de décliner des propositions, même si elles viennent de types gentils. Je suis très bien comme je suis.

Alors que le deuxième refrain commence et que je suis en pleine euphorie, mes fesses cognent dans quelque chose. Je me retourne : Ed chante en chœur en se trompant dans les paroles, il essaie de m'attraper par la taille et se frotte contre moi.

Soupir.

Chapitre 28

Je comprends que la bataille du Muffin avec Geoffrey tourne au vinaigre quand je reçois un mail de Mark. Mon portable vibre à une heure pas possible un lundi (une heure à laquelle seules les personnes efficaces sont déjà actives). Je me traîne au rez-de-chaussée pour y répondre via mon ordinateur, parce que l'écran est plus grand que celui de mon portable et qu'un café noir ne me ferait pas de mal.

Ma robe de star de cinéma pend sur son cintre, chiffonnée, et la réalité a repris ses droits, après une énorme gueule de bois en guise d'intermède. Petit frisson d'excitation, néanmoins : alors que j'étais en jogging, en train de regarder des épisodes de *Dawson* à travers les trous pour les yeux d'un masque tissu, j'ai envoyé un message à Lucas. J'ai relu l'échange six fois.

Je ne sais pas si je dois te remercier ou t'attaquer en justice pour l'état dans lequel je me trouve aujourd'hui. J'ai besoin d'une hémodialyse à la Keith Richards. #sambucagratuite

Ha ! Mal à la tête ? [Smiley bouche vers le bas.] J'espère que tu as passé une bonne soirée (et que tu n'es pas tombée d'un cocotier).

C'était super, merci beaucoup pour le traitement VIP. (Tombée d'un cocotier ?)

C'était une blague sur Keith Richards. Regarde sur Internet si tu as le courage. Et de rien. Bisou

Certes, on est loin de la correspondance entre F. Scott Fitzgerald et Zelda, mais la présence inattendue d'un bisou à la fin me réchauffe le cœur.

Karen m'a laissé un mot dans la cuisine. Attention.

BONJOUR.

Ta tortue me fait flipper. Elle m'a fixée pendant que je dînais, hier soir, et elle sent le chou. Est-ce qu'on pourrait la changer de place et la mettre ailleurs qu'à côté de la télé ? Ce n'est pas nécessaire de la laisser dominer la pièce.

P.S. : Et aussi est-ce que ses ongles sont normaux ? On dirait un dinosaure.

Pauvre Jammy ! Je vais le voir, caresse sa petite tête couverte d'écailles du bout de l'index et lui donne un peu de laitue. Je savais que Karen l'accepterait au début et qu'elle péterait un câble ensuite. Son adoption a exigé moult flatteries, pots-de-vin sous forme de cadeaux et promesses de payer une plus grande part des factures, car comme chacun sait, une tortue consomme beaucoup d'eau et d'électricité. Et Jammy doit vivre dans le salon, car, il est hors de question que je parcoure deux volées de marches étroites avec son bac chaque fois que je dois le nettoyer.

J'allume mon vieux Dell et je relis la missive de Mark. C'est l'arme nucléaire que déploie Esther, quand elle n'arrive pas à me convaincre elle-même. Au vu de la réticence de Mark à se disputer, elle n'en use qu'avec parcimonie, car elle sait qu'une utilisation excessive en diminuerait l'efficacité. La dernière fois que Mark a essayé de négocier un accord avec moi, c'est quand j'ai refusé de porter l'étole en véritable fourrure (avec une petite tête pétrifiée de rongeur aux dents jaunies et pointues, excusez du peu) que ma mère avait choisie pour ma tenue de demoiselle d'honneur.

Salut, G !

J'espère que tu vas bien. J'irai droit au but. Tu sais que, normalement, j'évite de me mêler de ce genre de trucs, mais, apparemment, ta mère est en pleine crise parce que tu l'évites depuis ta dispute avec Geoffrey. Elle rebat sans arrêt les oreilles d'Esther avec ça. Esther ne veut pas insister, elle ne veut pas que tu la croies du côté de ta mère, bla bla bla. Est-ce que tu pourrais au moins dire à ta mère que tu as juste besoin d'un peu de temps ? Loin de moi l'idée de te dicter ta conduite. Je suis juste un beau-frère, qui se trouve devant une fille, et qui lui demande de l'aimer assez pour faire en sorte que sa sœur arrête de radoter. C'était dans quoi, au fait ? *Quatre mariages et un enterrement* ? Bisous. Mark

Salut, Mark.

D'accord. Mais c'est bien parce que c'est toi. Bisous.

P.S. : Je crois que c'était dans *Coup de foudre à Notting Hill.*

Mark doit s'ennuyer au bureau car, avant même que ma tartine ne soit grillée, il répond :

Ahhhh, celui avec l'actrice ? M...

Tous les films ont des actrices, non ? G

Je voulais dire celui qui PARLE d'une actrice ! Ah, et je voulais aussi te demander comment ça se passe, au Wicker. J'ai plus souvent affaire à Devlin qu'à son frère. Il a l'air d'un type bien. Je l'ai rencontré quand il est arrivé et qu'il cherchait quelqu'un pour s'occuper de la comptabilité du pub.

Il est top et le pub aussi ! Encore merci. Bisous

Ça m'a fait rire quand il est venu au bureau avec son frère, je m'attendais à des magnats en costume à rayures, alors que leur style s'apparentait davantage à celui de stars du rock en week-end. Mais le look est différent quand on a fait fortune dans le monde des pubs et des boîtes de nuit, j'imagine. La plupart de nos clients sont beaucoup plus grisonnants. Oups, je ne devrais pas te raconter ça sur mon mail professionnel. Suppression dans 3, 2, 1…

Des magnats ? Ils ont juste un ou deux pubs à Dublin, non ?

Je mords pensivement dans ma tartine de pain complet badigeonnée de Marmite, en espérant que Mark éclaire ma lanterne.

Ah, mon adorable petite belle-sœur désintéressée ! Ils ont « juste » trois établissements dans le centre de Dublin, dont ils sont propriétaires et pas locataires (tu sais combien coûte une propriété pareille, là-bas ?), et un autre à quelques kilomètres de là, à Dún Laoghaire. Pour te donner une idée, c'est le code postal qui figure sur le courrier de Bono. Leur portefeuille vaut des millions. Ils ont pris la suite de leur père à la tête des affaires familiales, je crois. Une vraie minidynastie. Il faut que je file, la réunion de bilan annuel m'appelle. QUELLE JOIE ! Et merci, tu es bien urbaine, comme toujours. M

Je ferme mon ordinateur et ressasse les révélations de Mark. Je revois ma copie sur les McCarthy. Je savais qu'ils avaient un niveau de vie décent, mais qu'ils étaient riches ? Ça m'était complètement passé au-dessus de la tête. Cela dit, comme Mark l'a fait remarquer, ils n'ont pas un style de rois du pétrole (ou de la bière artisanale).

C'est un peu mesquin de ma part, mais je me demande, du coup, si leur impartialité aussi décontractée que peu commune vient du fait qu'ils ont toujours donné le rythme, sans avoir peur de manquer d'argent et sans être sous la matraque d'un supérieur hiérarchique. Je suis bien forcée d'admettre que cela aurait tout aussi bien pu les transformer en Hitler de pacotille, s'ils avaient montré des prédispositions.

Pendant que je me douche, que je m'habille et que je me maquille, je ne cesse de penser à ce dernier coup de théâtre.

Si la cabale populaire de terminale avait su ça, quelque chose me dit que Lucas aurait été réévalué et promu. C'est tout à son honneur de n'en avoir jamais parlé, pas même à moi.

Et dire que j'étais censée être un meilleur parti que lui, à l'époque du lycée ! Ha. Ça dépend pour qui.

J'inspire profondément et j'appelle ma mère sur la route du pub. Dommage que je ne fume plus. Comme avec Esther, je pense qu'une conversation limitée à une durée imposée est une bonne idée. Mais, contrairement à ma discussion avec ma sœur, je comprends vite que celle-ci ne va pas être très amicale.

— Pas trop tôt ! Je me demandais si tu allais de nouveau m'adresser la parole un jour, attaque d'emblée ma mère.

— Comme si…

La dynamique parentale me donne aussitôt l'impression d'avoir quatorze ans. Une vieille habitude qui ne me manque pas.

— Tu aurais pu gérer la situation avec un peu plus de grâce, Georgina, au lieu de m'ignorer purement et simplement.

— J'ai été très occupée et je n'avais pas envie qu'on se dispute.

— Ça ne sera pas nécessaire si tu présentes tes excuses à Geoffrey. Maintenant qu'il s'est calmé, il est tout à fait pondéré. Nous avons beaucoup de chance de l'avoir.

Je m'arrête net en plein milieu de Northfield Road, bouche bée.

— *Quoi ?* Ce serait plutôt à lui de me présenter des excuses !

— Et on peut savoir pourquoi, exactement ?

— Hum, laisse-moi réfléchir… Pour m'avoir dit que ma vie était pathétique, m'avoir traitée d'égoïste, avoir sous-entendu que je faisais un peu traînée sur les bords, s'être moqué de mon travail, avoir déclaré que j'étais un désastre, et papa, un connard.

Elle garde le silence quelques secondes. J'en déduis que Geoffrey a omis de lui faire part de ces menus détails.

— C'est marrant, il m'a raconté que c'était toi qui t'étais montrée agressive. Tu lui as jeté sa très généreuse offre d'emploi à la figure, tu as fait des blagues douteuses en disant que tu aimerais mieux t'adonner à la prostitution, et tu t'es montrée très impolie et sarcastique à l'idée de ne serait-ce qu'envisager de travailler pour une entreprise de chauffage central. Je ne sais pas d'où tu tiens de tels airs de supériorité, jeune fille, car, d'après ce que je vois, tu n'as rien à perdre en acceptant !

Comment puis-je lui dire : « Ton mari est un menteur malveillant » sans la vexer ?

J'ai le sentiment que ce n'est pas uniquement parce qu'il tient les cordons de la bourse et joue le lord-protecteur qu'elle en tient pour lui. Sa façon de survendre le conte de fées bidon de Geoffrey montre bien qu'elle a pris sa décision : elle veut désespérément me voir dans un bureau, avec un joli métier bien stable, supervisée par son mari, et éternellement redevable. Elle veut que je sois comme elle. Je me demande combien de temps je devrai attendre avant qu'on me pousse dans les bras d'un fils de médecin doté d'un double menton et de tics nerveux. (« Il grimpe les échelons à toute vitesse et c'est un jeune homme intelligent qui présente bien. À ton âge, tu pourrais trouver bien pire. »)

— J'ai déjà un travail que j'aime beaucoup et, après la façon dont Geoffrey m'a traitée, je refuse de lui devoir quoi que ce soit, merci bien.

Pause. Ma mère fait claquer sa langue en signe de désapprobation.

— Lui et moi, on ne te comprend pas. Pourquoi es-tu aussi réfractaire à l'idée de nous laisser t'aider ?

— Si tu veux vraiment m'aider, je ne serais pas contre un peu de confiance et de soutien émotionnel.

— Georgina, tu as trente ans et tu travailles encore dans des bars. Tu n'as pas d'économies, pas de retraite, pas de logement à toi, pas de petit ami. Je suis censée soutenir quoi, exactement ?

— Moi en tant que personne. Je ne suffis pas ?

J'arrive à dire ça comme si j'étais calme et décontractée, alors que je suis au bord des larmes.

— Je suis heureuse.

— *Vraiment* ?

— Oui, rétorqué-je d'un ton sec.

— Tu devrais sérieusement songer à donner une autre chance à Robin.

— Tu… quoi ? Robin ? Pourquoi ? Tu ne peux pas l'encadrer !

— On est tombés sur lui en faisant les courses, la semaine dernière, ou peut-être celle d'avant, je ne sais plus. Nous étions sur le point d'attraper le même pot de beurre de cacahuètes. C'est drôle, non ? Il ne t'en a pas parlé ?

Mon estomac se retourne. Qu'est-ce que c'est que ce… J'ai aussitôt les mains moites et j'agrippe mon portable si fort que j'ai peur de le réduire en miettes. Impossible de lui dire à quel point c'est une très, très mauvaise surprise.

— Non, il ne m'a rien dit.

— Je pensais qu'il le ferait. Il nous a expliqué que ce n'était pas très sérieux entre vous au début, qu'il t'avait contrariée en te l'avouant, que tu l'avais quitté et qu'il voulait vraiment s'engager, à présent. Je crois qu'il est sincère, Georgina. Parfois, un homme doit simplement trouver la bonne compagne pour mûrir et se poser.

Imaginer cette scène au rayon des sauces et condiments me donne la nausée.

— Pourquoi est-ce qu'il vous a raconté tout ça ?

— Il devait croire que nous avions mal interprété ses

intentions envers toi. Il préférerait sans doute que je ne te le dise pas, mais il tient énormément à toi. Je n'avais pas réalisé qu'il venait d'une si bonne famille.

— Vous avez discuté pendant combien de temps ?

— Cinq minutes à peine. Il a semblé très heureux de nous voir.

Sans blague. Une bonne famille. HA HA. Il a dû sous-entendre qu'il venait d'une famille friquée et, maintenant, ma mère se fait une haute opinion de lui. En prime, il a sûrement flatté l'ego de Geoffrey, en lui témoignant les égards dus à son statut d'aîné du village. À présent que Robin a rampé et supplié et partagé des informations sensibles, il a réussi à les amadouer, les a ralliés à sa cause. Toute cette histoire me donne envie de prendre une douche brûlante.

Je me force à me concentrer.

— Maman... est-ce que tu lui as dit où je travaillais en ce moment ?

— Oh... je pense que c'est venu dans la conversation. Oui, oui, je l'ai mentionné alors qu'on discutait du fait que Geoffrey voulait t'offrir un travail. Et ça t'intéressera sûrement de savoir que Robin aussi pense que c'est une idée fantastique.

Elle a lâché ça avec la fierté d'un magicien qui viendrait de faire sortir un lapin de son chapeau. Comment ne voit-elle pas qu'ils sont en train de se faire berner ? Qui change de personnalité à cent quatre-vingts degrés ? J'en vomirais. Je prétends que je viens d'arriver au pub, alors que j'ai encore cinq minutes de trajet à parcourir, afin de pouvoir ruminer tout ce qu'elle vient de me raconter.

Ah, Lucas ! Tu es si sage... Robin est néfaste. Et, à moins que je l'y oblige, ça m'étonnerait qu'il s'arrête là.

J'ai très sérieusement besoin de me détendre et, par chance, le Wicker fournit pléthore de blagues.

— Faites place ! crie Devlin, alors que je lance mes affaires derrière le comptoir.

Deux hommes sont en train d'installer un juke-box Wurlitzer multicolore à côté de la cheminée, à grand renfort de soupirs et de grognements.

— On peut savoir ce que ça fait là ? demande Lucas en fixant le juke-box d'un sale œil.

Dev tape sur le flanc de la machine, aussi rayonnant et fier qu'un jeune papa.

— Elle est magnifique, pas vrai ?

— Premièrement, ce n'est pas d'une femme qu'on parle mais d'un objet, et non, c'est hideux. Ça sert à quoi ?

Kitty et moi échangeons un regard ravi qui signifie : « Et c'est parti ! » Les chamailleries entre frères sont une constante.

— À passer de la musique, pardi !

— Ensuite, ce sera quoi ? Un grand écran pour retransmettre les matches de foot ? On est bons pour écouter du Metallica et du Girls Aloud à longueur de soirée.

— Tu dis ça comme si c'était une mauvaise chose.

— C'est hors de question, Dev ! Tu les rappelles et tu leur demandes de revenir chercher ce truc. On a tout misé sur le côté « traditionnel » et « bières artisanales », nom de Dieu ! Autant mettre un lutin en plastique à la porte et servir des cocktails couleur Bisounours !

— Tu ne t'es jamais dit que tu avais fait le mauvais choix, en choisissant l'industrie de l'hôtellerie ?

— Ça s'appelle avoir du goût, Dev, tu devrais essayer.

Lucas semble encore plus grognon que d'habitude.

Il sort, Keith sur les talons. Devlin soupire, et Kitty et moi rions.

Dev finit par aller dans la salle du haut pour bricoler je ne sais quoi, et je me retrouve seule avec Kitty.

— Ça paraît dur à croire qu'un mec aussi sexy que Lucas soit célibataire, tu ne trouves pas ?

Je bois une gorgée d'eau avant de répondre d'un air détaché :

— Peut-être qu'il ne l'est pas.

— Il l'est. Sa femme est morte et il n'a pas de copine. Bon sang, Devlin...

— C'est Dev qui te l'a dit ?

— Non, c'est Lucas. Je lui ai demandé s'il avait quelqu'un à Dublin et il a répondu que non. J'ai dit « oh alors tu n'es pas marié ni rien, je pensais que si », et il a dit « je l'étais mais elle est morte ». J'ai dit « de quoi » et il a dit « d'un cancer ». J'ai dit « est-ce que tu vois quelqu'un en ce moment » et il a dit « non ».

— Peut-être qu'il n'est pas encore prêt, après avoir perdu sa femme comme ça.

— Non, il a dit que ce n'était pas ça du tout, qu'il était prêt, mais qu'il n'avait rencontré personne qui lui plaisait et qu'il avait une vision cystique de la nature humaine et que la plupart des gens n'apportaient que des déceptions.

— Une vision *cystique* ?

— Un mot dans le genre. Ça commençait par « cy », c'est sûr.

— Cy... cynique ?

— Oui ! Je croyais que c'était lié aux infections urinaires.

— Ça l'est.

— Je croyais qu'il pensait que, l'amour, c'était comme une infection urinaire.

— Non.

Difficile de fonctionner à deux vitesses, quand l'une d'elles est Kitty. Je parviens à isoler ce qui me pose problème.

— Je n'aurais jamais imaginé que Lucas puisse être aussi bavard.

Sans parler du fait que je suis dépitée de constater qu'il s'est confié à Kitty et pas à moi.

— Il ne l'est pas, parce qu'après je lui ai demandé quel était son type de femme et il a dit qu'il préférait ne pas évoquer sa vie privée merci et est-ce que je croyais que le fût de Pale Rider était bientôt vide.

— Ah.

— Tu ne trouves pas que la mort tragique de sa femme le rend encore plus sexy ? reprend-elle en mordillant sa paille.

Elle me fait penser à un lapin.

— Ha ha ha, quoi ?

— Tu sais, le fait de savoir qu'il est triste… ça donne envie de lui remonter le moral avec un peu de sexe, non ?

Je recrache presque l'eau que j'ai dans la bouche.

— Quoi, par gentillesse ! proteste Kitty. Je ne vois pas où est le mal !

— Oui, mais tu… ça ne se fait pas, de dire ça.

Si seulement je pouvais trouver ça drôle, et rien de plus.

Mais… si elle se propose ? Et s'il dit oui ? Si ça arrive avec la prochaine fille qu'ils embauchent ? Pour la première fois, j'envisage la possibilité que Lucas couche avec un membre du personnel et que je doive écouter les anecdotes racoleuses de l'heureuse élue, en faisant semblant de trouver ça drôle. Je parvenais à tolérer les numéros sur les sous-bocks, car ces tentatives-là se heurtaient systématiquement à un mur de brique. Mais, tôt ou tard, d'après la loi des probabilités, quand des femmes se jetteront sur lui de tous les côtés…

Dev réapparaît, couvert de poussière.

— Georgina ? Est-ce que tu peux monter à l'appart et demander à Lucas si le plombier vient bien à 16 heures ? Tu n'as qu'à crier en haut de l'escalier.

Je hoche la tête et ressens un frisson enfantin d'être autorisée à pénétrer dans la tanière de Lucas, une partie privée et nouvelle du bâtiment. La porte qui y mène est sur la gauche derrière le bar, tandis que celle de droite mène à la salle de réception.

Je gravis les marches et appelle, hésitante :

— Lucas ? Lucas… ?

Je n'entends rien, alors je frappe à la porte entrouverte. Toujours rien. Je passe la tête pour regarder à l'intérieur.

J'entends sa voix avant de le voir sortir d'une chambre, son portable collé à l'oreille. Je sursaute en constatant qu'il ne porte rien d'autre qu'une petite serviette, qu'il tient de sa main libre pour l'empêcher de tomber. Au cours de toutes les semaines passées à nous tripoter, nous n'avions jamais rien *vu*, en réalité. Par réflexe, je me détourne et me couvre les yeux.

— ... je me fous de ce que Niamh aurait voulu et je me fous aussi de ce qu'elle voulait quand elle était encore là ! Alors, ne te fatigue pas à invoquer les dernières volontés de ma défunte femme, parce que ça ne sert à rien. Oui, eh bien, elle n'est pas là pour insister, alors c'est moi qui décide. Fais avec.

Je sens que je vire au cramoisi. Oh non. Non non non, stop, je ne peux pas rougir. Si je rougis, ça montrera que j'étais excitée en voyant son torse et le bas de son ventre, et peut-être que je regarderai à nouveau et que je devrai lui faire signe pour indiquer ma présence...

Je regarde à nouveau dans sa direction. Il n'a plus le même gabarit qu'au lycée...

Son regard furieux croise soudain le mien, il écarquille les yeux, et je recule maladroitement pour retourner dans l'escalier en bafouillant des excuses et « je ne savais pas que tu étais occupé ».

Je suis morte d'embarras, mais accessoirement... qu'est-ce que c'était que cette conversation ? Je reste figée un instant sur le palier tandis que j'essaie de comprendre, de la remettre dans un contexte qui la rendrait inoffensive, ou raisonnable, au moins. Parmi toutes les choses choquantes que j'aurais pu entendre, je ne m'attendais sûrement pas à cet accès de virulence contre feu Niamh. Si j'avais dû faire une liste, ça n'aurait certainement pas figuré dessus.

J'aurais sans doute eu moins de mal à faire le tri s'il

n'avait pas été à moitié nu. Je redescends les marches en catastrophe, abasourdie.

J'envisage une nouvelle possibilité : bien qu'étant un très bon patron, peut-être que Lucas McCarthy n'est pas très gentil avec son entourage proche. Oui, il a été génial avec Robin, mais je suis assez grande pour savoir que les gens sont compliqués. On peut être un sauveur un jour et le diable incarné le lendemain. Je ne le connais pas, il ne faut pas que je perde ça de vue. Je suis vraiment idiote d'avoir cru que nous étions en train de nous rapprocher.

— Le plombier vient effectivement à 16 heures, alors ? me demande Dev, quand je me glisse derrière le bar.

Je n'ai rien fait de mal, pourtant, je me sens coupable.

— Oh ! euh… je n'en sais rien, Lucas était au téléphone.

— D'accord. Ça ne fait rien, je monterai après. On parlait journal intime, Kitty et moi, tu en as déjà tenu un ?

— Oui !

D'un coup, je deviens expansive, en proie à un besoin de canaliser mes pensées.

— C'est le dernier truc que j'ai écrit, avant le concours, quand j'étais au lycée.

Si tu savais que les parties les plus croustillantes parlent de ton petit frère… Si ton petit frère savait, d'ailleurs.

Dev donne un petit coup de coude à Kitty.

— Tu devrais en commencer un. Je regrette de ne pas l'avoir fait.

— Oh mon Dieuuu, personne ne fait ça, je suis quoi, une espèce de dame victorienne ? Mais bien sûr, genre j'écrivais mon journal intime dans ma grande chemise de nuit de la mort, et genre je mangeais de la tourte au mouton. Et j'écrivais avec un de ces stylos en plume.

— Une grande chemise de nuit de la mort ? Qu'est-ce que c'est que ce truc ? demandé-je à Kitty, en faisant l'impasse sur le fait qu'elle m'a traitée de vieille.

— Les chemises de nuit que portent les fantômes ou les petits vieux. Tu sais, comme dans *Noël chez les Muppets.*

— Ha ha ha, *Noël chez les Muppets !* Repose en paix, Charles Dickens, dit Devlin.

— Je sais qui est Charles Dickens !

— C'est vrai ? Au temps pour moi, s'excuse-t-il.

— C'est l'ours, il raconte l'histoire.

Devlin et moi échangeons un regard avant d'éclater de rire.

— Oh ! vous me faites chier !

Lucas réapparaît, tout habillé, cette fois, et mon hilarité disparaît aussitôt. Je me trouve vite quelque chose à nettoyer, histoire de m'occuper et de garder la tête baissée. Je sens qu'il cherche mon regard, comme pour s'assurer que tout va bien, mais je m'efforce d'éviter toute interaction.

Finalement, il parvient à me coincer près du seau à glace.

— Georgina, est-ce que tu pourrais rester un peu ce soir après la fermeture ? J'aimerais te parler. Tu peux me retrouver à l'appartement à 23 h 30 ?

— Euh...

Je ne m'attendais pas à ça et je suis mal à l'aise. Je ne suis pas sûre d'avoir envie d'entendre ses excuses. Mais là, à brûle-pourpoint, je ne sais pas où je pourrais bien avoir besoin d'aller par un jeudi soir à presque minuit.

Quelques heures plus tôt, j'aurais sauté sur l'occasion d'entrer dans sa tanière et d'observer le lieu où il vit.

Mais j'en suis de nouveau au stade où je ne sais pas qui est Lucas McCarthy, et je ne veux pas me faire reprendre dans ses filets pour me faire éjecter de nouveau par-dessus bord.

Chapitre 29

À la fin de mon service et pour la seconde fois aujourd'hui, je monte les marches qui mènent à l'appartement, le cœur considérablement moins léger que précédemment.

La porte est fermée, et Lucas répond à la seconde où je frappe.

— Tu veux boire quelque chose ? me propose-t-il.

— Je veux bien un thé, merci.

— Tu ne vas pas me laisser boire tout seul. Qu'est-ce que tu dirais d'un whisky ?

Je hausse les épaules.

— Si tu veux.

Je n'aime pas ce numéro d'imposteur vieux jeu et mielleux. Dis ce que tu veux sur ta femme décédée et ne me mêle pas à ça.

Il quitte le salon pour aller dans la cuisine, et j'en profite pour inspecter le petit appartement spartiate, avec la télévision dans un coin et une fougère en pot dans un autre.

Je me laisse tomber sur le canapé, devant la table basse couverte de paperasse afférente au pub. Des tableaux, des factures, des décomptes de banque… Pour la première fois, je prends conscience qu'il doit sûrement se sentir seul, loin de chez lui, à vivre au-dessus de son lieu de travail, un travail qui, de surcroît, lui prend tout son temps.

Keith débarque à grand renfort de griffes qui grattent le parquet et, comme toujours, j'accueille sa distraction avec reconnaissance. Il s'allonge à mes pieds et je lui caresse le cou.

Lucas me tend un verre, s'assoit dans un fauteuil en osier en face de moi, et pose son whisky sur la table qui nous sépare.

— Je voulais m'expliquer pour tout à l'heure. À propos de la conversation téléphonique que tu as entendue. Ce n'est pas commun de dire qu'on se fiche de sa femme décédée. Dev m'a dit qu'il t'avait expliqué la situation ?

Il lève les yeux au ciel mais sourit. Je me contente de hocher prudemment la tête.

— Lucas, dis-je en adoptant un ton limite collet monté, tu n'as pas à te justifier. Ça ne me regarde pas. Je préfère ne pas m'en mêler.

— Mais je veux t'expliquer.

Il boit une gorgée de whisky et je l'imite, pour éviter d'avoir à répondre. D'un côté, les propos que j'ai surpris étaient horribles. D'un autre, si c'est un connard odieux, pourquoi voudrait-il se justifier ?

Ça fait peut-être partie de la psyché du bad boy ténébreux. Il a besoin de contrôler son image.

— Je parlais à un ami de Dublin, Owen. Enfin... un ancien ami. Il a eu une liaison avec Niamh juste avant sa mort.

J'ouvre la bouche. La referme. Déglutis.

— Oh.

J'avais établi les règles : Niamh était tragique et dévouée. Pas infidèle.

— Je l'ai su quelques semaines avant le diagnostic, mais ça durait déjà depuis des mois. Elle sortait énormément avec ses copines, et j'ai commencé à avoir des soupçons. Un soir, je suis allé au bar où elle était, et je l'ai surprise en train d'embrasser Owen à pleine bouche.

— Mon Dieu.

Il se laisse aller contre le dossier de son fauteuil.

— On avait des problèmes, de toute façon. On s'est mariés trop jeunes, pour de mauvaises raisons, parce que sa famille ne voulait pas qu'on vive dans le péché. Ça n'a jamais vraiment fonctionné. Il n'y avait pas d'amitié, alors que ça devrait être la base, pas vrai ?

Je m'éclaircis la gorge et je hoche à nouveau la tête.

— Je ne vais pas entrer dans les détails, parce qu'il ne faut pas dire du mal des personnes décédées, à ce qu'il paraît. Toujours est-il que c'était fini entre nous bien avant l'épisode Owen. Il n'a été qu'une confirmation. J'aurais néanmoins préféré ne pas connaître aussi bien son amant, mais on ne choisit pas toujours, dans la vie.

J'acquiesce comme si je comprenais, sauf que je ne comprends pas vraiment. Je suis heureuse de sentir la chaleur et le picotement de l'alcool dans ma gorge.

— Ensuite, elle a découvert qu'elle était malade ?

— C'est ça. On avait décidé qu'elle déménagerait. Puis elle est allée faire un examen de routine après une série de migraines, et on lui a annoncé qu'il n'y avait pas d'espoir. Son cancer était agressif et non opérable.

Sa voix est plus grave. Je me contente d'écouter et d'assimiler, sachant pertinemment que, quand j'irai me coucher ce soir, je passerai une heure les yeux grands ouverts dans le noir à essayer de savoir ce qu'il a dû ressentir.

— Ils lui ont donné six semaines à vivre. Elle a tenu deux mois. Je lui ai proposé de partir, d'aller rejoindre Owen, et je lui ai dit qu'on trouverait une solution pour le reste.

— C'est incroyablement héroïque.

Puis, avant qu'il croie que j'ai dit ça à la légère, j'ajoute :

— Je le pense sincèrement. C'était noble de ta part.

— Ça en a l'air, n'est-ce pas ? Ce qui est marrant, c'est qu'en réalité ça ne l'était pas. Absolument pas, même. Lorsqu'elle m'a annoncé qu'elle était en phase terminale, elle m'a dit que ça ne changeait rien entre nous. Et ça m'a soulagé, car, effectivement, ça ne changeait rien. J'étais dévasté pour elle, mais ce n'était pas comme si cette tumeur allait nous aider à nous aimer à nouveau, ou à oublier le mal qu'on s'était fait. J'aurais été bien plus dérouté si elle m'avait dit : « Désolée qu'on se soit éloignés et pardon de m'être envoyé un de tes meilleurs potes. Est-ce qu'on peut redevenir mari et femme pour le temps qui me reste à vivre ? » Je n'aurais pas su comment faire.

J'acquiesce.

— Elle voulait aussi garder le secret. Elle savait que notre famille et nombre de nos amis la jugeraient, s'ils apprenaient sa liaison avec Owen. Alors on a dû traverser ça en faisant front commun.

— Tu es en train de me dire que personne ne savait que vous étiez séparés ?

— Absolument personne. J'en ai parlé à Devlin seulement après l'enterrement. Mo et lui avaient déjà annoncé qu'ils appelleraient leur fille Niamh, et il ne voulait pas revenir là-dessus. Et puis, bon...

Il se frotte les yeux et sourit.

— ... Ça reste un joli prénom et ils l'aimaient beaucoup.

Avec la fatigue, son accent irlandais est plus marqué qu'à l'habitude.

— Pour ce qui est de mes échanges musclés de tout à l'heure, Niamh avait emmené Keith chez Owen, lorsqu'elle était malade. Je ne me voyais pas refuser. Sauf que, quand elle est morte, Owen a refusé de me le rendre. Il a dit que, sur son lit de mort, elle avait déclaré qu'elle souhaitait qu'il le garde. Mais, comme je le lui ai dit, Keith n'était pas à elle, par conséquent, elle n'avait pas à le lui offrir. Tu imagines bien qu'Owen est très malheureux et qu'il n'est pas très objectif en ce moment.

— Oh. Waouh. C'est... Mais Keith est à toi ?

— Oui. Ça n'a jamais été le chien de Niamh. Ce n'était qu'un chiot quand je l'ai eu. C'est là que l'histoire se transforme en scénario de film à la Shane Meadows. Devlin et moi avons dû faire évader Keith de chez Owen. Dev a raconté un bobard à un type qu'on connaissait et qui faisait des travaux dans l'appartement d'Owen. Il nous a donné un double des clés, on s'est planqués devant chez lui et on a kidnappé Keith pendant qu'il était sorti.

— Non !

— Si. Peu après, je suis venu à Sheffield pour le pub, alors une bonne distance de sécurité nous sépare du courroux d'Owen. C'est un homme… virulent, je pense que c'est le mot qui convient.

— Il n'a pas honte d'avoir couché avec ta femme, pris ton chien puis tenté de te le voler ?

Lucas prend une généreuse lampée de whisky avant de répondre.

— Ce serait plutôt le contraire. Il a décrété qu'il avait délivré Niamh d'un mariage tourmenté pour la perdre aussitôt, et que c'était lui la victime dans cette histoire. Je le comprends, quelque part. Il l'aimait et il souffre sans doute énormément. Mais…

Lucas marque une pause. Je le vois qui rassemble son courage.

— Il a suggéré que toutes nos disputes avaient peut-être généré un stress qui a provoqué son cancer. Je ne crois pas une seconde qu'elle soit morte parce qu'on se criait après. Mais m'entendre dire que je l'avais poussée dans la tombe…

— Lucas, c'est…

J'avale péniblement ma salive. Je suis passée du stade de vouloir éviter cette discussion à tout prix à celui de vouloir à tout prix être l'amie dont il a besoin.

— Tous les couples malheureux se disputent et disent des choses qu'ils risquent de regretter plus tard. Ça arrive tout le temps. Tu ne savais pas ce qui vous attendait, pas plus que Niamh ou Owen. Il faut sacrément manquer de compassion pour dire un truc pareil… quel enfoiré !

— Merci.

Il finit son whisky et me montre son verre vide.

— Ça t'embête si j'en prends un autre ? Je te ressers ?

Je hoche la tête et lui tends mon verre. À l'exception du léger ronflement de Keith, le silence règne dans le salon jusqu'à ce qu'il revienne. Soudain, j'ai une illumination.

— Attends un peu… C'est pour ça que tu ne voulais pas que j'aille promener Keith ?

— Oui… Owen est imprévisible et perturbé, alors je garde tout le temps Keith à l'œil au cas où il déciderait de le rapatrier en Irlande. Je pensais avoir été subtil quand je t'ai dit non.

Je ris.

— Tu as été tout sauf subtil !

Il s'excuse, puis le silence s'installe à nouveau.

— Je ne sais pas comment faire le deuil de Niamh, finit-il par avouer. Il n'y a pas beaucoup de livres qui expliquent comment être triste à cause de la mort de quelqu'un que vous aviez envie de tuer au moment de son décès.

— Tu devrais aller voir un psy. Ça aide, sincèrement.

— C'est vrai ?

— J'en ai vu une. Ma psy utilisait une analogie pour évoquer une relation compliquée avec la personne qui est partie, celle de la plaie propre contre la plaie sale. La plaie propre est une blessure dont la cicatrisation est plus facile. Lorsque c'est une plaie après explosion d'éclats d'obus, il y a des infections, des coupures secondaires. Cela met plus longtemps à guérir et ça ne guérit pas de la même façon. Il faut accepter le fait que les dégâts sont différents.

Jamais je n'aurais imaginé qu'un jour je serais assise avec Lucas McCarthy en train de lui répéter ça. Fay et moi parlions de deux hommes que je connaissais, et voilà que l'un d'eux se trouve devant moi.

Lucas s'assied plus au bord de son fauteuil.

— Je peux me permettre de te demander qui tu as perdu ?

— Mon père.

— Et tu as ressenti le besoin d'aller voir un psy pour en parler ?

Je pourrais lui raconter la version simplifiée de l'histoire, mais… je sais déjà qu'à l'exception de Fay il sera la première et seule personne à l'entendre dans son intégralité.

L'émotion est légèrement anesthésiée par le Lagavulin, pourtant, je dois me concentrer pour contrôler ma voix.

— J'étais très proche de lui…

Pause. Bon. Il va falloir lâcher une phrase à la fois.

— Tu n'as pas à m'en parler, tu sais.

— Je sais, mais j'en ai envie. J'étais à la maison pour le week-end après un mois passé sans rentrer de l'université. Gros sac de linge sale, menton fièrement relevé, tu as l'impression d'être un de ces personnages qui ont effectué un périple incroyable et que leurs voyages ont changé pour toujours.

Lucas rit doucement.

— Oui, je vois le genre. Tu te prends pour Frodo. Ou est-ce que c'est Bilbo ?

— J'avais prévenu ma mère que je rentrais. Mon père, lui, n'était pas au courant. L'absence de communication entre eux était la signature de leur relation. Si mon père l'avait su, il aurait été tout excité de me voir, et vas-y que j'achète des *fish and chips* et une bouteille de vin pour ton premier soir à la maison, etc. Bref, j'arrive chez mes parents, épuisée après mon pèlerinage dans les terres lointaines de Newscastle, m'attendant à un accueil en fanfare, sauf qu'il n'y a personne. Ça ne fait rien. Je mets tout mon linge dans la machine et je me prépare un triple sandwich que j'emporte au premier étage pour lui faire sa fête.

Lucas sourit et j'ai le sentiment de lire une affection sincère dans son regard.

— Ensuite, parce que j'étais une étudiante de première année en sérieux manque de sommeil, je me suis endormie. En me réveillant, j'ai entendu la voix de mon père. Je me suis faufilée au rez-de-chaussée sans faire de bruit, prête à crier « Surprise, je suis là ! », sauf qu'il ne parlait pas à quelqu'un dans la maison. Il était au téléphone. Le fixe dans le couloir.

Le passage du temps n'a en rien atténué la violence du choc. Aujourd'hui encore, je suis presque aussi abasourdie que je l'étais il y a douze ans. Accessoirement, j'ai le sentiment de trahir mon père en racontant cette histoire. Jusqu'à cet instant, je n'avais jamais compris pourquoi je l'avais gardée pour moi. Je le sais, maintenant : parce que je voulais le protéger.

— Il... il était en train de dire des choses à une femme. Des choses que tu voudrais ne jamais entendre dans la bouche de ton père. Ce qu'il allait lui faire. Ce que lui avait envie qu'elle lui fasse. Mon Dieu, Lucas, c'était digne d'un porno ! Heureusement, j'ai réussi à en effacer la majeure partie de ma mémoire.

— Non... Quelle horreur !

— Ça, oui ! Tu imagines la scène... Je suis dans l'escalier, je ne peux pas bouger sans qu'il me voie ou m'entende, et je suis en train d'assimiler le fait qu'il a une aventure. Il raccroche. Il me voit. Il pète un plomb magistral et m'engueule en m'accusant d'écouter aux portes, parce qu'il sait ce que j'ai entendu et qu'il ne peut réagir autrement. J'ai peur, et je l'engueule aussi. Je lui balance que c'est horrible de faire ça à ma mère, à ma sœur, à moi. Qu'il est un père et un mari indigne.

Respire profondément, Georgina. Comme Fay te l'a appris.

— Il est resté là à encaisser. Il ne pouvait rien faire d'autre. Je l'ai évité pendant le reste du week-end, puis je suis repartie à Newcastle. J'étais à ramasser à la petite cuillère.

Une autre inspiration profonde.

— Il m'a appelée le lendemain, conciliant, et m'a proposé de venir me voir à Newcastle. Je lui ai répondu d'aller se faire voir.

Pile au moment où je pense que tout est sous contrôle,

je craque. Je m'effondre en me rappelant lui avoir dit ça. Je dissimule mon visage dans mes mains et mes épaules s'agitent tandis que je sanglote. La plupart du temps, tout est conservé dans une boîte fermée à clé, que je tente d'égarer du mieux que je peux. Les rares fois où j'ouvre la boîte, j'ai le sentiment que son contenu pourrait me consumer.

Quelques instants plus tard, je sens Lucas s'agenouiller près de moi. Il passe un bras autour de moi et, sans réfléchir, je me tourne vers lui et pleure sur son épaule. Son pull sent comme lui. Il est plus grand et plus fort que le garçon du temps de nos tripotages féroces. J'aimerais pouvoir me perdre dans son étreinte, et pas seulement parce que c'est lui et à cause de ce qu'il a représenté pour moi. C'est tellement agréable d'être dans les bras de quelqu'un ! Ça soulage cette douleur immuable dans ma poitrine.

— Désolée, dis-je d'une voix trois octaves plus haute que d'habitude. Excuse-moi, tu étais en train de parler de ta femme et, maintenant, je suis là à pleurnicher...

— Ça ne fait rien. Tu as le droit de pleurer.

Il me berce et me frotte le dos. Keith laisse échapper un gémissement confus qui nous fait rire. Lucas va chercher des mouchoirs et j'en accepte un avec gratitude. Même si je ne voulais pas pleurer devant lui, je me sens mieux de l'avoir fait.

Il retourne dans son fauteuil et je roule le mouchoir en boule dans mon poing.

— Il...

J'inspire profondément.

— Il est mort quelques semaines plus tard. Mégacrise cardiaque. On ne s'est jamais réconciliés. Ça s'est fini comme ça. « Va te faire voir » sont les derniers mots que je lui ai dits.

Je renifle et soupire. Lucas soupire aussi, mais différemment.

— Oh *non* !

— Je n'ai jamais parlé de notre dispute à ma mère ni à ma sœur. Comment aurais-je pu ? On est en train d'enterrer mon père vingt-cinq ans plus tôt que prévu et oh, au fait, il avait une aventure, je ne sais pas trop avec qui, bon courage pour intégrer la nouvelle.

Je hausse les épaules.

— En plus, il n'était plus là pour se défendre. Alors, je comprends ce que tu as pu ressentir, en devant cacher le fait que Niamh et toi n'étiez plus ensemble. Je ne pouvais dire à personne que j'étais la prunelle de ses yeux et vice versa, mais que notre dernier souvenir commun se résumait à une méga-engueulade et moi qui lui raccrochais au nez.

J'essuie les larmes qui roulent sur mes joues avec ma manche.

Lucas baisse les yeux et écrase une larme au coin de son œil.

— Il y a aussi une séquence postgénérique, dis-je en attrapant mon verre de whisky. J'étais tellement traumatisée que j'ai fait une crise d'angoisse à la fin de mes examens de première année, et que je ne suis jamais retournée à l'université. C'était surtout mon père qui voulait que je passe ma licence. Encore aujourd'hui, je sursaute quand je vois des photos de gens en robe universitaire, entourés de leurs parents. J'étais tellement persuadée que j'aurais ça, moi aussi. Là encore, je me trompais.

— Ça a dû être tellement brutal ! Je suis vraiment désolé.

On reste assis à écouter Keith ronfler paisiblement.

— Tu étais très proche de ton père, pas vrai ? finit par demander Lucas.

— Oui.

— Alors, il savait que tu l'aimais. Et il t'aimait aussi. J'ai une question : s'il était là, s'il pouvait passer cinq minutes de plus sur terre, qu'est-ce qu'il te dirait, à ton avis ? Est-ce que ce serait : « Je n'arrive pas à croire que tu étais fâchée contre moi la dernière fois que je t'ai vue » ?

Je réfléchis un instant et secoue la tête.

— Exactement. Il te dirait qu'il est désolé de t'avoir déçue sur la fin. Mais tu n'aurais pas besoin de ses excuses. Il n'aurait pas non plus besoin des tiennes.

C'est tellement clairvoyant et sensible que les mots me manquent.

— Merci. Merci beaucoup de me dire ça.

Il m'observe attentivement.

— Il est mort quand tu avais dix-huit ans ?

— Oui. En hiver, pendant ma première année de fac.

Sur l'instant, je pourrais jurer que l'âge semble le faire réagir. Puis, aussi vite qu'ils sont apparus, mes soupçons s'évanouissent, et je me dis : attends, c'était simplement la réaction de quelqu'un qui réfléchit pour essayer de se représenter mentalement une nouvelle importance.

Je décide néanmoins de prendre le risque et j'ajoute :

— Quelques mois après la fin de la terminale.

— C'est jeune, pour un coup dur pareil.

— Je ne te le fais pas dire. On sait à peine qui on est, à cet âge-là. On a besoin que nos parents continuent à être eux-mêmes.

— Je suis bien d'accord avec toi. Je pense que je ne savais pas qui j'étais jusqu'à mes vingt-cinq ans. C'était plutôt agréable, cette innocence, avec le recul.

Est-ce qu'on est en train de parler en langage codé ?

— En parlant d'hommes infidèles, je reprends, davantage pour parler d'autre chose que par réelle envie d'aborder le sujet, tu avais raison à propos de Robin. Il est tombé sur ma mère et mon beau-père, en faisant les courses, et il leur a fait un sketch sur son prétendu dévouement envers ma petite personne. Il n'est pas venu au Wicker par hasard : il savait que j'y travaillais.

— Bon sang… Enfin, je ne peux pas dire que je suis étonné.

— Tu sais quoi, j'ai d'abord cru qu'il les avait rencontrés

par hasard, mais, maintenant que je t'en parle, je me demande s'il n'était pas en planque devant le supermarché. Il se croit tout permis sous prétexte de l'amour qu'il me voue, et qui n'est qu'une connerie inventée de toutes pièces.

— Georgina, ce sont peut-être des conneries, mais méfie-toi. S'il y a bien une chose que j'ai apprise, c'est que les gens sont capables de bien pire par amour que par haine.

Sur le trajet de la maison, alors que les rues sombres défilent par la fenêtre, je rumine tout ce qu'il m'a dit jusqu'à me demander si j'ai rêvé l'expression de compréhension totale qui est passée dans ses yeux tandis qu'il me parlait. Quelque chose a changé entre lui et moi, ce soir. Mais je ne sais pas trop ce que c'est.

Chapitre 30

La résolution prise concernant Geoffrey est une non-résolution. Une impasse plutôt qu'une trêve. Il ne s'excusera pas et moi non plus.

Je serais ravie de ne jamais revoir ce vieux morse aux cheveux Fanta orange, mais ça risque d'être compliqué, si je prétends maintenir une relation avec ma mère.

Le week-end est là et j'ai dû décider si je boycottais ou non un événement mondain qui se profile : le déjeuner dominical chez Esther.

J'ai réfléchi à plusieurs techniques d'évasion ou de refus puis j'ai pensé : pourquoi lui pourrait-il continuer à aller à ce genre de réunions, tandis que je me retrouve à jouer les parias ? Qu'il aille se faire voir !

Esther m'a suggéré d'arriver une demi-heure avant l'heure officielle du début des festivités afin d'avoir déjà les pieds sous la table lorsqu'ils débarqueront, dans un geste symbolique, et je m'exécute avec gratitude.

Malheureusement, nous avons oublié que Geoffrey est le genre d'invité cauchemardesque qui pense qu'être là avec trois quarts d'heure d'avance est une preuve notable d'efficacité, et non pas d'indélicatesse grossière. Lorsque le taxi me dépose, son dernier signe extérieur de richesse en date (une nouvelle Volvo flambant neuf) squatte déjà l'allée.

Ça m'irrite passablement d'imaginer ma mère embarquée là-dedans, aussi bien au sens propre qu'au sens figuré. J'espère bien ne jamais me retrouver mariée à quelqu'un à qui je n'oserais pas dire : « Non, nous n'allons pas nous mettre en route avec une heure d'avance et notre hôtesse ne va pas devoir serrer les dents et se priver de la bonne douche qu'elle pensait prendre avant notre arrivée, rassieds-toi ! »

— Bonjour, lancé-je sur le seuil du salon.

— Bonjouuuur, tata Georgina, me répond Milo d'une voix chantante.

Ma mère et Mark me saluent également, tandis que Geoffrey descend son verre de cava d'un air maussade, sans me regarder ni m'adresser la parole.

Une Esther étrangement nerveuse se met en devoir de me servir un verre, pendant que je m'installe.

— Quoi de neuf ? demande Mark.

Tout le monde papote de tout et de rien. Ma mère se fait visiblement des nœuds au cerveau en tentant de trouver un sujet de conversation à la fois fédérateur et totalement neutre.

J'ai très envie de souligner, à la lumière de ma relation avec Robin, que, si votre moitié est un handicap pour votre vie sociale, alors vous n'avez sans doute pas choisi la bonne.

— Et la voici, pile à l'heure ! Regarde-moi ça, Esther, s'écrie Mark en se levant, tandis qu'un véhicule pour personnes à mobilité réduite s'engage dans l'allée.

— C'est un miracle. Un incendie a dû se déclarer à la maison de retraite, répond Esther.

Mamie Hogg émerge de la voiture. En fanfare et au prix de beaucoup d'efforts (de la part des autres), elle trône bientôt sur sa chaise roulante et fait son entrée dans la maison. Elle annonce son désir d'être sur le canapé, ce qui force un Geoffrey clairement mécontent à changer de place, pour mon plus grand plaisir. Elle sort son tricot, une sorte de hérisson mauve, et ses aiguilles s'entrechoquent aussitôt.

Mark se tourne vers moi.

— Au fait, je trouve que c'est une très bonne idée, de vouloir apporter des fleurs sur la tombe de ton père avec

Milo, pour son anniversaire. J'ai pris ma journée, et je pense qu'Esther aussi peut s'absenter du bureau.

— Oui, confirme ma sœur. Et la maîtresse est d'accord pour que Milo rate une demi-journée d'école.

— Patsy et Geoff, vous êtes les bienvenus, si vous voulez vous joindre à nous. On pensait se retrouver vers 13 heures et aller déjeuner ensuite.

— Hum, grommelle Geoffrey.

Les bonnes manières candides de Mark s'avèrent une arme diabolique, dans le cas présent. Si la proposition était venue de moi, on aurait soupçonné que ça cachait quelque chose. Mais Mark est sincère, et cela fait apparaître Geoffrey sous un jour pire que d'habitude.

— Je suis sûre que nous pouvons venir, dit ma mère, gênée.

— Pourquoi ? demande Geoffrey d'un air irrité.

J'ai les yeux exorbités. Il va vraiment se comporter comme un con, sur ce coup-là, et devant un public, en plus ? C'est inattendu. Il est tellement furieux contre moi qu'il n'arrive pas à jouer le jeu de la routine hypocrite. C'est vraiment la guerre.

— Ça aurait été son soixante-cinquième anniversaire, précise ma mère.

— Sauf qu'il n'est pas *là*.

Un silence aussi choqué que gêné s'ensuit, uniquement peuplé des bruits d'Esther qui fait le tour de la table pour remplir nerveusement les verres.

— Dans le sens où il ne va pas revenir d'entre les morts pour nous offrir une part de carrot cake ?

Ce sont les premiers mots que j'adresse à Geoffrey. Il semble convenablement révolté que j'ose lui parler.

— Ça, alors, je n'en avais pas la moindre idée, quel coup dur !

Il se tourne vers ma mère et m'ignore.

— Ce n'est pas nécessaire d'y aller, assène-t-il.

— Elle peut y aller si elle en a envie, répliqué-je.

— Tu n'es qu'une enquiquineuse de première et tu ferais bien de baisser d'un ton ! me répond-il. Et toi, Patsy, tu ne devrais pas y aller parce qu'il n'était qu'un coureur de jupons, et que tout ça n'est qu'une comédie. Dis-leur non ! Ça suffit. Elles sont assez grandes pour l'entendre.

Waouh. Il est en train de refaire ce qu'il a fait avec moi, en public. Ma mère était plus ou moins au courant, mais est-ce qu'Esther le savait ? Je tourne la tête vers elle et m'aperçois qu'elle est en train de me regarder, alarmée. Je n'arrive pas à déterminer ce qu'il en est, car elle a l'air à la fois déconcertée et inquiète.

Milo demande :

— C'est quoi, un coupeur de jurons ?

— VOUS ÊTES IGNOBLE ! lance soudain mamie Hogg à Geoffrey. Un ignoble personnage !

Toutes les têtes se tournent vers elle. Avec toute cette agitation, j'ai oublié qu'elle était là, et je crois que tous les autres aussi.

— Mamie ! s'exclame Mark.

— Arrêtez de *lui* donner des ordres, continue-t-elle en tendant une aiguille à tricoter vers moi. De la même façon que vous *lui* donnez des ordres.

Seconde aiguille pointée vers ma mère.

Nom de Dieu, mamie Hogg est phénoménale.

Geoffrey vire au violet.

— Je ne vais pas m'abaisser à insulter une dame âgée, mais...

— Je connais les hommes dans votre genre. Le mari amish de mon amie Margie leur faisait manger du pain trempé dans du jus de betterave, aux enfants et elle, pendant qu'il mangeait un steak et dépensait sa paye dans des paris sportifs. Vous me faites penser à lui. Un sale bonhomme !

— Mamie, il faut vraiment que tu arrêtes..., tente Mark, désespérément.

Je commence à rire sans bruit. Je ne veux pas jeter d'huile sur le feu, mais je ne peux pas m'en empêcher. C'est juste grandiose.

— On peut savoir ce qui vous fait dire que je suis un mauvais mari ? demande Geoffrey à mamie Hogg.

— Vous êtes un tyran. Laissez-la donc aller sur la tombe de son mari.

— Je ne l'en empêche pas.

Je m'en mêle à nouveau :

— Tu viens de lui dire de ne pas y aller. Et de dénigrer mon père. De le traiter de coureur de jupons.

— Oui, et je me demande laquelle de ses filles lui ressemble !

J'ouvre grand la bouche, abasourdie.

— Je t'interdis de parler à ma sœur de cette façon, intervient Esther.

Tout le monde l'observe avec surprise. C'est un véritable bain de sang, une pièce de théâtre en un seul acte. Ma mère est figée, les yeux écarquillés. Mark semble avoir vieilli d'un an au cours de la dernière minute.

— Il n'y a pas de mal à apprécier un peu de pelotage, poursuit mamie Hogg. Si j'avais son physique, moi aussi, je me ferais plaisir.

— Bon, ça suffit !

Geoffrey se lève et récupère son manteau dans l'entrée à grand bruit. Tout le monde l'écoute. Ma mère ne bouge toujours pas. Son instinct lui dicte de prendre la défense de Geoffrey, pourtant, même elle a des scrupules.

Il sort de chez Esther et monte dans sa voiture. On le voit parfaitement à travers la baie vitrée. Le moteur tourne et la portière côté passager est ouverte. Il se tient prêt pour le moment où ma mère le rejoindra au trot, comme un petit chien obéissant.

— Est-ce que tu crois que je devrais aller lui parler ? demande Esther à Mark.

Il hausse les épaules. Mamie Hogg, elle, continue à tricoter tranquillement.

Je me tourne vers ma mère.

— Maman, ne fais pas ce qu'il te dit. Il s'est comporté comme un sale con. Laisse-le ruminer pour la soirée et rentre chez toi demain.

— Elle a raison, intervient Esther.

Ma mère nous regarde. Puis elle regarde Geoffrey par la fenêtre en se mordillant les lèvres. Il ferme la portière, allume ses phares et part en soulevant une nuée de graviers derrière lui.

C'est alors que ma mère dit la dernière chose à laquelle je me serais attendue :

— Georgina, tu aurais une cigarette ?

Chapitre 31

Nous sommes dans le jardin d'Esther, tremblant de froid, à fumer des menthols que ma sœur a dénichées au fond d'un placard. Jamais je n'aurais cru décevoir ma mère en n'étant pas en mesure de lui fournir une Marlboro Light.

— Je suis vraiment désolée que tu l'aies appris de cette façon, pour papa, dit Esther en lui agrippant le coude de sa main libre.

— Oh ! je le savais. Par contre, je ne savais pas que vous saviez. Comment chacune savait que l'autre savait ?

— J'ai vu papa avec elle, alors qu'il était censé être chez Graham. J'étais avec mes amis et je les ai vus sortir de chez Atkinsons[1]. Ils se tenaient la main. Je suis rentrée à la maison et je l'ai dit à maman. J'avais dix ans environ. Il y a si longtemps que ça…

— Je le savais, de toute façon, renchérit ma mère. Presque depuis le début. Il croyait qu'il pouvait rentrer à la maison en sentant *Rive Gauche* d'Yves Saint Laurent sans que je me rende compte de rien. Quel idiot !

— Comment est-ce que tu l'as su ? me demande Esther.

— J'ai surpris papa…

Hum… Il valait mieux rester prudente.

— … en train de convenir d'un rendez-vous avec une femme au téléphone, le premier week-end où je suis rentrée de l'université. On a eu une énorme dispute à ce propos,

1. Grand magasin de Sheffield. (N.D.T.)

juste avant qu'il meure. J'ai pensé qu'il valait mieux le garder pour moi, étant donné qu'il était parti, de toute façon.

— Et on était là, à croire qu'on devait te le cacher à tout prix ! Vous étiez très proches et tu le plaçais sur un piédestal. On ne voulait pas l'en faire tomber, m'explique Esther.

— Merci.

Je fronce les sourcils. L'idée qu'elles me protégeaient nécessite un ajustement.

Ma mère souffle une longue colonne de fumée. C'est vraiment bizarre, de la voir avec une clope. Je sais qu'elle fumait quand elle avait une vingtaine d'années, mais elle avait arrêté en tombant enceinte d'Esther et n'avait jamais repris.

— Elle s'appelait Grace. Ils se sont vus pendant dix ans, plus ou moins régulièrement. Il l'a rencontrée au bureau. Il n'a jamais voulu tirer un trait sur elle. Elle ne s'est jamais mariée, alors elle était là, à sa disposition.

— Je vois. Quel enfoiré ! Vis-à-vis de toi, mais aussi vis-à-vis d'elle. Je réprouve ce qu'elle a fait, mais je parie qu'elle croyait qu'ils étaient amoureux, et que papa finirait par te quitter pour elle.

— Je ne pensais pas que tu verrais ça comme ça, me dit ma mère. J'ai toujours cru que tu m'en voudrais, que tu penserais que c'était ma faute, parce que je le rendais malheureux.

Je l'adore, mais, parfois, j'ai du mal à croire qu'on partage le même ADN.

— Pourquoi est-ce que je t'en voudrais ? Tu n'y es pour rien s'il t'a trompée.

Elle hoche la tête.

— Je suis quand même contente que tu ne l'aies pas su plus tôt. Ça a créé beaucoup de tensions avec toi, n'est-ce pas ?

Elle donne un petit coup de coude à Esther, qui acquiesce en écrasant son mégot sous son talon.

— C'était difficile de ne pas le regarder autrement, après.

Je comprends mieux, à présent. Le côté hautain d'Esther lorsqu'elle était ado, son exaspération face à ma relation avec notre père, les portes qui claquaient...

— Pourquoi Geoffrey décide-t-il de diffuser l'information, tout à coup ? demande ma sœur. De quel droit ? On a juste prévu d'aller sur la tombe de papa, pas de lui ériger une statue.

— Je crois qu'il est jaloux, explique ma mère.

— D'un mort !

Je ricane, avant de songer que je suis un peu hypocrite sur les bords, compte tenu de ce que j'ai ressenti en regardant les photos de Niamh.

— Je sais qu'il peut être difficile, mais je dois faire attention, les filles. C'est lui qui tient les cordons de la bourse.

— Maman, une grande partie de la valeur résiduelle de cette maison t'appartient, lui fait remarquer Esther. Tu n'es pas sans ressources. Conseille-lui de changer d'attitude.

— Ce n'est pas si facile.

— Je ne dis pas que ça l'est, mais tu ne peux pas le laisser te marcher dessus de la sorte.

— On te soutiendra, ajouté-je.

— C'est très gentil, mais vous avez une vie, toutes les deux, et je ne veux pas être un fardeau.

— Jamais tu ne seras un fardeau !

Soudain, j'ai les larmes aux yeux et je n'arrive pas à avaler le nœud qui s'est formé dans ma gorge. C'est bien la première fois que je ressens une telle solidarité entre nous trois.

— Il y a toujours une chambre pour toi ici, dit Esther en passant un bras autour des épaules de notre mère.

Pour la première fois, j'ai vraiment le sentiment de ne

servir à rien, à cause de mon manque de moyens. Je suis incapable de lui apporter ce genre d'aide, que ça me plaise ou non.

— Rentrons, le déjeuner est prêt, nous indique Esther.

Mark est en train de nous faire signe par la fenêtre de la cuisine.

Ma mère m'attrape par le bras, alors que j'écrase ma cigarette à mon tour.

— Georgina ? À propos de ton père... il n'a jamais abandonné ses samedis avec toi pour elle. Ça me consolait, d'une certaine façon.

Je me sens à la fois reconnaissante et confuse, coupable et triste. Tout ça à la fois.

Une fois que nous avons terminé la mousse aux fruits de la passion, ma mère refuse le café que lui propose Esther et je sais. Je sais ce qui va venir ensuite.

— Esther, merci de m'avoir proposé de rester, mais je vais rentrer à la maison.

Naturellement, elle a attendu que mamie Hogg soit endormie dans un fauteuil et donc pas en mesure de nous offrir son avis sur la question.

Esther fronce les sourcils.

— Tu es sûre ?

J'ai tellement envie de me rendre utile, au lieu de toujours m'en remettre à ma sœur, plus capable que moi ! Ma sœur qui a passé bien plus d'années que moi à porter le poids de l'aventure de mon père, alors qu'elle n'était qu'une enfant. Pendant que j'allais joyeusement avec lui de cafés en restaurants indiens.

— Oui, absolument sûre. Les choses auront eu le temps de se tasser et je dirai à Geoffrey que sa réaction était excessive.

Bon courage.

— Si tu es absolument sûre de toi…, dit Esther.

— Je le suis.

— Tu veux qu'on partage un taxi, maman ?

Mark se lève avec tact pour débarrasser les assiettes, et j'ajoute à voix basse :

— Tu pourras entrer pour t'assurer que tout va bien et que tu ne vas pas au-devant d'une engueulade, pendant que j'attends. Si besoin, tu pourras ressortir et venir chez moi en attendant que les choses se calment.

Ma mère hoche la tête, gênée. Je pense que ce qu'on est en train de faire s'appelle normaliser. On utilise les mots qu'utilisent les gens face à un agresseur. Je ne suis pas du genre à me languir d'un petit ami qui prendrait soin de moi, mais à cet instant ce serait vraiment agréable d'avoir quelqu'un avec qui partager ça. Quelqu'un pour me soutenir, et, par conséquent, soutenir ma mère. Quelqu'un avec qui faire équipe, comme le font Esther et Mark.

J'appelle un taxi et nous rassemblons nos affaires sans bruit. Mark est allé coucher Milo tôt et nous ne voulons pas réveiller mamie Hogg. J'aimerais bien lui remettre une médaille, cela dit.

Lorsque nous arrivons à la porte, Esther m'attrape par le bras.

— Merci, Gog. J'aimerais bien qu'elle reste, mais…

— J'ai lu quelque part que quitter quelqu'un comme lui, c'est « un processus, pas un événement ». Elle ne va pas avoir une illumination entre le fromage et le dessert. Comme tu l'as souligné, il faut qu'on la soutienne et qu'on lui montre qu'elle n'est pas seule et qu'elle n'a pas que Geoffrey dans la vie.

Ma sœur me serre fort dans ses bras et je me laisse aller contre elle, avec le sentiment d'être petite et en moumoute rose.

Lorsque le taxi arrive devant la maison de maître de Fulwood, je me rappelle l'attrait principal de Geoffrey aux yeux de ma mère : cette superbe maison dans le plus pur style victorien, fabriquée avec ces pierres couleur caramel brûlé typiques du Yorkshire. Un grand escalier mène à la porte d'entrée en vitrail qui semble avoir été fabriquée pour accueillir des souvenirs d'enfance.

Sauf que c'est aussi une maison d'ogre. Je me tourne vers ma mère et pose une main sur la sienne. Elle doit trouver ce revirement particulièrement pénible. Après tout, accepter l'inquiétude n'a jamais été mon truc. Heureusement, le chauffeur a mis la radio à plein volume.

— J'attends, ce n'est pas un problème. Je ne repartirai pas tant que tu ne m'auras pas envoyé un texto pour me dire que tout va bien.

Elle m'embrasse sur la joue et me tapote la main.

La porte d'entrée se referme derrière elle. La lumière du couloir s'allume aussitôt.

Quelques secondes plus tard, mon portable bipe.

Bonne nuit, ma chérie ! Bisous

Vu la vitesse à laquelle elle m'a écrit, je sais qu'elle n'a pas attendu de lui avoir parlé avant de me dire que tout allait bien.

Je ne sais pas dans quelles proportions il s'agit de fierté, de témérité, de fatalisme, et/ou d'optimisme.

Chapitre 32

Un mauvais travailleur accuse ses outils ou, dans mon cas, son sujet.

« Votre pire rencard », le deuxième volet de la compétition de « Plus on est honteux », est prévu pour ce soir, et je suis complètement angoissée par mon manque d'anecdotes. J'ai eu des semaines pour me préparer, mais, entre les drames familiaux et les heures passées à tenter de déterminer ce que je pense de Lucas, j'ai été incapable d'écrire quoi que ce soit. Échec spectaculaire. Rien de tel que se vautrer devant ses amis, sa famille et ses collègues pour ne pas réussir à dormir la nuit.

Ça m'apprendra à dire pompeusement à Jo que la matière pour les anecdotes est distribuée démocratiquement dans la vie et qu'il suffit de les remarquer.

— Je n'ai pas eu assez de rencards suffisamment catastrophiques pour être qualifiés de la sorte. Rien du genre « il avait un bracelet de surveillance électronique sous son pantalon de costume ».

Pendant que j'explique mon problème à Kitty, Lucas traîne près du bar en faisant semblant de ne pas écouter.

— Ce qui s'en approche le plus, c'est quand mon petit ami Mike m'a emmenée à New York. J'avais vingt-quatre ans et le voyage était une surprise. Le premier jour, on est allés en haut de l'Empire State Building et il m'a demandée en mariage. J'ai répondu non. On avait encore trois jours à passer sur place, et aucun de nous n'avait les moyens de changer les billets de retour.

— Oh mon Dieuuu !

— Comme tu dis. Ce n'était même pas un refus dans la veine de « je ne suis pas prête ». J'étais tellement horrifiée que je lui ai sorti qu'il valait mieux qu'on se sépare. On n'était ensemble que depuis trois mois ! Puis des touristes japonais ont vu la bague, ils ont cru que j'avais accepté sa demande, et ils ont commencé à prendre des photos. Même si Mike est marié et très heureux en ménage, il ne mérite pas que je ressuscite cette histoire devant un public pour gagner une chronique dans un journal.

— On croirait entendre Laurence Olivier. Et si tu essayais donc de jouer la comédie, mon petit ? intervient Lucas.

Il range une bouteille sur une étagère, puis indique à Kitty qu'elle peut prendre sa pause.

Même lorsqu'il est légèrement combatif avec moi, ça me fait quelque chose. Je sens que je suis en train de retomber dans le panneau. Il faut que j'arrête ça.

— Qu'est-ce que tu veux dire ?

— Pourquoi ne pas inventer, tout simplement ? C'est un concours d'écriture, pas un concours sur qui a eu la vie la plus fascinante. Je suis sûr qu'ils recherchent cette initiative, du moins en partie.

— Sûrement.

— Et puis comment pourraient-ils vérifier que c'est vrai, de toute façon ? En te demandant de leur montrer le ticket de caisse de chez Bella Pasta, aux alentours de 2010 ?

Je ris et me mordille la lèvre.

— En fait, j'ai bien une histoire à la fois drôle et horrible, mais c'était avec Robin. Je ne sais pas si c'est une bonne idée d'un point de vue moral… ni si c'est très malin.

Lucas hausse les épaules.

— Il a parlé de ta…

Il s'interrompt pour ne pas avoir à dire « vie sexuelle » et une petite voix dans ma tête se met à crier. *Est-ce que ça veut dire quelque chose ? Quand une personne a un coup de cœur, elle devient prude en présence de l'autre, c'est la règle quand on se fait la cour.* La ferme, voix dans ma tête !

— Il a évoqué ta vie personnelle en public. Après ça, je ne vois pas où est le problème. Au pire, on pourrait te reprocher de t'être mise au même niveau.

Je hoche la tête.

— Je suppose que tu as raison. Et comme, en plus, il ne sera pas là pour l'entendre...

Lucas repère un habitué, le salue, et place un verre à pinte sous l'une des pompes à bière.

— Ne cite pas son nom. S'il n'est pas dans la pièce, ça ne risque pas de lui parvenir aux oreilles.

Il a raison. Et si Robin me faisait le coup de « Comment oses-tu », il n'aurait aucune crédibilité.

Je réfléchis à mon histoire et peaufine des passages clés dans ma tête. Malheureusement, parce que c'était trop spécifique et qu'on pourrait le reconnaître, je vais devoir omettre la partie où Robin avait suggéré à ma mère et à Geoffrey que, si nous étions un couple de célébrités portemanteau, nous serions « Robgina » ou « Hornee[1] ».

Un jeune homme en sweat Superdry entre dans le pub. Son visage m'est vaguement familier.

— Georgina ! J'ai entendu dire que tu bossais ici !

C'est Callum, autrefois serveur et plaie sexuelle junior de That's Amore ! Je ne l'avais pas reconnu, sans son tablier blanc sale et son poivrier géant.

— Bonjour, Callum. Comme tu peux le constater, tu as bien entendu.

— Tu m'avais promis que, si je faisais ce que tu voulais, tu sortirais avec moi. Après, tu m'as complètement zappé ! Abusé.

1. Jeu de mots avec « *horny* », qui signifie « chaud » en anglais. (N.D.T.)

— Je ne crois pas, non... Si tu tiens à ce qu'on entre dans les détails, tu devais récupérer mon manteau et tu ne l'as pas fait, donc pas de marché.

Génial. En sortant l'histoire de son contexte, j'ai l'air horrible.

— Le restaurant est fermé. Le service d'hygiène a trouvé un rat à côté des poubelles. Tony a dit : « Il est mort, on s'en est occupé. » Mais le type était là, genre : « Non, mon vieux. Ça ne marche pas comme ça. »

J'essaie de garder mon sérieux pour en savoir plus.

— Oui, je suppose que... ça ne marche pas comme ça, en effet.

— Ça n'a pas aidé que ce soit juste une moitié de rat, parce qu'ils ont estimé qu'il devait y en avoir un autre vivant quelque part, qui avait grignoté celui-là. Sauf qu'ils n'ont pas trouvé d'autres rats, ils n'ont donc pas de preuve.

Il hausse les épaules en levant les mains, comme si seuls de grands avocats pouvaient discuter du cas complexe et controversé de That's Amore ! contre les Normes d'hygiène.

— Enfin, bref, Tony est parti, on va rouvrir avec un nouveau nom une fois que Betty aura renouvelé la licence, et c'est moi le nouveau manager ! Tu veux en être ?

Je suis sur le point de décliner son offre poliment quand Lucas dit :

— Euh... elle travaille ici, mon vieux, alors peut-être que tu pourrais recruter sur LinkedIn, pas sous mon nez ?

— Qu'est-ce que ça peut te faire ? On est dans un pays libre.

Les poings enfoncés dans les poches de son sweat, Callum nous fait une démonstration de la vivacité d'esprit qui faisait de lui un serveur si compétent chez That's Amore !

— Je suis le patron.

Callum ouvre grand la bouche, puis sourit.

— MDR. En attendant, on paye les heures supplémentaires,

alors, on dirait que tu vas devoir faire des rotations en plus. Tu peux dire ça à *ton* patron.

— Je ne suis pas son manager, je suis le patron. C'est mon nom, au-dessus de la porte. Alors dégage, espèce de sale racoleur !

J'ai la décence d'attendre que la porte se soit refermée derrière Callum pour éclater de rire.

— « Je sortirai avec toi si tu vas me chercher mon manteau ? » D'accord, Lady Penelope, raille Lucas avec un sourire.

— Je n'ai jamais dit ça ! Je venais de me faire renvoyer, ils m'ont jetée à la rue et il a essayé de garder mon manteau en otage, en échange d'un rencard. Mon Dieu !

Lucas éclate de rire à son tour.

— Pour info, je n'ai pas proposé de sortir avec lui.

— Compte tenu de ta situation actuelle dans le cadre du concours d'écriture, peut-être que tu aurais dû. D'ailleurs, je pense que c'est sur le point de commencer, fait-il remarquer avec un coup d'œil sur l'horloge.

— *Ensuite, elle a dit : « Désolée, c'est ma coupe menstruelle, en fait. » Aujourd'hui encore, je suis incapable de boire du porto rouge. Fin.*

L'homme mince à casquette s'incline légèrement pour saluer le public au milieu des rires et des applaudissements, et je suis soudain terrifiée à l'idée de conclure la soirée sur un pétard mouillé. L'histoire que j'ai choisi de raconter est davantage un désastre qui se déroule lentement qu'une série de blagues.

Une fois de plus, je suis la dernière dans l'ordre de passage. Mais, contrairement à la dernière fois, j'ai décidé de regarder les autres numéros avant de monter sur scène. J'ai fini de travailler et me suis arrangée pour finir tôt, afin de pouvoir me concentrer sur mon art et me soûler après.

Ce soir, Kitty tient le bar de la salle de réception, tandis que les frères sont en bas.

Je suis en train de boire un verre de vin avec mes amis, ma sœur et mon beau-frère, en attendant qu'on m'appelle. Ça m'a beaucoup touchée quand Esther a insisté pour connaître la date du prochain événement.

Quand je la lui ai donnée, elle m'a répondu : « Sincèrement, on a adoré ! Je dois avouer que j'avais des doutes au début, mais j'ai été très fière de ma petite sœur. Tu étais vraiment drôle. J'en ai parlé à maman, et elle a dit que tu pouvais raconter ce que tu voulais sur elle, tant que tu expliquais que la maison était toujours propre et bien rangée. »

Impeccable, compte tenu du fait que certaines remarques satiriques de mon histoire lui sont destinées. On ne fait pas d'omelettes... bla, bla.

Les prestations sont inégales. Certains participants sont agités, d'autres parlent pendant des plombes, d'autres encore s'expriment à peine... Il y en a deux qui sont vraiment bonnes : un rencard avec un hypersensible rencontré sur l'application de *The Guardian*, sauf qu'il travaillait avec des enfants défavorisés uniquement parce qu'il devait faire des travaux d'intérêt général, et la fille qui a fini par terminer la soirée avec le père divorcé du type avec qui elle avait rendez-vous. Cette histoire-là était clairement inventée de toutes pièces, mais c'était à mourir de rire. Une fois de plus, tu avais raison, Lucas McCarthy.

— Georgina ? Est-ce que Georgina est ici ? demande Gareth depuis l'estrade, une liasse de feuilles à la main.

Sans le vouloir, je pose les yeux sur M. Keith, assis avec les autres juges. Sa présence me réjouit davantage que la fois précédente. Lorsqu'il apprendra que That's Amore ! abritait une ferme pédagogique, il sera sur la même longueur d'onde que moi. (Ce serait terrible, si quelqu'un envoyait un mail au service des informations du journal pour les prévenir.)

Je m'approche du micro et remarque que, même en l'ayant déjà fait, je trouve ça toujours aussi difficile.

Je m'éclaircis la gorge avant de me lancer.

— *Mon pire rendez-vous... n'était pas un premier rendez-vous. Mes parents voulaient rencontrer mon petit ami, avec qui j'étais depuis trois mois. Appelons-le Dave. Ma mère avait organisé pour l'occasion « une petite soirée avec des bulles et des choses à grignoter ». En langage de maman, cela signifie du prosecco, des olives, des sauces et j'en passe, sans oublier quelques déclinaisons de pain dans le four. Peu après notre arrivée, elle a proposé à Dave des gressins et de l'houmous.*

Il lui a alors dit : « J'ai bien peur d'être un intolérant au gluten doublé d'un dissident du houmous, madame Horspool. » Ça aurait été utile qu'il me prévienne, et c'était complètement inédit pour moi, étant donné que je l'avais vu dévorer plusieurs pizzas hawaïennes à pâte épaisse. Je ne savais pas que la carte de Domino's était adaptée aux intolérants au gluten. Plus tard, il a nuancé : « Je ne suis pas intolérant-intolérant. Simplement, je trouve que le blé ne me réussit pas, et les gens aiment les étiquettes, pas vrai ? Elles sont plus faciles à saisir. » Personnellement, j'aurais trouvé plus facile de saisir le gressin. Un-zéro.

Quelques rires.

— *Je sentais qu'il éprouvait le besoin croissant de faire l'idiot face à l'austérité de la pression sociale. Il imaginait sans doute que ça allait mettre un peu d'allégresse dans le paysage, alors qu'en fait ça allait très mal tourner. Comme quand un pilote attrape le manche imprudemment et descend en piqué vers la mer, au lieu d'ignorer les voyants qui clignotent, les turbulences, et de laisser l'avion se stabiliser en altitude. Ensuite, nous avons naturellement eu la fameuse discussion sur le thème : « Et, sinon, qu'est-ce que vous faites dans la vie ? »*

Dave était humoriste et passait parfois à la télévision.

Mon beau-père a demandé : « Dans quoi aurions-nous pu vous voir ? » « Dans le coltard », a-t-il répondu pour faire un bon mot. Je ne sais pas si vous comptez les points ou pas mais, personnellement, j'en suis à deux-zéro.

Je lève le nez. Davantage de rires. Certes, le public est un peu bourré et a envie de m'encourager, mais ça me fait plaisir quand même.

— Et ça vous permet de faire bouillir la marmite ? a encore demandé mon beau-père, en lui proposant de la crème acidulée.

— Plus ou moins. J'ai d'autres boulots à côté. Des trucs sur les réseaux sociaux. Twitter.

— Et ça paye ?

— Ça peut. Je rédige des tweets pour des comptes humoristiques.

Mon beau-père a reniflé avec mépris.

— Pour d'autres comiques ? Ils ne peuvent pas écrire leurs propres blagues ?

— Non, c'est pour des entreprises. Le singe du thé PG Tips, c'est moi. Désolé de gâcher l'illusion.

Dave a alors souri de toutes ses dents devant leur mine ébahie.

— Le thé avec le chimpanzé ? s'est enquis mon beau-père.

— Celui avec le pull. Avec Johnny Vegas. Vous voyez ?

Il s'est mis à imiter l'acteur en criant, crachant au passage des petits morceaux de chips imbibés de salive.

— Dites-moi si j'ai bien compris...

Clairement, mon beau-père commençait à souffrir d'une surcharge système. Il faut dire qu'il a soixante-sept ans.

— ... Les gens vont sur Internet avec leur ordinateur, pour lire les blagues d'une peluche, sauf qu'en réalité c'est vous qui faites semblant d'être une peluche ?

— C'est ça.

— Bon sang ! Je ne suis probablement pas le bon client pour ce genre de conversation polytechnique.

Dave buvait du vin à toute vitesse, et prenait des antigrippaux que le médecin lui avait bien recommandé de ne pas mélanger avec de l'alcool. À un moment, au cours de son quatrième verre, il est passé en mode grand philosophe éméché.

Ma mère lui a demandé s'il voulait se marier et avoir des enfants (merci, maman). Il a répondu :

— C'est comme choisir entre la pilule rouge et la pilule bleue, vous ne croyez pas ?

— Le Viagra ? s'est presque étranglé mon beau-père.

Un rire. Un vrai.

— Dave s'est alors mis en devoir de leur expliquer l'intrigue du film de science-fiction action-aventure Matrix, *au regard de ses convictions politiques d'extrême gauche. Ma mère a été surprise de découvrir qu'elle vivait dans une simulation créée par le capitalisme, d'autant plus qu'elle venait juste de faire refaire la cuisine.*

— Mais j'adore Fulwood ! s'est-elle exclamée.

— C'est une réalité montée de toutes pièces, a insisté Dave (avant de roter). Vous devriez lire La Fabrication du consentement, *de Noam Chomsky.*

— Il faut grandir un jour, jeune homme, est intervenu mon beau-père.

— Parce que vous pensez avoir grandi ? a bafouillé Dave. Vraiment ? Ce sont des nombres, mon pote. Vous avez soixante-dix ans.

— J'en ai soixante-sept, je vous remercie !

Mon petit ami a regardé ma mère et, heureusement, a décidé de ne pas prendre le même risque.

— Elle a trente ans, a-t-il repris en me montrant du doigt. Et cette maison a quoi... cent ans ? Vous voyez bien ! Ce sont juste des nombres. Dénués de sens.

— Pas si vous voulez des enfants, a insisté ma mère.

À ce stade, j'ai décidé que j'étais piégée dans une simulation créée par Satan.

Elle a continué :

— La fertilité de Georgina va chuter à trente-cinq ans, je lui ai envoyé une coupure du Telegraph *à ce sujet pas plus tard que la semaine dernière.*

— Et je t'en remercie, maman, mais je ne vois pas trop le rapport entre Kate Middleton et moi, à vrai dire.

— Beurk, la famille royale ?

Le visage de Dave s'est tordu dans une grimace de dédain.

— Dans ma révolution, Kate Middleton serait enfermée dans un donjon.

— Avec trois beaux enfants pour la consoler, néanmoins, a fait remarquer ma mère en me regardant, comme si elle était en train de me gronder.

À ce moment-là, j'ai éclaté de rire face au spectacle. C'était le monde de Dave rencontrant le monde de maman, et ils essayaient en vain de se comprendre.

— Vous les avez vus, avec leurs pantalons en velours et leurs bavoirs ! Ces gosses de riches sont habillés comme des fantômes qui auraient péri dans un incendie ! s'est écrié Dave.

Dix minutes plus tard, il a piqué du nez, alors que mon beau-père lui parlait des aménagements de son jardin, et il a pété dans son sommeil.

Je lève les yeux.

— *Mon petit ami Dave et moi ne sommes plus ensemble.*

Je replie mes notes avec le sentiment que tout s'est bien passé. Tout le monde applaudit et pousse des cris, il y a même quelqu'un qui siffle. Je suis submergée par la joie et le soulagement.

Jusqu'à ce que je me rende compte que la personne qui est en train de siffler n'est autre que Robin McNee.

Chapitre 33

Avant que j'aie le temps de réagir, je suis escortée au bas de l'estrade par un Gareth surexcité.

— J'ai une surprise pour vous, ce soir. Il s'agit d'un invité d'honneur qui a demandé à être ajouté à notre programmation, à titre exceptionnel. Nous sommes très honorés de l'accueillir. Merci d'applaudir bien fort Robin McNee !

Je retourne à ma place en tremblant, et échange des regards avec mes compagnons. Tous semblent vouloir dire : « Qu'est-ce que c'est que ce bordel ? » Comment Robin a-t-il réussi à arriver jusqu'ici sans se faire remarquer et mettre illico à la porte par l'un des frères McCarthy ?

Il se passe la main dans les cheveux et enchaîne ses tics de pseudo-modestie : tête légèrement penchée en avant, air timide... Puis il détache le micro de son pied.

— *Bonsoir, buveurs du Wicker et amateurs d'histoires embarrassantes. Et félicitations... Georgina ? dit-il avec une incertitude feinte en me désignant. J'ai adoré !*

Non mais sans rire, comment a-t-il pu entrer ? Je sens la rage monter en moi et, dans le même temps, je sais que je suis injuste. À moins d'avoir un videur, bannir une personne n'est pas évident, et Robin a vraisemblablement été aidé par quelqu'un à l'intérieur. Qu'est-ce qu'il va faire ? Après le malheur et la désolation qu'il a semés la dernière fois, je sens ses ondes de malignité potentielle irradier jusqu'à moi.

Au fond de la pièce, la porte s'ouvre et Lucas se glisse à l'intérieur. Je suis la seule à remarquer sa présence. Il fronce les sourcils en découvrant Robin sur la scène, puis ses yeux fouillent l'assistance.

Quand nos regards se croisent, il fait le geste de l'égorger et je secoue discrètement la tête. « Laisse tomber. » Ça ferait le jeu de Robin, j'en suis sûre. Serait-ce pire que ce qu'il a en magasin ? Je n'en sais rien.

— *Est-ce que vous connaissez l'expression « un moment d'enseignement » ? Avant, on l'utilisait pour les profs, maintenant, on l'entend aussi dans les Ted Talks et dans les longs discours politiques. Ce moment, c'est une occasion unique, un événement imprévu ou une expérience fortuite qui vous offre la possibilité de grandir. Mais, pour qu'il vous enseigne quelque chose, vous devez être prêt à recevoir cette leçon. Vous devez identifier le fait que c'en est une.*

Robin débouche sa bouteille d'eau, gracieusement fournie par Gareth, qui s'agite comme s'il était en présence de Ricky Gervais. Je remarque qu'il n'a pas de notes à la main.

Pourquoi est-ce que j'ai parlé de lui, *pourquoi* ? Je me suis tellement compromise en faisant ça. Au beau milieu du désastre, à dire que ce n'est pas ma faute, à me trouver des excuses. C'est moi. Je ne peux plus le nier. Mon Dieu, et dire que c'est cet abruti de Robin McNee qui m'amène à cette prise de conscience aussi déprimante que décourageante ! Pile au moment où je croyais que j'étais en train de renverser la tendance.

— *En découvrant ce concept, je me suis demandé : quels ont été les moments d'enseignement de ma vie à côté desquels je suis passé ?*

Il repose la bouteille.

— *Je sortais avec une fille qui était venue me voir après un spectacle pour me dire qu'elle aimait ce que je faisais. Elle était intelligente, intéressante. Une cynique qui n'exploitait pas ses capacités et qui, en plus, était préparée à coucher avec moi. Tout à fait mon type. Sans compter qu'elle était beauuucoup trop bien pour moi. Je déteste cette phrase, néanmoins. C'est comme si on croyait en l'eugénisme, lorqu'on dit ça, vous ne trouvez pas ? Je vous laisse donc choisir une abréviation pour : « les gens devaient sûrement croire que je l'avais gagnée dans un concours ».*

Tout le monde rit doucement. Ils sont charmés. Comme s'ils étaient des écureuils et que Robin leur donnait des noix. « Une cynique qui n'exploitait pas ses capacités ». Espèce de connard ! Voyez un peu la manière dont il a mis un coup de couteau là, juste sous la cage thoracique, avec un mouvement du poignet si subtil et rapide que personne ne s'en rend compte, à part sa cible.

— *Au début de notre relation, nous sommes allés au cinéma voir le nouveau* Blade Runner. *On s'installe dans la salle, prêts pour la discussion qui suivra immanquablement la projection, comme quoi les suites sont toujours moins bien que l'original, bla bla... Alors que le film a commencé depuis cinq minutes, on entend un homme crier derrière nous : « C'EST UN ROBOT ! » On échange un regard, mais on ne dit rien. Quelques minutes plus tard, un autre personnage apparaît à l'écran, et il crie à nouveau : « ROOOOO-BOT ! » comme si c'était un spoiler.*

Gloussements.

— *Nouvel échange de regards. Hum... Est-ce que c'est un de ces types qui ne mettent pas leur portable en mode silencieux, un malotru, un millénial bavard qui se croit chez lui devant Netflix ? Ou est-ce qu'il s'agit d'une personne mentalement déficiente ? Le doute s'insinue dans le gaucho doté d'une conscience qui sommeille en moi, et c'est délicat. Alors, je fais ce que n'importe quel homme d'âge moyen et de classe moyenne ferait à ma place. Je panique en silence, en espérant qu'une grande personne va bientôt arriver pour prendre la situation en main.*

Rires.

— *Malheureusement, l'homme ne se calme pas. Dès que quelqu'un ou quelque chose apparaît à l'écran, il y va de son commentaire.* Au fur et à mesure, son ton devient moqueur et sarcastique. « *FILLE SEXY* », « *JOLIE VOITURE* ». *Tout ce à quoi je pense, c'est une blague genre « la version commentée du réalisateur n'était pas top ».*

Robin fixe le public, les yeux pétillants.

— *En temps de crise, ne vous adressez jamais à un comique. Ma petite amie me murmure qu'il faut qu'elle aille aux toilettes et se lève. Aussitôt, le monsieur qui dérange tout le monde lance « OHHH, BONJOUR MA PETITE DAME ! » Je craque. On a raté la quasi-totalité de la première demi-heure à cause du psychodrame de monsieur Robot, et maintenant il s'en prend à ma petite amie ? Ça suffit ! Je demande à ma copine de se rasseoir et de m'attendre, et je quitte la salle. Je trouve un employé à l'extérieur, et lui explique la situation. Il entre avec une lampe-torche et expulse le trouble-fête. Tel un libéral sur le déclin, je lance à ce dernier : « Écoutez, je suis désolé, mais vous gâchiez le film pour tout le monde. » L'homme me dévisage et passe à côté de moi sans me répondre. Aucun remords. Quelle impolitesse ! Je fais claquer ma langue en signe de désapprobation, avec le sentiment que justice a été rendue. Je retourne m'asseoir, sous les acclamations silencieuses des autres cinéphiles mécontents. Je me sens viril d'être passé à l'action et d'avoir protégé ma partenaire.*

Après la séance, nous allons manger une pizza et je lui dis entre deux bouchées :

— *Je n'en reviens pas qu'il m'ait ignoré lorsque je me suis excusé. D'ailleurs, pourquoi je me suis excusé ? Il y a de ces cas, je te jure...*

Ma petite amie me répond :

— *Je pense qu'il était sourd. Les personnes sourdes de naissance n'utilisent pas le langage de la même façon que les autres. J'avais un client, dans mon ancien boulot, qui m'avait offert une carte de vœux avec l'inscription LA FILLE sur l'enveloppe.*

— Peut-être, ou alors il était débile.

— Sauf que, de toute évidence, il a vu le premier Blade Runner *et qu'il l'a compris.*

— Comment ça ?

Elle s'explique :

— Il savait qui était un robot et qui ne l'était pas. Sans le contexte du premier film, c'est impossible de le deviner rien qu'en observant ce qui se passe à l'écran.

Eh bien, figurez-vous, cher public du Wicker, que ça m'a énervé. J'ai demandé :

— Qu'est-ce que tu voulais que je fasse ? Que je le laisse continuer à crier « PLUIE ! » et « GROS PISTOLET » ?

— Non, a-t-elle répondu. Je ne suis pas en train de m'en prendre à toi. J'essaie juste de me mettre à sa place à lui.

— Tu serais en train de m'engueuler, si je n'avais rien fait !

Elle a eu l'air abasourdie.

— Je ne m'attendais pas à ce que tu fasses quoi que ce soit.

J'ai passé la demi-heure suivante à bouder et à me dire : « Quelle ingratitude ! Elle n'est donc pas reconnaissante ? Pourquoi ce que j'ai fait pour elle lui est égal ? »

Il a fallu que je perde cette femme que j'aimais, que j'aime encore, d'ailleurs…

Pause pour faire mine de se reprendre.

— … Pour comprendre mon erreur. Je m'étais mis cette pression tout seul, parce que je pensais que c'était un test, et que je devais être celui qu'elle voulait que je sois. Mais je m'étais complètement fourvoyé sur ses attentes. Elle ne voulait pas « le type qui fait virer l'autre type ». Elle voulait « le type qui prend le temps de comprendre l'autre type ». L'homme au cinéma était sourd, mais c'était moi qui n'avais rien écouté.

En résumé, mon pire rencard, c'était moi. Moi, le pire rendez-vous. Merci !

Robin remet le micro en place sur son support.

Au moment où je me lève pour quitter la pièce au milieu d'un raffut à base de « Quel génie ! », une nuée d'admiratrices afflue autour de lui.

Jeu, set et match. Ce n'est pas de l'amour, ça ne s'en approche même pas de loin. C'est un simulacre grotesque d'adoration qui donne à Robin une excuse pour me harceler. Il veut juste me dominer et gagner.

À cet instant, j'ai le sentiment qu'il a réussi.

Chapitre 34

Robin se fait éjecter du bar, mes amis et ma famille indignés sont en sécurité, un verre à la main, et Gareth pinaille tel un politicien sur l'implication de Robin dans le concours, face à un Devlin mécontent. Où que j'aille, je crée des problèmes.

Lucas m'entraîne dans la cuisine. Au milieu des surfaces en inox impeccables et du vrombissement des appareils, il me dit :

— Georgina, je suis vraiment désolé. C'est entièrement notre faute. J'ai oublié de donner un visuel à Dev et Robin s'est faufilé à l'étage, alors que j'étais occupé. Mais ce n'est pas une excuse, j'aurais dû avoir l'œil.

— Ça ne fait rien.

— Si tu savais comme je m'en veux ! Ce type t'a attaquée deux fois sur ton lieu de travail, et c'est deux fois de trop. Sans compter que le second épisode aurait très bien pu être évité.

Je dois vraiment être horrible, parce que le voir ramper de la sorte me donne des frissons.

— Il se croit tout permis, tu n'y peux rien. Au passage, je ne me rappelle pas avoir eu ce rencard.

— Vraiment ? J'ai supposé que c'était avec toi.

— Oh ! ça l'était, sauf que ça ne s'est pas du tout passé comme ça. Il ne s'est pas plaint et il n'a pas fait virer le type. Il s'est contenté de jurer d'une voix de stentor et d'applaudir les employés, quand ils se sont décidés à intervenir. C'est un menteur, ni plus ni moins. Pardon, un artiste qui utilise sa licence artistique au nom de la liberté d'expression.

Lucas croise les bras sur la poitrine, soupire et secoue la tête.

— Tu ne dois pas avoir une très haute opinion de moi, sachant que je suis sortie avec lui.

Ça m'a échappé. Je n'ai pas réussi à me retenir.

Et je suis heureuse de constater que ma remarque semble sincèrement le surprendre.

— Euh... non. Mon Dieu, absolument pas ! Tout le monde fait des erreurs.

J'avale péniblement ma salive. C'est un terrain glissant et je ne suis pas sûre de vouloir m'y engager avec lui. Silence gêné.

— Dave, par contre, c'était bel et bien Robin ? finit-il par demander.

— Oui.

— Pitié, dis-moi que tout était vrai, parce que ça m'a tellement plu que, dans le cas contraire, ce serait comme m'entendre dire à nouveau que le Père Noël n'existe pas !

Je ris de bon cœur.

— Tout était vrai, promis, juré.

Je lis dans son regard qu'il essayait de me remonter le moral, et ça a fonctionné. Je lui suis infiniment reconnaissante d'avoir ne serait-ce qu'essayé.

Le lendemain matin, j'en viens à la conclusion qu'il est temps d'arrêter de laisser Robin McNee être un problème. Le moment d'agir est arrivé.

Après une bonne nuit de sommeil, voilà où j'en suis de mes réflexions : Robin n'a rien d'une menace physique, c'est un terroriste psychologique. En dépit de ce que Clem en dit (et même si l'idée est des plus séduisantes), l'intimider avec des gros muscles n'a pas de sens. À voleur, voleur et demi, etc.

Où se trouve son point faible ? Chaque fois qu'il est dans un panel, il passe pour le surréaliste dans la lune, au milieu du badinage gras ambiant. Ça ne m'étonne pas que Kitty le considère comme la vedette. Il a l'habitude de compter sur ses manières puériles pour parvenir à fréquenter facilement des femmes de dix ou quinze ans de moins que lui. J'en étais le parfait exemple. Une réputation de vieux vicieux pervers et manipulateur ne lui rendrait pas service.

J'ai une idée. Robin était du genre désorganisé, et il lui arrivait d'utiliser mon portable quand le sien n'avait plus de batterie. Je ne l'aurais jamais soupçonné de coucher avec d'autres femmes car, en général, son téléphone était déverrouillé, et les notifications montraient les messages dans leur intégralité quand elles s'affichaient sur l'écran. Naturellement, je sais maintenant que ça ne voulait pas dire qu'il n'avait rien à cacher, mais simplement qu'il n'en avait rien à faire.

Il appelait son agent si souvent depuis mon portable que je n'en pouvais plus de recevoir des messages envoyés par erreur, depuis un tas de numéros inconnus. Par conséquent, j'avais fini par sauvegarder son numéro, et Al figure donc parmi mes contacts.

D'autres se sentiraient peut-être coupables de mêler Al à tout ça, mais, pour rappel, il s'est pointé sur mon lieu de travail et s'est transformé en documentariste amateur.

Je ne suis pas idiote, cela dit. Si j'ai enregistré le numéro d'Al, il est tout à fait susceptible d'en avoir fait autant avec le client. Et si EX DE CLIENT QUE TU AS FAIT ENRAGER UN SOIR DE CUITE s'affiche sur son écran, je l'imagine parfaitement appuyer sur la touche « ignorer ».

Je m'installe devant mon ordinateur et mène ma petite enquête avec application. Al est sur Twitter et, en plus, il est actif, ce qui tombe très bien. Je lui envoie un message direct.

Bonjour, Al, c'est Georgina, la petite amie de Robin McNee.

Beurk. Rien que de taper ça, j'en ai mal au ventre. Mais j'ai décidé de rétablir les pleins privilèges de mon statut, car « ex » pourrait être interprété comme un signe d'hostilité. Tandis que, là, je suis sûre qu'Al supposera simplement que nous nous sommes réconciliés.

Désolée de te déranger, je suis juste un peu inquiète à son sujet ces temps-ci, et je me demandais si je pouvais en discuter avec toi. Ça resterait entre nous, bien sûr. G.

Au cours des années, j'ai appris que, pour duper quelqu'un, rien ne vaut le bénéfice de la surprise. Demandez à n'importe quel arnaqueur téléphonique. Si Al prenait le temps de la réflexion, il déciderait peut-être d'appeler Robin d'abord, pour lui demander de quoi il s'agit. D'où mon approche savamment mesurée, à la fois pacifique et intrigante, qui risque de le faire mordre à l'hameçon sans même y penser. Tout ce dont j'ai besoin, c'est qu'il réponde.

Il mord.

Bonjour, Georgina ! Bien sûr. Dispo pour un coup de fil ?

Oui ! Merci. J'ai ton numéro, je t'appelle dans dix minutes.

Pas de problème.

J'appelle. Il répond. Je ne saurai jamais s'il aurait répondu sans mon petit préambule, mais mes manœuvres me semblent tout à fait justifiées.

— Bonjour, Al. Alors... Tu as vu ce que Robin a fait, au pub, l'autre soir ? Quand il est monté sur cette chaise ?

— Oh... Oui. Ha ha, j'étais bien bourré ce soir-là, j'avais oublié à quel point la bière artisanale était forte !

— Bien. J'ai rompu avec Robin, car je suis tombée sur lui au lit avec Lou, comme tu le sais. Quand vous êtes venus sur mon lieu de travail, j'ai cru à une coïncidence. Mais, depuis, j'ai appris qu'il avait parlé à mes parents dans mon dos et qu'il leur avait raconté une série de bobards pour leur soutirer l'information. Avant de l'utiliser, comme tu as pu le constater.

— D'accord...

À en juger par son ton prudent, j'en déduis qu'il vient de comprendre qu'il s'est fait duper.

— Je ne savais pas.

— Ne t'en fais pas, je n'étais pas en train de suggérer que tu étais au courant. Le truc, c'est qu'hier il a recommencé. Il est revenu au pub qui m'emploie et a fait un discours sur moi devant une salle pleine de monde.

— Aïe.

— En fait, Al, j'ai un problème et j'aimerais ton avis. Depuis que nous avons rompu, Robin est venu chez moi la nuit, il a jeté des cailloux sur mes fenêtres et fait peur à ma colocataire. Il s'est présenté sur mon lieu de travail et a fait une scène, à deux reprises. Inutile de te dire qu'après ça j'ai dû faire des pieds et des mains pour conserver mon boulot...

Tant qu'à faire, autant ne pas y aller avec le dos de la cuillère.

— Quand je l'ai pris la main dans le sac, en train de coucher avec une autre femme, j'ai été claire et limpide quant au fait que c'était fini entre nous. Je ne lui ai pas envoyé le moindre signal laissant supposer qu'il existait un espoir, même infime, que je le reprenne. De la même façon, je ne réponds pas à ses messages. C'est un jeu à sens unique. C'est ce qu'on appelle du harcèlement.

Je marque une pause pour reprendre mon souffle, en espérant qu'Al est toujours en ligne, car je n'entends qu'un silence de mort au bout du fil.

— Ça commence à m'inquiéter, pour être honnête. S'il ne se décide pas à me laisser tranquille, je vais être obligée d'examiner les différentes options qui s'offrent à moi.

— J'entends bien, mais que veux-tu que je fasse ? Je suis son agent, pas sa nounou. Et puis je suis à trois cents kilomètres, accessoirement.

— Je comprends, mais tu étais aussi bien content de filmer Robin et de l'encourager. Je pense qu'on peut réfléchir ensemble à une solution.

— J'ignorais son passif — oui, désolé, laisse ça là, Charlie —, autrement je n'aurais jamais fait ça. D'ailleurs, la vidéo a été supprimée.

Il est au bureau et va me sortir la carte « il faut que je file » d'une seconde à l'autre. Je dois agir vite.

— En effet. Mais mon problème, Al, c'est que ton client me harcèle et que, si je ne trouve personne pour le persuader d'arrêter de manière informelle, je vais devoir m'adresser à la police pour obtenir une injonction d'éloignement. Ça ferait mauvais genre, si le journal local envoyait quelqu'un au tribunal pour écrire un article.

Je n'ai absolument pas la moindre idée de la façon dont fonctionnent les injonctions d'éloignement, les tribunaux et la couverture médiatique locale dans ce genre de situations, mais Al ne connaissait pas la législation pour ce qui est de filmer sur une propriété privée non plus.

Aie l'air sûre de toi.

— Waouh. Je n'imaginais pas que c'était grave au point d'en référer aux autorités ! Tu ne trouves pas ça un peu radical ?

J'ai enfin son attention. Il sent le danger. Je le tiens.

— Je ne sais pas, à toi de me le dire. Je ne veux pas en arriver là, seulement, je ne sais plus quoi faire. Quand « s'il te plaît, laisse-moi tranquille et fiche la paix à mes proches aussi » n'a pas fonctionné à de multiples reprises, qu'est-ce qui me reste, comme solution ?

— Oh ! c'est... attends, je ferme la porte.

J'entends des bruits et une porte qui claque.

— Bon, tout ça, c'est en train de dégénérer. Je vais parler à Robin et lui expliquer clairement que tu es contrariée et qu'il doit se calmer. Ce que je m'apprête à te dire doit rester strictement confidentiel, surtout, mais... tu n'as jamais pensé qu'il était peut-être un peu... bipolaire ?

— Euh... non... ?

— Ses changements d'humeur partent dans tous les sens. Il passe des périodes enfermé à fumer des pétards, et d'autres où il est tellement hyperactif que ça fait peur. Ça pourrait être des crises d'artiste caractériel, mais je me demande si ça ne cache pas un problème d'ordre médical, si toute cette exagération ne viendrait pas de là. C'est peut-être pour ça qu'il t'étouffe de la sorte.

— Ah. Peut-être. Je ne sais pas non plus.

Je réfléchis : je peux la jouer réglo, ou garce. Mais je veux un résultat rapide et sans histoires. Alors je choisis l'option garce.

D'une voix douce, je demande :

— Est-ce qu'il plaiderait l'instabilité mentale devant un tribunal ?

— Je vais lui parler, répond aussitôt Al. Il ne viendra plus au pub.

— Merci beaucoup pour ton aide, j'apprécie.

Ha ha. *À ton tour, Robin McNee !* Enfin, c'est rhétorique. J'espère bien qu'il ne va pas contre-attaquer.

Al doit vraiment avoir les jetons, car, un quart d'heure plus tard, je reçois un message de Robin.

Bonjour ! C'est bon, tu as gagné. Message reçu. Est-ce que je peux te parler concernant un autre truc ? C'est important. Ce n'est pas pour t'inviter à boire un verre, promis. C'est à propos du boulot. Bisous. R.

Non. Je ne mordrai pas à l'hameçon.

Chapitre 35

— Et donc tu as dit que c'était absolument hors de question de te remettre avec Robin McNee ?

Kitty est en train de boire un Coca Light à la paille.

— Exactement.

De mon côté, je nettoie un tiroir sous le bar, à grand renfort de frottements vigoureux. Je n'ai pas eu de nouvelles de Robin depuis son texto de la veille, alors je suis plutôt contente que ma machination ait fonctionné. J'ignore si Lucas est à l'angle du comptoir, mais je sais déjà quelle direction va prendre l'interrogatoire de Kitty, et je compte bien répondre à ses questions comme s'il m'entendait, par mesure de sécurité. Il est presque 21 heures et le bar est plutôt tranquille, pour une fois.

— Tu ne vois personne, alors ?

— Non.

— Et tu n'as pas envie de rencontrer quelqu'un ? Te marier, avoir des enfants, tout ça ?

Je relève la tête de mon tiroir pour lui sourire.

— Ce sont trois questions différentes. J'aimerais bien rencontrer quelqu'un, seulementm je ne suis pas pressée. Et je ne saurai pas si je veux le reste avant d'être avec quelqu'un.

— Tu devrais t'inscrire sur Tinder.

Je me redresse, rince mon éponge, l'essore et vérifie l'heure. Le service passe lentement et touche heureusement bientôt à sa fin.

— Pour être honnête, je cherche l'amour plutôt que des

coups d'un soir. Une véritable histoire d'amour. Je suis en train de relire *Les Hauts de Hurlevent* en ce moment. Il y a une phrase que j'adore dedans : « J'aime le sol qu'il foule, l'air qu'il respire, et tout ce qu'il touche, et tout ce qu'il dit. »

Kitty me dévisage, stupéfaite, et je me flatte brièvement en me disant que je suis peut-être en train de convertir la reine des réseaux sociaux à la littérature classique.

— Hein ? Tu aimes le sol qui refoule et l'air qui transpire ? Mais c'est dégueulasse !

Elle a crié si fort que Lucas apparaît au bout du comptoir et dit :

— Chuuuut !

Alors que je suis secouée par une crise de rire, une femme avec une queue-de-cheval stricte s'approche du comptoir. C'est bizarre, mais quelque chose dans son expression et la vitesse de ses mouvements me met mal à l'aise.

Je me force à avoir l'air neutre.

— Oui ?

Normalement, ce n'est pas de cette façon que nous accueillons les clients, sauf que je sens un os.

— C'est vous, Georgina ?

— Euh oui ?

— C'est de la part de Bob.

J'ouvre la bouche pour répondre que je ne connais pas de Bob lorsqu'elle brandit un Tupperware qu'elle tenait caché derrière son dos, et m'en balance le contenu au visage. C'est froid et âcre, et ça me pique les yeux. Je pousse un cri, momentanément aveuglée.

J'entends des cris d'hommes et de femmes, et je sens qu'on me transporte jusqu'à la cuisine.

Une porte claque derrière moi et je reconnais la voix de Lucas.

— Ça va être froid.

Puis il me met la tête sous un robinet. De l'eau coule sur

mon visage et entre dans mon nez. Choquée, je commence à crier et à me débattre, comme si j'étais soumise à un simulacre de noyade.

— Georgina, laisse-moi faire !

J'obtempère et j'essaie de respirer à travers le jet d'eau. J'entends Lucas dire « merde merde merde » à toute vitesse, et je me demande pourquoi il semble si effrayé, pourquoi on me maintient sous un robinet au lieu de m'essuyer, et pourquoi il m'ôte mes vêtements, tire sur mes manches, puis me fait me redresser et passe mon T-shirt au-dessus de ma tête.

Avant que j'aie le temps de m'essuyer les yeux et de reprendre mon souffle, ma tête se retrouve de nouveau sous l'eau. Cette fois, je la sens qui coule le long de mon cou et sur ma poitrine. Au contact de l'air, ma peau se couvre de chair de poule et je frissonne. Qu'est-ce qui se passe, pourquoi est-ce qu'il me trempe encore plus ? L'eau coule à flots, entre sous mon jean, et je crie comme une enfant :

— Arrête, c'est froid !

Il m'écarte de l'évier et me remet debout comme une poupée de chiffon. Je sens des mains chaudes sur mes joues.

— Est-ce que tu peux ouvrir les yeux ?

Je les ouvre prudemment. La cuisine m'apparaît, floue, à travers des molécules d'H_2O rendues grises par mon mascara qui a coulé. Je bats des paupières. Des gouttes d'eau se forment au bout de mon nez.

— Qu'est-ce qui s'est passé ?

— Tu… Est-ce que tu me vois ?

Je me concentre sur lui.

— Bien sûr, pourquoi ?

Il me fait délicatement tourner la tête vers la gauche, puis vers la droite, son visage à quelques millimètres du mien. Puis il me fait reculer un peu, baisse les yeux, effleure mon épaule du bout des doigts en guettant ma réaction. Je déglutis et enregistre la sensation dans un coin de ma tête pour m'en rappeler plus tard, avant de baisser les yeux à mon tour.

Comme dans un cauchemar devenu réalité, je ne porte qu'un soutien-gorge. Mon gilet au motif Fair Isle gît non loin de là, sur le carrelage de la cuisine, surmonté de mon T-shirt trempé en boule. Heureusement que c'est un soutien-gorge noir opaque à balconnets, car je serais au bord du suicide, si mes tétons avaient été de la partie. Je ne me suis pas habillée ce matin en pensant que Lucas McCarthy et moi inspecterions mon décolleté ensemble dans la soirée.

— Euh… pourquoi est-ce que je n'ai plus mon haut ?

En demandant ça, je pense : en voilà, une initiative entreprenante, Lucas ! Pourtant, c'est au *visage* qu'on m'a jeté quelque chose, non ?

— Tu vas bien ? Tu te sens bien ?

Je cligne des yeux pour me débarrasser de l'eau qui borde encore mes cils.

— Oui. À part le fait que je suis à demi nue, complètement trempée et totalement flippée.

Je renifle, tousse et me demande s'il vaut mieux que je croise les bras, puis je décide qu'il vaut mieux faire semblant de ne pas être gênée, tout en rentrant discrètement le ventre. Je ramasse mon T-shirt mouillé et le tiens contre moi.

— Mon Dieu !

Lucas recule et s'avachit contre le plan de travail.

— J'ai cru… Laisse-moi reprendre mon souffle.

— Qu'est-ce qui ne va pas ?

— J'ai cru que c'était de l'acide !

— Oh !

Je pousse un soupir de soulagement et Lucas écarquille les yeux.

— Tu veux dire que tu n'y as pas pensé ?

— Non. Est-ce que ça fait de moi quelqu'un de stupide ?

Soudain, sa réaction prend tout son sens et je ressens un

mélange enivrant d'immense naïveté et d'énorme soulagement de ne pas avoir envisagé cette possibilité.

— Tant mieux pour toi, j'imagine. Tu as de la chance. J'espère bien ne jamais revivre les quarante dernières secondes.

— Un homme dans toute sa splendeur ! C'est moi qui ai l'air d'un rat mouillé en soutien-gorge, je te signale.

— Ha ha ! excuse-moi ! J'ai pensé que ta peau se désagrégeant au contact d'un liquide corrosif prévalait sur la décence.

Il lance un coup d'œil en direction de ma poitrine par réflexe, avant de détourner le regard à toute vitesse, puis je croise les bras, et nous semblons tous les deux attendre que le sol nous engloutisse.

— Je suis tellement soulagé, Georgina, tu n'imagines pas à quel point. J'ai pensé qu'on allait devoir t'emmener aux urgences...

— Tu as été rapide avec l'eau. Impressionnant.

— J'ai été formé aux premiers secours sur les brûlures. Je n'en reviens pas que tu n'aies pas songé que ça puisse être de l'acide. J'ai eu l'impression de voir la scène au ralenti.

Il secoue la tête et je me rends compte qu'il est sincèrement traumatisé. Sa réaction me touche. Et pas que sa réaction. Je sens encore ses mains sur moi...

— Pourquoi est-ce qu'elle a fait ça ? Et qui est Bob ?

On se dévisage, totalement mystifiés, jusqu'à ce que l'illumination se produise. Qui, en rapport avec cet endroit, pourrait bien vouloir m'arroser d'une substance toxique ?

— Attends. Thor le stripteaseur... il ne s'appelait pas Bob ?

— Tu crois ?

— Oui ! Quand il est parti, il a crié « Bobby n'oublie jamais ». Ça doit être sa revanche. Mais pourquoi de l'eau ?

— Euh... ça m'étonnerait que ce soit de l'eau.

J'approche une mèche de cheveux de mon nez et renifle.

— Tu m'as tellement bien passée au Kärcher qu'il ne reste pas grand-chose. On soupçonne quoi, alors ? De la pisse de strip-teaseur ? Ça pourrait être le nom d'une de nos bières artisanales, si tu es en manque d'inspiration.

Je m'étrangle presque de rire.

— Incroyable ! Tu arrives vraiment à rire de tout et n'importe quoi, c'est ça ?

Avant que j'aie le temps de répondre, et à mon immense surprise, il me prend dans ses bras. Je laisse tomber mon T-shirt et je m'abandonne à son étreinte, blottie contre lui. Je lui enlace la taille, hésitante. Je sens son cœur qui continue à battre la chamade.

Il murmure dans mes cheveux :

— Parmi tous les visages à abîmer…

Quoi ? *Quoi ?*

On s'écarte, les yeux plongés dans ceux de l'autre pendant une seconde, séparés de quelques centimètres à peine, et je songe : bon Dieu, est-ce qu'on va s'embrasser ? Entre le choc, ma tenue, la peur et la situation de crise, tout entre nous semble en suspens. Ce qui vient d'être révélé, au-delà de mon soutien-gorge, c'est que Lucas tient à moi. Un courant électrique semble passer entre nous.

La porte s'ouvre et Devlin apparaît. Il écarquille les yeux en nous voyant dans les bras l'un de l'autre, et plus encore en découvrant que je ne porte pas de haut. Je commence à reculer, machinalement, mais Lucas resserre son étreinte.

— Je suppute que la damoiselle va bien, si mon frère est en train de lui sauter dessus. Luke, c'est une zone réservée à la préparation d'aliments, là !

Kitty crie depuis le bar :

— Qu'est-ce qui se passe ? Est-ce que Georgina va bien ?

Lucas manœuvre galamment et parvient à se pencher sans me lâcher pour récupérer mon gilet. Je l'enroule autour de mon buste à la façon serviette de plage. Quant à mon T-shirt, il va avoir besoin d'un bon essorage et d'un passage sur un radiateur bien chaud, à moins qu'ils ne veuillent transformer le Wicker en bar à concours de T-shirts mouillés.

— Tout va bien ! répond Dev. Georgina a été aspergée d'un liquide inconnu.

Puis il ajoute, à l'attention de Lucas :

— Je vais me retenir de faire des blagues salaces auxquelles je ne suis de toute façon pas en train de penser, tu sais bien que ce n'est pas mon genre.

— Casse-toi, Devlin !

— Ha ha ha. L'assaillante s'est enfuie, Kitty a mis trop de temps à contourner le comptoir pour la poursuivre. Qu'est-ce qu'elle voulait ?

— D'après Georgina, le principal suspect est le charmant stripteaseur que nous avons viré le soir de l'EVJF.

— Il a voulu se venger parce que je l'avais frappé.

— Je vois. Décidément, on ne s'ennuie jamais.

Dev sourit, puis retourne en salle. Lucas s'écarte et j'en profite pour remettre mon gilet et le boutonner. Étrangement, devant lui, je trouve ça plus gênant que lorsque j'étais en soutien-gorge. Ça doit être lié à ce que ça implique de me rhabiller en sa présence. Il n'y a qu'un autre type d'occasion où ce serait susceptible d'arriver. Il le ressent sans doute aussi, car il détourne le regard et marmonne vaguement quelque chose à propos d'appeler la police.

— Qu'est-ce qu'on leur dirait ? Porter plainte contre quelqu'un qui vous jette de l'eau, c'est comme porter plainte contre un voyou qui aurait volé un ballon.

— Sauf que je parie que ces sadiques ont pensé que tu pourrais croire à de l'acide. À mon avis, ça vaut la peine de le signaler. Si une personne en uniforme rend une petite visite à Bob pour lui rappeler de quoi il est passible s'il jette autre chose que de l'eau, ça n'aura pas été en vain.

— C'est vrai. Quelle soirée !

Je ramène mes cheveux mouillés derrière mes oreilles.

Avec mon maquillage, je dois avoir l'air d'un des membres du groupe Kiss.

— Oui, elle a été riche en événements. D'ailleurs, si tu veux partir maintenant, je pense que tu as bien mérité de finir plus tôt que prévu.

— J'aimerais rentrer chez moi, me doucher, me changer, revenir et descendre plusieurs verres bien tassés, s'il te plaît.

Lucas me jauge du regard.

— Pour te remettre du choc ?

— Pour me remettre du choc.

— C'est moi le plus choqué des deux, je te rappelle.

— Alors, tu ferais bien de boire un coup, toi aussi.

Il consulte sa montre.

— À dans une heure ?

Une beuverie ? Rien que tous les deux ? J'en frémis d'impatience ! Je n'arrête pas de repenser à ce qu'il a dit, lorsqu'il me tenait dans ses bras. Il s'est trahi.

J'ai de l'espoir.

Chapitre 36

— Madame, qu'est-ce que je vous sers ? demande Devlin.

— Un demi de pisse de strip-teaseur, je vous prie.

Je suis revenue au bar une demi-heure avant la fermeture, nerveuse et excitée. Pour une fin de soirée, je me suis donné beaucoup trop de mal en me préparant et en choisissant ma tenue. Je porte un T-shirt The Cure moulant. Parfois, c'est surfait d'être subtil.

— Nous avons supprimé cette bière de la carte, elle était trouble. Je pense qu'il faut nettoyer les canalisations, lance Lucas.

On rit comme des idiots et, pour une fois, c'est Devlin qui lève les yeux au ciel. Waouh. Merci, Bobby, tu m'as rendu service. Extraordinaire.

Je n'arrive pas à croire que jusqu'à récemment je pensais que Lucas était froid et réservé. On dirait bien que j'ai appris la leçon quant au fait de ne pas se fier aux apparences. Deux fois. Il a simplement besoin d'accorder sa confiance.

D'habitude, lorsqu'il travaille, je travaille aussi. Mais là, installée à une table avec un verre de vin rouge, j'ai l'occasion de l'observer. J'ai l'autorisation de le reluquer en secret, et je compte bien en profiter.

Jusque-là, j'ai refusé de m'avouer ce que sa vue provoquait en moi. Ça aurait été trop masochiste concernant quelqu'un qui ne m'appréciait pas, et qui avait une si piètre opinion de moi qu'il m'avait effacée de sa mémoire. À présent, je me demande si ce n'était pas idéal, en fait. Pas de souci à se faire concernant le passé. Une seconde chance toute neuve.

J'appuie le menton dans ma main. Il tend le bras pour attraper une bouteille sur une étagère et son T-shirt se soulève, dévoilant quelques centimètres de peau. Le client, plein d'égards, change d'avis et choisit un autre gin. Lucas doit donc remettre la bouteille en place et en prendre une autre. Cette fois, je vois les muscles se contracter au-dessus de sa ceinture. Mon propre ventre (moins plat) se contracte en réponse.

Même la façon dont il se tient à côté de la caisse me fait quelque chose, la tension dans ses épaules, la décontraction avec laquelle il bouge. Mon Dieu, et cette façon de ramener ses cheveux en arrière, lorsqu'ils lui tombent dans les yeux...

Il tourne la tête dans ma direction et je remets aussitôt le nez dans mon portable.

Il a bien suggéré qu'il allait boire avec moi, non ? Dans le cas contraire, ma déception sera considérable.

J'adore Dev, pourtant, je déborde de gratitude lorsqu'il m'explique d'un air désolé qu'il aurait adoré boire un pot avec nous mais que Mo et les enfants sont là et qu'il doit partir tôt. Lucas refuse mon offre de l'aider à nettoyer.

Quand les derniers chalands passent la porte, il ne reste plus que lui et moi, et Massive Attack dans les enceintes. *I Stand in front of you*[1]...

Je frissonne, entre impatience et nervosité.

— C'est celui-là ?

Il soulève une bouteille de vin rouge, montre l'étiquette puis mon verre. Je hoche la tête et il me rejoint avec la bouteille et un autre verre à la main. Je me redresse, raide comme un piquet, tendue à l'extrême. Il s'assied en face de moi, dans un fauteuil à accoudoirs shabby chic, retire le bouchon, remplit mon verre, se sert à son tour, et dit :

1. « Je me tiens devant toi », extrait de la chanson *Protection*, de Massive Attack.

— Alors, Georgina Horspool, on est tout de même bien mieux ici que dans une chambre du service des grands brûlés.

Il lève son verre, trinque avec moi et fait la grimace.

« On ». Est-ce que ça veut dire quelque chose ? Ça ne serait pas plus logique ou naturel de dire « tu » ?

Je me souviens de cette bouffée d'excitation enivrante, même si elle remonte à loin. Ignorer s'il ressent la même chose que moi, mais savoir que je peux tomber de très haut, si ce n'est pas le cas. Même si on risque de s'écraser sur les roches immuables en dessous, il n'y a rien de comparable.

La conversation est fluide. On a suffisamment de choses en commun pour que ce soit facile. Il me raconte qu'il détestait l'université, lui aussi, et qu'il n'avait pas la moindre envie de passer sa licence de gestion des entreprises.

— Notre père voulait qu'on reprenne l'entreprise familiale, fin de l'histoire. Il ne tolérait aucune autre orientation et ne l'aurait pas financée, d'ailleurs. Dev, ça lui allait comme un gant, mais moi… sans vouloir passer pour un ingrat, je ne voulais pas être gérant de bars.

— Qu'est-ce que tu aurais aimé faire ?

— Enseigner, avoue-t-il, en faisant passer son verre d'une main à l'autre.

— Je t'imagine très bien prof.

— Tu te fiches de moi ?

— Non !

Je souris. Même si je suis incapable d'être objective, j'ai la sensation qu'on est en train de flirter.

— Tu pourrais reprendre tes études.

— Oui, je pourrais. Mais je me trouve trop vieux pour m'y remettre maintenant et je me suis habitué à mon salaire, alors… Enfin, qu'on soit bien d'accord, je ne suis pas en train de dire que mes problèmes méritent qu'on s'apitoie sur mon sort.

Il m'adresse un petit sourire espiègle. On est en train de flirter, là, ce n'est pas possible autrement.

— Tu es blindé, alors ?

Je me fiche de sa situation. Simplement, je suis curieuse de voir s'il va me dire la vérité.

— Euh… Comment répondre avec tact ?

— Avec honnêteté, ça suffira.

— Alors oui, je le suis. Enfin, on l'est. C'était le pacte faustien avec mon père : faites ce que je dis et vous hériterez de tout. Il était du genre tyrannique et ne s'embarrassait pas franchement de la législation dans le cadre de ses affaires. Tout ce qu'il voulait, c'était gagner du fric dans le monde de la nuit, à n'importe quel prix. On a mis de l'ordre dans tout ça. Je suis soulagé qu'il soit à la retraite.

— Comment est-ce que vous vous en êtes si bien sortis, Dev et toi ?

J'ai dit ça sans réfléchir, et ça semble sincèrement lui faire plaisir.

— J'imagine que c'est grâce à notre mère.

Je sais que c'est déplacé de glorifier l'argent et que Lucas n'a pas davantage de valeur maintenant que je sais ce qu'il vaut sur le papier. Néanmoins, pendant un bref instant, je m'autorise à faire des plans sur la comète, et je m'imagine avec lui. Les hommes avec qui je suis sortie étaient relativement malchanceux et fauchés ; ils m'empruntaient souvent de l'argent à la fin du mois. Arf, non, Georgina, arrête ça ! Tu n'es pas une héroïne de Jane Austen. Gagne ton argent toi-même. Regarde ta mère et Geoffrey.

On parle de Robin, et je raconte à Lucas le soir où je l'ai surpris au lit avec Lou. Il est tour à tour perplexe, hilare et choqué. Je nous vois nous rapprocher et j'aime celle que je suis, pour une fois. Je suis peut-être sortie avec un crétin, mais je peux l'amener chez un Cash Converters métaphorique et le transformer en divertissement.

Une fois la bouteille vide, Lucas me demande si j'ai déjà testé la liqueur à la cerise qu'ils ont reçue la semaine précédente. On en boit plusieurs shots et on se lèche les lèvres en essayant de déterminer si c'est délicieux ou trop sucré. Au-dessus du bar, l'horloge indique 1 h 30 du matin. En dépit de mon esprit un peu embrouillé par l'alcool, je sens qu'un moment de vérité approche.

— Tu as vu l'heure ? On ferait mieux de t'appeler un taxi, dit-il.

— Luke…

Je ne l'appelle pas par son surnom par hasard. Je prends un risque. Un risque prémédité.

— Quand vous m'avez engagée, je… je t'ai entendu dire à Dev que tu ne voulais pas que le pub se transforme en restaurant Hooters.

Il sursaute.

— J'ai dit ça ?

— Euh… il me semble, oui. Après la veillée funèbre. J'étais en train de fumer une clope dehors, près de la fenêtre de la cuisine, et je vous ai entendus discuter.

Il a l'air gêné et, soudain, je redoute d'avoir poussé le bouchon trop loin.

— Oh. J'avais probablement trop picolé.

— Je ne pensais pas que je donnais l'impression d'être une blonde idiote à gros seins.

— Ce n'est pas l'impression que tu donnes !

— Robin m'appelait « Barbie Topshop ».

— Waouh. Avec sa touche et sa tronche, il ne manque pas de culot…

Il marque une pause.

— J'étais… J'imagine que je voulais juste remettre Dev à sa place, parce que j'étais en pétard qu'il ait pris la liberté d'engager quelqu'un alors qu'il était bourré.

— Je vois.

— … Je suis vraiment désolé si je t'ai donné l'impression de te juger sur ton apparence. J'étais en colère contre mon frère et c'était déplacé…

Il se passe la main dans les cheveux.

— Quel con ! Je suis désolé.

C'était une manœuvre risquée de le confronter de cette façon. C'est en train de se retourner contre moi, et c'est mérité. Il est mal à l'aise et j'ai complètement gâché la soirée.

— Non, je sais que jamais tu ne m'insulterais. Simplement… parfois, j'ai peur d'attirer le mauvais type d'attention. Robin a été surpris quand il a appris que je lisais des livres. Peut-être que je devrais me teindre les cheveux en noir et jeter mon manteau rose.

Voilà, Georgina, c'est mieux. Enfin, c'est surtout une tentative manipulatrice d'obtenir des compliments, mais au moins c'est subtil.

— Tout homme incapable de reconnaître une femme intelligente à cause de la couleur de ses cheveux ne vaut pas la peine qu'on s'y intéresse.

— Oui, tu as raison.

Bon. Pour les compliments, c'est raté.

— Je ne suis pas assez bronzée pour Hooters, de toute façon.

Pitié, laisse tomber, Georgina ! Tu ne t'entends pas parler ou quoi ?

— Je ne m'inquiéterais pas pour ça. Tu es charmante telle que tu es.

WAOUH. But pendant les arrêts de jeu. « Charmante ». Lucas McCarthy pense que je suis charmante. « Parmi tous les visages à abîmer ». Ça voulait dire quelque chose. C'est certain. Mon cœur cogne si fort dans ma poitrine que je suis étonnée que les voisins ne donnent pas des coups dans le mur pour que je baisse le son.

Lucas regarde à nouveau l'horloge.

— Allez. Taxi.

Il se lève pour appeler depuis le téléphone derrière le comptoir.

Passe à l'action. Passe à l'action.

— Un dernier pour la route ? proposé-je quand il raccroche.

Je me demande pourquoi les pubs ont encore des lignes fixes. Je n'aurais pas dû le laisser appeler. J'aurais dû dire que j'allais réserver un taxi depuis mon appli (et ne pas le faire).

— Allez !

C'est avec une joie non dissimulée que je nous ressers, tandis qu'il revient à notre table. Il prend son verre, trinque, et ses doigts effleurent subrepticement les miens. Nos regards se croisent pendant que nous buvons. Je me lèche les lèvres inconsciemment et ses yeux se posent sur ma bouche, si brièvement que je ne sais pas vraiment si je l'ai vu ou seulement fantasmé.

La lumière des phares d'une voiture entre par la fenêtre. Lucas se lève.

— C'était rapide, dit-il d'un ton indéchiffrable.

Je me lève à mon tour. *Non non non non.* Mais la lumière disparaît.

— Fausse alerte, reprend-il.

Je suis tout près de lui, je le regarde, les yeux levés vers lui. Ses yeux sont baissés vers moi, et le monde retient son souffle. C'est maintenant ou jamais.

— Lucas ?

— Oui ?

— J'ai un peu trop bu. Je ferais mieux de rentrer, mais...

— Quoi ?

— Je n'en ai pas envie.

Il tend la main pour écarter une mèche de cheveux qui me tombe dans les yeux, parce qu'apparemment on se touche, maintenant, et je me dis : les signes ne seront jamais plus flagrants qu'à cet instant.

Avant même d'être vraiment sûre de ce que je m'apprête à faire, je me rapproche de lui, passe les bras autour de son cou et l'embrasse.

Chapitre 37

Je suis toujours aussi terrifiée, mais l'ébriété rend les secondes passées à me demander comment il va réagir légèrement moins effrayantes. Ce n'est pas un drame de danser tout seul, mais embrasser tout seul, voilà une activité tristement solitaire.

Soudain, au moment où je commence à redouter le pire, Lucas me rend mon baiser avec la même passion, une main dans ma nuque, l'autre dans mes cheveux.

Personne n'embrasse aussi bien que ça. J'ai toujours cru que mes souvenirs d'adolescence étaient une version embellie de la réalité, mais ils ressembleraient plutôt à une vieille photo dont les couleurs se seraient estompées. On dirait que mon corps se souvient de lui, que tous mes voyants s'allument, comme autant de signes de reconnaissance et de désir éparpillés partout sur mon corps. J'en ai connu, des baisers enflammés, au cours des années, mais ils font bien pâle figure à côté de celui-ci, de la traction et de la pression qu'il exerce sur moi, de l'effet incroyable qu'il me fait.

Je m'étais toujours dit : c'est bien joli, tout ça, mais tu idéalises ton premier amour, c'est tout, c'est la nostalgie qui te joue des tours. J'avais tort. Mon Dieu, j'avais tort sur toute la ligne !

Il faut qu'il sache à quel point j'ai envie de lui. Comme je n'ai pas le courage de le lui dire, je concentre mes efforts sur notre mode de communication actuel.

Je ne me contente pas d'approfondir le baiser au point

de le rendre légèrement obscène, je passe aussi les mains sous son T-shirt pour lui caresser la peau. J'espère bien lui faire comprendre que ce n'est pas une offre du type « roulons-nous une pelle en fin de soirée », mais carrément du type « mets-moi dans ton lit ».

En réponse, il glisse une main sous mon haut (*yes !*) et, de la mienne, je le guide droit jusqu'à ma poitrine. Je ne suis pas en train de me faire désirer, c'est clair. Mais je suis tellement euphorique que je me laisse porter. Il me serre délicatement, joue avec la dentelle de mon soutien-gorge, effleure mon téton gauche. Par miracle, nous sommes de nouveau en train de nous peloter, le même niveau de pelotage auquel on parvenait sans se faire prendre dans les jardins botaniques. Sauf que, cette fois, nous n'avons pas à rentrer séparément, rongés par la frustration.

Seulement, lorsque je tente de baisser sa braguette, il m'attrape la main.

— Arrête.

Je m'éloigne légèrement et reprends mon souffle.

— Quoi ?

— On ne peut pas.

Je regarde en direction des fenêtres. Il a raison, je suppose : les rideaux ne sont pas opaques et il y a encore assez de lumière dans le bar pour qu'on puisse nous voir depuis la rue.

— D'accord. Là-haut ?

Mes vêtements sont en pagaille et mon visage me brûle.

— Non. Je veux dire qu'il ne vaut mieux pas.

Je ne comprends pas. Il recule d'un pas. J'ai l'impression qu'il est déjà à des millions de kilomètres.

— Qu... Quoi ? J'ai fait quelque chose qui ne va pas ?

Il baisse la tête et me regarde par en dessous.

— À peine.

ARGH. Je suis dans un état que ma mère qualifierait de

disgracieux. J'avance pour l'embrasser à nouveau, mais il m'attrape fermement les poignets.

— Sérieusement, Gina. On est soûls tous les deux, on fait n'importe quoi.

« Gina » ?

— Et c'est un problème ?

Il laisse échapper un petit rire sans joie et secoue la tête.

— Peut-être pas pour toi.

Quoi ? Il a peur de ne pas être performant ?

— Qu'est-ce que tu veux dire ?

— Que ça semble amusant maintenant mais que, demain, il faudra se lever et travailler ensemble.

Je proteste énergiquement :

— Je m'en fiche !

— Pas moi. Ton taxi va arriver d'une seconde à l'autre. Tu as ton manteau ?

Je croyais qu'il plaisantait, au début, qu'il voulait se faire prier. Mais là je comprends que ce n'était pas du bluff et je suis perplexe.

— Qu'est-ce qui ne va pas ?

— Je n'aime pas avoir d'histoire avec quelqu'un avec qui je travaille, répond-il à voix basse. Je ne veux pas de complications.

— Je rêve !

Je suis blessée, vexée, et j'ai crié un peu trop fort. Jamais je ne sacrifierais une nuit avec lui à cause d'un boulot.

— Quoi ? dit-il avec bien plus de calme que moi. Il n'y a rien de mal à ça.

Je suis tellement à vif et offensée que les mots sortent de ma bouche sans que j'aie le temps de les filtrer.

— « Je n'aime pas avoir d'histoire avec quelqu'un avec qui je travaille. » C'est juste une excuse. Tout le monde rencontre quelqu'un au travail. Dis-moi simplement que je ne te plais pas assez, ça suffira.

Ça ne suffirait pas, bien entendu, je serais dévastée,

mais j'ai du mal à croire qu'avec un baiser qui m'a donné l'impression que mes os étaient en train de fondre il n'ait ressenti aucune connexion.

— Ce n'est pas ça.

— Alors, pourquoi m'avoir embrassée ?

— C'est toi qui m'as embrassé.

J'en suis bouche bée.

— Oh ! c'est vrai, pardon, je croyais que ça impliquait deux personnes, mais c'est moi qui t'ai accosté, c'est ça ? Et je me suis pelotée toute seule ?

À présent, il a l'air en colère, lui aussi.

— Georgina, tu es magnifique. Tu es géniale. N'importe quel homme aurait du mal à te dire non. Mais tu travailles pour moi. Alors je ne peux pas.

Je reconnais des compliments de consolation quand j'en entends. Et il ne semble pas avoir trop de mal à dire non, pour le coup.

— Sincèrement, Lucas, c'est une chose de me recracher comme une croquette pour chat que tu aurais trouvée dans ton chili con carne, mais c'en est une autre d'inventer des excuses. Tu peux me dire la vérité. Je suis une adulte. Tu fais pire que mieux, avec ta prétendue politesse.

Il semble blessé et plus agité que jamais.

— Sauf que ce sont des conneries, tout ça, pas vrai ? La vérité n'est pas ce truc sain qui nous libère. La vérité est compliquée et il vaut mieux ne pas s'aventurer sur ce terrain. Tu es très bien placée pour le savoir.

Est-ce qu'il dit ça à cause de mon père ? Ou bien… ?

Ses mots planent au-dessus de nous. Seul le bruit de nos respirations lourdes trouble le silence, jusqu'à ce que je reprenne la parole d'une voix étranglée.

— Donc tu reconnais que ce n'est pas le fait qu'on travaille ensemble qui te dérange, et qu'il y a autre chose ?

— Oui, répond-il en hésitant.

Je vois à sa tête qu'il regrette déjà ce qu'il vient de dire, que je l'ai provoqué et qu'il n'a pas réfléchi à ce qui viendrait ensuite. Trop tard.

Fini la comédie. Au milieu de la confusion et de la mortification, j'ai feint une assurance que je n'ai pas. En réalité, ce qui est en train de se passer me donne mal au ventre. Ça me terrifie, même. Mais je suis allée trop loin pour faire marche arrière.

— Tu n'as pas entendu ce que j'ai dit à Kitty ? Sur... l'amour ? Parce que, si c'est ça, je peux clarifier. Je n'attends pas une demande en mariage.

Il fronce les sourcils.

— Non, ce n'est pas ça.

— Alors quoi ?

— Ça n'a pas d'importance.

— Ça en a pour moi.

Si la vraie raison est si terrible qu'il a dû inventer un mensonge, alors ça va être horrible. Il ne sait pas que Kitty m'a raconté qu'il se sentait prêt à rencontrer quelqu'un, alors, s'il invoque le spectre de Niamh, ce sera un autre mensonge. J'ai une petite idée de ce qu'il s'apprête à me dire, pourtant, je préférais entendre n'importe quoi (vraiment *n'importe quoi*) plutôt que ce que j'imagine qu'il va me balancer.

Est-ce que... ? Non, impossible...

— Vraiment, je préférerais savoir.

— Pourquoi ? Quel intérêt ?

— Ça vaut mieux que se demander pourquoi, sans jamais avoir la réponse.

Déclaration hâtive. En réalité, je n'en ai pas la moindre idée. Le pub n'est plus accueillant. Il est devenu sombre, silencieux et traître. L'étincelle entre nous s'est éteinte et il n'y a plus qu'un filet de fumée. Lucas détourne le regard, puis rive les yeux aux miens.

— Je t'associe à l'une des pires nuits de ma vie.

J'ai la gorge nouée. On se dévisage.

— De quoi tu parles ?

— Je suis sûr que tu le sais.

— Mais...

Les mots restent dans ma bouche. Je ne suis pas prête. J'ai eu douze ans pour m'y préparer, et je ne suis pas prête.

— Rappelle-toi. On avait dix-huit ans et, apparemment, on « sortait ensemble », comme on disait à l'époque.

Il a toujours su qui j'étais. Depuis le début. *La pire nuit de sa vie ?* Ha. S'il savait ! Et pendant tout ce temps je n'ai pas soupçonné un instant qu'il ressentait ça.

Je dois être pâle comme une morte. Il continue.

— Eh oui, puisque Dev ne nous avait pas laissé d'autre choix que celui de travailler ensemble, j'ai fait semblant de ne pas me souvenir de toi. J'ai pensé que ce serait plus facile.

— Tu es patron, toi aussi. Tu n'avais qu'à dire que tu ne voulais pas travailler avec moi.

C'est hors sujet, mais j'ai besoin de trouver quelque chose à dire pendant que je mets de l'ordre dans mes idées.

Le taxi klaxonne dehors. Nous l'ignorons tous les deux.

— Je ne voulais pas te faire du tort à cause d'un truc qui s'est passé dans une autre vie. Ce n'est pas comme si j'en avais encore quelque chose à faire. Mais, oui, compte tenu du nombre de serveuses à Sheffield, si j'avais eu le choix, j'aurais préféré en engager une qui ne m'avait pas brisé le cœur.

Il me dit ça maintenant ?

— Je t'ai brisé le cœur ?

Il ne répond pas.

— *Tu* m'as brisé le cœur, lâché-je au milieu du silence.

Il rit. J'hallucine !

— Bien tenté. Je pense qu'il s'agit d'un syndrome de souvenirs erronés.

Il y a tant de choses à dire, mais je ne m'étais absolument pas préparée à ça. Entre son rejet et cette hostilité, je ne sais pas comment en discuter. Alors que je sens encore la pression de ses lèvres sur les miennes et ses mains sur ma peau.

— Mais… tu ne voulais pas de moi !

Il me dévisage. Un regard appuyé, sardonique. Plein de mépris et de choses qu'il ne dira pas et que je devrais savoir.

— Oui. C'est vrai. Après, je ne voulais pas de toi.

Pendant un moment, le temps s'arrête. Je reste immobile, sans rien dire. J'attrape le manteau qu'il me tend, mon sac dans un fauteuil, et je tourne les talons.

— Bonne nuit ? lance-t-il, entre sarcasme et espoir.

Je lui réponds en claquant la porte derrière moi.

Chapitre 38

Je pensais me réveiller en me sentant différente. Ce n'est pas le cas. Ou alors j'aurais tendance à me sentir encore plus vide. Pourtant, en n'ayant plus rien à perdre, je sens une force dont j'ignorais l'existence grandir en moi.

Lorsque j'arrive, à l'heure du déjeuner, je croise Devlin, qui s'apprête à aller chercher de nouveaux meubles. Lucas ne sera pas là avant le milieu d'après-midi, me dit-il, ce qui me convient parfaitement.

— Je suis désolée, mais je dois te donner mon préavis. C'est bien une semaine, pendant les six premiers mois ?

Il semble aussi choqué que si je venais de lui pincer les fesses.

— Pour une employée aussi précieuse que toi, c'est aussi longtemps que tu veux, mais aucune importance. Où est-ce que tu vas ? Qui est le sale type qui t'a débauchée ?

— Personne. Je ne vais nulle part. J'ai réussi à faire des économies et je veux réfléchir à ce que je vais faire ensuite. À trente ans, je ne peux pas continuer à servir des pintes jusqu'à la fin de mes jours, expliqué-je avec un sourire triste.

La partie sur les économies est la stricte vérité. Le Wicker paie plus que bien et j'ai aussi touché des primes, sans compter que j'ai été trop occupée à travailler pour dépenser mon argent.

Je ferais vraiment mieux de rester. Mais je dois partir.

Devlin a l'air sinistre.

— Oh non… Excuse-moi, je suis sonné. Tu fais partie de la famille. Est-ce que c'est une négociation ? Est-ce que je peux t'offrir quoi que ce soit pour te faire rester ? Ou est-ce que ta décision est prise ? Mo, parfois, veut que je devine la réponse.

Je ris.

— Non, je ne joue pas ce jeu-là, promis ! Il n'y a rien à deviner.

Ce n'est pas tout à fait vrai, mais je n'ai pas l'intention d'éclairer sa lanterne.

Je m'attendais à ce que Lucas l'apprenne rapidement, mais pas à ce qu'il soit déjà au courant quand il arrive, peu après 16 heures. Dev a dû lui envoyer un texto, car je sais qu'ils ne se sont pas vus de l'après-midi.

Il me lance un regard dur en entrant. Pendant que Kitty gère le service en salle, je l'entends crier depuis la cuisine :

— Georgina, tu peux me dire où sont les citrons verts ?

Il maintient la porte ouverte avec son pied.

— Ils ne sont pas au-dessus du réfrigérateur, comme d'habitude ?

Il ne répond pas. J'accroche ma ceinture de sécurité imaginaire et je le rejoins. Il ferme la porte d'un geste brusque et se plante devant moi.

— Tu t'en vas ?

— Oui.

— Pourquoi ?

Je n'arrive pas à affronter son regard, alors je ne sais pas s'il essaie de croiser le mien.

— J'ai envie de faire une pause. J'ai des économies. Je…

— C'est ce que tu as dit à Dev. Tu t'en vas sans avoir nulle part où aller. Quelle est la vraie raison ?

Je hausse les épaules et joue avec le bord d'une dalle de lino du bout de ma chaussure.

— Pour reprendre tes termes, tu n'as pas besoin de complications avec quelqu'un avec qui tu travailles.

— Il n'y a pas de complications. Nous n'avons rien compliqué du tout.

Bon sang ! *Nous n'avons pas couché ensemble, je t'ai mis un râteau, alors tout roule.* Je suis suffisamment en colère pour avoir du mal à me contrôler.

— Après tout ce que tu m'as dit, tu penses qu'il n'y a pas de problème ?

Il a l'air pris de court. Comme si je le grondais. Il paraît nerveux. Cette inversion des rôles, où c'est lui qui se sent assiégé et veut quelque chose de moi que je ne vais pas lui donner… C'est une piètre consolation, mais ça me console quand même.

— Je t'ai prévenue que ce n'était pas une bonne idée de remuer le passé. Mais tu as voulu savoir.

— En effet. Et, maintenant que c'est dit, je ne peux pas faire comme si de rien n'était.

— Alors, je suis puni parce que je t'ai dit ce que tu voulais savoir, après t'avoir avertie que ça ne te plairait pas ?

— Tu es puni ? Laisse-moi rire. « Compte tenu du nombre de serveuses à Sheffield », je suis sûre que tu n'auras pas de mal à trouver une remplaçante ! C'est moi qui renonce à mon salaire.

— Mais je ne veux pas que tu y renonces !

— Je ne peux pas rester, dis-je simplement.

Il se prend la nuque à une main. Tout son corps semble crispé. Je sens qu'il tente de déterminer si davantage de sincérité pourrait aider, ou si ça ne ferait qu'empirer la situation.

— C'est vraiment si surprenant que je ressente ça ? Tout ce que j'ai dit, c'est que ce qui s'est passé m'a blessé. À l'époque, j'entends. Maintenant, c'est comme si c'était arrivé à quelqu'un d'autre.

Je ressens un besoin de creuser, d'insister, de lui faire remarquer que je ne peux pas simultanément l'indifférer et le révulser. Mais ma façade en béton armé est tout ce qui me permet de ne pas craquer à cet instant. S'il en dit plus, ça risque de me briser. J'inspire profondément.

— Sauf que ce n'est pas tout. Tu m'as aussi collé une étiquette de salope.

J'ai fait exprès de parler doucement et calmement, et c'est à son tour d'être incapable d'affronter mon regard.

— Non ! répond-il en rougissant. Mon Dieu, on était des gamins, qu'est-ce que ça peut faire, franchement ?

— Apparemment, ça a laissé des traces.

— Je suis désolé si je t'ai vexée ou si je me suis mépris dans ce que j'ai pu dire. J'ai juste eu le sentiment qu'on était déjà passés par là et que ce n'était pas nécessaire de revenir là-dessus.

« Revenir là-dessus ». Ses tentatives de minimisation ne font que m'offenser davantage.

— Je t'apprécie en tant qu'amie, et je ne veux pas qu'on gâche ça.

— Tu m'excuseras, mais, moi, je n'apprécie pas vraiment ton grand numéro de « je vais faire semblant de ne pas me souvenir d'elle ». À quoi ça rimait, ce petit jeu ? On aurait pu régler ça dès le début.

— Et qu'est-ce qu'on se serait dit ? « Hé, tu te souviens de quand on... »

Il ne finit pas sa phrase et me lance un regard noir. J'ignore sa beauté boudeuse. Il peut aller se faire voir.

— Tu me laisses perplexe, Gina.

Est-ce qu'il ressort mon petit surnom délibérément ? Même si j'aimerais le détester pour ça et le traiter de sale comédien, je soupçonne que ce n'est même pas le cas. C'est pour ça qu'il ne voulait pas parler du passé : ça le rend vulnérable. Il s'égare.

— Je te crois sur parole. Surtout si tu es arrogant au point d'avoir cru que j'accepterais ta si piètre opinion de moi, et que je continuerais à travailler ici.

Ma voix se brise presque à la fin de ma phrase, mais je tiens le coup. Je suis bien décidée à partir avec un semblant de dignité.

— Je n'ai pas une piètre opinion de toi. Tu as été formidable, ici, et on ne veut pas que tu partes. Ni Dev ni moi. Si moins me voir peut t'aider à rester, sache que je repars bientôt à Dublin. Ce sera Dev qui fera tourner le pub avec Mo, jusqu'à ce qu'ils passent le relais à un nouveau gérant.

De mieux en mieux ! Ce n'est même pas parce qu'il tient à moi qu'il veut que je reste, c'est uniquement lié à mes compétences professionnelles ! Il croit qu'il vient de jouer son va-tout alors qu'en fait c'est la pire chose qu'il aurait pu sortir. Je ne pars pas à cause de la raison que j'ai donnée à Devlin, tout comme je ne pars pas à cause de la raison que je suis en train de donner à Lucas. Savoir ça me permet de me redresser, de relever la tête et d'affronter son regard.

— Merci. Mais je pars quand même.

Je passe à côté de lui et quitte la cuisine en trombe. De retour derrière le comptoir, je lance d'une voix forte :

— C'est à qui, s'il vous plaît ?

Lucas McCarthy peut aller se faire voir !

Bizarrement, le pire, c'est lorsque j'annonce mon départ à Kitty. Elle pleure.

— Tu étais comme une sœur pour moi, dit-elle en me serrant dans ses bras.

— Je continuerai à venir, on se verra encore.

— Oui, mais ça ne sera pas pareil. J'ai l'impression d'avoir tellement appris avec toi.

— C'est vrai ?

— Oui. C'est toi qui m'as expliqué que les abats étaient des morceaux de viande. Moi, je croyais que les gens parlaient de manger le groupe qui chantait *Mamma Mia*.

— On restera amies, je te le promets. Quand je me fais des amis, c'est pour la vie.

Lucas passe à côté de nous et je serre Kitty contre moi.

— Comment tu peux la laisser partir ? gémit-elle à son

adresse, avec une tristesse insoutenable pour laquelle je ne peux néanmoins que la louer.

— Malheureusement, Dieu l'a dotée du libre arbitre, lui répond-il. Et elle peut l'utiliser comme bon lui semble, ajoute-t-il à mon attention.

— Ou comme mauvais me semble, apparemment.

J'ai répondu avec légèreté, sans réfléchir. Je vois une expression blessée passer sur le visage de Lucas et je me dis que ça m'est égal. Même si c'est faux.

Chapitre 39

Au final, je n'ai pas fait ma semaine de préavis. Ce service a été le dernier. Je n'aurais pas supporté de passer une seconde de plus en présence de Lucas. Dev a été génial et, après m'avoir fourré beaucoup trop d'argent entre les mains, il m'a embrassée sur les deux joues et m'a serrée dans ses bras si fort que j'ai cru sentir mes côtes craquer.

— Tu as intérêt à donner de tes nouvelles, Georgina, tu m'as bien entendu ? Il y aura toujours du boulot pour toi ici.

Je l'ai remercié, j'ai récupéré mon monstre rose en moumoute et je suis partie sans me retourner, sans dire au revoir à Lucas, qui avait disparu à l'étage en claquant la porte. Ce qui me convenait parfaitement.

À présent, je suis assise chez moi devant mon ordinateur, en ce premier après-midi de chômage. J'erre sans but sur ma page d'accueil Facebook, lorsque je reçois une alerte pour me prévenir du dernier triomphe de Robin. Il ne s'est jamais donné la peine de se créer un compte personnel, mais j'avais oublié que j'avais « liké » la fan page de Robin McNee.

À une époque, quand on rompait avec quelqu'un, si la personne n'avait pas le même code postal, on ne la revoyait jamais. Parfois, on n'en entendait même plus jamais parler. Je ne suis pas fan de cette alternative moderne qui offre la possibilité de devenir spectateur de tout ce que fait notre ex jusqu'à la fin de ses jours, simplement en tapant son nom dans la barre de recherche de Facebook.

Je clique aussitôt sur « me désabonner ». Puis mes yeux se posent sur l'article.

> Salut, tout le monde !
>
> Il nous reste quelques places pour l'avant-première spéciale du nouveau spectacle de Robin, qu'il présentera au Last Laugh, ce soir, avant de partir en tournée l'an prochain !
>
> À CE SOIR
>
> Ticket : 5 livres / Lever de rideau : 19 heures tapantes
>
> En dépit du succès qu'il rencontre à la télévision, Robin McNee est depuis longtemps l'un des secrets les mieux gardés du monde des one-man-shows. Mais, avec ce nouveau spectacle, le meilleur humoriste de Sheffield risque de ne plus être un secret pendant bien longtemps.
>
> *Le Journal de ma petite amie* utilise des extraits imaginaires du journal intime de son amour perdu et regretté, journal qu'il a « trouvé » en traînant dans la chambre de la petite amie en question. Il nous raconte comment sa curiosité lui revient en pleine figure lorsqu'il prend connaissance des sentiments qu'elle nourrissait à l'égard d'un ex et de ses fantasmes très chauds avec lui à l'adolescence, alors que les moments qu'ils passent ensemble sous la couette sont plutôt médiocres et sans éclat.
>
> McNee utilise les découvertes du journal intime comme point de départ pour répondre à la question suivante : les hommes pourront-ils jamais comprendre ce que les femmes attendent d'eux, et espérer les satisfaire un jour ? En furetant dans les fantasmes adolescents enfiévrés de son ex à propos d'un autre, McNee prend conscience de sa propre infériorité en tant que successeur d'âge mûr. Préparez-vous à rire, à pleurer et à grimacer en entendant à maintes reprises l'expression « fossette au menton » !

Je relève la tête, les mains moites. Je relis. Je re-relis. Après la quatrième lecture, je me mets à faire les cent pas dans ma chambre en répétant tout haut « espèce de sale ENFOIRÉ ». Je monte l'escalier à toute vitesse pour vérifier, tremblante. J'écarte les vêtements dans le tiroir. Il est là. Il est encore là. Je l'attrape et le feuillette, le cœur battant. Tout est là. Je le serre contre mon cœur en sanglotant, comme dans une scène de feuilleton. Mes mots. Il me les a pris.

Je parcours à nouveau les pages. Ce serait difficile de relire ça à n'importe quel moment, mais après la confrontation avec Lucas c'est insoutenable. Comme arracher un pansement et enfoncer le bout des doigts dans l'incision qu'il dissimulait.

... Je perds la notion du temps quand on fait des choses. Vraiment. Trois heures se sont écoulées et, tout ce dont je me souviens, c'est m'être demandé où était sa main gauche. En rentrant à la maison, j'avais l'impression que tout le monde pouvait lire sur mon visage ce que j'avais fait pendant tout l'après-midi. Dîner pourri, je déteste le ragoût d'agneau avec les morceaux de gras. George Best est mort et ça avait l'air d'attrister papa. Maman a dit « Ça lui pendait au nez, avec son mode de vie », et papa a répondu : « M. Best, quand est-ce que ça a dérapé ? » Ils avaient une de leurs crises où ils semblent se taper sur les nerfs à un niveau spécial qu'Esther et moi ne pouvons pas comprendre...

... J'ai persuadé maman que j'avais besoin de nouveaux sous-vêtements, alors on est allées chez Marks and Spencer. Après quoi elle a essayé d'avoir LA CONVERSATION *avec moi... Comme quoi il fallait faire attention avec les garçons, bla bla bla. Au secours ! J'ai dit : « Je n'ai pas de petit ami », ce qui aurait fonctionné à merveille avec papa, sûrement parce qu'il préfère ne pas y penser. Mais maman a juste haussé les sourcils et rétorqué : « Je ne parle pas forcément de ton petit ami. » Je savais ce qui m'attendait*

ensuite, un code sorti des années 1950 façon « Ne joue pas les Marie-couche-toi-là ». NATURELLEMENT, ça n'a pas raté : « Georgina, souviens-toi, les garçons bien veulent sortir avec des filles bien »...

... C'est le garçon le plus sexy que la Terre ait jamais porté, j'en suis sûre, même si c'est mon premier et que je ne compte que dix-huit années au compteur. C'est l'incarnation du mot « sexy », et, le pire, c'est que je pense qu'il ne sait même pas à quel point il est beau. C'est ce qu'il me dit tout le temps. Que je ne sais pas à quel point je suis belle. Je n'arrête pas d'imaginer comment ce serait de vraiment faire l'amour. Comment est-ce qu'on est censé savoir quoi faire ? Il faut assembler les trucs qu'on a vus dans les films, les magazines dégueu que Gary Tate amenait à l'école, et la vidéo Comment sont conçus les bébés *qu'on nous a fait visionner une fois en cours de sciences nat, où on voyait un homme et une femme se sourire, puis aller dans une chambre, puis la scène laissait place à une ballerine qui sautillait avec un ruban et toute la classe a éclaté de rire...*

Je referme mon journal et sens une vague de honte, de disgrâce et de furie me submerger face à cette intrusion.

Comment a-t-il fait ? Je me souviens d'une fois, non, peut-être de plusieurs fois, où Robin était resté à la maison après que j'étais partie au travail. « Sors par la porte de derrière et claque-la derrière toi, tu n'as pas besoin de mes clés. »

Resté seul ici sans surveillance, il a fouillé dans mes affaires. Il a lu mon journal. Est-ce qu'il en a recopié des extraits ? Ça ne m'étonnerait pas. Soit il a une mémoire d'éléphant (avec la quantité de joints qu'il fume ? Peu probable), soit il a pris les pages en photo (beaucoup plus probable). Et il s'en est servi pour son spectacle.

Qu'est-ce que Lucas a dit, déjà ? « S'il a quoi que ce soit

de personnel à utiliser contre toi... » À cet instant, je le trouve encore plus clairvoyant qu'intelligent.

Un énorme verre de vin et cinq relectures supplémentaires plus tard, j'ai enfin trouvé comment réagir à ça.

Le Last Laugh est près de la mairie et j'y arrive à 18 heures, une heure avant le lever de rideau. D'après ce que je sais des habitudes de Robin, il doit être dans sa loge, à boire une bière, à traîner sur Facebook et à vider un pot de son guacamole porte-bonheur avec des Doritos au piment fort. (Je ne plaisante pas : c'est ce qu'il faisait. « Les artistes ont des rituels », me disait-il toujours, comme s'il était Nikki Sixx avec une bouteille de whisky Wild Turkey.)

Je pourrais me faire passer pour quelqu'un d'autre, mais, sans savoir qui est susceptible d'avoir accès aux loges ou pas, ça risque de ne pas beaucoup m'aider. « Je suis une fille qui aimerait coucher avec le célèbre homme d'esprit qu'est Robin McNee » persuaderait peut-être Robin d'accepter, mais, les employés, ça m'étonnerait.

Une fois de plus, il ne me reste qu'à espérer que la nature inattendue de mon apparition porte ses fruits.

— Il y a une Georgina Horse Poo[1] qui aimerait vous voir, annonce la réceptionniste pâle au téléphone.

Je suis tendue de la tête aux pieds. Je n'ai pas de plan B s'il refuse.

— C'est bon, allez-y. Vous descendez l'escalier, puis c'est sur la gauche.

Je suis vaguement stupéfaite. Le spectacle de Robin s'appelle *Le Journal de ma petite amie*, et il ne songe pas un instant que je suis là pour lui taper un scandale ?

Soudain, je comprends : il ne pense pas vraiment à la

1. « Crottin de cheval », jeu de mots sur la ressemblance phonétique avec Horspool. (N.D.T.)

raison de ma venue. Ça lui est égal. C'est plutôt ironique. *Le journal de mon ex-petite amie, dont je n'ai jamais vraiment eu quelque chose à foutre.*

— Ça fait plaisir de te voir, dit-il, après que j'ai frappé et ouvert la porte.

Il est installé devant son ordinateur, vêtu d'un T-shirt qui dit « Toi contre les types à propos desquels elle t'a dit de ne pas t'inquiéter », avec des personnages de dessin animé en dessous. Une grande bouteille de lait chocolaté trône à côté de son MacBook rose. Et dire qu'il est sur le point de passer une heure et demie à dépecer mes bêtises d'adolescente ! Au moins, quand je me comportais comme une ado, j'en étais une, contrairement à lui.

— Tu es magnifique dans cette lumière, ajoute-t-il, un stylo au coin de la bouche.

Naturellement, il pense que, si je suis là, c'est parce que j'ai repris mes esprits et que je suis peut-être partante pour un échauffement pré-spectacle.

Au secours.

— Tu as lu mon journal, dis-je platement.

— J'y ai jeté un petit coup d'œil, répond-il avec un sourire crispé qui est sûrement sa version de « pardonne-moi ».

— Espèce de sale violeur d'idées méprisable, diabolique et immoral !

— Violeur d'idées ?

Il pose son stylo. Il est à moitié offensé et sûrement à moitié ravi de se dire qu'il peut utiliser cette scène dans son spectacle.

— Tu n'es vraiment qu'un salopard ! J'ignore comment tu peux te regarder dans une glace. Lire le journal intime d'une femme, une femme avec qui tu étais, puis mettre ça dans ton spectacle et la laisser l'apprendre par accident, quelques heures avant de divertir des centaines d'inconnus avec ses secrets. Pitié, dis-moi au moins que tu sais ce que tu es...

— Tu m'as laissé seul dans ta chambre ! Le tiroir était entrouvert ! C'était presque une invitation.

La boîte à biscuits de Rav.

— J'ai trouvé ça très mignon, très innocent. La voix ironique de la merveilleuse Georgina résonnait si fort... J'étais amoureux de toi, je voulais savoir comment tu fonctionnais. Et puis j'ai été jaloux. Qui était ce rival que tu désirais plus que tout ? Dont les caresses te faisaient l'effet d'une drogue ?

Je tressaille. Personne n'a envie qu'on lise sa littérature érotique novice, encore moins de l'entendre déclamée sur scène. Si Lucas apprenait l'existence de ce spectacle, il comprendrait aussitôt que ça parle de lui. Après tout, les deux numéros de Robin auxquels il a assisté parlaient de moi.

Robin essaie de m'endormir, mais ça ne marchera pas.

— Ça ne s'adressait pas à toi. Tu ne m'as pas demandé la permission de le lire, tu ne m'as pas dit que tu l'avais lu. Tu peux m'expliquer ce qui t'a laissé croire que tu pouvais partager ça et m'humilier en public ? Quel était le cheminement, au juste ?

— D'abord, quelques remarques. Personne n'est humilié. C'est une démarche très tendre, porteuse d'un message de vie, de...

— Je préférerais porter le message ta mort soudaine.

— Ha ! Toujours est-il que ce n'est absolument pas vicieux. Ton anonymat est entièrement préservé. Enfin, le spectacle tourne autour de l'idée que tu n'existes peut-être même pas ! Sérieusement, reste pour regarder, après, tu pourras juger.

Il boit une gorgée de bière et lève la main comme pour dire « point final ».

— Et, pour mémoire, j'ai essayé de te joindre pour te prévenir, mais tu n'as jamais daigné me répondre.

— En effet, parce que le but de ta campagne était de

me convaincre de ressortir avec toi. Ça n'avait rien à voir avec « Oh ! au fait, George, je m'apprête à utiliser ton journal intime, qu'est-ce que tu en penses ? »

— Euh... ma petite puce, la dernière fois que je t'ai vue, tu étais sur scène en train de raconter une histoire qui parlait de moi bourré et me ridiculisant devant ta famille. Je n'ai pas reçu de demande d'autorisation, à ce que je sache. Alors, qui utilise qui, exactement ? On dirait bien qu'on fait la même chose, toi et moi.

Je savais qu'il me retournerait cet argument et je serre les poings.

— Un journal intime, ça n'a rien à voir. Ce qui s'est passé chez ma mère nous impliquait tous les deux, tandis que ce qui se passe dans mon journal m'est arrivé à *moi* et à moi seule. C'est une transgression d'une nature et d'une magnitude totalement différentes, et tu le sais très bien.

Il hausse les épaules, indifférent au possible.

— On dirait bien que j'ai des ennuis juste parce que je suis meilleur que toi à ce petit jeu.

« Jeu » ?

— Va te faire foutre, Robin ! Tu as déjà pensé au contexte autour des événements que tu utilises ? À ce qui a pu arriver avec ce petit ami, en dehors de mon journal ? À ce qui se passait dans ma vie, à l'époque ?

— S'il t'a larguée, alors c'est lui, l'imbécile, pas vrai ?

Imaginez. Imaginez être un homme, et croire que votre approbation a tellement de valeur que ce genre de compliment grossier suffit à refermer une blessure aussi profonde.

— Tu es répugnant ! Inutile de te cacher derrière ces conneries de légèreté bon enfant. Ce que tu es en train de faire est très sérieux, et ça n'est absolument pas drôle.

— C'est bon, Georgina, tu savais où tu mettais les pieds. Combien de petites amies finissent dans un sketch, à ton avis ? Plein. Des tas. C'est ce qu'on fait, nous, les artistes. Nous sommes des cannibales qui se nourrissent de la chair de leur vie. Tu adorais ça jusqu'à l'épisode avec Lou. Tu étais même carrément fan. Ai-je besoin de te rappeler comment on s'est rencontrés ? Dis-moi un peu : ce soir-là, qui a utilisé qui ? Qui a ramené l'autre à la maison ? Tu voulais ajouter Robin McNee à ton tableau de chasse.

J'ai la nausée. Mais j'ai au moins appris une chose : si une personne est capable de se justifier sur tout et n'importe quoi vis-à-vis d'elle-même, alors elle est prête à tout. Qu'est-ce que Lucas avait dit ? Les gens qui n'ont pas de limites sont des gens dangereux.

Robin se lève et époussette les miettes de Doritos de ses vêtements. Il se prépare à me mettre dehors.

— Crois-moi, je pourrais gagner le Perrier, avec ça. Imagine. Pour l'instant, c'est trop frais dans ton esprit, mais dans quelques années tu y repenseras et tu seras enchantée. C'est un hommage, une lettre d'amour. Je passe tout le spectacle à raconter à quel point tu es… fascinante. Franchement, dans l'histoire, celui qui passe pour un crétin, c'est moi. Toi, tu es la muse. Tu crois vraiment que Warren Beatty en veut encore à Carly Simon d'avoir dit qu'il était vaniteux dans une de ses chansons ?

J'essaie de contenir ma rage car je sais qu'il ne m'écoutera pas si je pète les plombs, mais je dois puiser au plus profond de mes réserves de self-control.

— Tu n'as pas la moindre idée de qui je suis. On est sortis ensemble pendant six mois et tu ne t'es jamais donné la peine d'essayer de le découvrir. Tu utilises mon journal dans un numéro au rabais ridicule pour te faire mousser. Tu ignores ce qui m'est arrivé dans le passé. Ou dans le présent. Tu ne sais pas les dégâts que tu fais ou la douleur que tu causes en utilisant ce que tu as volé.

— Connaît-on jamais les gens ? C'est exactement de ça que parle le spectacle. Tu devrais rester ! Je pense qu'une fois que tu auras réussi à dépasser ta timidité tu en seras sur le cul.

Je suis restée calme jusqu'à maintenant, mais l'entendre qualifier ma réaction de « timidité » me fait basculer en mode seigneur de guerre. Je tape du plat de la main sur le bureau et me penche en avant, ce qui le force à reculer d'un pas.

— Tu n'as rien d'un grand artiste fascinant, Robin ! Tu es un comédien passable qui tente de s'élever avec des « perspectives » sensibles bidons, en faisant semblant d'être un mec attentionné, alors que tu es tout sauf ça. Tu n'es qu'un connard égoïste qui cherche à se faire passer pour plus intéressant qu'il n'est en utilisant les mots d'une femme contre sa volonté.

Soudain, un masque de furie et de douleur recouvre son visage.

— Ça, alors, merci beaucoup pour ce verdict critique, madame la tapineuse de taverne ! Au moins, moi, je me suis lancé. Qu'est-ce que tu as fait, toi ? Tu passes ta vie à chouiner et à attendre que les hommes te viennent en aide en te reposant sur tes nichons, ça s'arrête là.

— Voilà ce que tu vas faire, Robin : tu vas annuler la représentation de ce soir à cause d'une grippe foudroyante et de tes états d'âme. Ensuite, tu vas réécrire ton spectacle avant de le jouer à nouveau, en retirant tout ce qui vient de mon journal. Écris, pour une fois. Fais ce que tu as dit et invente une ex et des extraits de son journal intime. Change le moindre détail associé de près ou loin à Georgina Horspool.

Il me décoche un sourire du genre « mais bien sûr».

— Dans le cas contraire, je foutrai ta vie en l'air. J 'irai sur tous les sites où on parle de toi et je posterai des commentaires pour raconter comment tu m'as trahie. Je donnerai des interviews pour expliquer ce que ça fait d'être dupée par quelqu'un à qui je tenais. Voilà le genre d'histoire que *Grazia* adorerait.

Il regarde de gauche à droite, à la recherche d'un moyen de gagner.

— Hum... sauf que ça ne ferait qu'attirer l'attention sur toi.

— C'est vrai, mais, si j'étais toi, je ne serais pas persuadé que toute publicité est bonne à prendre. Quand il s'agit de maltraiter une femme, je ne m'y risquerais pas. Pense au virage qu'a pris la carrière de certains hommes depuis que le grand public sait que ce sont des tordus. D'autres femmes se sont senties solidaires avec celles qui ont dévoilé ces histoires au grand jour. Des tas de femmes pourraient se rallier à ma cause, voire semer la pagaille pendant tes représentations. Les festivals humoristiques y réfléchiraient peut-être à deux fois avant de te laisser monter sur scène, si je les appelle pour leur dire qu'ils auront du sang sur les mains, si tu fais partie de la programmation. Tôt ou tard, l'histoire ne sera plus celle d'un spectacle sur un journal fantaisiste porteur d'un message de vie, ce sera celle de ton ex qui te suit partout comme une malédiction, en criant sur tous les toits qu'il s'agit d'une trahison abusive, ce qui est la stricte vérité.

Il soupire bruyamment, mais je n'ai pas encore terminé.

— Pense à toutes ces interviews dans lesquelles je raconterais que nous avons rompu parce que je t'ai surpris en train d'en baiser une autre, détail que tu as confirmé devant témoins. Ça pourrait devenir très glauque. Je me demande combien de temps ça prendrait, avant que les gens d'*Idiot Soup* décident qu'ils ont besoin de visages plus frais et plus sains sur leur tableau de service. Tu as toujours dit que tu voulais être comme Bill Hicks quand il s'est fait virer par Letterman. Tu tiens peut-être ta chance de découvrir ce que ça fait vraiment d'être un comique à l'humour trop dangereux.

Il tapote sur le bureau du bout des doigts, à la recherche d'une sortie de secours. C'est le moment de jouer ma dernière carte. Bien décidée à enfoncer le clou aussi profondément que possible, j'ajoute :

— Je vais aussi faire part de ma proposition à Al. Histoire de voir si l'homme qui gère les chiffres pense que le jeu en vaut la chandelle.

— Va te faire foutre, avec ton idée d'appeler mon agent ! Tu dépasses les limites. C'est mon associé, pas quelqu'un que tu peux utiliser dans tes petits jeux de poufiasse éconduite !

Toute trace d'amabilité a disparu. Je me délecte devant le véritable visage de Robin, enfin dévoilé. En dépit de ses supplications pour me récupérer, je suis une « poufiasse éconduite » et, même si ma réaction n'est qu'une contre-attaque, c'est moi qui joue un jeu. La bonne vieille misogynie des familles, derrière une façade neuve et moderne.

— Oh ! parce que c'est tellement différent des jeux que jouent les hommes éconduits ? Comme raconter de la daube à mes parents derrière mon dos, découvrir où je travaille…

— Je ne vois absolument pas de quoi tu parles. Je pense que tu déràilles.

Nous y voilà : « Elle est tarée », le dernier refuge du minable, face à toute femme qui exige une explication.

Désormais, Robin estime qu'il peut inventer ce que bon lui semble, étant donné qu'il ne me reverra jamais.

Je plonge mon regard dans le sien, sans ciller.

— Alors, qu'est-ce que tu décides ? Est-ce qu'on s'arrête là, avec ta promesse de réécrire ton spectacle ? Ou est-ce que c'est une déclaration de guerre totale ? Comme tu l'as toi-même souligné, les tapineuses de taverne n'ont pas grand-chose à perdre, comparées aux grands artistes.

Il soupire et souffle. Je vois dans ses yeux le moment où il décide que ça n'en vaut pas la peine.

— Très bien, finit-il par dire. Je vais le réécrire. C'était juste une avant-première, de toute façon. Tu es vraiment étroite d'esprit et tes horizons sont tristement limités.

Tout ce qui l'intéresse, c'est son spectacle.

Le degré de méchanceté dans sa voix confirme qu'il laisse tomber la représentation et qu'il a besoin d'un exutoire pour évacuer sa colère.

— Tu sais, quand on s'est rencontrés, je ne comprenais pas comment une femme aussi intelligente que toi pouvait être serveuse. Maintenant, je comprends. Tu avais une opportunité d'être immortalisée en dépit d'une vie qu'on pourrait qualifier de pas franchement excitante, et tu préfères jouer les mégères aigries. Ça me dépasse !

— Il me semble que tu viens de répondre à ta propre question, quand tu te demandais si tu comprendrais les femmes un jour. À plus.

Quelques secondes plus tard, je repasse la tête par l'embrasure de la porte et le trouve en train de froncer les sourcils d'un air meurtrier.

— Au fait, Robin. Je crois bien que c'est ça que les gens appellent un « moment d'enseignement ».

Je ne crois pas au destin, ni au karma, ni à l'ordre cosmique de Noel Edmonds. Pourtant, je trouve le timing acerbe et cruel. Comme si quelqu'un, là-haut, essayait de me dire quelque chose.

Je traîne dans le hall jusqu'à ce que la réceptionniste renfrognée colle une pancarte annonçant « spectacle annulé » sur les deux portes, puis je m'en vais, avec le sentiment jubilatoire d'avoir affronté le dragon et d'avoir gagné.

C'est là, alors que je me dirige vers mon arrêt de bus, que je l'aperçois, de l'autre côté de la rue. Sa femme squelettique au visage crispé a des cheveux sombres ondulés et un air peu amène, dans son sweat à capuche et son jean slim. Il a l'air de s'ennuyer, et ils semblent en plein débat sur où aller ensuite, ou sur combien de temps il leur reste dans le parcmètre.

C'est la première fois que je le revois depuis la terminale. J'ai sursauté au détour d'une photo tagguée, entendu des rumeurs qui disaient qu'il était de retour pour voir sa famille à Noël, mais je ne l'ai jamais croisé. Et maintenant il est là, en chair (plus dodue qu'à l'époque) et en os.

Même si je suis loin d'être impartiale, je suis frappée de constater qu'il a mal vieilli. Peut-être que c'est à cause de son standing d'antan. Je le juge plus durement. Sa crinière de chanteur est toujours de la même longueur, mais grasse et plus clairsemée ; il a les yeux bouffis, la courbe de sa bouche est méchante. La minceur qu'on tient pour acquise lorsqu'on est jeune a disparu. Au lycée, c'était une superstar. Maintenant, il ressemble à monsieur Tout-le-Monde.

Mais il y a autre chose. Quelqu'un les accompagne, que je n'ai jamais vu avant. Il se retourne, se baisse et la soulève pour la caler contre son épaule avec l'aisance de l'habitude. Elle pleure, porte des collants rayés en laine gris et une petite robe chasuble, elle doit avoir trois ans. Il l'embrasse sur la joue.

Richard Hardy est père de famille. Richard Hardy a une fille.

Qu'est-ce que je viens d'utiliser pour vaincre l'emprise que Robin avait sur moi ? Les mots. Mes mots m'ont sauvée.

J'attrape mon portable et j'appelle Devlin.

— Même si je suis partie, est-ce que ça t'embêterait que je participe au dernier volet de « Plus on est honteux » ?

Chapitre 40

J'ai laissé Jammy sortir de sa cage pour se promener un peu pendant que je suis installée à table, devant mon cahier A4.

— Imagine si j'avais une maison à moi, dis-je à Jammy, tandis qu'il avance lentement mais sûrement en direction de l'évier. On pourrait faire ça tous les jours.

Karen est absente pour le week-end. Elle est à Aberdeen pour rendre visite à ses parents. Ça n'aurait pas pu mieux tomber. (Cela dit, son absence est toujours la bienvenue.)

En haut de la page, j'écris en grosses lettres :

MA PIRE JOURNÉE D'ÉCOLE

C'est le dernier thème de « Plus on est de fous » et, même si je n'ai pas encore décidé si j'étais capable de monter sur scène pour lire mon texte, je sais ce que je veux dire.

J'écris. J'écris encore. J'essaie de reformuler le premier truc que j'ai écrit, puis je barre tout. C'est facétieux, ça veut trop amuser la galerie, c'est faux. Dans le silence paisible de la cuisine, bercée par le murmure des canalisations des voisins, j'essaie de bannir la pensée qui revient toujours s'insinuer dans mon esprit, chaque fois que je relis le thème.

Ma poitrine monte et descend, jusqu'à sursauter. De grosses larmes roulent sur mes joues et éclaboussent le papier.

La porte claque derrière moi et, avant que j'aie pu me reprendre, ou au moins m'essuyer le visage pour cacher que j'étais en train de pleurer, Karen est dans la cuisine. Elle porte un maillot de rugby, ses cheveux rebiquent dans tous les sens, elle a les joues rouges et arbore son air habituel de belligérance. Elle laisse tomber son sac à dos Karrimor à terre.

Pause. Regard perplexe.

— Qu'est-ce qui t'arrive ?

J'essaie de parler, mais je n'y arrive pas. La main en entonnoir devant la bouche, je produis un drôle de sifflement quand j'inspire, et je sanglote quand j'expire.

— Tu as appris une mauvaise nouvelle ? insiste Karen.

Même dans mon piteux état, je remarque qu'elle a l'air en colère que je sois potentiellement en deuil et que ça l'empêche de profiter pleinement de sa propre cuisine.

Je secoue la tête et fais un effort pour reprendre le contrôle de mes cordes vocales.

— Je suis en train d'écrire sur ma pire journée d'école pour le concours d'écriture au pub. Je sais qu'ils attendent un truc drôle, léger, facile, sauf que ma pire journée d'école... elle a été horrible. Je pense même que c'est cette journée qui a gâché le reste ma vie.

Je cache mon visage dans mes mains, sanglote, essuie mes larmes. Quand je suis de nouveau en possession de mes facultés, Karen est toujours en train de me fixer.

Je déglutis avant de continuer :

— C'est la vérité, mais personne ne veut la vérité. Je ne l'ai jamais dit à qui que ce soit. Sauf que là j'en ai marre de jouer celle qui essaie de s'intégrer en servant aux gens ce qu'ils ont envie d'entendre et en faisant comme si rien ne la dérangeait jamais. Ça ne m'a menée nulle part.

— Alors dis-leur la vérité, suggère-t-elle avec un haussement d'épaules. Et que ceux que ça gêne aillent se faire voir. Pire journée d'école, c'est ça ?

— Oui.

— Ni la plus drôle, ni la plus légère, ni la plus facile, ni je ne sais quoi. La pire. Ils ont demandé la pire, donne-la-leur.

— Tu crois ? Même si tout le monde, dans la salle, pense « au secours, c'est déprimant, elle est déprimante, merci de m'avoir pourri la soirée » ?

— Ces gens seront là pour en écouter d'autres parler de leur pire journée d'école. Si ma mémoire est bonne, l'école était un putain de calvaire. Si tu as dû survivre à ta pire journée et qu'eux se contentent de l'entendre au nom du divertissement, je dirais qu'ils s'en sortent bien.

J'acquiesce lentement.

— Je devrais tout leur balancer, alors ?

— Oui. Et pas la peine d'y aller avec des pincettes ! Pour quoi faire ? Pourquoi ce serait ta faute, si ta pire journée d'école a été horrible à ce point ?

Tandis que je l'écoute, un déclic se produit.

— C'est vrai. D'accord. Merci. Tu as raison. Je vais l'écrire à ma façon.

— Tant mieux. Ravie que ce soit réglé. Je viens de faire le pire voyage en train de ma vie et, alors que j'étais à mi-chemin, ma mère m'a appelée pour me dire qu'il avait neigé, que tout était bloqué à Aberdeen et que je ferais mieux de faire demi-tour. Bordel de merde !

Personne n'affectionne autant l'utilisation de jurons qu'elle, et je m'inclus dans le tas, ce qui n'est pas peu dire.

— Karen ? Merci. Tu m'as vraiment aidée !

— C'est vrai ? Cool.

Elle a l'air perplexe et légèrement gênée.

Je propose de lui préparer une tasse d'Ovomaltine et une camaraderie toute neuve s'installe entre nous, jusqu'à ce qu'elle crie :

— POURQUOI CETTE FOUTUE TORTUE D'EAU DOUCE SE PROMÈNE EN LIBERTÉ ? RECOLLE-LA DANS SA PUTAIN DE CAGE !

Quand elle va se coucher, je passe une heure à écrire, presque sans m'arrêter. C'est un véritable déluge de mots.

Il y a un terme qui définit ce que je ressens en ce moment (merci, Mme Pemberton) : catharsis.

À présent, tout ce qui me reste à faire, c'est trouver le courage de monter sur scène.

Chapitre 41

Une estrade. Un micro. Un chemin de croix interminable jusqu'à la scène. Un silence qui semble plus assourdissant et plus intimidant que tous les silences que j'ai pu connaître dans n'importe quelle autre salle.

Je ne peux pas je ne peux pas je ne peux pas.

Je peux. Il faut simplement que je commence à parler pour me le prouver. Grande inspiration. Grand plongeon.

— *Quand j'ai commencé à préparer quelque chose pour ce soir, je savais quelle était ma pire journée d'école, sans l'ombre d'un doute. Mais je n'ai pas écrit sur cette journée-là. Au départ, je comptais vous parler de la fois où mon amie Jo et moi avons bu une bouteille de Malibu avec du jus d'ananas, avant de nous percer mutuellement les oreilles avec des glaçons et des épingles à nourrice. Jo a chopé un staphylocoque et ses oreilles ont gonflé jusqu'à ce qu'elle ressemble au Bon Gros Géant. Quant à moi, j'ai été privée de sortie pendant un mois, et seul un des trous a survécu. Je me baladais donc avec une grande créole d'un seul côté, comme un pirate.*

Un rire. *Respire.*

— *Je n'ai jamais parlé à personne de ma pire expérience à l'école. Ni à ma meilleure amie, ni à ma sœur, ni à ma mère, ni à mon petit ami de l'époque ou à un autre depuis. Ni à la psy que j'ai consultée quand j'avais vingt ans. Mais je vais en parler ce soir.*

Je lève les yeux. Je frémis en apercevant Lucas, appuyé contre un mur près du bar, qui me fixe d'un regard intense.

Vu le thème de ce soir, je me doutais qu'il serait dans le public, mais en avoir la confirmation me fait l'effet d'une crise cardiaque. Sauf que je n'ai pas le temps d'être plus terrifiée que je ne le suis déjà.

— *C'était le soir du bal de promo de terminale. Quand je me suis mise en route pour la soirée, j'étais sur un petit nuage d'excitation et d'hormones, comprimée dans une robe rouge pour laquelle j'avais durement économisé. Elle m'avait coûté cinquante-cinq livres, autant dire une fortune à l'époque. J'empestais la vanille et les fèves tonka (ne me demandez pas ce que c'est), après m'être aspergée d'une dose généreuse de parfum piqué à ma grande sœur, Esther. Et j'avais des Durex dans mon sac à main, cachés dans le compartiment zippé. Je les avais achetés à un distributeur dans les toilettes d'un pub, et je ne m'étais jamais sentie aussi adulte de toute ma vie. Je ne l'avais dit à personne, mais je sortais avec un garçon, un autre élève. On avait prévu de passer la nuit ensemble après la fête, pour la première fois.*

Je lève à nouveau les yeux et vois une marée de visages captivés. J'inspire profondément, en prenant bien soin de ne pas regarder Lucas, cette fois. Je vois Jo, le regard fixé sur moi, les sourcils froncés. Ça me semble si intime de parler de préservatifs que je me demande si c'était une bonne idée de faire ça.

Trop tard. Je tourne la page.

— *Je n'étais pas populaire à l'école, pas vraiment. J'étais dans la moyenne, je suppose. On ne me choisissait pas en dernier au moment de constituer les équipes en sport, je ne me faisais pas persécuter, les élèves cool connaissaient mon nom. Je pensais que la popularité était un truc pour lequel il fallait travailler dur, puis qu'il fallait entretenir rigoureusement. Il ne se passait pas un jour sans que je garde ça à l'esprit. Je faisais le clown quand je pensais que ça susciterait l'approbation, je ne levais pas toujours la main quand je connaissais la réponse pendant les cours. Je m'assurais toujours d'avoir d'excellents résultats, mais sans jamais m'en vanter. Je savais à qui il ne fallait pas chercher des noises. Et je savais qui il fallait impressionner.*

Au début de la soirée, j'ai cru que toutes ces années de lutte étaient en train de porter leurs fruits. Le garçon le plus populaire du lycée m'a dit que j'étais « bonne ». C'était LE *mec (je suppose que chaque classe a le sien) qui se comportait comme s'il était Jim* Morrison. *Il était révéré et désiré. Tout ce qui sortait de sa bouche était parole d'évangile. Il ne fréquentait que les reines de la ruche, la poignée de filles jugées suffisamment attirantes pour être dignes de lui. Il ne me plaisait pas et je n'aurais jamais imaginé pouvoir lui plaire dans cette vie ni dans les suivantes, mais je voulais son approbation plus que celle de quiconque. Tout le monde la voulait. Son opinion pouvait vous encenser, ou vous briser.*

Et il m'avait fait un compliment. C'était sans précédent. Un couronnement ! C'était comme faire de la figuration dans un feuilleton de l'après-midi et être nominée aux Oscars. *Puis il a ajouté : «* On *dirait une pute de luxe. C'est ta marque de fabrique, pas vrai ? » Tout le monde a ri. J'ai ri aussi, pour montrer que je n'étais pas coincée. Si je riais, je faisais partie de la blague, au lieu d'en être l'objet. Je voulais croire qu'il voulait dire que j'étais séduisante, alors qu'en réalité ce n'était absolument pas un compliment. Et je ne l'ignorais pas. Il indiquait clairement que j'étais une fille qui voulait ce genre d'attention, et que j'invitais activement les gens à me traiter d'une certaine façon. Il me disait que j'étais bas de gamme, et j'abondais dans son sens avec enthousiasme.*

Il voulait me « montrer quelque chose », m'a-t-il dit à un moment. Même si je voulais croire que nous étions amis, je savais qu'il se moquait de moi. Vous vous rappelez ces moments, lorsque vous sentez que tout le monde est dans la confidence, sauf vous ? Cet instant où les gens retiennent leur souffle en attendant de voir si vous allez tomber dans le panneau, les murmures, les gloussements étouffés pour ne pas gâcher la farce ? C'était un de ces moments. Pourtant, j'ai accepté avec un sourire idiot, parce que je voulais être des leurs, je voulais être la Georgina motivée et partante pour tout, et tellement, tellement sympa. Par-dessus tout, je voulais l'être. Ne jamais arrêter de sourire. Si je continuais à sourire et que je riais avec les autres, tout irait bien.

La pièce est tellement silencieuse que je pourrais entendre une mouche voler.

Je continue.

— *Les spectateurs qui ne faisaient pas partie de sa clique nous ont regardés avec envie et curiosité, tandis qu'il m'entraînait à l'écart en me tirant par la main. C'était un grand geste public de sa part que d'être disposé à être vu avec moi de cette façon. J'étais consacrée par le roi lui-même. Georgina Horspool venait de bénéficier d'une énorme promotion. Si lui voulait d'elle, alors elle était arrivée au sommet.*

Je tourne la page. Le silence est désormais sépulcral, et le bruit du papier, assourdissant dans le micro.

— *Il m'a emmenée dans les toilettes pour handicapés. Il nous a enfermés avant que j'aie réellement eu le temps de comprendre où nous étions, et il s'est interposé entre la porte et moi, un petit sourire satisfait aux lèvres. Soudain, j'ai su que j'étais dépassée.*

— *Qu'est-ce qu'on fait ici ? ai-je demandé.*

Il m'a poussée brutalement contre le mur et a essayé de m'embrasser. Je l'ai repoussé et j'ai ri pour dédramatiser. Quand j'ai entendu mon rire, il semblait venir de quelqu'un d'autre. Il était étranglé et sonnait faux.

— *C'est quoi, le souci ? Je te plais.*

Ce n'était pas une question.

— *Oui, ai-je répondu aussitôt, parce que je voulais qu'il pense ça et qu'il m'apprécie.*

— *Alors quel est le problème ?*

Il a plaqué sa bouche contre la mienne une nouvelle fois. C'était bâclé et agressif, les dents en premier, et ça avait un goût de cidre. Mais c'était LE garçon. C'était un honneur extraordinaire qu'il veuille m'embrasser. Alors comment aurais-je pu l'arrêter ?

Rien, au cours de ma vie, ne m'avait préparée à ça. Les professeurs, mes parents, mes expériences m'avaient enseigné qu'il fallait s'entendre avec tout le monde et s'intégrer. Nous, les gentilles filles, nous disons oui, s'il vous plaît et merci. Nous faisons plaisir aux gens, nous satisfaisons leurs attentes, nous ne les blessons pas, nous ne les vexons pas. Nous ne disons pas non. Ce garçon attendait quelque chose de moi, alors mon rôle, mon devoir était de lui donner quelque chose en retour.

Je lève le nez et vois Jo, les joues baignées de larmes. Elle serre les mains de Clem à sa gauche et Rav à sa droite, qui sont aussi pâles l'un que l'autre. Toujours incapable de regarder en direction de l'homme aux cheveux noirs et aux yeux sombres qui, je le sais, m'observe, je fixe à nouveau mes notes.

— *Il m'a embrassée de nouveau et a tiré sur le devant de ma robe pour essayer de la baisser et sans doute de me retirer mon soutien-gorge. Heureusement, cette robe était une taille trop petite, et j'étais saucissonnée dedans au maximum. Le tissu a à peine bougé d'un centimètre.*

— *Arrête ! ai-je dit.*

Ma voix se brise pour la première fois. Je déglutis et reprends.

— *J'ai essayé de le dire sur un ton léger et joueur, faussement effarouché. Un « arrête » censé vouloir dire : Arrête, mais recommence une autre fois, bien sûr. Simplement, pas ici et pas maintenant, parce que je suis une gentille fille. Une instruction qui était une supplication.*

— Qu'est-ce qui ne va pas chez toi, bordel ? a-t-il répondu.

Je me suis détestée de ne pas avoir réussi mon coup. J'étais la Georgina cool et drôle, et je voulais prouver que je pouvais faire face. Je voulais que ça finisse bien. Je ne voulais pas le mettre en colère. Ce n'était pourtant pas si compliqué. Il avait raison, qu'est-ce qui n'allait pas chez moi ?

Il n'avait peut-être pas réussi à dévoiler ma poitrine, mais il venait de dévoiler une terrible vérité. Je n'étais pas celle que les gens croyaient. Je feignais d'être cette fille marrante qui ne se laissait jamais démonter. Mais j'étais inexpérimentée, effrayée et pas cool du tout. À ce stade, je pensais encore que, la menace principale, c'était que les autres apprennent ce qui était en train de se passer. J'étais en pleine guerre psychologique, à tenter de trouver un moyen de le rejeter sans qu'il pense que j'étais en train de le rejeter, parce que, sinon, cela aurait très mal fini pour moi. Lui n'avait pas à s'inquiéter de ce que l'histoire raconterait, mais moi si. Justement parce que ce serait lui, le conteur.

— J'ai un petit ami, ai-je tenté, pensant qu'un droit de préemption ne porterait pas atteinte à sa virilité.

Il a répondu :

— Ha ha, n'importe quoi ! Et on peut savoir qui ?

Je ne voulais pas mêler mon petit ami à ça. Je ne voulais pas le trahir et voir les gens de l'extérieur détruire ce que nous avions, car c'était mon bien le plus précieux. Il n'avait rien à se reprocher, il était à moi et je devais le protéger à tout prix.

J'ai répondu qu'il ne le connaissait pas.

— Arrête tes conneries, Georgina ! Tout le monde sait que tu n'as jamais été avec personne et que tu ne demandes

que ça. Il n'y a qu'à te voir en cours de lettres, tu passes ton temps à parler romance comme une vieille bique.

J'ai eu l'impression de recevoir une série de coups de poignard dans les organes vitaux. Je n'aurais pas pu imaginer pire : tout le monde sentant mon besoin désespéré d'être aimée. Ce garçon me disant que tout le monde le savait. Que j'étais hideuse, gauche, en manque d'affection, pathétique.

Je pleure aussi, à présent, mais ma voix reste ferme en dépit des larmes qui coulent toutes seules.

— *Il a encore essayé de m'embrasser et je l'ai poussé en disant qu'on devrait retourner à la soirée. Je lui ai proposé qu'on aille boire du punch. Pour me montrer qu'il voyait clair dans mon petit jeu de détournement, il m'a lancé :*

— *Tu es pucelle ?*

— *Non, ai-je répondu.*

— *Alors, dans ce cas...*

Il a déboutonné son jean et je suis restée plaquée contre le mur, sous la lumière crue du néon, à me demander ce que je faisais là et comment m'enfuir. À me demander comment tout avait pu dégénérer si vite.

C'était ma faute.

Je parcours la salle du regard, mais ne vois qu'un océan de visages flous. Je n'arrive plus à me concentrer sur un individu en particulier.

— *Une fille plus intelligente, plus charmante, une fille mieux que moi aurait eu les bons mots pour se sortir de ce mauvais pas et le satisfaire en même temps. Mon incapacité à trouver une issue était une preuve supplémentaire de ma bêtise et de mon immaturité. Bien sûr, que pendant une fête les garçons essayaient d'emballer les filles dans les toilettes, à quoi je m'attendais ? J'avais de la chance que quelqu'un comme lui veuille faire ça avec quelqu'un comme moi. J'étais ingrate ET ridicule. Peut-être qu'une fille plus intelligente et plus charmante se serait contentée d'obtempérer.*

J'avais menti. J'étais vierge. Je n'avais jamais vu le sexe d'un homme. Pas en vrai. Et soudain c'était là, qui dépassait de son Levi's. J'avais l'impression de voir le monstre jaillissant du thorax de John Hurt dans Alien. *J'ai paniqué. Pas seulement parce que je savais qu'il s'attendait à ce que je fasse quelque chose avec. Mais aussi parce que je savais qu'il était allé trop loin pour reculer. Il voudrait quelque chose en retour. Je ne pouvais pas partir et l'embarrasser, c'était impossible. Il n'y aurait pas de transfert de pouvoir.*

Il a attrapé ma main et j'ai reculé. Sa main était si grande, et mes doigts, si petits qu'ils ont facilement glissé entre les siens. Il a recommencé, je me suis dégagée à nouveau. À sa troisième tentative, il a réussi à retenir ma main et à la poser sur lui, en serrant si fort qu'il m'a laissé des marques. Je l'ai aussitôt retirée, et il a laissé échapper un gros éclat de rire triomphal. À présent, nous savions tous les deux ce qu'il dirait à tout le monde, de l'autre côté de la porte : que j'avais fait des choses avec lui de mon plein gré, des choses que je ne pouvais pas reprendre. C'est comme ça que ça marche. On vous brise par étapes.

Il a continué à attraper ma main, j'ai continué à la retirer, j'ai continué à le supplier de partir, il a continué à m'ignorer. J'ai eu le sentiment d'être enfermée avec lui pendant une heure, alors que ça n'a probablement duré que quelques minutes. Mais, en termes de réputation, j'aurais tout aussi bien pu y passer la nuit.

— Tu sais comment t'y prendre, pas vrai ? Tu es une fille sexy.

Opter pour la flatterie a fonctionné l'espace d'une seconde. Il m'avait détruite et, là, il me reconstruisait. Il me jetait une bouée de sauvetage que je pouvais attraper, afin de partir sur un avis positif.

Je lève les yeux de mes notes.

— Le moment où vous songez à renoncer, ou le moment où vous renoncez, c'est ce moment-là qui vous torturera pour le restant de vos jours. C'est le moment où vous pensez que ça vous est arrivé parce que vous n'êtes pas quelqu'un de bien, parce que vous êtes faible et que, dans le fond, vous vouliez que ça vous arrive. Alors qu'en réalité c'est une question de survie. Dans ce cas-là, quel que soit le choix que vous faites, ça n'en est pas vraiment un.

Sa main enserrait la mienne comme un étau et il a commencé à la faire bouger de haut en bas. Puis il a ordonné :

— Maintenant, toi toute seule.

Il m'a lâchée. J'ai fait aller et venir mes doigts, une seule fois.

— Ouais ! a-t-il crié triomphalement. Comme ça !

Voilà. Je ne pouvais pas revenir en arrière.

J'avais laissé faire au nom de ce qui avait plus d'importance que tout le reste : la popularité. La grande religion. Plaire. Mais c'était un leurre. Je l'ai fixé et j'ai vu dans son regard dédaigneux que je ne lui plaisais absolument pas. En réalité, ma capitulation ne faisait qu'accentuer le mépris qu'il me vouait.

Quand j'en ai pris conscience, j'ai arrêté de vouloir le flatter, arrêté de penser que je pouvais marchander.

J'ai dit :

— Je veux retourner à la soirée, maintenant.

Puis je me suis approchée de la porte. Il m'a attrapée par les poignets et m'a balancée contre le mur. Avant, il s'était montré insistant, mais là il était violent. J'avais déjà peur et, à cet instant, ma peur s'est transformée en terreur. Mon père disait toujours qu'on ignore à quel point il est impossible de bouger un poids mort, jusqu'à ce qu'on essaie. On ignore à quel point quelqu'un peut nous dominer physiquement, jusqu'à ce qu'une personne bien plus grande et bien plus forte que nous essaie vraiment.

Dans les films, quand je voyais la demoiselle captive donner de petits coups de poing pathétiques dans le torse du grand Tarzan, je pensais qu'elle pourrait le repousser, si elle le voulait vraiment. Sauf qu'on ne peut pas. Le choc est trop grand. Et avec le choc vient la panique. Et là j'ai su que, peu importe ce qu'il voulait, ça allait arriver. Il a remonté le bas de ma robe et a agrippé mon entre-jambe.

Tout le public retient son souffle, la salle est remplie d'une tension vibrante qui résonne dans chaque personne présente.

— *J'ai pensé :* Pas comme ça, pas avec lui. *Je ne suis pas foncièrement altruiste, mais ça m'a aidée de penser à quelqu'un qui se trouvait dans la pièce d'à côté et pour qui je voulais me préserver. Quand je dis « me préserver », je ne parle pas seulement de chasteté dans le sens sexuel du terme, mais au sens large. Il aurait voulu que je me préserve, tout court.*

Soudain, j'ai eu une idée, un moyen contre-intuitif de convaincre ce garçon de me laisser partir. J'ai dit :

— *Tu es un sale violeur ou quoi ?*

Il m'a lâchée comme si j'étais radioactive.

— *Arrête de prendre tes désirs pour des réalités !*

Quelqu'un qui venait de m'enfermer dans des toilettes et de m'agresser sexuellement venait de me dire que je me surestimais ? Que je n'étais pas assez bien pour être violée ?

— *Tu te prends pour la reine du monde, Georgina Horspool, mais tu ne casses pas trois pattes à un canard.*

Néanmoins, ça a fonctionné. J'avais dit le mot en V tout haut, j'avais nommé ce qu'il était sur le point de faire, et il refusait de se voir comme ça. Il s'est rhabillé et m'a lancé un regard dégoûté, tandis que je déverrouillais la porte et que je reprenais ma liberté.

Sauf que j'étais sur le point de tomber dans une autre sorte de piège. Un piège dont, d'une certaine façon, je suis restée prisonnière depuis. Lorsque je suis retournée dans la salle où se déroulait la soirée, c'était comme si tout le monde nous attendait. Exclamations choquées, rires, bouches grandes ouvertes, murmures : notre sortie conjointe paraissait une espèce de faire-part.

J'ai regardé en direction du garçon. Il était en train de faire un geste : la langue gonflant l'intérieur de sa joue, et son poing allant d'avant en arrière. Tout le monde dans sa clique a crié et sifflé. Il a fait une révérence. J'étais pétrifiée.

Il m'a fourré un verre dans la main et il a dit :

— Tu ne fais pas les choses à moitié. Sacrée technique !

Encore des cris. Comment je devais réagir ? Est-ce que je devais dire que je ne l'avais pas fait, que je n'avais pas voulu ? Tout le monde nous avait vus nous éloigner : je l'avais volontairement suivi aux toilettes. Puis je l'avais laissé m'embrasser. Je l'avais touché. Je l'avais FAIT.

Personne ne prendrait la défense de la Georgina de seconde zone, pas assez mince et qui en fait trop, face à ce dieu du rock. Personne. Pas quand j'avais eu la chance de l'emballer, alors qu'il m'avait choisie parmi un consortium de candidates ardentes. Je passerais pour une salope vindicative. Une traînée. Pire encore, une traînée qui pétait plus haut que son cul.

Il a échangé des high five avec ses copains admiratifs. Les reines de la ruche me dévisageaient avec un mélange d'émerveillement et de répulsion. Quelqu'un a murmuré qu'on devrait me surnommer « Horspute ».

Il était toujours ce garçon et je n'étais plus Georgina. J'étais cette fille qui était allée à une fête, qui avait fait une fellation dans les toilettes et qui était réapparue, fière comme Artaban, pour réclamer son soda au rhum en échange d'une pipe. Posez la question à n'importe quelle personne qui était au lycée avec moi, elle connaît probablement cette histoire. C'est aussitôt devenu partie intégrante de ma biographie officielle.

Ma meilleure amie s'est approchée de moi, souriante

et légèrement effrayée, mais sûrement convaincue que je venais de faire un pas décisif vers l'âge adulte, et avec le garçon le plus haut placé du lycée, qui plus était. La classe, Georgina. Waouh. Comment aurais-je pu lui dire que ce n'était pas ce qu'elle croyait, que j'étais dévastée, que cette soirée victorieuse était un traumatisme ? Je n'avais pas trouvé les mots pour repousser ce garçon, et je n'avais pas les mots pour expliquer ce qui m'était arrivé.

Je ne me suis pas sauvée en courant. Je n'ai pas éclaté en sanglots. Je ne me suis pas comportée comme une victime. Le mal était fait et je ne voulais pas en être une. Ce n'était pas comme ça que je me voyais, ça ne faisait pas partie de mon identité. Ça ne faisait même pas partie de mon histoire dans le cadre de cette soirée. On ne m'avait pas détruite. Non. Je pouvais décider que tout allait bien. J'avais encore le choix, celui de décréter que tout était normal et de ne pas faire d'histoires.

Je prends une grande inspiration pour la dernière partie.

— *Toute cette façade s'est effondrée quand j'ai aperçu le garçon dont j'étais amoureuse en train d'en embrasser une autre. C'était peut-être sa façon de réagir face à ce qu'il pensait que je venais de faire, mais je n'avais aucun moyen d'en être sûre. Je voulais hurler comme un animal blessé, hurler face à l'injustice. Je l'avais perdu. La Georgina qui distribuait généreusement des faveurs sexuelles ne pouvait pas être Georgina la petite amie. Je ne me souviens même pas du reste de la soirée, ni du moment où il a quitté la fête. J'ai bu comme si je voulais m'évanouir. Quand j'ai enfin regardé autour de moi, il était parti. Pour toujours. Plus rien n'a eu d'importance après ça.*

Étant donné que j'avais raconté à mes parents que je dormais chez Jo, je ne pouvais pas rentrer à la maison et affronter leurs questions. Alors, je suis allée au Holiday Inn, je me suis allongée sur le grand lit dans ma robe rouge et j'ai pleuré jusqu'à ce que je m'endorme. Je me détestais.

D'une certaine façon, je n'ai jamais cessé de me détester depuis ce jour-là. Je ne l'ai jamais admis, tout pardon était donc impossible. Or, j'avais besoin de pardonner. Pas au garçon qui a fait ça, il peut aller en enfer ! Mais de me pardonner. Je me suis tellement punie de ne pas avoir été plus forte, de n'avoir rien vu venir. D'avoir eu la faiblesse de souhaiter être populaire. De ne pas avoir trouvé les bons mots pour y mettre un terme plus tôt.

Le spectacle de ce soir s'appelle « Plus on est honteux, plus on rit », *mais cette histoire ne respecte pas les critères, parce que c'est* son *secret honteux, pas le mien. Ce n'était pas ma faute. Si quoi que ce soit dans mon histoire évoque quelque chose pour vous, laissez-moi seulement vous dire ceci : ce n'était pas votre faute non plus. Merci de m'avoir écoutée.*

Je ferme mon cahier dans un silence choqué. Une larme roule sur ma joue. Un applaudissement, deux, puis un tonnerre d'applaudissements parmi les spectateurs, tous debout.

Mes amis s'approchent de la scène et me serrent dans leurs bras, en larmes, eux aussi.

Par-dessus leurs épaules, je vois Lucas s'approcher de la porte qui mène à l'escalier, l'ouvrir en grand sans me jeter un regard et disparaître. Ça m'est égal.

J'ai le vertige et, pour la première fois depuis cette nuit-là, je me sens légère. Je ne porte plus ce poids. Je l'ai dit tout haut, avec mes mots, et j'ai rompu la malédiction.

Chapitre 42

Le seul inconvénient d'avoir raconté ce qui s'était passé avec Richard Hardy, c'est que mes amis, Jo, en particulier, sont abasourdis de constater que je n'ai jamais eu le sentiment de pouvoir leur en parler. J'ai essayé de les rassurer en leur disant que, même si j'avais été amie avec Oprah Winfrey, je ne lui en aurais pas parlé non plus.

— Pourquoi maintenant ? ont-ils demandé.

J'ai craqué et je leur ai tout raconté. Le thème du concours d'écriture, presque comme un défi que m'envoyait l'univers. Robin et ses tentatives d'invasion, d'intrusion, d'exploitation. Richard Hardy et sa petite fille, ma certitude que jamais il ne voudrait qu'on la traite de la sorte. Le fait qu'il s'en soit sorti indemne et qu'il ait accédé au bonheur. Et Lucas McCarthy. La façon dont il m'avait rejetée une seconde fois. Le prix d'avoir gardé le secret, un prix trop élevé pour que je continue à le payer.

Aussi horrifiée soit-elle par mon calvaire (ils le sont tous), Clem a du mal à encaisser le drame et l'intrigue autour de Lucas. Elle nous abreuve de « Oh mon Dieu le mec canon du bar est l'ex-petit ami ? Oh MON DIEU », jusqu'à ce que Rav lui lance un regard qui pourrait la changer en pierre.

Des traînées de mascara sur les joues, ma sœur s'approche et s'accroche à moi comme un koala à un eucalyptus.

— Pourquoi tu ne m'as rien dit ?

Pendant ce temps, le pauvre Mark reste en retrait, les yeux rivés sur le bout de ses chaussures et les mains dans le dos, tel un brave pasteur face à ses paroissiens.

— Je ne l'ai dit à personne. Je ne me l'avouais même pas à moi-même, alors comment aurais-je pu en parler ? Il fallait d'abord que je le digère, et ça vient seulement d'arriver. Je suis désolée, je ne voulais pas que tu l'apprennes comme ça.

— Oh ! arrête tes conneries, George ! s'exclame-t-elle en s'essuyant les yeux. On plaisante et on te charrie, mais on t'adore, on t'idolâtre tous. On veut ce qu'il y a de mieux pour toi. Désolée si le message s'est perdu en route.

— Je sais.

Je n'ai pas gagné le concours. Le premier prix a été attribué à un type avec un chignon prénommé Tom, qui a raconté la fois où il avait vomi des After Eight pendant un voyage scolaire à Mam Tor.

Mais j'ai quand même gagné. Pour la première fois, je n'ai pas peur de l'avenir. Je veux utiliser son potentiel. Les mots m'ont sauvée. Mes mots.

Le lendemain soir, à 22 heures, la sonnette retentit. Sûrement des gamins qui ont filé en courant. Je décide de ne pas répondre, à moins qu'on sonne à nouveau.

Quelques minutes plus tard, c'est le cas.

Soit Karen a commandé une pizza, soit nous avons un visiteur qui n'est jamais venu avant et ignore qu'il faut faire le tour pour frapper à la porte de la cuisine. Karen dort comme une masse, je l'entends ronfler depuis le rez-de-chaussée. J'espère que ce n'est pas une pizza marguerite familiale à pâte fine avec un supplément piment. Autrement, je vais devoir prendre le risque de la réveiller pour rien, ou de la voir péter un plomb, parce que j'ai cru que c'était une erreur.

J'écarte le rideau pour regarder dehors et vois un homme grand aux cheveux bruns, les mains enfoncées dans les poches de son manteau, le menton baissé dans son écharpe.

Mon estomac fait aussitôt un looping, et j'ai l'impression que mon cœur va jaillir de ma cage thoracique.

J'inspire profondément et j'ouvre.

— Salut.

— Bonsoir.

— Désolé de débarquer à l'improviste, mais je ne savais pas trop comment dire ça au téléphone. Est-ce que je peux entrer ? demande Lucas.

Je recule d'un pas pour le laisser passer.

— Allons dans la cuisine, dis-je avec une assurance feinte. C'est la seule pièce avec une porte qui ferme.

Il hoche la tête et m'emboîte le pas. Je referme derrière nous, puis chacun se poste à un bout de la table.

— Je t'ai écoutée, au pub.

— Je sais, je t'ai vu. Tu es parti tout de suite après.

— Je...

Il est momentanément incapable de trouver les mots. Je le dévisage, tandis que le silence s'étire. À ma grande surprise, ses yeux se remplissent de larmes. Il bat des paupières et s'éclaircit la gorge.

— Il fallait que je parte, j'avais besoin de réfléchir et je ne voulais pas te parler devant tout le monde. J'espère que tu n'as pas cru que c'était pour faire une grande sortie théâtrale.

— Je ne savais pas trop. Et puis j'étais un peu dans ma bulle, à vrai dire.

— Je n'avais pas la moindre idée de ce qui t'était arrivé, Georgina. Je n'en savais strictement rien. Je t'en prie, il faut que tu me croies. Ce n'est pas une excuse, c'est même plutôt mauvais signe, mais c'est la vérité.

— Je te crois. Il aurait fallu que je t'en parle pour que tu le saches, et je ne t'en ai pas parlé. Je n'en ai parlé à personne.

— Je ne t'ai rien demandé, fait-il remarquer.

J'avale péniblement ma salive.

— Non, en effet.

Je suis allée trop loin pour opter pour la facilité plutôt que pour l'honnêteté.

Il secoue la tête et le silence s'installe à nouveau. Je ne dirais pas qu'on est mal à l'aise, néanmoins. Il n'y a pas de gêne. Simplement, on laisse les choses se mettre en place.

— Je... En t'écoutant, j'ai compris que c'était moi qui t'avais déçue, et pas le contraire. Je suis tellement con et arrogant que je croyais l'histoire de ma vie peuplée de gens qui m'avaient déçu, mais ce n'est pas vrai. C'est moi qui t'ai déçue, de la pire façon qui soit.

Je secoue la tête.

— Tu as pris des décisions sans avoir toutes les infos en ta possession. J'ai découvert depuis que c'est comme ça que nous prenons toutes nos décisions, en général.

Je parle calmement, mais je remarque que j'agrippe si fort le dossier de la chaise devant moi que mes jointures sont blanches.

— Ça ne change rien, Georgina. Je t'ai déçue au lycée, et je viens de recommencer. L'autre soir, au pub... je n'arrête pas de repenser au moment où je t'ai dit que je ne voulais plus de toi *après*, et à ce que tu as dû ressentir. Ça me donne envie de me couper la langue.

Il se frotte le visage puis me regarde à nouveau. J'acquiesce lentement. Je ne peux pas retenir mes coups, pas maintenant.

— Oui, ça a fait mal.

— Et quand tu as raconté que tu étais inquiète pour moi, que tu pensais à nous, tout en étant coincée avec lui...

« Nous ». Après tout ce temps, il dit « nous ». Il ne saura jamais ce que ça représente pour moi.

Il croise les bras sur sa poitrine et s'appuie contre le plan de travail.

— Georgina, j'ai vu le genre de personne que tu es. Je veux dire : je le savais déjà, mais ça m'a ouvert les yeux. Sur toi et sur ce que, moi, j'étais. Irascible et égocentrique.

Je laisse échapper un petit rire.

— C'est un peu dur.

Il ferme les yeux.

— Je suis vraiment désolé.

— Merci.

— Ce n'était pas vrai, tu sais.

Je le dévisage d'un air interrogateur. Il s'éclaircit la gorge.

— Je voulais encore de toi après. Évidemment, que je voulais encore de toi ! Mais j'étais si jaloux et si scandalisé que je me suis vengé en utilisant quelqu'un d'autre. Je voulais te montrer que, si tu ne voulais pas de moi, je ne voulais pas de toi non plus.

Mon cœur se serre, tandis que je pense aux personnes que nous avons été un jour. Je dois m'éclaircir la gorge également avant de réussir à parler.

— C'est ce que j'ai pensé, mais je n'en étais pas sûre. Et ça n'aurait rien arrangé, dans le fond, alors je n'y ai pas attaché plus d'importance que ça.

— Je me suis comporté comme un mioche cruel et immature.

— Avec le temps, c'est devenu plus facile de croire que tu n'en avais jamais rien eu à faire de moi, plutôt que de voir ça comme une revanche, car ça aurait signifié que Richard Hardy avait vraiment tout gâché. Quand tu as affirmé que tu ne te souvenais pas de moi, la première fois qu'on s'est revus, ça n'a fait que confirmer mes soupçons de l'époque.

Il secoue la tête. Encore.

— Quand tu m'as demandé si je te reconnaissais, après l'altercation avec le stripteaseur, je ne savais pas comment réagir, alors j'ai pris la tangente aussi vite que possible. Je me suis dit que, puisque je n'avais jamais compté pour toi, autant faire comme si c'était réciproque. Mais, comme j'étais en pleine crise du « mâle à l'ego blessé », je suppose que j'en ai trop fait et que je suis passé pour un branleur qui collectionne les conquêtes.

Je ris et il fait la grimace.

— Je pensais bien que je risquais de te croiser à Sheffield, je m'y étais préparé. Mais quand je t'ai trouvée derrière le bar avec mon frère, à la veillée funèbre, j'ai failli m'évanouir. Je n'avais que quelques minutes pour me reprendre et décider du rôle que je voulais jouer.

— Je t'ai cru, en tout cas.

— Je jouais gros. J'avais tout intérêt à être crédible.

Il marque une pause. « Je m'y étais préparé. » « J'ai failli m'évanouir. » Je me demande si ça signifie qu'il y a encore quelque chose entre nous.

— Je n'aurais pas dû attendre de découvrir qu'un truc aussi horrible t'était arrivé pour faire preuve de compassion. J'ai vu comment les gens t'ont traitée après, j'ai entendu ce qu'ils disaient. J'aurais dû comprendre qu'il t'avait agressée. La pression des pairs existe. Faire une erreur aussi, être un gamin aussi. Compte tenu de ce qu'il y avait entre nous, j'aurais dû te poser la question. J'aurais dû te demander : « Dis-moi ce qui s'est passé. » Tout aurait pu être tellement différent, si j'avais eu un peu de courage...

Mes yeux me brûlent.

— Je n'ai jamais été très douée pour résister à la pression des autres. C'était d'ailleurs un aspect de ma personnalité que tu n'aimais pas. Mon envie d'amuser la galerie, mon besoin d'être populaire...

— Si je t'avais rencontrée à l'âge adulte, jamais je ne l'aurais pensé. Mais comme je te connaissais déjà, et à cause de ce que je croyais qu'il s'était passé, j'avais ce préjugé en te revoyant. Je te percevais comme quelqu'un de superficiel et vide de sens, qui n'avait pas de vrais principes. C'est quoi, l'expression, déjà ? Manger à tous les râteliers ? Maintenant, je sais que tu veux faire plaisir aux autres, que tu fais passer leurs sentiments d'abord. Cette générosité, l'importance que tu accordes à ce que pensent les gens qui t'entourent, ce n'est pas une faiblesse, c'est une grande qualité. Ce n'est pas ta faute si d'autres l'ont exploitée. Désolé, j'ai l'impression de réciter *La Psychologie pour les nuls.*

Je ris.

— Au lycée, poursuit-il, je manquais de confiance en moi. J'avais peur que tu trouves tous ces types plus attirants que moi. Tu as fait ce que tu avais à faire pour t'en sortir, comme tout le monde. Je n'avais aucun droit de te juger. J'étais trop con pour comprendre ça à dix-huit ans, sauf qu'apparemment, même à trente, j'ai encore des progrès à faire.

Il s'interrompt pour prendre une grande respiration.

— Je n'aurais pas dû avoir besoin de t'écouter hier soir pour comprendre. Je voulais être tout pour toi et, au lieu de ça, j'ai été comme les autres, un type en colère contre toi parce qu'il ne pouvait t'avoir de la façon qu'il voulait.

Je m'étais attendue à ce que Lucas se sente mal s'il apprenait la vérité. Mais je ne m'étais pas attendue à un tel niveau d'introspection et de condamnation. Je brûlais d'envie de connaître sa version de l'histoire ; je n'avais pas réfléchi à la réaction qu'il aurait, jusqu'à maintenant.

C'est à mon tour de l'avoir sous-estimé.

Pourquoi ne lui ai-je pas envoyé un message, au cours des semaines qui ont suivi : « Salut, juste pour info, ce n'est pas ce que tu crois » ? Parce que, s'il en avait embrassé une autre, c'était soit parce qu'il était infidèle de nature, soit pour me mettre le nez dans mon pipi, et que, dans un cas comme dans l'autre, ça ne servait à rien de se battre, car il n'y avait rien à sauver.

Parce que je pensais qu'il ne me croirait pas. Parce que, entre les lois brutales qui régissent les relations amoureuses entre ados et la naïveté relative à mon manque d'expérience, je pensais que j'avais bel et bien fait ce truc dont les autres m'accusaient.

Surtout, parce que, dans mes tripes, je savais que, si Lucas avait répondu : « Maintenant que tu es une victime, tu peux de nouveau avoir mon cœur », ça n'aurait eu aucune valeur.

L'amour ne marche pas comme ça.

Chapitre 43

Il y a un silence pendant lequel chacun réévalue la situation à la lumière des nouvelles informations dont il dispose. Là encore, pas de gêne. Simplement, on réfléchit.

Lucas finit par relever la tête et m'offrir un sourire timide.

— Maintenant que je t'ai présenté mes excuses, j'ai encore quelques trucs à te dire, mais… je ne sais pas si tu veux que je continue ou si tu préfères que je dégage de ta cuisine.

— Continue. Dis ce que tu as à dire. Si je ne suis pas d'accord, j'ai une voix dont je peux me servir ici aussi.

Je lui rends son sourire. Il acquiesce, déglutit.

— Je pense que tu le sais, mais, au cas où tu ne serais pas au courant, j'ai eu un coup de cœur monstrueux pour toi avant qu'on nous mette en binôme pour ce devoir de littérature.

Il me sourit, une version adulte du sourire qu'il avait déjà à l'époque, et je n'arrive pas à croire que j'ai eu cette chance.

— Je te vénérais.

Waouh. D'accord. Je ne suis clairement pas tombée amoureuse toute seule. Je peux reprendre possession de mes souvenirs, les restaurer comme de vieilles photos colorisées.

— Mais tu ne m'aurais jamais remarqué au milieu des autres. Ça a été galère pendant deux ans, pour être honnête. Venir dans le Yorkshire, laisser tous mes copains derrière moi, en Irlande, essayer de cacher mon accent parce que tout le monde se moquait de moi. Et puis j'ai eu cette vision, avec un rire communicatif que je pouvais entendre de l'autre bout du foyer. L'antidote humain à mon malheur. Un arc-en-ciel sur fond gris. Toi. J'avais l'impression que Dieu m'avait envoyé cette fille aux cheveux d'or pour me rappeler que la vie valait encore la peine d'être vécue.

Je ne sais pas quoi dire ou quoi faire, alors je me contente de sourire comme une idiote.

Lucas se dandine d'un pied sur l'autre et baisse les yeux.

— Tu ignorais à quel point les gens t'appréciaient, à quel point tu étais populaire. Pas seulement auprès des connards, mais auprès de tout le monde, parce que tu étais gentille. Sur scène, tu as dit que tu avais le sentiment de devoir lutter pour obtenir l'approbation des autres, que tu étais une pseudo-tocarde, mais personne ne te voyait comme ça. Et, maintenant que je te connais à l'âge adulte, je dirais que ça n'a pas changé. Les gens s'attroupent autour de toi. Pas à cause de ton apparence, mais parce que tu es chaleureuse.

C'est vraiment ce qu'il pense de moi ? Je chérirai ces mots jusqu'à mon dernier souffle.

— Bref, ensuite, on nous a mis ensemble sur ce projet et j'ai paniqué. J'ai eu peur de passer pour un abruti, ou que la Georgina Horspool que j'idolâtrais de loin soit une déception de près. Rien qu'entendre ton nom me faisait l'effet d'une formule magique. Comment aurais-tu pu être à la hauteur ? Sauf que non seulement tu l'as été mais tu t'es révélée plus gentille, spirituelle et intéressante que tout ce que j'avais pu imaginer. Et le plus incroyable de tout, c'était que je semblais te plaire. J'étais... c'est quoi, le mot...

C'est doux, d'entendre quelqu'un parler de soi de cette façon, mais c'est amer quand c'est au passé. Je ne sais pas si je dois rire ou pleurer.

— ... Je pensais que tu étais trop belle pour être vraie. Je n'arrivais pas à y croire. Rien que l'idée a fini par être un problème. Je suis devenu parano. J'étais convaincu que j'avais raison, que ça ne pouvait pas être réel. Tu te souviens du soir où on a dû rentrer chez nous en marchant chacun sur un trottoir différent, parce que tu pensais avoir aperçu un de tes amis ?

— Non...

Je plisse les yeux. J'avais sincèrement oublié cet épisode. En me concentrant, je me rappelle vaguement avoir dû me cacher du frère de Jo. J'avais trouvé ça hilarant.

— Après ça, j'ai commencé à m'inquiéter. J'étais ton secret. Tu ne voudrais jamais t'afficher avec moi en public. Je ne pourrais jamais être ton petit ami. Tu m'utilisais pour t'entraîner avant d'aller à la fac. Même si tu l'avais vraiment fait, j'aurais été incapable de dire non, mais j'étais tellement amoureux de toi que ça ne suffisait plus.

— Vraiment ?

— Bon sang, Georgina, j'aurais fait n'importe quoi pour toi ! Tu n'aurais eu qu'un mot à dire et j'aurais changé de fac pour étudier à Newcastle. Mais *tu* devais le dire.

Il sourit, gêné.

— J'ai arraché la page du cahier sur laquelle on a flirté la première fois. Pour conserver une espèce de preuve physique que je t'avais plu, à une époque. Est-ce que je parle comme un tueur en série ?

Je ris, mais mon cœur est en miettes.

— Je savais que Richard avait des vues sur toi et il n'était pas le seul, à mon grand désarroi. Les conversations allaient bon train dans les vestiaires de sport. Il se vantait de pouvoir t'avoir n'importe quand, clamait que tu étais « dingue de lui ». Alors, tu imagines, après qu'on a commencé à sortir ensemble... J'avais envie de le décapiter.

Il lève les yeux et affronte mon regard.

— En fait, Georgina, c'est encore pire que tu ne le crois, parce que je savais. Je me doutais de ses intentions, lorsqu'il t'a prise par la main et qu'il t'a emmenée à l'écart, et je n'ai rien fait. J'aurais pu t'éviter ce calvaire, et je n'ai pas bougé. Pourquoi ? Parce que j'avais peur que les gens se moquent de moi. Parce que j'avais peur que tu meures de honte, si je faisais une scène, voire même que tu me largues à cause de ça. Parce que je voulais te tester. Parce que j'avais peur qu'à cet instant tu le choisisses, lui. Pour toutes ces raisons, et plus particulièrement la dernière. Voilà pour ma personnalité. Et c'est toi qui as payé.

— Ce n'est pas ta faute et ça n'a rien à voir avec ta personnalité. Tu t'es retrouvé dans une situation merdique, et je suis bien placée pour savoir que ton instinct a plutôt tendance à te dicter de défendre les autres. Pense à tout ce que tu as fait pour moi, depuis qu'on travaille ensemble.

— Je n'attends pas de toi que tu me rassures en me disant que ce n'était pas ma faute. Ça l'était, Georgina. En partie, du moins. Accepte-le.

— Ha ha, tu parles comme ma psy ! À elle non plus, je n'ai pas dit toute la vérité. Je lui ai raconté que j'étais allée voir ailleurs et que je me détestais d'avoir fait ça. Je pense que j'ai fini par le croire. J'ai mis tellement longtemps à comprendre que ce n'était pas ma faute… Quand tu me dis que c'était la tienne, je sais que tu le penses sincèrement, et ça représente beaucoup pour moi. En réalité, c'est la faute d'une personne seulement, et elle n'est pas là à s'inquiéter de sa part de responsabilité.

— Je suis en proie à une envie irrépressible de rendre une petite visite à Hardy dans une vieille fourgonnette rouillée au milieu de la nuit, avec l'ami d'un ami de Dev, « Dean l'enculé », tu vois le genre ?

Je ris. Un véritable éclat de rire, cette fois.

— Tu n'as jamais pensé à porter plainte ? demande Lucas à voix basse.

— Non. C'était sa parole contre la mienne et tout le monde aurait confirmé sa version. Et puis l'histoire de la chambre d'hôtel serait ressortie, et tu peux imaginer de quelle façon ça aurait été utilisé contre moi.

On détourne tous les deux le regard. Cette fois, le malaise est palpable.

— Je regrette de ne pas être revenu vers toi, reprend-il d'un air hésitant. Pas pour *ça*. Mais parce que j'aurais pu être là pour toi, t'écouter. Tout aurait pu être différent.

« Aurait pu. »

Je hausse les épaules.

— C'est gentil. Quant au fait de ne pas avoir porté plainte, je me sens coupable, parce que je me dis qu'il a peut-être recommencé. En me taisant, il se peut que j'aie contribué à faire tomber d'autres femmes dans le piège.

— Une fois de plus, ce n'est pas ta faute. Absolument pas.

— Je parie qu'il n'y a pas repensé une seule fois depuis.

— Je pense que tu as raison. Connard ! Son groupe était à chier, de toute façon.

Je souris et Lucas me sourit en retour. J'ai envie de le serrer dans mes bras, mais j'ignore si j'en ai le droit.

— Si ça ne t'embête pas, j'aimerais te poser une question. Un truc qui m'a toujours trotté dans la tête. C'est un peu personnel, alors, si tu n'as pas envie de répondre, ça ne fait rien.

— C'est la soirée, vas-y.

— Comme je l'ai dit dans mon texte, ça aurait été ma première fois, le soir de la fête. Si on avait passé la nuit tous les deux. Est-ce que… Est-ce que ça aurait été pareil pour toi ?

— Oui. Pour être honnête, ça me fait plaisir d'apprendre que ça ne se voyait pas comme le nez au milieu de la figure.

Il sourit. Je souris et je rougis, et je pense : sérieusement, Georgina Horspool, tu as trente ans !

— Je suis désolée que tout ça ait détruit ce qu'il y avait entre nous. Les souvenirs que j'ai de toi sont vraiment d'excellents souvenirs.

— Moi aussi.

— Quoi que tu aies pu croire, j'étais folle amoureuse de toi et de personne d'autre, Lucas.

J'ai dit ça à toute vitesse, avant d'avoir le temps de me dégonfler.

— Moi aussi. Et... à propos de ta volonté de me protéger, quand il était en train de t'agresser... La honte de ne pas en avoir fait autant pour toi me poursuivra jusqu'à la fin de mes jours. Je suis désolé de ne pas avoir pu te sauver.

Je souris. J'ai longtemps cru que je n'entendrais jamais ces mots.

— Ce n'était pas à toi de me sauver. Ça n'a jamais été ton rôle. Le fait que tu sois venu ici ce soir suffit. Je ne dis pas ça juste pour te faire plaisir.

On s'observe mutuellement. Une question évidente (reste-t-il quelque chose ?) flotte entre nous, mais je n'ai ni la force ni la volonté de la poser. La discussion de ce soir a restauré ma dignité. Ça gâcherait tout de mettre Lucas dans la position de me répondre : « il n'empêche que je n'ai pas envie de reprendre quoi que ce soit. » Pire encore, imaginez qu'il fasse semblant du contraire par pitié, ou parce qu'il se sent coupable. Je me raisonne : tu t'es jetée à son cou et il t'a repoussée. S'il ne propose rien maintenant, c'est qu'il n'a pas changé d'avis depuis cette nuit-là.

Un long silence.

— Tu ne reviendras pas au Wicker, pas vrai ? finit-il par demander.

— Non, désolée. J'adore y travailler, mais j'ai le sentiment d'avoir tiré un trait. J'y retournerai, de l'autre côté du bar, pour voir Dev et Kitty. Tu repars à Dublin ?

— Oui. C'était le plan depuis le départ : j'aidais à lancer le pub, jusqu'à ce qu'on trouve un gérant sur place.

Je tiens la réponse à ma question. Bien sûr, qu'il ne va pas se lancer dans une histoire avec moi. Il n'y a qu'à voir ce qu'il est devenu et ce que je suis devenue. Nous n'avons rien à faire ensemble. À l'époque, d'accord, mais maintenant ça n'aurait pas de sens.

— Je vois. Devlin a dit que tu n'aimais pas beaucoup Sheffield.

— La ville a ses bons côtés, répond-il avec ce sourire, ce putain de sourire qui me brise le cœur à chaque fois.

Je tends le bras pour lui serrer la main. Il laisse échapper un petit rire triste avant d'accepter. Rien que le fait de l'effleurer me donne l'impression que quelqu'un m'arrache les tripes. Je sens que je vais m'effondrer dès qu'il sera parti.

— Je suis heureuse de t'avoir rencontré.

— C'est entièrement réciproque.

J'ouvre la porte de la cuisine et il passe dans le salon.

— C'est une cage ?

— Oui, c'est ma tortue.

— Je rêve, Jammy est encore vivant ?

— Tu te souviens de son nom ?!

— Oui. Tu n'imagines pas combien de fois j'ai dû me mordre la langue, alors que j'étais sur le point de parler de quelque chose qui datait de l'époque du lycée.

Quand j'ouvre la porte de la maison, il se tourne vers moi, inspire profondément et dit :

— Gina.

— Personne ne m'appelle Gina !

— Je sais. C'est pour ça que je le fais.

On se dévisage.

Nous venons de recréer mot pour mot une conversation que nous avions eue aux jardins botaniques. Je pensais que j'étais la seule à entretenir cette flamme. Il a déjà sous-entendu clairement que ce n'était pas le cas, mais, là, cet échange en est la preuve indéniable.

— Quand je t'ai vue à la veillée, tu étais aussi lumineuse que dans mes souvenirs de lycéen. Il n'a pas réussi à te prendre ça. Ne laisse jamais un homme te prendre ça.

Avant que j'aie le temps de réagir, il fourre les mains

dans ses poches, hoche la tête et s'éloigne, jusqu'à disparaître dans la nuit.

Je referme la porte. Des larmes brûlantes roulent sur mes joues. Ce sont des larmes de tristesse, mais d'autre chose aussi.

Lucas McCarthy est revenu dans ma vie, et, vous savez quoi ?, je m'en réjouis. Nous avons mis les choses à plat. Et il a un chien génial.

Je soupire. Parfois, la vérité est bordélique et difficile à entendre, mais c'est tout de même la meilleure solution. Parfois, la vérité peut nous sauver.

À l'étage, une voix gronde :

— C'EST BON, GEORGINA, TU AS FINI TA RÉUNION TUPPERWARE ? IL Y A DES GENS QUI ESSAIENT DE DORMIR, PUTAIN DE BORDEL DE MERDE !

Je lui crie :

— On a fini !

Je m'essuie les yeux. En regrettant que ce soit le cas.

Chapitre 44

Six mois plus tard

On est incapable d'apprécier la jeunesse quand on l'a. Lorsque j'étais en âge de passer une licence, je me sentais gauche. J'avais l'impression que tout le monde me regardait et pouvait voir que je n'étais pas assez intelligente pour mériter ma place à l'université. Maintenant, j'ai presque trente et un ans, je détonne à cause de mon âge, et je me demande bien pourquoi j'étais inquiète à vingt ans. Avec mon manque d'expérience, mon ignorance, mes Dr. Martens décorées au Tipp-Ex et ma légère gueule de bois permanente, j'étais parfaitement à ma place.

Après l'incident du déjeuner du dimanche en famille, Esther et moi avions espéré en secret, ou pas tant en secret que ça, que notre mère quitterait Geoffrey. Elle ne l'a pas fait, mais j'ai l'impression que, suite à ça, elle a un peu plus de pouvoir. Sa protestation, même minime, n'est pas passée inaperçue.

Peut-être que Geoffrey a compris que nous ne le laisserions pas faire, et que cela a aidé.

Ma mère m'avait demandé si elle pouvait m'acheter un nouveau manteau pour Noël.

— Le problème, avec ton truc en moumoute rose, ma chérie, c'est que ça n'incite pas les gens à te prendre au sérieux. Ça ne t'avantage pas.

J'avais soupiré et songé que je pouvais faire la rebelle

grincheuse ou accepter son offre et garder ma moumoute rose pour le week-end.

Nous étions donc allées chez John Lewis et j'avais choisi un manteau bleu marine mi-long avec des manches ballon, une ceinture et un gros col. Je dois admettre que, alors que ma mère manifestait bruyamment son approbation et que je tournais sur moi-même devant le miroir, je m'étais sentie plutôt élégante. Un peu comme une femme fatale, dans un film en noir et blanc, qui dirait « Promets-moi que nous nous retrouverons une fois que cette guerre affreuse sera finie » sur un quai de gare, près d'une locomotive à vapeur.

Ensuite, nous étions allées boire un café, et elle m'avait demandé comment ça se passait au travail. Je bossais dans un bar à cocktails sur Leopold Square. La propriétaire, Rita, avait la cinquantaine et voulait un endroit où les femmes pouvaient boire un verre tranquillement, sans se faire harceler. L'endroit était merveilleusement civilisé. On s'était tellement bien entendues qu'elle m'avait promue gérante dès mon deuxième jour.

— Ta façon de faire donne le bon ton, avait-elle dit.

Si on me demandait quels sont les meilleurs bars pour boire un verre à Sheffield, je conseillerais celui-ci sans hésiter, et pas parce que j'y travaille. Je recommanderais aussi le pub victorien rénové sur Ecclesall Road, j'ai entendu dire qu'ils avaient fait des merveilles. J'y bossais avant, mais je n'y suis pas retournée depuis.

Ma mère m'avait demandé si je voyais ça comme un emploi à long terme ou si je comptais continuer à chercher. Pour la première fois, j'avais eu l'impression qu'elle n'était pas aussi pugnace que d'habitude. Je lui avais expliqué que j'envisageais de reprendre une formation.

— Enfin, quand je dis reprendre, je veux dire suivre une formation tout court, étant donné que je n'en ai jamais fait. Je pourrais peut-être faire un stage au *Star* ou un truc comme ça. En lien avec l'écriture.

— Tu sais, tu n'as jamais passé ta licence, avait-elle dit en remuant son café au lait. Ton père y tenait vraiment beaucoup. J'ai pas mal d'argent sur un compte épargne dont je ne me sers pas, et c'était aussi l'argent de ton père. J'ai été tellement en colère contre lui pendant tellement longtemps que je n'ai pas réfléchi à ce qu'il aurait voulu en faire, et c'est toi qui en as souffert. Tu devrais t'en servir pour terminer tes études. Quelle que soit la filière, c'est toi qui choisis.

— Maman, je ne peux pas accepter, avais-je dit, touchée et à peine sous le choc. Pas à mon âge. Ça ferait de moi une véritable assistée.

Pensée intérieure : *Tu pourrais aussi avoir besoin de tes économies si tu décides de t'enfuir, maman.*

— Ne sois pas ridicule ! Bien sûr, que tu peux, avait-elle répondu plus vivement, maintenant que le sujet était sur la table. C'est de l'argent dont tu hériteras plus tard, alors pourquoi ne pas l'utiliser maintenant, quand tu en as besoin ? Ça me ferait plaisir que tu t'en serves. Je sais que tu ne le dépenserais pas en croisières. Ou, soyons honnêtes, avec tes goûts, en vêtements de créateur ! Ha ha ha.

J'avais levé les yeux au ciel.

— Vois ça comme un défi. Je te mets au défi de dépenser cet argent intelligemment. À vrai dire, je suis impatiente de voir ce que tu vas en faire. Jusqu'où tu peux aller. Tu es capable d'entreprendre un tas de choses, Georgina.

— Vraiment ?

La communication a toujours été catastrophique, entre ma mère et moi. Cette discussion était donc une sacrée avancée.

— Oui. Je sais que je ne t'ai jamais donné cette impression et je m'en excuse. Simplement, je pense que... ton père t'adorait et te monopolisait tellement que ça ne laissait pas beaucoup de place pour nous.

D'un seul coup, tout s'était éclairé. J'avais enfin compris

d'où venaient le ressentiment et l'hostilité que je sentais chez ma mère. Son problème, c'était que mon père avait cessé de l'aimer, elle, mais qu'il avait continué à m'aimer, moi. Ça faisait de moi une rivale, en même temps que sa fille. Maintenant que nous avions parlé de l'aventure de mon père, les choses avaient changé. Elle avait compris que, moi aussi, j'avais toujours été de son côté.

— Il me manque, maman.

— À moi aussi. Dieu seul sait pourquoi.

— Je suis vraiment heureuse de t'avoir encore.

Je lui avais serré le bras. Ses yeux brillaient.

Assise en cours de littérature anglaise dans un beau bâtiment moderne de l'université de Sheffield, je me sens comme un chat qui essaie de dissimuler sa queue lors d'une soirée réservée aux souris. Au début, je me suis bercée d'illusions (j'avais l'air assez jeune pour passer inaperçue), mais je n'ai pas tardé à me griller avec ma ponctualité et mon enthousiasme à me présenter.

Parfois, je pense que les autres étudiants de première année sont reconnaissants de toutes les questions que je pose au prof, ça leur laisse le temps de déconnecter ou de faire mumuse sur leur portable.

Mais la reconnaissance a ses limites, qu'elle atteint quand la fin de l'heure approche, que je demande quand nous devons rendre nos dissertations et que le professeur répond : « Oh ! merci de me le rappeler, Georgina, c'est pour vendredi. » Dans ces moments-là, un concert de grognements et de soupirs exaspérés parcourt les rangs, parce que la vieille étudiante lèche-bottes a encore joué les élèves modèles.

Sauf que je ne peux pas m'en empêcher. Je suis tellement excitée d'être ici ! J'ai eu quatre fois la meilleure note à une dissertation ! Et j'ai même réussi à comprendre *Beowulf* !

Les cours ressemblent presque au paradis sur terre. Une heure pour déconnecter d'avec ce qui m'entoure et vivre dans un monde d'idées, étudier et avoir le sentiment que mon cerveau s'améliore, que mes connaissances s'étendent, que mes capacités d'analyse s'affinent, comme je l'ai expliqué un jour à Jared, un autre élève. « Ouais, un peu comme quand je branche mon portable pour une mise à jour iOS pendant la nuit. Sauf que, pendant ce temps-là, je peux dormir », a-t-il répondu.

C'est un grand type très poilu avec un bonnet, et, jusqu'à présent, il est le seul étudiant à m'avoir parlé. Lorsqu'il a découvert mon âge, il m'a dit que, si je voulais, il était carrément partant pour m'inviter à sortir : « L'âge ne me dérange pas, si on a une bonne vibe. » J'ai eu l'impression qu'on était en plein remake d'*Harold et Maude*. Je l'ai remercié et j'ai répondu que je faisais une pause en ce moment.

— Ah bon ? Pourquoi, tu es divorcée ? Tu as des enfants ? Parce que la différence d'âge, OK, mais, ça, je ne suis franchement pas prêt.

Ah, la jeunesse !

Tous les jours, j'arrive en cours d'un pas sautillant, je marche sur le campus avec un sourire aux lèvres et je me fiche que les gens me prennent pour une débile. Avoir le sentiment que je suis en train de réparer les choses, c'est une sacrée nouveauté pour moi.

Je veux avoir mon diplôme avec mention très bien, pas pour me vanter, mais pour prouver qu'il n'y a pas de honte à prendre des détours pour arriver à destination. Tant pis si vous vous trompez de route. Ce qui compte, au final, c'est d'arriver à l'endroit souhaité.

Alors, je plonge dans le passé, je prends par la main la fille vulnérable et pleine d'espoir que j'étais, et je la tire en avant pour qu'elle me rejoigne.

*
* *

— C'est très profond et très émouvant, avait déclaré Clem, quand je leur avais raconté que Lucas était venu me rendre visite. Par contre, il y a un truc qui m'échappe : pourquoi est-ce que vous n'êtes pas en train de baiser comme des malades ?

— Tu as déjà envisagé de devenir thérapeute ? avait demandé Rav.

— Non mais c'est vrai, qu'est-ce qui n'est pas baisable chez lui ? Il a reconnu ses erreurs. Il a de l'honneur. Il sait bricoler. Il est blindé. Et il est tellement beau qu'il pourrait être un vampire.

— Pitié ! avait grogné Rav. Je ne sais même pas ce que ça veut dire.

— Pommettes hautes de mort-vivant. Peau d'albâtre. Cheveux sombres.

— Et une bite aussi glacée qu'un Mr Freeze, avait ajouté Rav. *Quoi*, Clem ? C'est *moi* qui en fais trop, peut-être ?

— En tout cas, face à un type pareil, moi, je serais sur le dos plus vite qu'une vieille dame sur un trottoir givré, avait conclu Clem.

Aujourd'hui, c'est mon trente et unième anniversaire et j'ai demandé à mes amis si on pouvait aller marcher dans le Peak District. Je ne vous explique pas le *scandale*. Clem n'allait pas pouvoir porter la robe Mary Quant qu'elle avait prévue. Rav avait de nouvelles chaussures en daim bleu marine qu'il n'avait pas encore étrennées, car il les réservait pour l'occasion, sans compter : « Écoute, je sais que tu te prends pour Miss Marple au milieu de tous ces petits étudiants de première année, mais la haine de soi a ses limites ! »

— On pourra y aller toutes les deux une autre fois, a proposé Jo, en éternelle pacificatrice.

J'ai offert un compromis : une soirée au Lescar. Pas de

tapage, pas de chichis. Clem était tellement déçue par le manque de chichis qu'elle m'a offert un diadème de son magasin, diadème qu'elle m'a ordonné de mettre immédiatement.

— Autrement, c'est juste une soirée au pub comme une autre.

Je me sens un peu nunuche au début, mais l'alcool ne tarde pas à m'aider. Rav consulte sa montre.

— C'est ma tournée, annonce-t-il, avant de se lever et de se diriger vers le bar.

— Juste pour être sûre, Lucas te plaît, pas vrai ? demande Clem.

Bon sang, ça fait six mois, et on dirait un chien avec un os. J'ajuste mon diadème.

— Il plairait à n'importe qui.

— Et si tu lui plaisais, toi aussi ?

Je dévisage Jo en ricanant.

— Tu plaisantes, j'espère ?

— Quoi ? Pourquoi pas ?

— Hum, je ne sais pas, laisse-moi réfléchir... À cause de notre histoire sombre et torturée, du fait que, quand j'ai essayé de l'embrasser, il m'a repoussée et a dit que je le dégoûtais. Je sais interpréter ce genre de signes, tu sais, je parle l'homme couramment.

— Je ne suis pas d'accord, reprend Jo en faisant tourner l'alcool dans son verre.

Elle a commandé un double whisky *on the rocks*. J'aime son goût pour les alcools forts. Elle est sur Tinder et plus épanouie que jamais depuis qu'on a ajusté les paramètres pour elle (au début, elle avait indiqué « hommes dans un rayon de cent mètres », et Rav a dû lui expliquer que, *si* un type se cachait dans son abri de jardin, alors ce n'était sûrement pas le bon numéro). D'après ce que nous savons, Phil le Baiseur est une épave abstinente. Le jury délibère encore pour décider si Clem et lui finiront ensemble. Si c'est le cas, au moins, il aura attendu pour elle.

— C'est seulement parce qu'il était perturbé à cause de votre histoire. Ça ne veut en aucun cas dire que tu ne l'attires pas, et maintenant que vous avez réglé tout ce qui a trait au passé...

— Exactement, confirme Clem.

— Ça suffit, vous deux ! Ce serait sans doute un post-scriptum charmant, si Lucas et moi finissions ensemble après tout ça, mais dans la vraie vie ça ne marche pas comme ça. Il va épouser une femme qui ressemble à l'une des filles de The Corrs, pas une blondasse vieillissante en bas résille qui vit dans le Yorkshire.

Clem et Jo me scrutent attentivement.

— Laissez-moi rester sur l'image de Lucas McCarthy dans ma cuisine, au lieu de me faire des films comme une pauvre cruche, dis-je en trinquant avec elles.

— Qu'est-ce que je disais ? fait Clem à Jo. Elle a besoin qu'on la pousse.

Jo hoche la tête et, soudain, j'ai le sentiment qu'il se passe un truc louche.

— Tu as sûrement remarqué qu'on ne t'a pas offert de vrai cadeau. C'est parce qu'on a pris un risque un peu dingue. Soit tu vas nous en être reconnaissante à vie, soit...

Clem ne termine pas sa phrase.

— Soit... ?

Mon intonation est un peu dure. Si même Clem pense que c'est « dingue » et que c'est un « risque », franchement, je crains le pire.

— ... Soit notre idée calamiteuse mettra un terme à notre amitié et nous hantera tous jusqu'à la fin de nos jours.

— Eh bien, c'est formidable, dites-moi ! Vous m'avez acheté un billet pour Dublin et une petite culotte fendue ?

— Non. C'est un peu plus dingue que ça.

— Maintenant, je suis *vraiment* inquiète. Qu'est-ce que vous avez fait ? Jo, tu es toute pâle !

Jo me sourit, les dents serrées, puis regarde derrière moi. Je me raidis, tourne la tête. Rav revient, un plateau rempli de verres dans les mains. Et, à côté de lui, il y a Lucas McCarthy.

Chapitre 45

— Surprise ! s'exclame Rav.

Je les dévisage, hébétée, regrettant d'avoir un diadème sur la tête.

Lucas me fixe, les mains dans les poches de son manteau.

— Vous vous rappelez quand vous avez dit que je devrais venir pour son anniversaire, pour lui faire la surprise, qu'elle adorerait ça et que c'était l'idée du siècle ?

— Oui ? dit Clem.

— Est-ce que c'est la tête que fait Georgina quand elle est contente ?

Il feint d'examiner mon expression et sourit. Je suis trop choquée pour l'imiter.

— Elle est si heureuse qu'elle en est sans voix ! commente Rav en le contournant pour poser son plateau sur la table.

Ils sont tous tendus, je le sens bien. Je déglutis et tente de rassembler mes esprits.

— Salut. Euh… je peux savoir ce qui se passe, au juste ?

— On a réfléchi à ce qu'on pouvait faire pour que ton anniversaire soit le plus génial possible. Tu le méritais bien, après tout ce que tu avais traversé, explique Jo à toute vitesse. Et on s'est dit que, le plus beau des cadeaux, ce serait… que tu voies Lucas. Et Lucas était partant…

— Ils pensaient qu'il fallait qu'on parle, précise Lucas. Ça faisait un moment que j'avais envie de t'écrire, puis Clem et Jo m'ont contacté…

Mon regard passe de Clem (ravie de sa petite machination) à Jo (qui semble terriblement nerveuse), puis à

Lucas (comment fait-il pour avoir l'air aussi à l'aise ? C'est insupportable). Il sourit une nouvelle fois.

— Je n'aurais pas fait le voyage si je n'avais rien à dire. Mais, si tu ne veux pas m'écouter, je peux rentrer chez moi, je ne t'en voudrai pas.

— Non, non, c'est bon.

Je tuerai mes amis plus tard. Lentement.

— Ça ne me dérange pas de dire ce que j'ai à dire devant eux, tant que ça ne te gêne pas.

— On adorerait, s'empresse de répondre Clem, avant que j'aie le temps d'ouvrir la bouche.

— Espèce de… Comment je peux savoir si je vais être gênée ou pas, si j'ignore de quoi il s'agit ?

— C'est surtout pour moi que c'est gênant, à vrai dire, nuance Lucas.

— D'accord.

Je pose mes mains moites sur mes genoux pour me donner une contenance.

— Je me demandais… maintenant qu'on a tiré le passé au clair… je me demandais si je pouvais à nouveau faire partie de ton présent.

Mon cœur a un raté puis s'arrête. Je suis morte. J'ouvre la bouche puis je la referme. Avant de l'ouvrir à nouveau.

— Est-ce que tu es en train de me demander de revenir au Wicker ?

— Non. Je suis en train de te demander si je peux t'inviter à dîner un de ces soirs. Pas aujourd'hui, naturellement, je vois bien que tu es occupée. Un rendez-vous en tête à tête.

Je me fige. J'ai l'impression que le soleil rayonne en moi. Lucas McCarthy est en train de m'inviter à sortir avec lui ?

— Tu ne vis pas à Dublin ?

— Non, pas si tu es ici. J'ai demandé ma mutation. J'espère que le patron va accepter, mais c'est un vrai connard.

Il veut revenir pour moi ? Il ferait ça pour moi ? Je lui

souris comme une idiote. Je ne peux m'en empêcher. Il en fait autant.

— J'ai répété avec Devlin, reprend-il. Je cite : « Allez, grognon de mes deux, tu peux faire mieux que ça, tu m'as dit plein d'autres choses, quand tu te morfondais à propos d'elle, au cours des derniers mois ! »

Je ris. *Se morfondre.* Je n'ai jamais imaginé l'espace d'une seconde qu'il pourrait vouloir de moi de la même façon que, moi, je voulais de lui. J'avais dit adieu à cette idée.

— J'ai dit : « Dev, il faut que je la joue cool, pas que je lui mette la pression. Je vais l'inviter à sortir et on verra. » Il m'a répondu : « Luke, avec cette gonzesse, tu vas devoir faire beaucoup mieux que la jouer cool. Tu t'es comporté comme le dernier des connards avec elle, tu l'as fait démissionner (et c'était une employée géniale, alors je ne te remercie pas) et j'en passe. Dis-lui ce que tu ressens vraiment. D'après tout ce que tu m'as raconté, tu lui dois bien ça. »

— Oui ! Génial, chuchote Jo.

— Alors... quand je t'ai dit que je me demandais si tu voulais dîner un soir...

Il inspire profondément et continue :

— Ce que je me demande, en vrai, c'est si, toi aussi, tu espères que c'est un de ces premiers rendez-vous qui se transformeront en jours et en nuits, pas juste parce qu'on se désire, mais parce qu'on ne supporte pas d'être séparés l'un de l'autre.

Une petite exclamation jaillit autour de la table et je rougis.

— Quand je dis « dîner », ce que je me demande, c'est si tu aimerais que je t'arrache à nouveau ton T-shirt, et pas parce qu'il est couvert d'urine de strip-teaseur.

J'éclate de rire.

— Gros passé commun, effectivement, murmure Rav.

— Je me demande si tu aimerais qu'on passe tellement de

temps l'un chez l'autre que, tôt ou tard, ça semble logique de vivre ensemble. Avec Keith, naturellement.

— Keith ? C'est qui ? demande Clem.

— Mon chien, explique Lucas.

— Oh ! pardon. Je pensais que tu avais peut-être un frère un peu con ou un truc comme ça. Continue, je t'en prie, l'invite Clem, au moment où Rav lui plaque la main sur la bouche pour la faire taire.

— Ça aussi, j'ai.

— Et avec Jammy ? demandé-je.

— Avec Jammy aussi, naturellement. Je me demandais si tu aimerais avoir quelqu'un qui t'aide à remonter la fermeture de ta robe avant une sortie. Si tu aimerais avoir quelqu'un à appeler en premier en cas de problème. Si tu voulais avoir quelqu'un à qui envoyer un texto pour qu'il achète des *fish and chips* quand tu as la flemme de préparer un vrai repas. Je me demandais si tu aimerais avoir quelqu'un de ton côté quand tu rends visite à ta famille, quelqu'un qui leur dirait la chance qu'ils ont de t'avoir. Si tu aimerais avoir quelqu'un qui va t'acheter des médicaments quand tu as la grippe. Je me demandais si, au cas où ce merdeux de comique t'approcherait à moins de dix mètres, je pouvais lui coller mon poing sur la gueule. Pour être honnête, si je le croise, je le ferai sûrement, que je sois ton petit ami ou pas, parce que c'est un connard de première, qu'il le mérite et qu'aucun tribunal ne me condamnerait pour ça.

Mes amis applaudissent et crient « bravo ». Lucas s'approche pour prendre ma main dans la sienne. Ses doigts chauds entourent ma paume.

— Je me demandais, Georgina, si tu pouvais t'imaginer être à nouveau amoureuse de moi, comme je le suis de toi. Et, étant donné que tu es la meilleure chose qui me soit arrivée, si tu voulais bien me laisser une chance d'essayer d'être le meilleur pour toi aussi.

— Mon Dieu…

Je ris et je pleure à moitié, comme tout le monde autour de nous, apparemment, à l'exception de Rav, qui grommelle :

— Merci de mettre la barre aussi haut pour les autres, vraiment, c'est sympa !

Je me lève et ajuste mon diadème.

— J'aimerais toutes ces choses avec toi. Merci. J'accepte ta proposition. Surtout la partie sur les *fish and chips.*

— Est-ce que je t'ai mise mal à l'aise ? J'ai essayé de faire en sorte que ce soit gênant uniquement pour moi.

— Tu…

Je bafouille. C'est déjà assez compliqué de se déclarer, alors au milieu de la petite galerie de visages impatients qui peuplent le Lescar…

— C'est tout ce que j'ai toujours voulu, pour être honnête. Tu es tout ce que j'ai toujours voulu.

Ce n'était pas gênant jusque-là, mais maintenant qu'on arrive au moment où on est censés s'embrasser en public…

On se dévisage, hésitants, puis Lucas dit :

— Excusez-nous un instant, s'il vous plaît.

Il me tend la main, je la prends, et je le laisse m'entraîner à l'extérieur du pub. On se retrouve dans la rue, dans le froid polaire. Lucas se tourne vers moi, m'attire à lui et m'embrasse avec une passion à laquelle je ne m'attendais pas. Son baiser a un *but* qui le rend incroyablement excitant : c'est une chose qu'il a attendue et prévue, voulu faire depuis longtemps et, à présent, il me montre à quel point il le voulait. Je peux lire notre avenir dans ce baiser.

Je l'embrasse avec la même fougue, les doigts dans ses cheveux, sans avoir besoin de le convaincre de quoi que ce soit, cette fois, sans avoir à espérer. Je pensais que rien ne pouvait rivaliser avec ce que nous ressentions lorsque nous étions ados, mais j'avais tort. Cette fois, c'est encore mieux. Cette fois, nous ne sommes pas des pages blanches, nous sommes des adultes qui ont écrit qui ils étaient et décidé ce qu'ils voulaient être. Nous nous apportons bien plus qu'avant l'un à l'autre, et nous affirmons haut et fort vouloir partager tout cela.

Lorsque nous nous écartons enfin, Lucas hoche la tête en direction de la porte.

— Désolé, mais il y a des limites à ce que je suis prêt à faire en public. Je ne suis pas moderne à ce point.

— Moi non plus. Je suis restée coincée dans le passé. Je pense que 2005 était l'année de la gloire, me concernant.

— Pour moi aussi, dit-il en prenant mon visage entre ses mains. Bon sang, Georgina, tu m'as tellement manqué ! Pourquoi est-ce que tu ne m'as pas appelé ? Tu n'avais qu'un mot à dire et je serais revenu en courant.

— Tu es reparti en Irlande !

— Quand tu m'as posé la question, j'ai répondu ça juste pour te montrer que... tu sais... je n'étais pas en train de me morfondre. Que je n'allais pas te hanter comme Heathcliff. Je pensais que c'était évident que je continuerais à faire la navette entre ici et l'Irlande. Je croyais que mon discours, où j'expliquais que j'étais tellement amoureux de toi que ça frôlait la démence, suffirait à t'encourager, si des encouragements étaient ce dont tu avais besoin.

— Amoureux de moi *il y a douze ans.*

— Pourquoi est-ce que ça aurait changé ? Rien n'a changé. En fait, ce n'est pas vrai : je suis encore plus amoureux de toi aujourd'hui qu'il y a douze ans.

On se rapproche pour s'embrasser à nouveau, puis Lucas hésite.

— Encore un baiser comme ça et je risque de te dire que tant pis pour ton anniversaire, avant de te kidnapper dans ma cave. Sauf que ce serait impoli vis-à-vis de tes amis. On le garde en réserve pour plus tard ?

Je ris et j'acquiesce. Plus tard. J'ai du mal à croire que ça va arriver, pourtant, c'est la vérité, cette fois.

On retourne à l'intérieur, la main dans la main.

— Tu bois un verre avec nous, si j'ai bien compris, dit Rav.

Il attrape une pinte et la pose devant la chaise vide autour de notre table.

Lucas retire son manteau et s'assoit, ma main toujours dans la sienne. Clem et Jo lui tapotent l'avant-bras avec la familiarité propre aux amies émues et un peu bourrées. Ce petit instant est immense, et tout a changé.

On est arrivés. Par le chemin le plus long.

À mesure que la soirée avance, Lucas reste poliment concentré sur la conversation, sans jamais me lâcher la main. J'entrelace mes doigts aux siens.

Je me tourne vers lui et son regard sombre, amusé et intelligent croise le mien.

Je ne sais pas ce qu'il pense. J'ai hâte de le découvrir.

Remerciements

Pour qu'un enfant grandisse, il faut tout un village, et, pour faire un livre, il faut aussi pas mal de monde, alors c'est parti [smiley gêné, la bouche étirée sur les côtés], en espérant n'oublier personne. Merci à mon éditrice, Martha Ashby, pour son dur labeur et son dévouement infatigable, afin d'améliorer ce livre. Elle mérite une mention spéciale rien que pour notre coup de fil de deux heures passées à discuter des différentes intrigues possibles. D'autres éditeurs auraient (à raison) pris la poudre d'escampette après une heure de « mais peut-être que » et autres « qu'est-ce que tu dirais de... », mais tu as tenu. Et j'aime me dire que la valeur de cette patience transparaît à chaque page. Merci également à toute l'équipe de HarperCollins pour son enthousiasme et son soutien. Sans me la jouer « Gwyneth », je me suis toujours sentie valorisée grâce à elle. Lucy Vanderbilt, je vis désormais pour ton approbation (sans vouloir te mettre la pression). Félicitations à Keshini Naidoo, ma correctrice, source de joie et de drôlerie qui respecte le texte : une fois encore, merci.

Comme toujours, toute ma gratitude va à mon agent imperturbable Doug Kean, chez Gunn Media. Avec toi, j'ai vraiment le sentiment que le travail c'est la santé.

J'ai beaucoup de chance d'évoluer dans une industrie où les femmes se boostent généreusement les unes les autres, alors merci à Lindsey Kelk, Paige Toon et Giovanna Fletcher : vous êtes les meilleures, et vous avez été géniales avec mon précédent livre. C'est la première fois que j'ai l'occasion de vous remercier en format papier, alors je n'allais pas rater ça !

Merci à ceux qui ont lu mon premier brouillon. Vous m'aidez toujours bien plus que vous ne le croyez : Ewan McFarlane, Tara de Cozar, Sean Hewitt, Kristy Berry,

Jennifer Whitehead, Katie et Fraser, Jenny Howe et Laura McFarlane (bravo pour tes commentaires ! Tu iras loin, ma belle).

Merci à Julian Simpson et Stuart Houghton d'être mes collègues de bureau, de fait, dans ce lieu magique qu'est Internet, et de faire des blagues qui valent la peine de vous les piquer.

Merci à mes formidables lecteurs, parce que j'en suis à ma cinquième parution et que je n'en reviens toujours pas que vous me consacriez du temps. J'espère que je le mérite. (Dédicace à ma super fan Kay Miles, je suis toujours ravie d'avoir de tes nouvelles.)

Merci à tous mes amis et ma famille, qui m'ont joyeusement laissé utiliser leurs anecdotes, m'ont aidée à ne pas devenir folle et ont accepté de ne plus me voir beaucoup à l'approche de la date de livraison, sans se plaindre. (En même temps, ça les a arrangés, si ça se trouve.)

Enfin et surtout, merci à Alex pour sa foi en moi et son soutien inébranlable. À ma décharge, ce n'est qu'en période créative que je suis folle, en sueur, et encore en pyjama à 3 heures de l'après-midi.

Chapitre 1

L'image de notre existence que nous renvoient nos téléphones n'est qu'un mirage. Edie se représentait le phénomène sous la forme d'un schéma de physique — celui de la pochette du célèbre album des Pink Floyd : un rayon de lumière blanche venant frapper un prisme, pour en ressortir dispersé sous forme d'arc-en-ciel.

La preuve : combien d'artifices avait-il fallu déployer pour obtenir cette photo ? Attendant son tour au bar de l'hôtel, elle se plongea dans la contemplation de l'illusoire morceau de glamour qui s'affichait sur l'écran tiède et maculé de traces de doigts niché au creux de sa main.

Autour d'elle, le chaos. Un tourbillon d'activités moite et poisseux rythmé par les « *Baby ! Baby !* » des Supremes en total contraste avec ce moment figé dans le temps, qui refléterait pour toujours un idéal savamment étudié.

Tour de passe-passe numéro un : sur ce cliché, Louis et elle donnaient l'impression de s'entendre à merveille. Pour mieux entrer dans le champ, Edie avait dû poser la tête sur l'épaule de son cavalier. Avec son sourire mystérieux, elle se trouvait un petit côté femme fatale. Lui se la jouait James Bond, et sa petite expression satisfaite semblait dire : « La belle vie, tranquille… » *Tranquille, tu parles.*

L'organisateur du mariage ayant exigé que les invités se présentent en couple — façon arche de Noé —, ils avaient tâché de se supporter mutuellement durant cinq heures, mais la chaleur, l'alcool et la sensation croissante d'être saucissonnés dans leurs tenues chics avaient fini par mettre à mal leur association platonique.

D'autant qu'Edie menait désormais une lutte de tous les instants pour contenir une souffrance digne de celle de la Petite Sirène quand elle avait troqué sa queue de poisson pour un mignon 37 et l'amour d'un prince — ses propres escarpins à la stabilité et au confort tout relatifs s'étant, comme tous bons talons vertigineux des grandes occasions, rapidement mués en instruments de torture.

Écran de fumée numéro deux : la composition. L'Edie des jours de fête regardait l'objectif par en dessous, l'œil pétillant de bonheur derrière ses immenses faux cils. Elle rentrait soigneusement le ventre, et sa robe rouge laissait entrevoir un décolleté diaphane subtilement rehaussé. De son côté, Louis baissait le menton, donnant à ses pommettes déjà hautes un aspect plus affûté qu'un couteau de boucher.

Pour en arriver là, il leur avait fallu prendre la photo à bout de bras, téléphone en l'air, et en supprimer cinq autres moins flatteuses — chacun tentant de convaincre son camarade que telle ou telle version était meilleure. Un coup Edie avait des valises sous les yeux, un coup Louis se plaignait de paraître famélique ; ici, leurs expressions semblaient trop étudiées, là, les ombres étaient loin de les mettre en valeur.

« OK, une autre, une autre ! »

On pose, nouveau déclic, nouveau flash.

La sixième avait été la bonne : ils étaient tous deux à leur avantage, sans donner l'impression d'avoir trop forcé.

Cela lui rappelait une réflexion de son père, la dernière fois qu'elle lui avait rendu visite :

« Pourquoi est-ce que tout le monde tire cette tête, de nos jours : la bouche en cul-de-poule, l'air d'avoir croqué dans un citron ? J'imagine qu'on fait plus mince et que ça donne une petite moue boudeuse, mais ce n'est pas à ça qu'on ressemble, au quotidien. Quelle drôle d'idée... »

Louis, pro d'Instagram et de la bouche en cul de poule, avait ajusté les paramètres de contraste et de luminosité.

« Voilà ! Plus qu'à faire péter les filtres. »

Il avait arrêté son choix sur Amaro, filtre qui les avait enveloppés d'une brume féerique aux accents limonade. Teint unifié, atmosphère idyllique... on aurait dit une scène de film, comme si l'appareil avait capturé un instant de perfection absolue. *Il fallait vraiment (ne pas) être là pour y croire.*

Puis — cerise sur le gâteau des faux-semblants — venait la légende rédigée par Louis au moment de publier la photo.

Félicitations, Jack et Charlotte ! Quelle journée magique ! Tellement heureux pour vous < 3 #coupleparfait en route pour une #viederêve.

Le message s'adressait avant tout à leurs collègues de l'agence Ad Hoc, qui avaient rivalisé d'excuses polies pour s'éviter le trajet Londres-Harrogate. Rien de tel que la perspective de quelques centaines de kilomètres d'autoroute pour faire le ménage parmi ses amis.

Pourtant, les likes admiratifs avaient vite commencé à pleuvoir, assortis de commentaires sur le modèle :

Je suis trop jalouse. Vous aussi, vous formez un #coupleparfait !

Ce à quoi son cavalier avait bien sûr répondu :

Dommage que je sois gay !

Si seulement ç'avait été le principal obstacle à une quelconque relation entre eux ! Car cela n'avait rien d'un secret : si Louis ne se gênait pas pour cracher dans le dos des gens en votre présence, vous pouviez être certain qu'il crachait également dans le vôtre. C'était mathématique.

Pourtant, critiquer le plus beau jour de la vie de quelqu'un, c'était comme se moquer de sa façon de manger, ou de la taille de ses chevilles : une personne bien élevée ne se le serait jamais permis. Sans surprise, donc, Louis n'avait pas arrêté de dauber sur ce mariage « magique » :

« Je pensais que Charlotte se contenterait de quelque chose de plus simple, plus épuré. Du genre Carolyn Bessette quand elle a épousé John-John. La robe à strass, ça fait un peu ringard, tu ne trouves pas ? Il semblerait qu'une fois franchi le seuil d'une boutique Pronuptia, même les femmes de goût pètent une durite et succombent à la fièvre “princesse Disney”. Je n'en peux plus de ces bouquets de roses, avec leurs perles et leurs tiges enrubannées... on croirait un moignon couvert de bandages. Il faudrait leur dire qu'une fois qu'une star de téléréalité a exploité l'idée, c'est mort : tu oublies ! Et puis, excuse-moi, mais je trouve que le bronzage, sur une mariée, ça fait vulgaire. Beurk, deux gorgées et j'ai foutu mon Buck's Fizz dans une plante en pot. Ils se figuraient peut-être qu'en le camouflant avec du jus d'orange, on ne remarquerait pas qu'ils nous servent un mauvais champagne ? Regarde le DJ : la cinquantaine, le petit blouson en cuir... il est au courant qu'on n'est plus en 1983 ? On le croirait tout droit sorti de *Top Gear*. Tu paries qu'on va se taper les Kings of Leon et leur *Sex on Fire* ? Sans parler du *Un-Break My Heart* de Toni Braxton pour la minute “slow torride”. Ça tuerait quelqu'un de faire un mariage *moderne* ? »

Le Old Swan Hotel de Harrogate était — comme l'indiquait son nom — tout sauf moderne. Son charme résidait plutôt dans son passé exaltant, puisque c'était là où l'on avait retrouvé Agatha Christie suite à sa mystérieuse disparition, dans les années 1920. Même si, à la réflexion, il n'y avait sans doute rien d'exaltant à errer, perdue et amnésique, jusqu'à l'autre bout du pays...

Extrait

Edie s'y sentait bien. Cela ne lui aurait d'ailleurs pas déplu de se réfugier au creux du lit à baldaquin de l'une de ces chambres pour échapper à sa propre vie. Le Old Swan tout entier dégageait une aura rassurante, avec sa façade tapissée de lierre, son robuste porche carré, ainsi que son odeur caractéristique de petits déjeuners anglais et de confort douillet.

Après cette journée d'été caniculaire et son inévitable cortège de banalités sur le thème « Quelle chance pour eux qu'il fasse si beau, aujourd'hui ! », on avait ouvert les portes-fenêtres du bar sur le doux relief des jardins, baignés à cette heure d'une jolie lumière dorée. Des enfants habillés de leurs plus beaux gilets faisaient l'avion, surexcités d'être pour une fois autorisés à carburer au Coca-Cola et à veiller si tard.

C'était pourtant — et ce, pour aucune des raisons invoquées par Louis — le pire mariage auquel elle avait jamais assisté.

Au moment de passer commande au bar, Edie se retrouva côte à côte avec un groupe de femmes septuagénaires, peut-être même octogénaires, déguisées à la mode des années 1920. Elles étaient sans doute là pour un week-end *murder party*, se dit-elle ; un peu plus tôt, elle avait vu un car en provenance de Scarborough se garer sur le parking.

L'une des « suspectes » n'avait plus de jambes et se déplaçait en fauteuil roulant. Elle portait un bandeau charleston décoré de plumes, un long collier de perles, et un boa blanc lui couvrait les épaules. Elle sirotait une minibouteille de prosecco à la paille. *Lui faire un câlin ou l'applaudir, entre les deux mon cœur balance.*

Une autre retraitée l'aperçut.

— Vous êtes toute belle !

— Merci ! Je vous retourne le compliment, répondit Edie en souriant.

— Vous me rappelez quelqu'un. Norma ! Dis-moi, à qui cette jeune fille te fait-elle penser ?

Argh, rien de plus embarrassant que d'être inspectée sous toutes les coutures par un troupeau de vieilles dames un peu éméchées.

— À Clara Bow ! s'exclama l'une d'elles.

— Mais oui ! s'écrièrent-elles en chœur. Ah, Clara Bow...

Ce n'était pas la première fois qu'on lui faisait une réflexion de ce genre. Son père affirmait qu'elle avait un physique rétro.

« Je te verrais bien sur le quai d'une gare, avec un chapeau cloche et une paire de gants, dans un film du début du siècle, disait-il toujours. Mais un film parlant, hein. Le muet, ce n'est pas ton genre. »

Elle n'était pas si bavarde que cela. C'était les autres membres de sa famille qui n'étaient pas causants.

Ses cheveux noirs lui arrivaient aux épaules, et ses épais sourcils bruns n'étaient maintenus en ordre qu'au prix de travaux d'épilation titanesques. Ils surmontaient deux grands yeux mélancoliques et une bouche minuscule, le tout dans un visage en forme de cœur.

À l'adolescence, un sale type plein d'éloquence lui avait balancé qu'elle avait l'air d'une « poupée de cire animée par des forces occultes ». Elle traversait sa période gothique, donc, forcément... Cependant, la remarque restait valable, en particulier si elle n'avait pas eu son quota de sommeil et prenait sa mine ronchonne.

Louis avait un jour dit, l'air de rien — alors qu'ils savaient tous les deux qu'elle était visée : « De tous les types de visages, ce sont les visages d'ange qui vieillissent le moins bien. Rien que pour ça, c'est une véritable tragédie que ce soit Lennon, et pas McCartney, qui se soit fait descendre. »

— Votre mari vous accompagne ? lui demanda une autre vieille femme tandis qu'elle récupérait son verre de blanc et la vodka-tonic de son cavalier.

— Non, je suis célibataire.

Cette réponse provoqua regards curieux et murmures enthousiastes.

— Vous avez tout le temps ! Vous voulez d'abord profiter de la vie, hein ?

Edie avait trente-cinq ans et était loin de profiter de quoi que ce soit, mais autant garder ça pour elle.

— Ha ha, tout à fait !

— Vous êtes du Yorkshire ?

— Non. J'habite Londres. La famille de la mariée est…

Louis apparut soudain à la porte du restaurant en lui faisant signe de le rejoindre.

— Edie, grouille !

— Edie ! Quel prénom délicieux ! s'extasièrent les retraitées d'une même voix, avec une admiration renouvelée.

C'était touchant, quoique un peu déconcertant, de se découvrir une telle horde de fans. *Merci le prosecco bu à la paille.*

— Etes-vous le bon ami de cette jeune dame ? lui demandèrent-elles lorsqu'il approcha.

— Non, très chères. Moi, je suis plutôt mecs, rétorqua-t-il en prenant son cocktail.

C'était d'un goût…

— Pardon ? fit une vieille un peu sourde. La Mecque ?

— Les mecs, répéta Louis en dressant l'avant-bras — geste qu'Edie ne trouvait pas plus parlant. J'aime les mecs.

— Oh ! il préfère les hommes, Norma, précisa l'une des vieilles dames sans s'émouvoir.

L'attention se focalisa immédiatement sur Louis.

— À mon âge, j'aime mieux une bonne partie de Bananagrams et un bain chaud, commenta une autre. Mais Barbara n'a rien contre les mecs de temps en temps, elle aussi.

— Alors, c'est qui la coupable ? s'enquit Louis en observant leurs costumes. Qui est votre principal suspect ?

— Le crime n'a pas encore été commis. Il paraîtrait qu'un corps sera retrouvé au troisième.

— Dans ce cas, vous pouvez sans doute éliminer votre copine de la liste, ironisa-t-il en désignant la femme en fauteuil roulant.

Mais n'avait-il donc aucun respect ? Heureusement, il ne déclencha qu'une avalanche de gloussements.

— Ne sous-estimez pas Sheila. Vous savez comment elle se débarrassait de ses cors aux pieds ? Avec une épingle à nourrice !

— On dirait qu'elle y a été un peu fort.

Edie ne savait plus où se mettre, mais les rires redoublèrent. Incroyable : Louis avait trouvé son public.

— Ravi d'avoir pu faire votre connaissance, les filles, poursuivit-il.

Elles étaient à deux doigts de l'ovationner. Edie, c'était déjà du passé, du pipi de chat.

— Viens, Edie, on va se rasseoir. C'est maintenant qu'on va se marrer : les discours commencent.

Le cœur lourd, elle le suivit. C'était le moment qu'elle redoutait tant.

Le cirage de pompes du #coupleparfait, en route pour sa #viederêve.

Chapitre 2

— C'est offert ? aboya une espèce de gentleman-farmer équipé d'un Sonotone, en apercevant le verre qu'Edie tenait à la main.

Louis et elle avaient été placés à la table fourre-tout, celle à laquelle les gens n'ont tellement rien en commun qu'il ne faut pas espérer faire la conversation. Leurs voisins de table n'avaient d'ailleurs même pas cherché à faire d'efforts et avaient profité du battement mortel entre le repas et le bal pour s'éparpiller dans la salle. Ne restaient que ce sale bonhomme et sa timorée de femme, elle aussi tout de tweed vêtue.

— J'ai bien peur que non… Vous voulez que j'aille vous prendre quelque chose ?

— Certainement pas. Déjà qu'on ne voit pas le bout de ce carnaval ridicule, et il faudrait encore mettre la main à la poche ? ! Comme si le coup de la liste de mariage n'était pas assez gonflé… Quatre cents livres pour un fouet de cuisine qui ne ressemble à rien, les imbéciles ! Oh ! laisse-moi parler, Deirdre, tu sais très bien que j'ai raison.

Edie se rassit en riant intérieurement. Il n'avait pas tort : le KitchenAid était une belle arnaque.

Remerciant le ciel qu'il y ait l'alcool pour survivre à ce type de situation, elle avala une gorgée de vin aigre. La table centrale fit passer le micro à Jack. Le marié frappa son verre de sa fourchette et toussota un coup, avant d'être interrompu par sa belle-mère, qui le tirait par la manche. D'une main, il fit signe à l'assemblée de patienter un instant.

— Et quel est l'âne qui a décrété qu'il était de bon ton de combiner chaussures marron, cravate rose et costume bleu ? cracha l'homme au Sonotone à propos de la tenue du marié. On pourrait croire que ces noces sont une couverture...

Jack avait plutôt la classe, pourtant, en printemps-été Paul Smith des pieds à la tête. En revanche, il ne fallait pas compter sur elle pour prendre sa défense.

— Une « couverture » ? s'étonna Louis.

— Un mariage de complaisance, pour dissimuler sa vraie nature. Quand on a d'*autres préoccupations*.

— Ah, je vois. Comme nous, quoi, dit-il avec un sourire en attirant Edie à lui.

— Pardonnez-moi si je n'en tombe pas à la renverse, rétorqua l'homme en jetant un coup d'œil à la banane branchée qui surmontait le front de son interlocuteur. Je me doutais que vous *étiez de la jaquette.*

Edie fronça les sourcils. Si on lui avait dit qu'elle entendrait autant d'euphémismes fantaisistes pour désigner l'homosexualité dans une même journée...

— Tu penses qu'un jour tu te prendras la tête à te marier ? murmura Louis à son oreille.

— La véritable question est : quelqu'un se prendra-t-il un jour la tête à se marier avec moi ?

— Ma poule... Plein de gens seraient prêts à t'épouser. T'es la plus épousable des filles que je connaisse. Quand je te vois, c'est comme si : « EPOUSE-MOI ! » était inscrit sur ton front.

— Ha ! Étonnant que personne ne me l'ait encore fait savoir.

Extrait

— Tu es une énigme, ma belle..., reprit-il en tapotant le fond de son verre du bout de sa touillette en plastique.

Oh ! oh... ça sentait le terrain miné. Parce que le fil décousu des idées fantasques de Louis se transformait généralement très vite en pelote d'attaques incisives.

— On ne doit pas parler de la même fille.

— Tu as un tas de fans. Tout le monde t'adore. Pourtant, tu es toujours seule.

— Sans doute parce que « être fan de quelqu'un » ne signifie pas nécessairement « vouloir d'une relation » avec cette personne.

Ne surtout pas lui montrer que le sujet était sensible. N'y avait-il donc rien dans la pagaille ambiante qui lui permettrait de détourner la conversation ?

Louis repoussa la touillette sur le côté du verre, et prit une gorgée de sa vodka-tonic.

— Tu dirais que c'est toi qui es allergique à toute forme d'engagement, ou bien eux ?

— J'ai plutôt l'impression de dégager une sorte de force centrifuge qui les repousse. Attends... centrifuge, ou centripète ?

— Tu te fous de moi ? Je suis sérieux, là.

Misère...

— Il y a eu des gens que j'aimais bien, et d'autres qui m'aimaient bien. Mais les sentiments n'ont jamais été réciproques au bon moment. C'est aussi simple que ça.

— Ils ne se rendaient peut-être pas compte que tu étais intéressée ? C'est toujours dur de savoir ce que tu penses.

— Possible.

Avec un peu de chance, aller dans son sens mettrait un terme à la discussion, songea Edie.

— Donc, personne ne t'a jamais promis de t'aimer et te chérir jusqu'à la fin de ses jours ? Tu n'as brisé aucun cœur ?

— Eh non.

— Le paradoxe Edie Thompson. La fille idéale… dont personne ne voulait.

Bien malgré elle, elle lui offrit la réaction qu'il espérait.

— « Dont personne ne voulait » ! Ben putain, merci, Louis ! Ça fait plaisir.

— Mais non, ma belle ! Je suis pareil : pas de mariage en vue non plus pour ce pauvre vieux Louis. Et je suis trente-quatrenaire ; pour un gay, autant dire « mort ».

Tu parles. Louis avait autant envie de se marier que de développer un cancer généralisé. Il passait son temps sur Grindr, à la recherche de coups d'un soir. Il avait d'ailleurs baptisé le dernier en date — un bonhomme aussi riche que velu — « Chewbacca », se proclamant du même coup « Princesse Louis ». Non, ce n'était qu'une manière de se dédouaner, et de justifier les crasses qu'il lui balançait à la figure.

— Hé, pas la peine de faire ta diva : j'ai aussi dit « fille idéale », répliqua-t-il avec une moue attristée, comme si c'était elle qui s'était montrée blessante.

Habile enchaînement de piques cruelles parfaitement dosées, la chorégraphie était exécutée avec une telle maestria qu'on ne pouvait que l'admirer.

— Mesdames et messieurs, pardonnez-moi pour cette interruption…, déclara enfin le marié au micro.

Malgré un discours plutôt maigre, Jack parvint à aborder tout ce que recommandaient les antisèches d'Internet. Il complimenta les jolies demoiselles d'honneur et remercia tout le monde d'être venu. Il lut les cartes de félicitations envoyées par ceux qui n'avaient pu être là, salua le personnel de l'hôtel pour son accueil exceptionnel et fit l'éloge de ses parents et de ceux de la mariée, dont le soutien leur avait été si précieux.

Enfin, il termina sur une promesse :

— Charlotte, je ne suis pas sûr de te mériter, mais je jure solennellement de consacrer le reste de ma vie à faire en sorte que tu ne regrettes jamais la décision que tu as prise aujourd'hui.

Edie dut se retenir de boire sa flûte de champagne cul sec.

Le speech de Craig, témoin du marié, fut déjà plus drôle, car d'un goût plus que douteux. Pensant visiblement que ses anecdotes n'avaient rien de déplacé — après tout, tous les gars de Durham (qui n'avait pas grand-chose à envier à Oxford et Cambridge) « s'en donnaient à cœur joie à l'époque », et étaient « une sacrée bande de potes » —, il entreprit de conter les « sexploits » plus ou moins glorieux de son ami à l'université. Lorsqu'il mentionna un certain jeu de rugby appelé la « Roulette russe », Jack intervint :

— Et si on l'oubliait, celle-là, hein ?

Craig abrégea donc.

— Un toast à la santé de Jack et Charlotte, messieurs-dames !

La mariée esquissa un sourire crispé ; sa mère tirait une tronche d'hémorroïde.

Vint alors le tour de Lucie, témoin de la mariée.

Sa légende la précédait, tant Charlotte chantait ses louanges au bureau. Mère de jumeaux difficiles, qui avaient déjà été renvoyés de la crèche (« Ils sont très énergiques. »), Lucie Maguire faisait une carrière extraordinaire dans l'immobilier (« Elle réussirait à te vendre un clapier ! ») et était championne de quidditch (« Quitte à pratiquer un sport imaginaire tiré d'un roman pour gamins, pourquoi ne pas faire des concours de jeté de bâton à la Winnie l'ourson, tant qu'on y est ? » avait ironisé Jack).

Lucie disait les choses « comme elles étaient » (traduction : elle était mal élevée), « ne supportait pas les abrutis » (en clair, elle était malpolie), et n'aimait pas « qu'on lui fasse perdre son temps » (*très* malpolie, donc).

Bref, le genre de fille que seul un scénario d'extinction massive de l'espèce pourrait nous pousser à choisir comme meilleure amie. Et encore.

Extrait

Pleine d'assurance dans sa robe saumon, elle prit la parole d'une voix terriblement BCBG :

— Bonsoir à tous ! Je m'appelle Lucie. Si aujourd'hui je suis la témoin de Charlotte, j'ai également le grand honneur d'être sa meilleure amie depuis le temps où nous fréquentions les bancs de l'université de St-Andrews.

Elle n'avait qu'à citer ses prestigieux diplômes et sa carte de membre de la Fédération nationale des professionnels de l'immobilier, tant qu'à faire...

— Et, maintenant, j'ai une petite surprise pour les heureux mariés.

Sérieux ? Une surprise ? Aucun droit de veto, le jour de leur mariage ? Voilà qui promettait...

— J'avais une folle envie de marquer le coup et j'ai opté pour ceci. Félicitations, Jack et Charlotte ! Cette chanson est pour vous ! Oh ! et, pour que ça fonctionne, j'ai dû la jouer « Brangelina » et fusionner vos deux prénoms. J'espère que vous êtes OK.

Une chanson ? On aurait pu entendre tout le monde serrer les fesses.

— Allez... un, deux, trois, quatre !

Au signal, les deux demoiselles d'honneur rougissantes brandirent chacune une clochette, et se mirent à les secouer en rythme. Elles avaient beau arborer le masque de quelqu'un qui s'est depuis longtemps résigné à son sort, difficile de ne pas se sentir mortifiée pour elles.

Lucie entonna alors sa chanson. Elle ne se débrouillait pas si mal, pour une chanson interprétée *a cappella*, mais le choc même d'entendre quelqu'un s'y risquer avait pétrifié le reste des invités dans un embarras tout *british*. Sur l'air des *Joies quotidiennes* de Julie Andrews dans *La Mélodie du bonheur*, elle braillait :

Bassets, jonquilles et costumes bien taillés
Produits Clarins et George Clooney en HD

Extrait

Range Rover Sport toute croûtée de boue
C'est là un peu de tout ce que kiffe Charlack!

Comment Lucie avait-elle pu s'imaginer une seule seconde que cette abomination était une bonne idée ? À aucun moment ne s'était-elle dit qu'elle courait à la catastrophe ? Et puis, franchement : « Charlack »... on aurait cru le nom d'un méchant dans *Doctor Who*. Le genre visqueux.

Randonnées à pied, thé, brunches organisés
Méribel, Formule 1, alcool à volonté
C'est là un peu de tout ce que kiffe Charlack!
Peinture fraîche, dim sum et faux cils de coquette
Le rugby, Wimbledon et l'championnat d'cricket
C'est là un peu de tout ce que kiffe Charlack!

Inutile de risquer de perdre contenance en jetant un coup d'œil vers Louis ; il se régalait à coup sûr du spectacle. Les convives de la table centrale, en revanche, avaient les yeux qui leur sortaient de la tête.

Quand la patronne est conne
Quand l'iPhone sonne
Quand tout n'va paaas au mieux
C'est simple ils repensent à tous ces trucs qu'ils kiffent
Et se sentent un peu moiiiiins dééégueeeuu!

Stoïque, Edie regarda Lucie ponctuer cette note interminable d'un geste théâtral avec l'espoir que la fin du carnage soit proche. Mais non... elle reprenait déjà une inspiration pour attaquer le couplet suivant.

Durant cette courte pause, on entendit résonner la voix de l'homme au Sonotone.

— Cette femme aurait-elle perdu la tête ? demandait-il à son épouse. Personne ne lui a jamais dit qu'elle chantait effroyablement faux ? Mes aïeux, quel massacre !

Lucie ne se laissa pas distraire, mais la salle tout entière était désormais captivée par les commentaires tout à fait audibles de l'homme à propos de la performance. Il ne se rendait apparemment pas compte qu'il parlait si fort. Sa femme tentait désespérément de le faire taire, en vain.

— Grands dieux, on aura tout vu. Je suis venu assister à un mariage, pas à une soirée karaoké. Alors c'est ça que ressent le prince Philip quand on le force à visiter des tribus de culs nus ? Oh ! ne fais pas cette tête, Deirdre. C'est de mauvais goût, voilà tout.

Les « chut » de son épouse se faisaient si hystériques qu'elle en postillonnait partout. Des gloussements nerveux se répandaient peu à peu dans la pièce.

À côté, Louis se convulsait, pris d'un fou rire incontrôlable.

Le monde d'la pub, les lèche-bottes et les succès
Voyages première classe, chow mein *et canard laqué*
Coffrets Tiffany couverts de rubans
C'est là un peu de tout ce que kiffe Charlaaaaack!

— Ce calvaire ne cessera-t-il donc jamais ? Pas étonnant que ce pays se casse la figure si faire l'étalage de sa médiocrité est désormais considéré comme une forme acceptable de divertissement. Quoi ? Bah ! Je doute fort que qui que ce soit m'entende au milieu des jodels de la Castafiore. Mais que quelqu'un achève cette pauvre bête !

Edie ne savait plus où se mettre. Partager la table du fauteur de trouble lui donnait l'impression d'être sa complice ; comme si c'était elle qui tirait les ficelles ou lui soufflait son texte.

Son attention finissait toujours par revenir vers Jack. Une main plaquée sur la bouche, lui aussi cherchait à accrocher son regard. Ses yeux rieurs lui hurlaient : « Mais qu'est-ce que c'est que ce bordel, c'est n'importe quoi ! »

Pourquoi n'était-elle pas surprise ? Non seulement il trouvait ça drôle, mais il tentait de faire de ce moment un échange complice. Elle ravala le sourire qui lui était venu par réflexe, et détourna vite la tête. *Oh non, n'essaie même pas. Surtout pas aujourd'hui.*

— Je vais faire un tour aux toilettes, marmonna-t-elle à Louis avant de détaler.

Composé et édité par HarperCollins France.

Achevé d'imprimer en mars 2019.

CPI
FIRMIN-DIDOT

à Mesnil-sur-l'Estrée (Eure)

Dépôt légal : avril 2019.

Pour limiter l'empreinte environnementale de ses livres, HarperCollins France s'engage à n'utiliser que du papier fabriqué à partir de bois provenant de forêts gérées durablement et de manière responsable.

Imprimé en France